Lia Haycraft

Ein Kännchen Glück

Roman

MAXIMUM

Nele & Ben

Ich brauche eigene Wünsche.
Damit ich mein eigenes Glück finden kann.

Nele und Ben könnten unterschiedlicher nicht sein: Nele lebt in einer Mehr-Generationen-WG und sammelt „Glück" in ihrer Teekanne. Sie notiert von jedem Menschen dessen Vorstellung von Glück und nimmt sich jeden Tag einen Zettel aus der Teekanne vor, um sich ein bisschen Glück zu schenken und den Tag zu genießen.

Ben hat bereits einen genauen Plan von seiner Zukunft. Er arbeitet in einer Bank, trägt jeden Tag die gleichen, schlichten Farben, macht an denselben Tagen Sport und liebt seine festen Rituale. Ihre scheinbar einzige Gemeinsamkeit: Beide leben in Köln.

Als Nele von Bens Großmutter, die mit ihr in der WG lebt, erfährt, dass Ben gerade von seiner Verlobten verlassen wurde und obendrein seine Mutter völlig überraschend ihren neuen Freund heiraten will, beschließt Nele, seine Glücksbringerin zu sein. Obwohl sie eine Kanne voll mit Glück hat, kann sie sich plötzlich nichts Schöneres vorstellen, als mit Ben Zeit zu verbringen. Doch fühlt Ben genauso?

LIA HAYCRAFT

EIN KÄNNCHEN Glück

ROMAN

MAXIMUM

Dieses Werk wurde vermittelt durch die Autoren- und Projektagentur Gerd F. Rumler (München).

Hauptstraße 33
27299 Langwedel
www.maximum-verlag.de

1. Auflage 2023

Lektorat: Anita Wiebe
Korrektorat: Angelika Wiedmaier
Satz/Layout: Alin Mattfeldt
Umschlaggestaltung: Alin Mattfeldt
Umschlagmotiv: © lavendertime / Shutterstock, Ron Dale / Shutterstock
E-Book: Mirjam Hecht

Druck: ???
Made in Germany
ISBN: 978-3-948346-49-2

Für alle,
die etwas mehr Glück
in ihrem Leben brauchen!

Kapitel 1

Glück ist Schokoladentorte am See

Blaue Novembertage wie heute fand Nele am schönsten. Sie passten hervorragend zu den Zetteln voller Glück in der alten sommerhimmelblauen Teekanne. Nele streckte sich wohlig, denn heute war ein neuer Tag und alles konnte passieren. Sie würde einen der Glückswünsche in der Kanne erfüllen. Mindestens.

Vorwitzige Sonnenstrahlen bahnten sich einen Weg durch den breiten Spalt zwischen ihren Gardinen, die sie offenbar nicht richtig zugezogen hatte. Was für ein Glück! Die beste Zeit, um aufzuwachen und einen Blick in die Zukunft des heutigen Tages zu werfen. Nele beugte sich hinüber zu dem Brett, das sie in Reichweite des Bettes angebracht hatte. Ein Bord für Bücher, kleine Erinnerungsstücke, Schätze aus aller Welt und natürlich für die Glückskanne.

Schon der Kannengriff fühlte sich heute verheißungsvoll an, als Nele ihn zu fassen bekam. Wie immer strich sie über die gestrickte Hülle der Kanne, wünschte ihr einen guten Morgen und hob erst dann den Deckel ab. Nele kniff die Augen zusammen und angelte nach einem Zettel. Ha! Dieser fühlte sich glücksrichtig an, samtig weiches Chinapapier und der Vibe passte auch. Sie warf ihn vor sich auf die Bettdecke und stellte die Kanne behutsam zurück auf das Bord.

Mit klopfendem Herzen faltete Nele das Papier auseinander, strich es mit den Händen glatt und las. Die Worte auf dem Zettel hatte sie selbst geschrieben, aber der Wunsch war nicht ihrer. Sie erinnerte sich vage daran, dass eine ältere Dame in der Fußgängerzone ihn ihr verraten hatte. An einem der vergangenen Sommertage. Nele ließ sich die Worte auf der Zunge zergehen. Glück ist … am See eine Schokoladentorte zu essen. Gut, es war keine riesige Aufgabe und mit Sicherheit half sie ihr nicht bei ihren momentanen Lebensfragen weiter. Dennoch war es ein schöner Wunsch. Selbst im Winter. Oder sogar gerade im Winter.

Um alles andere konnte sie sich später kümmern. Zuerst die Schokoladentorte. Welchen See sollte sie nehmen? Nele warf einen Blick auf die Deutschlandkarte, die an der Wand hing, dann auf die Pinnwand, an der sie eine Karte von Nordrhein-Westfalen gepinnt hatte. Und zuletzt auf die Stadtkarte von Köln.

Da sie heute auf jeden Fall noch einen neuen Job suchen musste, wäre es vermutlich am klügsten, einen See in der Nähe zu nehmen. Sie schlug die Bettdecke zurück und tapste barfuß über die kühlen Holzdielen zu der Stadtkarte von Köln. Darauf konnte man auch das Umland sehen und damit eine Reihe von Badeseen. Ein aufgeregtes Kribbeln erfasste Nele, als sie ihren Finger über die Seen gleiten ließ. Sie schloss die Augen und fuhr den gleichen Weg zurück. Es klingelte an der Tür, Nele blinzelte. Ihr Ziel war … der Fühlinger See! Eine gute Wahl.

Erneut klingelte es. Nele landete wieder im Hier und Jetzt. War der Besuch vielleicht sogar für sie? Sie öffnete ihre Zimmertür, trat in den Flur und blieb nach zwei Schritten stehen.

Katharina war mal wieder schneller, und das, obwohl sie mit ihren achtzig Jahren locker Neles Großmutter hätte sein können. Nele zuckte mit den Schultern und wollte sich umdrehen, um in ihr Zimmer zu verschwinden, da hörte sie die Männerstimme.

„Guten Morgen, Oma. Es hat ein bisschen gedauert, aber hier bin ich endlich. Neue Wohnung, neues Glück."

Nele lauschte verzaubert. Sie hielt die Luft an und musste unbedingt sehen, wie der Mann aussah, der diese Stimme hatte. Eine Stimme, die sich geerdet anhörte wie Wurzeln in warmem Waldboden und gleichzeitig herzerwärmend wie Sonnenstrahlen und Vanilleeis.

„Ach, Ben! Das macht doch nichts, du warst schließlich mit deiner schlimmen Erkältung beschäftigt und ich bin dir dankbar, dass du uns nicht angesteckt hast. Umso schöner, dass du jetzt da bist." Katharina klang nicht nachtragend.

„Das Timing war nicht das Beste. Ich hätte dir wirklich gerne beim Umzug geholfen, Oma."

„Ach was! Ich hatte genug helfende Hände. Komm endlich rein, oder wolltest du nur mal gucken, ob ich noch lebe?"

„Oma!", sagte Ben empört.

Nele stand in ihrem Pyjama im Flur und wartete darauf, dass Ben hereinkam. Sinnvollerweise hätte sie sich erst mal anziehen können, es klang ja so, als würde er wenigstens kurz reinkommen, um die Wohnung zu sehen. Aber Nele bewegte sich keinen Millimeter, während sich Ben weiter entschuldigte.

„Ben, du kannst die Schuhe anlassen." Katharina lachte. „Wie ich dich kenne, hast du sie erst heute früh geputzt."

„Aber doch nicht die Sohle." Endlich kam Ben herein, Katharina verdeckte seine Beine und die Hälfte seines Oberkörpers.

In einer Hand hielt Ben glänzende Lederschuhe, die er jetzt akkurat nebeneinander unter den Garderobenspiegel stellte. Als er sich wieder aufrichtete, sah Nele ihn zum ersten Mal richtig. Er gefiel ihr verdammt gut. Dieser Gedanke irritierte sie. Ben war nämlich auf den ersten Blick alles, was sie nicht war. Tadellos gekleidet, in Anzug und Hemd. Zwei verschiedene Grautöne und schwarz. Er hatte eine klassische Kurzhaarfrisur, eine Brille mit dunklem Rand und unter dem Arm klemmte eine Aktentasche aus Leder. Eine Tüte vom Bäcker knisterte in seiner Hand. Der Duft von frischen Brötchen breitete sich im Flur aus und Neles Magen knurrte zustimmend.

„Hast du schon gefrühstückt, Oma?“, fragte er und schien Nele überhaupt nicht zu bemerken. Leise huschte sie rückwärts zurück in ihr Zimmer, ließ die Tür einen Spalt geöffnet, damit sie Ben weiterhin sehen konnte. Nele kam sich vor wie eine Geheimagentin. Etwas umständlich zog Ben seine Jacke aus und hängte sie an den letzten freien Haken.

Katharina schloss mit einem Klick die Wohnungstür und führte Ben in die Küche. Bens Anzug war gut geschnitten, das Jackett von der Aktentasche nach hinten geschoben und sie wurde das Gefühl nicht los, dass sein Hemd einen wunderbar straffen Bauch verbarg. Sie kicherte über ihren Gedanken.

Leise schloss Nele ihre Zimmertür und sah sich gehetzt um. Alles in ihr kribbelte vor Aufregung, ihr Herz klopfte viel schneller als sonst, wie vor einem Bungee-Sprung. Und doch anders. In wahnwitzigem Tempo zog Nele sich an, steckte sich einen Zahnpflegegummi in den Mund, den sie auf ihrem Fensterbrett fand und riss ihre Tür wieder auf. Sie mahnte sich zur Ruhe, schlich auf Zehenspitzen zur Küche und nahm das Bild in sich auf. Katharina und Ben saßen am Küchentisch, zwischen ihnen ein Körbchen mit

Körnerbrötchen, Weizenbrötchen und ein Teller mit Käse und Wurstaufschnitt. Gläser mit Marmelade und Honig, ein Schälchen Butter, zwei Tassen mit dampfender dunkler Flüssigkeit.

„Kaffee", sprach Nele ihren nächsten Gedanken laut aus und hätte sich am liebsten die Hand vor den Mund gelegt. Geniales erstes Wort für die Begegnung mit Katharinas Enkel. Was hatte sie neulich gelesen? Man bildete sich die Meinung über eine fremde Person in den ersten sieben Sekunden?

„Guten Morgen, Nele." Katharina lächelte.

„Guten Morgen", sagte Nele nur. Wie lächerlich, als hätte sie noch nie einen fremden, gut aussehenden Mann gesehen. Andererseits kannte sie es schon, dass bestimmte Menschen sie aus dem Konzept brachten. Wobei, was für ein Konzept?

„Hallo", sagte Ben. „Also, Guten Morgen. Ich bin Benedikt." Er stand auf.

„Nele." Sie drückte seine ausgestreckte Hand. Sie war warm und klebrig. „Honig?", fragte sie mit Blick auf die angebissene Brötchenhälfte auf seinem Teller.

„Oh, Entschuldigung. Ja." Seine Wangen färbten sich rot und in Neles Bauch kitzelte es.

Schnell wusch sich Nele die Finger an der Spüle und tänzelte zur Kaffeemaschine. Jetzt einen Milchkaffee mit einem Berg Sahne, Zimt und Vanille, um ihre aufgeregten Nerven zu beruhigen. Es war lange her, dass ein Mann ihr auf Anhieb dermaßen gut gefallen hatte. Die Schmetterlinge im Bauch verunsicherten sie und gefielen ihr gleichzeitig.

„Setz dich doch zu uns", sagte Katharina. „Wir haben genug für drei. Oder, Ben?"

Nele hörte seine Antwort nicht, daher hatte er entweder

genickt oder den Kopf geschüttelt. Falls er dagegen war, konnte sie leider keine Rücksicht darauf nehmen, denn sie wollte unbedingt mit den beiden frühstücken. Sie stäubte Zimt-Vanille-Gewürz über ihr Getränk, nahm sich einen Teller und ein Messer und setzte sich ans Tischende, zwischen Ben und Katharina.

Bens Blick senkte sich auf sein Brötchen. Er musterte es derart überkonzentriert, als wäre es ein Wunder der Natur. Bens Profil gefiel Nele, die gerade Nase vor allem. Er war glattrasiert. Wie sah er wohl mit einem Dreitagebart aus? Sie riss sich von dem Anblick los. Katharina zwinkerte Nele zu und hielt ihr den Brötchenkorb entgegen. Es war schon eine Weile her, seitdem Nele Brötchen gegessen hatte.

Sie sah zwischen Käse, Wurst und Honig hin und her und zählte leise.

„Wie bitte?“, fragte Ben.

„Stör sie nicht“, sagte Katharina.

Nele seufzte und begann von Neuem, dann griff sie nach dem Honigglas.

„Wobei?“, fragte Ben im Flüsterton, dieses Mal an Katharina gerichtet. Dabei saß Nele doch direkt neben ihm.

„Beim Abzählreim, um den Belag auszusuchen.“ Katharina lächelte.

Nele biss in ihr Honigbrötchen und musterte Ben erneut. Er hatte nicht viel von seiner Großmutter, nicht mal die klugen Augen. Vielmehr erinnerte Bens Gesicht sie an den Barkeeper aus ihrem Lieblingskonsolenspiel „Beyond Good and Evil“, das sie mal wegen eines Wunschzettels hatte zu Ende spielen müssen und absolut geliebt hatte. Der Barkeeper war natürlich etwas pixeliger, aber das kantige Kinn und den verschlossenen Ausdruck hatte Ben auch. Benedikt hatte er gesagt. Ob er so genannt werden wollte? Sie würde jedenfalls bei Ben bleiben. Benedikt klang zu streng. Das mochte er auf den ersten Blick zwar sein, aber darunter glaubte Nele etwas anderes zu erkennen. Was genau es war, konnte Nele noch nicht sagen, aber es ließ sie lächeln.

Der Honig war neu. Nele schielte auf das Etikett des merkwürdig kleinen Glases. Ja, das war es!

„Klasse Honig." Nele kaute und leckte sich über die Lippen. „Zitronengras, worauf die Leute kommen!"

„Ja, nicht?", sagte Ben. Aus der Nähe klang seine Stimme noch wärmer und passte perfekt zu ihm. Überhaupt sah er perfekt aus. Wie viele andere auf dem Weg zur Arbeit.

„Wie er wohl privat aussieht?", überlegte Nele.

„Äh", machte Ben und Nele wunderte sich kurz, was er meinte, aber Katharina gluckste vergnügt. „Der Honig?", fragte Ben. „Privat? Wie meinst du das?" Sein Gesicht war ein einziges Fragezeichen und Nele prustete los.

„Nein, nicht der Honig. Ich meinte dich, ich wollte das aber eigentlich nicht laut sagen. Du gehst gleich arbeiten und bist so geschäftsmäßig angezogen", erklärte sie gut gelaunt.

Ben sah sie so irritiert an, als hätte sie gerade nach der Anzahl einzelner Socken in seinem Kleiderschrank gefragt.

„Glaub mir, Nele, Ben sieht immer so aus. Ich glaube, er besitzt nur graue Kleidung und er trägt auch am Wochenende diese Aktentasche mit sich herum. Nichts für ungut, Ben. Ich hab dich lieb." Katharina lächelte und tätschelte seine Hand. Durch die Berührung schwappte sein Kaffee gefährlich, blieb aber in der Tasse.

„Danke", murmelte er und Nele beobachtete fasziniert, wie sich seine Wangen gleichmäßig rosa färbten. Er war beinahe richtig schön, wenn ihm etwas peinlich war.

„Wie geht es Silvia?“, fragte Katharina und Ben erstarrte. Zwar nur für den Bruchteil einer Sekunde, aber Nele hatte es bemerkt. Jetzt hob er die Tasse in Zeitlupe zum Mund und es sah aus, als täte er es absichtlich besonders langsam. Wer war denn diese Silvia? Seine Freundin? Und warum brachte ihre Erwähnung ihn so aus dem Tritt?

Endlich hatte er fertig getrunken und stellte die Tasse bedächtig auf den Tisch zurück. Er räusperte sich und sein Blick huschte kurz zu Nele.

„Das ist vorbei.“ Bens Stimme klang so traurig, dass Nele am liebsten aufgestanden wäre, um die Arme um seine Schultern zu schlingen. Nur würde er das garantiert nicht wollen. Und selbst für sie war das zu früh.

„Oh“, sagte Katharina. „Warum …“

Den Rest der Frage behielt sie für sich, weil Ben stumm den Kopf schüttelte.

„Bestimmt vertragt ihr euch bald wieder“, versuchte seine Großmutter es erneut.

„Selbst wenn … sie heiratet demnächst. Ralf.“

„Oh.“ Darauf fiel anscheinend nicht mal Katharina eine Antwort ein.

„Verstehe ich nicht“, sagte Nele und schüttelte auch gleich über sich selbst den Kopf. Warum mischte sie sich hier ein? Es war klar, dass Ben nicht darüber sprechen wollte. Und sie kannte weder ihn noch diese Silvia und hatte keine Ahnung, was passiert war. „Ich meine … du bist total nett.“ Ziemlich lahm, fiel Nele auf, aber mehr Argumente hatte sie nicht. Am besten sie wechselten das Thema.

„Nur grau?“, fragte sie stattdessen. „Deine Klamotten, meine ich. Magst du keine anderen Farben? Oder nur bei Socken?“

Dieses Mal reagierte Ben auf ihre Frage genauso verwirrt wie eben, aber nur kurz. Er starrte sie stirnrunzelnd an, doch dann huschte ein winziges Lächeln über seine Züge. Sah so aus, als würde er die Rettungsleine annehmen.

„Nein“, sagte er. „Keine bunten Socken. Grau ist schön. Passt immer.“

Nele versuchte, sich seine Wohnung vorzustellen, und sah ihn, wie er auf einem grauen Sofa saß und sich einen Schwarz-Weiß-Film im Fernsehen ansah.

„Ich habe auch weiße und schwarze Sachen“, warf Ben passenderweise ein.

„Und das ist absolut in Ordnung“, sagte Katharina und tätschelte ihm die Hand. Dieses Mal ließ Ben vorher seine Kaffeetasse los. Er griff nach seinem Brötchen und biss ein großes Stück ab. Sein Blick glitt zum Fenster, er kaute langsamer und schluckte. In Zeitlupe schwebte seine Hand mit dem Brötchen auf den Teller hinunter. Garantiert dachte er wieder an seine Ex Silvia. Nele wollte ihn unbedingt weiter ablenken.

„Und deine Wohnung? Hast du graue, weiße und schwarze Möbel?“

„Schwarz“, sagte Ben, obwohl er in Gedanken woanders schien. Nicht verwunderlich. Es gab sicherlich spannendere Themen, aber weil Nele nichts über ihn wusste, fiel ihr so schnell nichts ein. Vieles war nach einer Trennung einfach gefährlich. Alles konnte einen an die verlorene Liebe erinnern.

Katharina war leider keine große Hilfe. Offenbar in Gedanken versunken, rührte sie in ihrer Kaffeetasse.

Nele brauchte ein unverfängliches Thema. Sie grübelte angestrengt nach. „Okay“, sagte sie, damit er sie endlich wieder ansah. „Welche Eissorten isst du am liebsten?“

„Was? Walnuss."

„Wow, du kannst dich auf eine Sorte festlegen?", fragte Nele.

„Das kann er gut", erklärte Katharina. „Sich festlegen. Ben, du wusstest schon als kleiner Junge ganz genau, was du wolltest. Das hat sich bis heute nicht geändert und dein bisheriger Lebensweg war absolut konsequent. Eigentlich ein Wunder …" Sie brach ab und sah schuldbewusst aus. Nele lag schon eine weitere Frage dazu auf der Zunge, aber Ben schluckte angestrengt, also biss sie lieber in ihr Brötchen, damit ihr Mund beschäftigt war. Besser sie erzählte etwas, um ihn abzulenken.

„Ich gehe heute Sachertorte essen, am Fühlinger See", sagte sie also.

„Ah, ein schöner Wunsch." Katharina nickte. „Könnte von mir sein."

„Ich freue mich auch. Endlich mal was Leichtes", meinte Nele.

„Gehst du nicht arbeiten?", fragte Ben. „Oh, Entschuldigung, das geht mich natürlich nichts an."

„Wieso? Frag ruhig." Nele war erleichtert, dass er sich mehr am Gespräch beteiligte. „Allerdings ist die Antwort etwas kompliziert. Ich muss mir erst einen Job suchen, der jetzige reicht nicht ganz."

„Finanziell?", fragte Ben.

„Ich werde nicht wöchentlich gebucht, außerdem liebe ich die Abwechslung."

„Gebucht?" Bens Wangen färbten sich leicht rosa.

„Als Fitting Model. Meistens für Dessous und Nachtwäsche. Die Designer müssen sehen, wie ihre Kreationen an echten Menschen aussehen, nicht an steifen

Schaufensterpuppen. Ich bin also eine lebendige Ankleidepuppe, die sie nach Belieben an- und ausziehen können."

Ben verschluckte sich an seinem Kaffee und hustete.

Süß. Nele überlegte, ob Ben sich wohl gerade vorstellte, wie sie in Unterwäsche aussah.

„Das ist ein toller Job", warf Katharina ein. „Nele ist sehr vielseitig, weißt du?"

„Was arbeitest du denn?", fragte Nele. „Ben?"

„Ich bin Leiter der Wertpapierberatung der Bremer Bank in der Nähe des Hauptbahnhofs."

„Okay." Dazu fiel Nele einfach nicht mehr ein. In einer Bank zu arbeiten war so ungefähr das Langweiligste, was sie sich vorstellen konnte. Vielleicht war das etwas, was er ändern konnte, um wieder glücklich zu werden. Ein neuer Job wirkte ja oft Wunder.

„Seit über fünf Jahren", ergänzte Katharina. „Und immer noch die gleiche Bank."

„Wow, echt? Das heißt … hast du sogar deine Ausbildung da gemacht? Wolltest du nie etwas anderes ausprobieren?" Nele staunte. Sie kannte nicht viele Leute, die so lange einem Job treu waren. Obwohl, wenn man das Studium als Job ansah, dann war Karsten das auch. Er studierte ja mindestens schon seit zehn Jahren, hatte aber zwischenzeitlich zweimal die Studienrichtung gewechselt. Und seine Jobs, um sich finanziell über Wasser zu halten, genauso.

„Bingo. Ich mag es, wenn die Dinge gleich bleiben. Mein Arbeitsweg ist jeden Tag derselbe, ich habe die gleichen Arbeitszeiten und esse morgens gerne auf mein erstes Brötchen Gouda und auf mein zweites Brötchen Honig. Zufrieden? Reicht das mit Kennenlernen?" Ben starrte Nele an, während sie nicht wusste, womit sie diesen Wutausbruch verdient hatte. Seine Stimme war nicht viel lauter geworden, aber da lag ein drohender Unterton in seinen Worten. Oder bildete sie sich das ein?

„Okay", sagte sie gedehnt. „Klingt toll."

„Genau." Ben setzte seine Tasse an die Lippen und nahm einen Schluck Kaffee. „Leer", bemerkte er, stellte die Tasse scheppernd auf den Tisch und stand auf. „Ich muss los. Die Arbeit wartet."

„Ach, Ben, sei nicht so. Nele meint es doch nur gut!" Katharina stemmte sich vom Tisch hoch. „Ich bringe dich zur Tür."

„Musst du echt schon los?", fragte Nele und überlegte, ob sie Ben beleidigt hatte. Aber womit? Sie stand ebenfalls auf, weil sie es unhöflich fand, als Einzige zu sitzen. Andererseits … war es ja eher unhöflich von Ben, mitten im Frühstück und im Gespräch aufzustehen. Na ja, wenn er arbeiten musste … Oder ergriff er gerade die Flucht? Hatte ihre Frage ihn derart verärgert? Sie wollte ja überhaupt nicht über ihn urteilen und fand es auch nicht dramatisch, dass er gerne immer alles gleich hatte. Für Nele unvorstellbar, aber das war ja jedem selbst überlassen. Jedem Tierchen sein Pläsierchen, wie Katharina oft sagte.

Was für ein Tier wäre Ben wohl? Vielleicht … ein Elefant? Die waren grau und gemächlich. Nein, irgendwas Grazileres, Sportliches.

„War schön, dich kennenzulernen", rief Nele ihm hinterher.

Katharina redete leise mit ihm im Flur, die Küchentür hatte sie aber nicht ganz geschlossen. Ben schnaubte und zog sich die Schuhe wieder an, es klang, als spränge er förmlich hinein und riss die Jacke vom Haken. Die Tür quietschte leise, als er sie öffnete und aus dem Hausflur drangen Kinderstimmen herein. Die Tür klappte zu und Katharina kehrte in die Küche zurück.

„Wir essen aber noch gemütlich zu Ende. Das kann man mit Ben manchmal nicht.“ Sie schüttelte den Kopf. „Ich kriege es auch nicht hin, mich vernünftig mit ihm zu unterhalten. Er ist unglaublich empfindlich und ich kann diese Sticheleien einfach nicht abschütteln.“

„Welche Sticheleien?“, fragte Nele. „Bestimmt ist er gestresst. Wenn er so viel arbeitet, meine ich.“ Vermutlich war er wegen Silvia so gereizt. Katharina war sich dessen sicherlich auch bewusst, aber aus irgendeinem Grund kam es Nele falsch vor, jetzt direkt darüber zu sprechen. Zuerst sollte sie mit Ben reden … wobei … würde sie ihn überhaupt wiedersehen? Und selbst wenn, es stand ihr eher nicht zu, ihn nach seinem Liebesleben auszuhorchen. Nele nahm einen großen Schluck Kaffee und beobachtete Katharina, wie sie sich Camembertscheiben auf ihr Brötchen legte.

Nele dachte kurz nach. „Er sollte sich zwischendurch mal entspannen. Farben haben doch auch eine seelische Wirkung. Vielleicht würde ihn eine bunte Lampe oder ein schönes Kissen aufheitern? Gelb oder blau, das belebt oder entspannt.“

„Du solltest wieder in diesem Einrichtungsgeschäft arbeiten, bei der Frau mit den Korkenzieherlocken, von der du mir erzählt hast. Ich glaube, das passt zu dir. Willst du da nicht noch mal fragen, ob sie etwas frei haben?“

„Ach, ich weiß nicht“, antwortete Nele. „Ich muss gucken, wohin der Wind mich weht. Das wird schon das Richtige sein.“

Kapitel 2

Glück ist, was wir kennen

Auf dem Weg zur U-Bahnstation zählte Ben die Fahrräder, die ihm begegneten. Danach ging er das Alphabet durch und zu jedem Buchstaben überlegte er sich einen Namen. Natürlich fiel ihm bei N sofort Nele ein und er hörte wieder auf. Verdammt! Wie sie ihn vorhin angesehen hatte, als seine Großmutter ausgerechnet die langweiligsten Dinge über ihn ausplaudern musste. Er bestand schließlich nicht nur aus Grau und Eintönigkeit! Ben trat gegen einen leeren Kaffeebecher auf dem Weg.

Wieso brachte ihn Neles Reaktion eigentlich so dermaßen aus der Fassung? Was interessierte es ihn, wie sie ihn fand? Warum fühlte er sich so angegriffen? Damit konnte Silvia jetzt nichts zu tun haben, oder? Vielleicht führten ihm die Worte seiner Großmutter vor Augen, wie uninteressant er vermutlich aus Silvias Sicht gewesen war. Wenn er allerdings langweilig war, war das Silvia definitiv auch! Sie hatte genau wie er noch immer den gleichen Job, den sie nach ihrem Studium ergriffen hatte. In einem geradlinigen Architekturbüro – von außen gesehen – entwarf sie genauso geradlinige Bürogebäude. Sie hatte einen ähnlich durchgetakteten Wochenplan gehabt wie er. Montag Tennis, Mittwoch Fitnessstudio, Freitag Zeit zu zweit: Essengehen, Kino, Theater.

Ben seufzte. Ob sie das alles jetzt mit Ralf genauso machte? Er konnte sich kaum an Ralf erinnern, den sie ihm vor Monaten vorgestellt hatte. Ein Kollege aus dem

Architekturbüro. Ben sah nur dessen leicht gebräuntes Gesicht mit den dunklen zurück gegelten Haaren vor sich und den naserümpfenden Blick, als er Bens Freizeitkleidung gemustert hatte. Ralf war eher der Typ dunkelblaues Polohemd mit hellbeigen Chinohosen und Segelschuhen.

Ben versuchte das Bild von Silvia und Ralf beim gemeinsamen Grillen zu verdrängen. Da erinnerte er sich lieber an seine Begegnung von heute Morgen. Immerhin war sie Silvia kein Stück ähnlich. Vermutlich ähnelte Nele niemandem, den Ben kannte. Auf den ersten Blick flippig und bunt, chaotisch und lebenslustig. Seltsamerweise gefiel Ben das im gleichen Maß, wie es ihm unheimlich war. Ob ein Leben so voller Farben glücklicher machte? Wobei: er mochte sein Leben weitgehend so, wie es war. Die Ruhe, die Ordnung, all das beruhigte ihn und so fühlte er sich wohl. Die aufgezwungenen wilden Tage, die Kindheit in WGs und Wohnwagenparks mit Flickenzelten lagen weit hinter ihm.

Mittlerweile lagen sie sogar hinter seiner Mutter, die seit Neustem einen Opel fuhr und Jeans mit Pullover anzog.

Ob es daran lag, dass sie fünfzig geworden war? Sie fand, dass sie jetzt angekommen sein und vernünftiger leben sollte. Ben traute der Sache nicht. Neulich hatte sie so komische Andeutungen am Telefon gemacht, wollte aber nicht richtig damit herausrücken. Irgendetwas stimmte nicht. Ursprünglich hatte Ben eben mit Katharina darüber reden wollen. Sie war schließlich die Mutter seiner Mutter und kannte sie besser.

Da war er zum ersten Mal in Katharinas neue WG gekommen und gleich dieser verrückten Nele über den Weg gelaufen. In einem knielangen T-Shirt, dessen Pink, Knallrot und Violett Bens Augen tränen ließen. Und dazu eine wild geringelte Leggins. Fast verrückter als das, was seine Mutter früher immer getragen hatte. Ihre verwuschelten Haare hatten auch gezeigt, dass sie gerade erst aufgestanden war. Ben schluckte und lockerte seinen Hemdkragen etwas. Mit Sicherheit hätte er sich entschuldigen sollen, dass er so früh gekommen war und Nele gestört hatte. Stattdessen hatte er so getan, als hätte er sie im Flur nicht bemerkt. Schließlich hatte sie da nur ein extrem kurzes Schlafshirt getragen, schwarz mit weißer Spitze am Ausschnitt.

Andererseits hatte er ja nur seine Großmutter besuchen wollen. Wie er es ihr schon seit Wochen versprochen hatte. Da war sie auf ihre alten Tage in diese Mehr-Generationen-WG gezogen, zu ihrem langjährigen Lebenspartner Johannes. Ben schüttelte den Kopf. Jeder schien heutzutage sein Leben umzukrempeln. Dabei waren sie bis jetzt mit ihrer Wochenendbeziehung gut gefahren. Sie stritten selten, obwohl sie schon viele Jahre zusammen waren.

Völlig in Gedanken trat Ben plötzlich ins Leere.

„Hoppla", sagte jemand und ergriff seinen Arm. „Mal langsam mit den jungen Pferden." Der Mann lachte, zwinkerte ihm zu und ließ seinen Arm los, sobald Ben sich gefangen hatte.

„Danke", murmelte Ben, aber der andere war schon weitergegangen. Auf die Schnelle hatte Ben nur gesehen, dass er eine Lederweste und einen langen Pferdeschwanz getragen hatte. Ein toller Tag, bunt bis jetzt. Erst eine Verrückte im Negligé, die unverhofft mit ihm und Katharina gefrühstückt hatte, und dann rettete ihm auch noch ein Rocker den Hals. All das ließ Ben grinsen, weil er sich auf einmal seltsam lebendig fühlte.

Er umklammerte den Griff seiner Aktentasche fester und

stieg langsam Stufe für Stufe nach unten zu seinem Gleis. In der U-Bahn bekam Ben sogar einen Sitzplatz. Wie immer fischte er erst jetzt seine Krawatte aus der Tasche und zog sie sich über den Kopf. Den Knoten konnte er blind. Die letzten drei Stationen hatte er Zeit, durch die Nachrichtenseite auf seinem Handy zu scrollen. Aus Gewohnheit überprüfte er die Börsenkurse, las die Wettervorhersage und zum Schluss die Tagesnachrichten. Die blecherne Frauenstimme sagte seine Haltestelle an und Ben stand auf, um sich in die Schlange vor der Tür zu stellen.

Der restliche Weg zur Bank verlief ereignislos und Ben atmete tief den vertrauten Geruch nach Ruhe, Staub und meliertem Kurzflorteppich ein, als er durch die Drehtür in das Gebäude trat, wo er schon seit elf Jahren arbeitete, die Ausbildung mit eingerechnet. Er konnte stolz darauf sein, dass er seinen Job nach wie vor mochte. Zahlen gefielen ihm, sie waren etwas, worauf man sich verlassen konnte. Ben nahm die Treppe. Hier und auf der zweiten Etage, wo sein Büro lag, kam ihm kurz alles grau vor, aber das war natürlich gut so! Diese verrückten Farben von Nele hatten ihn völlig durcheinandergebracht.

„Guten Morgen, Herr Zufall“, sagte Ingrid, als er an ihrer offenen Zimmertür vorbeikam.

„Guten Morgen, Frau Sommer“, antwortete Ben und ging schnell weiter. Ingrid Sommer würde sonst ohne Unterlass plappern und er hatte seinen Bedarf an merkwürdigen Gesprächen heute schon mehr als gedeckt.

Kapitel 3

Glück ist ein neuer Job

Den Geschmack der Sachertorte noch auf der Zunge, schlenderte Nele durch eine der schmaleren Einkaufsstraßen mit kleinen Geschäften. In den Auslagen lagen gebrauchte Bücher, bestickte Kissen und Messingkannen, bunte Gläser. Sie betrachtete jedes Fenster, suchte aber nicht danach, was sie kaufen könnte, sondern nach einem Aushang, auf dem eine Aushilfe oder sonstige Arbeitskraft gesucht wurden. In einem kleinen Café fand Nele schließlich etwas Passendes.

Beherzt drückte sie die Tür auf und betrat den gemütlich beleuchteten Raum. Um runde Holztische saßen schwatzende Menschen, Zeitungen knisterten, Löffel klapperten in Kaffeetassen und Leute klickten mit ihren Gabeln auf Teller. Es duftete nach Marzipan, karamellisierten Äpfeln und Schokolade. Nele schloss kurz die Augen und sog die Atmosphäre in sich auf. Ja. Hier war sie richtig.

Hier kam ihr Lächeln ganz von alleine. Sie trat näher an den Verkaufstresen heran, wo hinter Glas kunstvoll gestaltete Torten standen. Beinahe hätte Nele ein Stück Zimtapfel-Schmandtorte bestellt, weil alles so lecker aussah, obwohl sie immer noch satt war von der Sachertorte. Doch dann besann sie sich endlich auf den Grund, aus dem sie hier war.

„Hi“, sagte sie zu der jungen schwarzhaarigen Frau im Pünktchenkleid hinter der Theke. „Sucht ihr noch jemanden für den Verkauf?“

„Hmm, ja. Meinst du, du bist die Richtige für uns?“ Sie

beugte sich etwas näher an die Kasse und musterte Nele von den Schnürstiefeln mit Blumenprint über die enge Batikhose und den übergroßen Strickpullover bis hin zum Filzmantel und ihrem Lieblingsschal. Die Schwarzhaarige nickte. „Vanille oder Schokolade?", fragte sie.

Nele lachte. „Beides!"

„Passt, glaube ich. Ich bin Karola. Und du?"

„Nele." Sie reichte der anderen Frau die Hand. „Geht das einfach so?" So unkompliziert hatte Nele noch nie einen Job gefunden. Heute war ein richtiger Glückstag.

„Klar. Da ich hier die Chefin bin und nicht viel von Zeugnissen halte, gucke ich mir lieber an, wie du mit den Kunden umgehst. Wir machen eine Probezeit. Nur die üblichen Gesundheitszeugnisse bräuchte ich. Hast du schon mal in der Gastronomie gearbeitet?"

Nele nickte. „Ja, das müsste ich sogar in den Mails haben. Kann ich es dir schicken?"

„Klar, komm, wir gehen kurz nach hinten."

Nele folgte Karola in ein weiteres Zimmer, das aussah wie Küche, Lagerraum und gemütlicher Pausenraum in einem. Wohnlich aber auch wahnsinnig ordentlich und ganz im Stil von Karola. Viele Punkte und alles in den Farben Rot, Hellblau und Weiß gehalten. Die Regale hatten weiße Verzierungen, alle Kartons, Dosen und Behälter waren gepunktet oder gestreift. Unter dem Fenster stand ein Tisch mit drei Stühlen. Auch die Backöfen und die Arbeitsplatte waren im Vintagestil gehalten. Überall wimmelte es vor Pastellfarben.

„Total hübsch hier!"

„Danke." Karola lächelte.

Auf ihrem Handy fand Nele die Nachricht an einen ihrer früheren Arbeitgeber, in der sie die Erstbelehrung vom

Gesundheitsamt angehängt hatte. Sie zeigte Karola das Dokument.

Sie nickte und nannte Nele ihre E-Mail-Adresse, damit sie es auch schriftlich hatte. „Komm, wir suchen dir eine Schürze aus.“

Karola steuerte auf einen Wandschrank zu und holte daraus zwei gerüschte Schürzen. Eine pastellblaue und eine rote. „Ich glaube heute wäre die hier besser“, fand Karola, nachdem sie beide an Neles Pulli gehalten hatte, und reichte ihr die hellblaue.

„Fein“, sagte Nele und band sich die Schürze um. „Womit darf ich anfangen?“

Karola lachte. „Haare hochbinden und dann kannst du Diego helfen. Er hat gerade Pause gemacht. Er wird dir sagen, wie ihr die Tische aufteilt.“

Nele sah sich nach einem Mann um, der Diego heißen könnte. Aber die Küche war verwaist und auch im Gastraum hatte niemand bedient. Da klingelte es hinter ihr, als jemand die Küchentür aufstieß und hereinpolterte. Nele wirbelte herum und stand einem athletisch gebauten Mann gegenüber. Rabenschwarze Haare, zwei Piercings in der linken Augenbraue, und von oben bis unten in engen schwarzen Klamotten. Ihm hatte Karola offenbar auch eine Schürze gegeben. Gänzlich ohne Rüschen oder Punkte, dafür knallrot und mit der Aufschrift Baking is Love.

„Hi!“ Nele nickte Diego zu, doch er starrte sie nur einen Moment an, irgendwie sogar eher über ihren Kopf hinweg, bevor er sich an Karola wandte.

„Nele, unsere neue Bedienung.“ Karola drehte sich zu Nele. „Wie viele Stunden möchtest du arbeiten?“, fragte Karola.

„Wenn ihr wollt, kann ich jeden Tag kommen.“ Nele versuchte, sich nicht von Diego verunsichern zu lassen. Der gesprächigste Typ war er offenbar nicht.

„Prima. Fünf Stunden täglich?“, fragte Karola.

„Klingt toll.“ Nele freute sich. Karola war wirklich unkompliziert. Sie würden sich bestimmt gut verstehen. Ihr Blick huschte zu Diego, bei ihm war sie sich nicht sicher. Er hatte eine düstere Ausstrahlung. Dazu ein Lächeln, das einerseits nett und im gleichen Moment irgendwie bedrohlich wirkte. Interessant auf jeden Fall. Da er aber in einem Café arbeitete, umgeben von tausend köstlichen Gerüchen, musste er ein netter Mann sein. Nele lächelte über ihre merkwürdigen Gedankengänge.

„Gut. Dann machen wir das so. Ab drei? Bis um acht. Um sieben schließen wir.“

„So spät essen die Leute Kuchen?“, wunderte sich Nele.

„Wir haben auch Törtchen, Muffins und Kekse.“ Karola zwinkerte ihr zu. „Manchmal Crumbles und süße Aufläufe, die man auch als Abendmahlzeit essen kann. Tatsächlich kommen die Leute oft auf ein Dessert zu uns. Oder auf einen Espresso nach dem Essen. Diego macht den besten Kaffee in der Stadt. Vielleicht sogar weltweit.“ Die letzten Worte flüsterte Karola Nele zu.

Diego schwieg eisern und schob sich eine Gabel voll Obstkuchen in den Mund. Sah aus wie Aprikose und Nele wunderte sich, wo der Teller auf einmal herkam.

„Bei der Weihnachtsdeko kannst du mir auch helfen, wenn nachher nicht mehr so viele Leute da sind. Oder eben sobald die Tür verriegelt ist.“

„Lebkuchen“, nuschelte Diego und leckte die Gabel ab.

„Stimmt, den müssen wir langsam ansetzen. Bald ist

ja schon Dezember. Die Leute kommen allmählich in Stimmung. Ich bin es schon lange. Ich liebe Weihnachten einfach. Du auch?"

Nele nickte. Sie liebte alles, was bunt war, glitzerte und das Leben gemütlich und fröhlich machte.

„Gut. Diego, teilt ihr die Tische auf?"

Diego grunzte, murmelte etwas von gleich und räumte seinen Teller in eine überdimensionale Spülmaschine. Nele stand mitten in der Küche und beobachtete Diego, weil sie darauf wartete, dass er endlich etwas zu ihr sagte oder sie ihre Aufgaben bekam. Wortlos reichte er ihr einen kleinen Block und einen Stift und deutete auf ihre Schürzentasche, wo sie wohl beides verstauen sollte. Aus seiner Hosentasche holte er einen vieleckigen Würfel und ließ ihn über den Holztisch rollen, zwischen den gemusterten Keksdosen hindurch. Nele beobachtete die Spur des Würfels gebannt. Wollte Diego etwa per Zufall die Tische aufteilen? Sofort war er ihr ein großes Stück sympathischer. Der Würfel blieb mit der Fünf oben liegen.

„Fünf", informierte er Nele und deutete mit dem Kopf auf ihre Schürzentasche. Sie nickte begeistert. „Ich liebe Würfel! Nutze sie auch sehr oft." Weil Diego sie mit einem beinahe strengen Blick bedachte, holte Nele schnell den Stift und Block wieder raus und notierte sich die Zahl. „Außerdem sieben, zwei, elf", entschied er. „Links." Diego deutete auf einen Plan an der Wand, auf den jemand fein säuberlich mehrere Kreise gemalt hatte, die alle eine Nummer hatten. Er fuhr mit dem Finger über die Zeichnung. „Bis hier. Okay?"

Nele suchte die Nummern, die er genannt hatte, auf dem Wandplan, und fand sie tatsächlich auf den Tischen an der linken Seite des Gastraums. Sich mit Diego zu unterhalten war ein bisschen wie Scharade. Fehlten nur die Bewegungen. Nele weigerte sich allerdings, sich darüber zu ärgern. „Okay. Einfach hingehen und fragen, was sie möchten?“

Diego nickte. „Und beobachten.“

„Ob jemand zahlen möchte?“

„Zahlen oder bestellen. Oder Nachschub.“

„Okay.“ Nele nickte und kam sich blöd vor. Ganze Sätze wären mal etwas Tolles. Ob Diego keine Kollegin wollte? Oder er sprach nie sonderlich ausführlich, wer wusste das schon.

Das Gespräch war auf alle Fälle jetzt beendet. Ihr neuer Kollege schob sich an ihr vorbei und postierte sich dann am Verkaufstresen. Nele folgte ihm und entdeckte einen Stapel Tabletts auf einem Teewagen neben der Küchentür. Nele sah sich im Café selbst um. Auf jedem Tisch stand eine kleine Tafel, auf der jemand die aktuellen Kuchensorten und Kaffeespezialitäten notiert hatte. Die meisten Besucher waren bereits mit Kuchen und Getränken versorgt, aber in diesem Moment öffnete sich die Tür und eine ältere Dame kam herein, gefolgt von zwei weiteren. Sie steuerten sofort einen der Fenstertische an. Linke Seite, einer ihrer Tische also. Nele atmete tief durch, beobachtete die drei Damen und versuchte, den Moment abzupassen, in dem sie sich bequem hingesetzt und einen ausreichenden Blick auf die Tafel geworfen hatten. Erst dann ging sie an ihren Tisch.

„Guten Tag“, sagte Nele freundlich. „Wissen Sie schon, was Sie möchten?“

„Oh, eine neue Bedienung? Wie schön. Also Käthe nimmt wie immer den Topfenstrudel, ich nehme Schokoladen-Marzipantorte mit Schwips und du, Margarethe?“

„Käsekuchen, bitte. Dazu drei Tassen Cappuccino.“

Nele fischte ihren kleinen Block aus der Schürzentasche und notierte sich die Wünsche. Mit schnellen Strichen zeichnete sie die Gesichter der Bestellenden dazu. Sie hoffte inständig, dass sie nichts durcheinandergebracht hatte. Das nächste Mal sollte sie mit gezücktem Block zu den Gästen gehen und sich nicht von violett gefärbten weißen Löckchen ablenken lassen. Nele eilte mit ihren Notizen zu Karola an den Tresen, die gerade den dritten Cappuccino auf ein Tablett stellte. „Den bestellen sie immer. Welche Kuchensorten?"

„Käse, Schoko-Marzipan mit Schwips und Topfen", las Nele von ihrem Block ab.

Fachmännisch schnitt Karola mit einem großen Messer Stücke von den genannten Kuchen ab. Sie dekorierte sie mit je einem Zitronenmelisseblättchen, den Topfenstrudel außerdem mit Puderzucker und Vanillesoße und stellte die drei Teller ebenfalls auf das Tablett.

„Besteck und Servietten findest du da vorne", sagte Karola und deutete auf ein kleines Regal an der Seite des Gastraums. Nele nickte und brachte das volle Tablett zu den drei Damen. Sie stellte die Kaffeetassen vor die Gäste und balancierte das Tablett mit einer Ecke auf der Tischplatte, während sie die Kuchen verteilte. „Der Rest kommt sofort", sagte sie, klemmte sich das Tablett unter den Arm und holte Servietten, Gabeln und kleine Löffel. Die drei Damen bedankten sich und Nele schlängelte sich an den Tischen vorbei und postierte sich an einem der Fenster. Diego beugte sich zu ihr.

„Feuerprobe bestanden", flüsterte Diego und grinste. „Die drei sind allesamt Drachen."

„Zu mir waren sie freundlich", murmelte Nele, nachdem sie sich davon erholt hatte, dass Diego auf einmal so viel sprach.

„Nur, weil du ihnen das Richtige gebracht hast. Wenn du ihre Kuchen vertauschst oder einen falschen bringst, ist die Hölle los. Glaub mir.“ Er zwinkerte Nele zu und sie wusste nicht, ob er sie auf den Arm nahm. Sie lächelte sicherheitshalber.

„Cool“, sagte sie und Diego lachte. Er hatte ein tiefes Lachen, ansteckend und sexy.

„Wie lange bist du schon hier?“, fragte Nele.

„Ewig“, sagte Diego. Erneut klingelte das Glöckchen über der Tür. Karola kassierte gerade an einem der Tische ab. Sobald er frei wurde, setzten sich vier Mädchen, die vielleicht um die sechzehn waren. Sie lehnten ihre Einkaufstüten an die Tischbeine und tuschelten miteinander.

Nele warf einen Blick zu Diego. Ja, vermutlich hatten sie ihn im Visier. Sie kontrollierte, ob der Tisch in ihren Bereich fiel, aber es war einer von Diegos. Da gerade niemand ihre Hilfe zu brauchen schien, stellte sie ihr Tablett weg und inspizierte die Torten, um auswendig zu lernen, was es alles gab. Aus den Augenwinkeln behielt sie allerdings Diego im Blick, der sich langsam und raubtierhaft auf den Tisch der vier Mädchen zubewegte. Vom Tresen aus konnte Nele nicht verstehen, was Diego sagte, aber die Mädchen lachten allesamt. Das mit den längsten Haaren sah Diego mit offener Bewunderung an und lauschte ihm gebannt.

„Hallo“, hörte Nele eine Stimme und entdeckte einen Herrn mit Hornbrille, der ihr zuwinkte. Mit heißen Wangen eilte sie durch die Tische zu ihm hin.

„Möchten Sie gerne bestellen?“, fragte Nele und entdeckte erst dann seinen leeren Teller. „Noch etwas, meine ich?“, murmelte sie.

„Nein, danke“, sagte der Mann. „Ich würde gerne zahlen.“

„Gerne, einen Moment, ich bringe Ihnen die Rechnung." Nele hatte keine Ahnung, ob sie ihm seinen Bon bringen konnte. Sie warf einen möglichst unauffälligen Blick zurück, um zu erkennen, welcher Tisch es war. Fieberhaft überlegte sie, wie sie herausfinden konnte, was der Herr bestellt hatte und was er bezahlen musste.

Zum Glück kam Karola aus der Küche und half ihr weiter. Das Abkassieren klappte erstaunlich gut. Kopfrechnen war etwas, das Nele schon immer gekonnt hatte. Der Mann nickte ihr freundlich zu und zog seine Jacke an, während Nele seinen Tisch abräumte. Mit dem vollen Tablett ging sie ein paar Schritte rückwärts, drehte sich leider zu ruckartig um und prallte gegen einen leeren Tisch. Das Kaffeeglas auf ihrem Tablett geriet in Schieflage und Nele griff danach. Dummerweise stolperte sie über eine große Einkaufstüte und wäre um ein Haar auf den Tisch und ein Stück halb gegessene Mandarinentorte gefallen, aber jemand packte sie fest am Arm. Diego. Er hielt ein Tablett mit zwei Tassen Kaffee in der Hand, aus denen nicht ein einziger Tropfen geschwappt war. Nach einem Schreckensmoment fing sich Nele. Langsam löste er seinen Griff von ihrem Arm, warf ihr ein wölfisches Grinsen zu, das mehr ein Zähneblecken war, ging an ihr vorbei und stellte die Kaffeegetränke auf den Tisch hinter Nele.

Ihr Herz raste und sogar ihr Atem ging schneller.

„Ach herrje, manchmal bin ich ein Trampel", murmelte Nele, als sie an Karola vorbei in die Küche eilte, um sich zu sammeln. Dort entdeckte sie auf ihrer Schürze auch noch einen Sahnefleck, von dem sie nicht wusste, wie er dort hingekommen war.

Erst jetzt fiel ihr auf, dass das vielleicht keine joberhaltende

Bemerkung für den allerersten Arbeitstag gewesen war. Hinter ihr erklangen auf einmal Karolas und Diegos Stimmen. Eine warme Hand landete auf ihrem Arm und Nele versuchte, Ruhe zu bewahren.

„Gute Reflexe", sagte Diego anerkennend.

„Danke, du auch."

Aus irgendeinem Grund betrachtete er sie mit neuem Interesse und Nele wunderte sich, dass sie plötzlich Bens Lächeln vor sich sah.

Kapitel 4

Glück ist beruhigende Routine

Wenig später vertiefte sich Ben in die Zahlen, führte zwei Kundengespräche und ging mittags in die Kantine, wo er wie immer das zweite Gericht von der Menütafel nahm.

„Ist das nicht blöd für dich, dass das zweite Gericht von oben immer etwas anderes ist?“, fragte Marita mit einem giftigen Grinsen. Er zuckte kurz zusammen, dann straffte er seine Schultern. Mittlerweile sollte er diese Frau wirklich kennen. Seit ihrem ersten Tag in der Bank hatte sie ihn geärgert. Womit er diese Behandlung verdient hatte, wusste er nicht. Am Anfang hatte er es geschafft, freundlich zu bleiben, aber mittlerweile … Er kniff die Lippen zusammen und nickte ihr knapp zu.

„Hab ich mir doch gedacht. Vielleicht kann dir die Dame von der Küche mal einen Plan ausdrucken, damit du dich darauf einstellen kannst.“

Ben antwortete nicht, meistens redete Marita dann bloß noch länger. Er griff sein Tablett, lächelte der Dame hinter der Essenstheke zu, nahm sich ein Schälchen Vanillepudding mit roter Grütze, zahlte alles und steuerte einen Tisch an der Fensterzeile an.

„Ah! Benedikt!“, rief jemand und Ben atmete erleichtert auf.

„Hallo, Hubert“, sagte er und ließ sich auf den freien Stuhl gegenüber fallen. Marita hatte sich zum Glück zu ihren ebenfalls nervigen Kolleginnen gesetzt und steckte den Kopf tuschelnd mit ihrer Nachbarin zusammen. Einmal ertappte Ben sie dabei, wie sie zu ihm herübersah und kicherte. Ben wurde heiß und er senkte den Blick schnell auf seinen Teller, worüber er sich sofort ärgerte.

„Hast du endlich den Harry Potter Film gesehen, den ich dir geliehen habe?“, fragte Hubert.

Ben schüttelte den Kopf. Vermutlich würde Hubert nie lernen, dass das einfach nicht Bens Welt war. Zauberer und Chaos. Das klang wirklich nicht verlockend.

„Du verpasst was“, sagte Hubert kauend. Ohne Übergang erzählte er als Nächstes von seiner Modelleisenbahn, die er am Wochenende erweitert hatte, und Ben hörte ihm geduldig zu. Nicht, dass dieses Thema ihn fesseln konnte, aber ihm gefiel einfach Huberts ruhige Stimme, die kaum etwas von der Leidenschaft ausdrückte, die er mit Sicherheit für seine Hobbies empfand. Huberts Gegenwart entspannte Ben und das Gefühl blieb, bis er wieder in sein Büro ging. Einige Meetings und Telefonate später konnte er endlich Feierabend machen.

Um sieben Uhr schaltete er den Computer aus, stand auf, schob den Stuhl an seinen Tisch, knipste das Licht aus und schloss die Tür zu seinem Büro. Nach sechseinhalb Minuten hatte er das Gebäude verlassen, wie ihm die riesige Uhr am Uhrengeschäft gegenüber mitteilte.

Ben lief den gleichen Weg zur U-Bahnstation zurück, den er am Morgen genommen hatte. Er fuhr sieben Stationen, stieg aus und lief weitere zehn Minuten bis zu seiner Wohnung, wie immer. Im Treppenhaus roch es vertraut. Ein bisschen nach Braten, den es vielleicht bei Meier-Müllers zum Abendessen gegeben hatte, ein klein wenig nach altem Kellermief und eine Idee nach dem Lavendelreiniger, den

Frau Schubert immer zum Wischen der Treppe nahm. Ben stieg die vierzehn Stufen zu seiner Wohnung hoch, schloss die Tür auf, stellte seine Aktentasche auf den kleinen Tisch neben der Tür und hängte seine Jacke auf. Die Schuhe kamen in den Schuhschrank daneben.

In der Küche kochte sich Ben einen Pfefferminztee und belegte eine Scheibe Graubrot mit Salami. Mit seinem Teller und der Tasse setzte er sich vor den Fernseher und sah sich eine Dokumentation über die Vogesen in Frankreich an. Danach kam ein Fernsehkrimi, zu dem Ben ein Glas Wasser trank und fünf Salzstangen und einen Apfel aß.

Das Telefon in der Diele klingelte in der Werbepause, in der Ben normalerweise sein Geschirr zurück in die Küche brachte. Für einen Moment stand er im Flur und konnte sich nicht entscheiden, ob er zuerst in die Küche oder zum Telefon gehen sollte. Ben seufzte, stellte die Sachen neben dem Herd ab und rannte zum Telefon.

„Hallo?“, sagte er etwas atemlos.

„Ben? Schatz! Wie schön.“

„Hallo Mama.“

„Nenn mich nicht so, Ben. Dann fühle ich mich so alt.“

Ben schluckte die Bemerkung herunter, dass er schließlich nicht Oma gesagt hatte und das Wort Mama rein gar nichts über das Alter einer Person aussagte.

„Okay, Belladonna“, sagte er und versuchte die Ironie aus seiner Stimme zu halten. „Was gibt es?“ Dass sie neuerdings auf ihren vollen Namen bestand, irritierte ihn noch immer. Früher wäre ihr das zu förmlich gewesen. Da wollte sie immer nur Bella genannt werden.

„Ich wollte dich zum Abendessen einladen. Übermorgen. Passt dir das? Wir könnten ins Restaurant gehen. Vielleicht italienisch? Oder wir gehen zum vegetarischen Restaurant am Neumarkt."

„Italienisch", sagte Ben instinktiv. Übermorgen war Mittwoch. „Warum treffen wir uns nicht am Sonntag, das wäre entspannter?"

„Nein, ich möchte jetzt nicht mehr warten." Seine Mutter fügte keine weitere Erklärung an. Bestimmt ging es ihr nicht um eine besondere Pizza.

„Worauf willst du nicht länger warten?", fragte Ben, obwohl er genau wusste, dass sie das nicht beantworten würde. Da war sie stur.

„Mittwoch", sagte sie nur. „Also?"

„Okay. Übermorgen. Um halb sieben?"

„Gut. Wir treffen dich dann dort." Sie nannte ihm die Adresse. „Schlaf schön! Bis übermorgen." Damit legte sie auf. Sie wartete weder auf Bens Antwort, noch auf seine Frage über das wir.

Wollte Katharina mitkommen? Hoffentlich niemand Fremdes. Und erst recht keiner von den früheren Freunden seiner Mutter. Auf deren weltfremde und hochphilosophische Gespräche konnte Ben definitiv verzichten. Die Frage nach der oder den anderen Personen, die am Mittwoch mitessen würden, nahm Ben mit vor den Fernseher. Er schaltete den Krimi ab, bevor jemand den Mörder fassen konnte, und ging ins Badezimmer. Er brauchte seine üblichen sieben Minuten zum Zähneputzen, Waschen und Auskleiden. Im Bett las Ben ein Kapitel, steckte das Lesezeichen ins Buch und schaltete das Licht aus.

Die Frage nach der Begleitung seiner Mutter hing unverändert, aber ein bisschen größer und dunkler über ihm. Nicht verwunderlich also, dass der Schlaf auf sich warten ließ.

Dafür kamen Ben graugrüne Augen in den Sinn. Graugrüne Augen, gerahmt von dunklen Wimpern und dunkelbraunen wirren Haaren mit einem hübschen Rotstich, die aussahen, als hätten sie bis vor zwei Minuten auf einem Kissen geruht.

Kapitel 5

Glück ist jemanden wiederzusehen

Ben warf einen Blick auf den Kalender in der Küche und stöhnte. Ein kleines Sternchen und Ingrid Sommers Name erinnerten ihn daran, dass seine Kollegin die ganze Abteilung für heute zu Kaffee und Kuchen eingeladen hatte. Im Grunde hatte Ben nichts gegen seine Kollegin. Sie konnte manchmal sogar witzig sein, aber sie redete ohne Unterlass. Außerdem hatte Ben keine Lust, mit der kompletten Abteilung Kuchen zu essen, denn unter den Gästen wäre auch Marita, die er nun wirklich nicht mehr als nötig sehen wollte. An Frau Sommers 50. Geburtstag durfte er natürlich nicht ohne triftigen Grund fehlen und ihm fiel einfach keiner ein.

Ben zog Jacke und Schuhe an, nahm seine Aktentasche und verließ die Wohnung. Es war kalt im Treppenhaus und roch nach Reinigungsmittel und Brötchen. Das Telefonat mit seiner Mutter kam ihm in den Sinn und er stöhnte erneut. Das Abendessen beim Italiener fand morgen statt. Zweimal hoher Geräuschpegel beim Essen, zwei Abweichungen von Bens Routine an zwei aufeinanderfolgenden Tagen. Und eine Überraschung gab es obendrauf: Bens Mutter würde nicht alleine kommen. Vielleicht mit einem neuen Liebhaber? Auf ein offizielles Kennenlernen im Restaurant legte Ben keinen Wert. Überhaupt, seit wann ging seine Mutter essen?

Seitdem sie versuchte, sich „normal" zu geben und Dinge zu tun, die andere Leute in ihrem Alter taten.

Wenigstens war der Weg zum Büro heute zum Glück wie immer. Seltsamerweise störte ihn der Lärm in der U-Bahn nie, es war einfach die übliche Geräuschkulisse in der Stadt. Die hohen Gebäude der Banken gaben ihm gleich ein Gefühl von Sicherheit. Hier war alles, wie es sein sollte. Schon seit vielen Jahren. Ben betrat seine Bank, nahm die Treppe und folgte dem Gang, an dem sein Büro lag. Heute konnte er sich nicht an Frau Sommers Tür vorbeischleichen, aber je eher er die Glückwünsche hinter sich brachte, desto besser. Bevor er eintrat, zog er die Mundwinkel hoch und wappnete sich für einen Wortschwall. Doch das Zimmer war leer. Ben stutzte. In all den Jahren hatte Ingrid Sommer immer um diese Zeit auf ihrem drehbaren, ergonomisch geformten Bürostuhl gesessen und ihm ein „Guten Morgen" entgegengerufen. Ben sah auf seine Armbanduhr. Fünf vor halb neun, wie immer. Das Licht war angeschaltet, der Computer brummte leise, also musste Frau Sommer im Haus sein. Gut, er würde es später wieder versuchen.

Ben drehte sich um, warf einen Blick in den Gang zu beiden Seiten und ging mit schnellen Schritten zu seinem eigenen Büro. Er schaltete seinen Computer ein, stellte seine Aktentasche an ihren Platz und suchte die Toilette auf, um seine Krawatte zu überprüfen und sich die Hände zu waschen. Auf dem Rückweg bog er in die Teeküche ein, wo er sich eine Tasse Kaffee holte. Ben schaute in ein offenes Büro, und auf einmal prallte er gegen etwas Weiches. Jemand schluchzte und Ben zuckte zusammen. Es war Ingrid Sommer.

„Guten Morgen", sagte Ben überrumpelt. „Alles Gute zum Geburtstag. Danke für die Einladung." Eine Pause entstand, weil Frau Sommer nicht reagierte. „Haben Sie geweint? Entschuldigung, ich wollte nicht indiskret sein."

„Nein“, sagte Frau Sommer. „Danke.“ Trotz ihrer Worte liefen frische Tränen über ihre geröteten Wangen und ihre Schultern bebten. Sie holte zittrig Luft.

„Ich … also. Kann ich …?“ Ben sah sich nervös um, atmete tief durch und versuchte, sich zu konzentrieren. „Kann ich irgendwie helfen? Haben Sie etwas verloren?“ Er inspizierte ihre Hochsteckfrisur, die sich etwas aufgelöst hatte. Vielleicht fehlte ihr eine Haarnadel? Und wegen ihres Geburtstags lagen die Nerven blank. Ben lächelte ihr aufmunternd zu. „Wir finden sie schon, wo haben Sie sie zuletzt gesehen?“

„Was?“, fragte Frau Sommer. „Das Einzige, was ich verloren habe, ist meine Jugend!“ Sie schluchzte erneut.

Ben starrte sie an. Seit er Frau Sommer kannte, hatte sie nie jugendlich ausgesehen, nicht einmal jung. „Sie haben sich kaum verändert“, versuchte er sie zu trösten.

„Ich sah immer schon alt aus?“ Frau Sommer zog die Nase hoch und suchte ihre Taschen ab. Ben holte sein Stofftaschentuch aus seiner Jacketttasche und reichte es ihr.

„Nein, ich meine nur, Sie sehen genauso … jung aus wie damals.“ Leider fand er bei Frauen selten die richtigen Worte, das hatte ihm Silvia oft genug vorgehalten.

„Da!“, quietschte Frau Sommer und schnäuzte laut in Bens Taschentuch. Sie deutete auf ihre Augen, dann auf ihre Mundwinkel und ihre Stirn. „Falten! Überall Falten und es werden immer mehr! Und da!“ Jetzt zupfte sie an ihrer Frisur. „Weiße Haare! Tausende! Millionen! Nächstes Jahr sehe ich aus wie meine eigene Großmutter!“

„Ach was“, sagte Ben hilflos. „Man kann sich die Haare doch färben …“

„Na, hat dich der Zufall mit seinen grauen Klauen erwischt?“, hörte Ben auf einmal eine unangenehm hohe

Stimme hinter sich. „Da wäre ich auch verzweifelt." Marita. In diesem Moment war Ben ausnahmsweise froh, sie zu sehen. Eine Frau wusste bestimmt, was man zu Frau Sommer sagen musste, damit sie sich besser fühlte. Deshalb lächelte Ben Marita an, statt sie wie üblich böse anzustarren. Sie kniff die Augen zusammen, schob sich aber wortlos an Ben vorbei und legte einen ihrer dürren Arme um Frau Sommers runde Schultern.

Ben wartete nicht, um zu sehen, wohin Marita und Frau Sommer gingen und eilte zurück in sein Büro. Dieses Mal begegnete er auf dem Gang glücklicherweise niemandem. Ben verlor sich schnell in den beruhigenden Zahlen und sogar Kunden verschonten ihn heute mit nervigen Anrufen. So musste er nur mit seinen Kollegen sprechen und die meisten von ihnen konnte er gut leiden und sie ihn auch.

Um halb fünf stand er am vereinbarten Treffpunkt in der schmalen Eingangshalle für die Bankangestellten, gemeinsam mit zwölf anderen Kollegen. Die Bank hatte seit einer halben Stunde geschlossen. Hubert erzählte ihm etwas von einer neuen Briefmarke, die er ergattert hatte. „Das rote Album habe ich fast komplett! Stell dir das vor!"

Ben nickte wissend, obwohl ihn insgeheim das Sammeln von Briefmarken langweilte, und linste mehrmals nervös zu Frau Sommer. Nicht, dass sie wieder weinen musste. Nein, jetzt wirkte sie fast aufgeputscht. Wie sie alle zu sich rief und sie in Zweierreihe die Straße entlang bis zu dem Café führte, das sie ausgewählt hatte. Von außen fand Ben es zu bunt. Die Buchstaben des Namens „Café Naschkatze" leuchteten dank vieler kleiner Lämpchen, die besser zu einer Theater- oder Tanzvorstellung gepasst hätten als zu einem Café.

Herr Meier öffnete die Tür für Frau Sommer, sie bedankte

sich kichernd und trat ein. Die anderen folgten ihr. Ben staunte, wie ihn die Atmosphäre in dem Café schlagartig beruhigte. Ein Duft von Kaffee, Früchtetee und Zuckerguss hüllte ihn ein. Leise Musik verflocht sich mit den lauten Stimmen der eintreffenden Kollegen und eine gemütliche Ruhe lag auf den Sesseln und Stühlen, die runde Holztische umringten. In die Fenster hatte jemand Girlanden aus Tannenzweigen mit glänzenden Kugeln in verschiedenen Braun- und Rosatönen gehängt. Der Kaffeeduft ließ Bens Magen knurren. Es saßen keine anderen Gäste in dem kleinen Raum.

„Ingrid hat den ganzen Laden gemietet. Total übertrieben, oder?“, raunte eine weibliche Stimme ihrer Kollegin zu.

Übertrieben, ja, aber schön. Ben überlegte, ob es doch ein netter Nachmittag werden konnte. Allerdings nur bis zu der Schrecksekunde, in der er entdeckte, dass er zu lange gewartet hatte und alle schon saßen. Der einzige leere Platz war der neben Marita und seine gute Laune verpuffte schlagartig.

Ben sah sich um, aber es änderte nichts. Nirgends war ein anderer freier Stuhl. Hubert, der neben Frau Sommer saß, hob entschuldigend die Schultern. Klar, Frau Sommer hatte sich einen Platz neben ihm gesichert. Dass sie schon länger ein, nun ja, romantisches Interesse an Hubert hatte, obwohl er locker zehn Jahre jünger war, wusste vermutlich jeder. Auch Ben. Nur Hubert war es bisher entgangen. Oder hatte er Ben gegenüber nur nichts davon erwähnt? Das wäre ihm zuzutrauen, er war eher ein ruhiger Kollege, der meistens nur von seinen Briefmarken oder der Modelleisenbahn erzählte.

Aber als sich Ingrid Sommer jetzt mit roten Wangen tuschelnd zu Hubert beugte und ihre Schultern sich dabei berührten, schien das Hubert alles andere als unangenehm zu sein. Ben musste lächeln. Bis auf einmal ein Mann vor ihm stand, der aussah wie der Sänger einer satanischen Rockband mit Schürze. Der Kellner grinste schief und deutete mit dem Kopf auf den freien Platz neben Marita. Ergeben seufzte Ben und ließ sich auf den Stuhl sinken und versuchte, dabei keinerlei Geräusch zu machen.

Der Kellner hob die Stimme und das allgemeine Geplapper wurde zu einem Tuscheln. Nur Maritas Stimme stach mal wieder unangenehm hervor. „Willkommen im Café Naschkatze. Kommen wir zum Wichtigsten. Zuerst frage ich die einfachen Sachen ab. Keine Angst, der Rest kommt gleich auch noch. Von Aprikosentee bis Vanillekaffee. Der Einfachheit halber brauche ich nur Handzeichen. Wer möchte normalen Kaffee?“ Er notierte sich etwas auf seinem Zettel. „Schwarzen Tee?“

Zwischen dem gelegentlichen Flüstern seiner Kollegen, konnte Ben sogar die leise Hintergrundmusik ausmachen. Sie klang ein wenig französisch und passte gut in das Ambiente des Cafés. Ben beobachtete den Kellner unauffällig. Er sah gleichzeitig freundlich und gefährlich aus. Sobald er die restlichen Gäste nach ihren speziellen Getränke- und Kuchenwünschen befragt hatte, verschwand er hinter dem gläsernen Tortentresen in einem anderen Raum – vermutlich der Küche, aus der es zischte und klapperte, bevor die Gespräche langsam wieder lauter wurden.

Neben ihm seufzte Marita auf eine Art, die Ben unangenehm war. Kurz darauf hörte er getuschelte Worte an ihre rechte Sitznachbarin, Samantha. Und wenn ihn nicht alles täuschte, fanden Marita und ihre Kollegin diesen Rocker-Kellner total heiß. Jedenfalls erwähnten sie seinen wohlgeformten Hintern und die muskulösen Arme. Ben versuchte, sich auf die Musik zu konzentrieren.

Er lehnte sich zurück, trommelte dezent den Rhythmus der Musik auf die Tischdecke und versuchte die gemütliche Atmosphäre zu genießen. Eine feingliedrige Hand mit fünf Silberringen, jeder mit einem anderen bunten Halbedelstein besetzt, stellte eine Tasse Kaffee und einen Teller mit einem Stück Schokoladen-Kirsch-Torte vor ihn. Verdutzt sah Ben hoch. In diesem Moment beugte sich Nele etwas weiter über ihn, um auch Marita ihren Teller und ihren Chai Latte hinzustellen, sodass Ben sich in Neles Dekolleté wiederfand. Ben versuchte, den Kopf zu drehen, aber er hatte Angst, dabei Neles Arm wegzustoßen. Ben konnte nichts dagegen tun, dass er sich vorstellte, was für Unterwäsche Nele wohl trug. Ihm wurde heiß. Mit Sicherheit waren seine Wangen mittlerweile so rot wie Schneewittchens Apfel. Seitdem Ben wusste, dass Nele Dessous-Fitting-Model war, bekam er das Bild von ihr in roter Spitze nicht mehr aus dem Kopf.

Eine rote Serviette landete in Bens Schoß, gefolgt von einer Kuchengabel. Er fing sie im letzten Moment auf.

„Oh, Entschuldigung! Da hätte ich beinahe wichtige Dinge von Ihnen aufgespießt." Nele kicherte nervös. „Ist alles okay?" Erst jetzt blickte er auf und sie erkannte ihn.

„Ben! Wie schön! Hi!", sagte Nele.

Zum Glück erinnerte sie sich an ihn. Andererseits würde das neugierige Fragen nach sich ziehen. Jetzt schon bemerkte Ben die aufmerksamen Blicke von Marita und Samantha.

„Hallo", antwortete Ben und ärgerte sich über seine schüchterne Stimme.

„Lass es dir schmecken. Ich muss schnell die anderen bedienen. Sag Bescheid, wenn ich noch irgendwas für dich tun kann. Wegen der Beinaheverletzung durch die Gabel, meine ich."

Damit eilte sie zur Küche. Perplex sah er ihr nach. Kurz bevor sie durch die Schwingtür verschwand, drehte sie sich um und winkte ihm zu. Zaghaft hob er eine Hand und traf dabei seine Kuchengabel, die klirrend an Maritas Teller landete.

„Oh, ist da jemand verliebt? Guck mal, Ben hat ganz rote Ohren bekommen." Sie stupste ihre Sitznachbarin an. „Hey, Ben, ich wusste ja gar nicht, dass du auf solch verrückte Weiber stehst." Marita warf ihren Kopf zurück und lachte, laut und gekünstelt. Genervt griff Ben nach seiner Gabel und spießte eine Kirsche auf, die aus seinem Kuchenstück gerutscht war. Er kaute darauf herum und mahnte sich zur Ruhe. Sogar Herr Meier sah ihn irritiert an. Ben wusste selbst nicht, warum ihn Maritas Bemerkung über Nele so aufregte.

„Hat es dir die Sprache verschlagen?", zischte sie.

„Nein", knurrte Ben und nahm einen Schluck Kaffee. „Was soll ich dazu sagen? Du bleibst doch eh bei deiner Meinung. Und die ist mir ziemlich egal."

Marita starrte ihn für Sekundenbruchteile mit offenem Mund an. Vermutlich hatte sie nicht damit gerechnet, dass er überhaupt antworten würde. Ben holte tief Luft und nahm sich vor zu schweigen, aber dann brachen weitere Worte aus ihm heraus. „Man sollte nicht über Leute urteilen, die man nicht kennt. Wenn sich jemand bunt anzieht, heißt das nicht gleich, dass er verrückt ist. Außerdem: lieber verrückt als missgünstig." Ben erinnerte sich daran, dass er über Nele etwas Ähnliches gedacht hatte bei ihrer ersten Begegnung, aber nie hätte er es gesagt und er hatte seine Meinung auch schnell geändert. Und im Gegensatz zu Marita hatte er es im positiven Sinne gedacht, ihm war Nele schnell sympathisch gewesen. Bei Marita klang alles einfach nur boshaft und neidisch.

Als Antwort kicherte Marita und stupste Samantha an. „Oh, es hat ihn ganz schön erwischt. Liebe macht offenbar blind. Hast du gesehen, dass ihre Socken nicht mal zur Schürze gepasst haben? Ringelsocken. So eine Art Pippi Langstrumpf, wie?"

„Erzähl mir nicht, dass du schon mal ein Buch gelesen hast", zischte Ben ihr zu. „Du machst gar nicht den Eindruck." Langsam machte es ihm fast Spaß, sich mit Marita zu streiten. Ein völlig neues Gefühl.

„Wieso Buch?", fragte Marita überrascht.

„Pippi Langstrumpf."

„Das ist ein Film." Sie lachte und nahm einen Schluck von ihrem Chai Latte. „Meine Güte, was für einen Schulabschluss hast du denn?"

„Ich muss dich leider enttäuschen. Pippi Langstrumpf ist eine Buchverfilmung nach dem Kinderklassiker von Astrid Lindgren." Er schaffte es nicht, sich diese Information zu verkneifen, und Maritas Blick belohnte ihn für seinen Mut. Trotzdem leerte Ben seine Kaffeetasse in einem Zug, schob seinen Stuhl zurück und stand auf. Leider so ruckhaft, dass sein Stuhl kippte. Ben fing ihn gerade rechtzeitig auf. „Entschuldigt mich", sagte Ben mehr zu Herrn Meier als zu Marita und sah sich nach einer Toilette um.

„Na, willst du deine Angebetete suchen gehen?", fragte Marita wieder etwas zu laut.

„Ich muss mal", antwortete Ben und auch ihm gerieten die Worte etwas zu laut, aber in diesem Moment war ihm das herzlich egal. „Beglücke so lange einfach jemand anderen mit deinen blöden Sprüchen", schoss Ben zurück.

„Gibt es noch Wünsche?", fragte der Rocker-Kellner, der aus dem Nichts hinter Ben aufgetaucht war.

„Tut mir leid." Ben drängelte sich an ihm vorbei und der Kellner zog nur lässig eine Augenbraue hoch.

„Klasse Auftritt, Mann", raunte der Rocker. „Die Schreckschraube hat genau das verdient."

Ben grunzte nur und entdeckte endlich die rettende Tür mit der Aufschrift „Für kleine Kaffeetrinker". Er steuerte direkt darauf zu. Hinter der Tür verbarg sich ein bunt gekachelter Raum mit winzigem Waschbecken und einer einzigen Kabine. Ben atmete tief durch, ließ kühles Wasser über seine Finger rinnen und starrte sich dabei im Spiegel an. Auf seiner Brille waren kleine Flecken. Vermutlich hatte Marita ihn beim Sprechen angespuckt. Ben trocknete seine Hände sorgfältig ab und betrachtete seine Haare im Spiegel. Seine Frisur saß tadellos wie immer, genau wie seine Krawatte.

Der Automat zog die Handtuchrolle mit einem lauten Geräusch ein und Ben fuhr zusammen. Sein Herz polterte los und er grinste über sich selbst. Warum war er denn so schreckhaft? Eben hatte er Marita endlich mal die Stirn geboten, vor allen Leuten. Nicht, dass es etwas ändern würde, aber ihm hatte es gefallen. Er drehte sich zur Tür, die in diesem Moment aufgerissen wurde.

Nele stand vor ihm, Tränen in den Augen und die Schürze voller brauner Flecken. Sie duftete nach Kaffee.

„Huch! Sorry, Notfall, bei den Frauen war besetzt. Dachte, hier wäre frei ...", sagte sie atemlos. „Sorry. Bin schon weg."

„Ach was, komm rein, hier ist genug Platz. Also ... na ja ... ich wollte gerade gehen, meine ich."

Nele huschte in den Raum und schloss die Tür hinter sich. „Nicht, dass die Leute jetzt denken, wir würden hier ..." Sie lächelte zaghaft und Ben schoss die Hitze in die Wangen. „Ich habe diese Frau neben dir gehört", ergänzte sie.

„Marita ist immer so“, sagte er. „Außerdem ist das nicht deine Schuld. Es ist ja nichts passiert am Tisch.“

Eigentlich wollte er gehen, aber Nele wirkte in diesem Moment so zerbrechlich und das weckte sein Beschützergen.

„Ist bei dir alles in Ordnung?“, fragte er vorsichtig.

„Ich kann mit der Kaffeemaschine noch nicht so richtig umgehen“, sagte Nele. „Mir ist da was passiert mit einem Schlauch und einer zu vollen Tasse und … ich kann es dir nicht mal erklären.“ Eine Träne lief über ihre Wange. „Die Kaffeemaschine sieht aus, zum Glück ist die Theke davor …“

„Das kann ja jedem mal passieren“, meinte Ben, verstand aber immer noch nicht genau, wovon Nele sprach. „Und du arbeitest erst seit Kurzem hier“, fiel ihm ein.

„Mir passiert so was besonders oft. Sorry noch mal wegen der Gabel. Bist du okay?“

Ben nickte. „Alles noch dran.“ Er zuckte zusammen, als ihm klar wurde, was er damit sagte, besonders nach Neles vorherigem Kommentar. „Also … äh.“ Er brach ab.

„Das freut mich.“ Nele nickte ernst. „Ich müsste mal … also ans Waschbecken.“

Ben rutschte zur Seite, aber Nele wartete nicht. Sie legte ihre Schürze ab und zog ihr Oberteil über den Kopf. „Das wird schon“, nuschelte Ben schnell. Bevor er die Tür öffnen konnte, sah er, dass Nele unter ihrem gestreiften Shirt einen schneeweißen Spitzen-BH trug und ihre Haut einen perfekten Karamellton hatte. Ben schluckte und verließ fluchtartig den Waschraum.

„Schließ am besten ab“, riet er im Hinausgehen und hörte erleichtert das Klicken des Schlüssels hinter sich. Er wollte wirklich nicht, dass nach all dem ein Kollege hereinplatzte und Nele so sah. Sie war aufgelöst genug.

„Ben, Ben, Ben“, sagte Marita tadelnd, als er wieder seinen Platz neben ihr einnahm und nur an Neles Haut und die weiße Spitze dachte. Er blendete Maritas Stimme aus, verpasste ihren vermutlich gehässigen Witz, über den Samantha kicherte und sogar Herr Meier leise gluckernd lachte. Ben saß einfach da und atmete ein und aus.

Plötzlich erhob Frau Sommer das Wort. Danach sangen alle ein Geburtstagslied. Ben sang leise mit und beobachtete in der Fensterscheibe das Geschehen im Inneren des Cafés. Hinter dem Tresen stand eine Frau mit glänzend schwarzem Pagenkopf, die gerade Nele ihre Hand auf die Schulter legte. Gut. Das sah jedenfalls nicht danach aus, als würde Nele für ihren Kaffee-Fauxpas Ärger bekommen.

Endlich löste sich die Kaffeegesellschaft allmählich auf, der Feierabend lockte. Ben atmete erleichtert auf, niemand sagte mehr etwas zu Nele oder seinen roten Ohren. Selbst Marita hatte sich nur noch mit Samantha unterhalten und den Rocker-Kellner angehimmelt.

Kapitel 6

Glück ist an jemanden denken, den man mag

Als Ben und seine Kollegen gegangen waren, atmete Nele endlich durch. Nur Ben hätte sie gerne noch dabehalten, ohne die anderen. Aber jetzt war es so angenehm ruhig. Sie räumte gemeinsam mit Diego die Tische ab und brachte alles in die Küche.

„Der Typ, dem du auf die Toilette nachgelaufen bist, kanntest du den?", fragte Diego und erstaunte Nele mit diesem langen Satz.

„Ich wusste nicht, dass er da drin war. Hattest du das gesehen?" Nele sah ihn prüfend an. „Ja, ich kenne ihn. Seit Kurzem. Seine Großmutter wohnt bei mir in der WG und er kam gestern zum Frühstück."

„Seine Großmutter?" Diego zog beide Augenbrauen hoch.

„Wir sind eine gemischte WG, ältere und jüngere Bewohner. Zwei junge neben mir, also in meinem Alter und zwei ältere."

„Mmh", machte Diego und räumte das Geschirr in die große Spülmaschine. Unmöglich an seiner kurzen Antwort zu erkennen, wie er es fand. Trotzdem hatte Nele das Gefühl, sich verteidigen zu müssen.

„Ist ziemlich cool", meinte sie. „Bens Großmutter wohnt erst seit drei Monaten bei uns. Ihr Lebenspartner schon länger und sie haben sich jetzt endlich entschieden, zusammenzuziehen."

„Teilen sie ein Schlafzimmer?", fragte Diego und musterte Nele derart intensiv, dass sie den Blick senkte und an einem der runden Kaffeeflecken auf ihrer Schürze herumrieb.

„Jeder hat sein eigenes. Die sind doch schon über achtzig."

„Na und?" Diego verschränkte die Arme vor der Brust. „Ich kann mir nicht vorstellen, dass ich in vierzig Jahren das Interesse an Frauen verliere." Nele warf ein paar Kuchenreste weg, die jemand übriggelassen hatte.

„Und dieser Ben. Du magst ihn?", fragte Diego.

„Was?" Nele sah erstaunt auf. „Äh, klar. Er ist nett." Sie zuckte mit den Schultern. Er war ein wenig verklemmt, aber konnte sie das überhaupt schon beurteilen? Sie seufzte innerlich. Genau genommen belog sie sich selbst, sie hatte ihn von Anfang an gemocht. Und gewollt, dass er sie ebenfalls mochte.

„Ziemlich coole Aktion vorhin."

„Was meinst du?", fragte Nele.

„Na, diese Zimtzicke, die neben ihm saß, hast du die gesehen? Die mit der meterdicken Schminkschicht im Gesicht." Diego behielt Nele im Blick und sie fragte sich, worum es hier genau ging.

„Die habe ich gesehen, ja, ich glaube sie hat als einzige einen Chai Latte bestellt."

„Bestimmt nur, weil sie angeben wollte, dass sie nicht nur Cappuccino kennt. Oder sie konnte das nicht aussprechen."

„Vielleicht", sagte Nele und musste grinsen. „Die hatte ein unangenehmes Lachen. Aber welche Aktion meinst du?"

Diego lehnte sich rücklings an die Arbeitsplatte unter dem kleinen Fenster. „Tja, also diese Tussi hat Ben ununterbrochen geärgert", erklärte er. „Und irgendwann wurde es deinem Ben zu bunt und er hat sie ganz schön angefahren.

Ich glaube, es fehlte nicht viel und er hätte ihr ihren Kuchen ins Gesicht geschmiert. Schade eigentlich, dass er sich beherrscht hat." Diego lachte befreit.

„Der schöne Kuchen", fand Nele, musste aber grinsen.

„Er hat's ja nicht gemacht." Diego wurde wieder ernst.

„Was hat er denn nun genau gesagt?", fragte Nele.

„Darum geht's gar nicht. Ich hab ihre Mimik beobachtet und es war göttlich, wie sich der Gesichtsausdruck dieser Frau von überheblich zu getroffen verändert hat."

„Was macht ihr eigentlich noch hier?" Karola stand auf einmal neben Nele. „Ihr habt seit einer halben Stunde Feierabend."

„Tatsache", sagte Nele nach einem Blick auf die Uhr. Seit Ben weg war, raste die Zeit.

„Was gab's denn so Spannendes?"

Diego erzählte in knappen Sätzen von „Neles Ben" und seiner unangenehmen Tischnachbarin und Karola lachte. „Ja, und dabei wollte diese Tussi nur möglichst viele Blicke auf deinen Hintern werfen." Sie stupste Diego leicht am Arm an und grinste. Jetzt musste auch Nele grinsen, denn Diego öffnete zwar den Mund, aber momentan war er sprachlos. Offenbar hatte er davon nichts mitbekommen und sich lieber auf Ben konzentriert. Oder er blendete diese Blicke schon automatisch aus. Sie kamen zumindest nicht selten und ja, Nele musste zugeben, dass Diego gut gebaut war. Durchtrainiert, aber nicht übertrieben muskulös. Eher wie jemand, der wirklich Sport machte und nicht nur Bodybuilding betrieb. Sein verwegener Rockstarstyle fiel zusätzlich auf.

Nele dachte auf einmal an ihre Glückskanne und sah Diego mit zusammengekniffenen Augen an.

„Was ist?"

„Was würde dich glücklich machen?", fragte Nele und biss sich auf die Zunge. Wieso hatte sie das gesagt?

Wie aufs Stichwort zog Diego seine Lieblingsaugenbraue hoch, grinste und kam einen Schritt näher. „Du willst wissen, wie du mich glücklich machen kannst?"

„Generell", sagte Nele. „Ich sammele Wünsche."

„Hmm", machte Diego, sah betont nachdenklich an die Decke und tippte mit einem Finger auf seine Unterlippe. „Generell macht mich eine schöne Frau in meiner Nähe schon recht glücklich."

„Im Ernst, Diego. Was ist für dich Glück?"

„Gute Musik, eine schöne Frau in meinem Bett und ein Stück von Karolas Torte zwischen uns." Er zwinkerte ihr wieder zu.

Nele seufzte, er nahm es nicht ernst oder er wollte sie ärgern. Auf jeden Fall würde dieser Wunsch eher nicht in ihrer Kanne landen. Sonst müsste es für Nele außerdem heißen: im Bett mit einem Mann, einem Stück Torte und guter Musik. Andererseits steckte sie üblicherweise jeden sinnvollen und für sie akzeptablen Wunsch in ihre Kanne, sofern er noch nicht vorhanden war. Das war Ehrensache. Vermutlich sollte sie lieber Karola fragen, sie hätte vermutlich eine jugendfreiere Vorstellung von Glück, oder?

Ihre Chefin seufzte laut und fuhr sich über die müden Augen. In diesem Zustand brauchte Nele sie gar nicht nach einem Wunsch zu fragen. Vermutlich würde Karola sich jetzt einfach nur erholsamen Schlaf wünschen.

Die Luft kühlte Neles Haut, als sie durch die beleuchteten Straßen Kölns lief. Auf einmal hörte sie Schritte hinter sich und einen Pfiff. Ihr Herz hämmerte sofort in ihren Ohren, aber dann vernahm sie Diegos samtiges Lachen neben sich. „Warte doch mal, du hast ja ganz schön viel Energie übrig nach dem langen Tag."

Nele blieb stehen.

„Lust auf einen Drink?"

„Was, jetzt?", fragte Nele und wunderte sich darüber, dass sie im Moment überhaupt keine Lust verspürte, spontan zu sein. So müde war sie schließlich nicht und die Nachtluft half dabei, munterer zu werden.

„Wann denn sonst?", fragte Diego und legte ihr einen in knatschendes Leder gehüllten Arm um die Schultern.

Tja. An einem anderen Tag? Nachmittags. Ein Drink am späten Abend mit ihrem dunklen Kollegen kam Nele unvernünftig vor, aber sie wollte ihn auch nicht vor den Kopf stoßen.

„Okay", sagte sie schließlich. „Kann ich aussuchen, wo?"

„Cool." Diego grinste.

Bevor er allerdings vorschlagen konnte, was für einen Laden Nele sich aussuchen könnte, kamen sie zu einer Straßenkarte. Nele blieb stehen, schloss die Augen und fuhr mit dem Finger über das kalte Plexiglas. Dann sah sie nach, wo sie gelandet war.

„Ach, das ist gar nicht weit von hier. Da gibt es ein kleines Lokal, die haben länger auf."

Nele ging los, Diegos Arm lag nach wie vor auf ihren Schultern und langsam wog er mehr als jeder vollgepackte Rucksack. Sie hob die Schultern etwas an und dieses Mal verstand Diego den Wink. Grinsend hob er seinen Arm herunter und steckte die Hände in die Hosentaschen. Hoffentlich war nicht nur ein Platz an der Bar frei. Da standen die Hocker zu nah. Erst recht aber wollte Nele keins der lauschigen Sofas erwischen, auf denen man bestimmt gut kuscheln konnte.

„Da sind wir schon", sagte Nele betont munter und hielt Diego die Tür auf. Er sah sich mit wachen Augen um, dann zwinkerte er ihr zu und trat ein. Ohne auf sie zu achten, steuerte er gleich eins der freien Sofas an und sie fluchte innerlich. Warum hatte sie nicht lieber die Saftbar ausgesucht oder beim Zufallsaussuchen gemogelt? Aber warum war sie überhaupt so unentspannt? Diego wollte sie sicherlich einfach besser kennenlernen, weil sie zusammenarbeiteten. Das war prinzipiell eine gute Idee. Wenn nur nicht diese inneren Alarmglocken so laut schrillen würden. Und da war noch etwas anderes. Sie wusste es schon die ganze Zeit, aber jetzt wurde es ihr immer klarer. Es gab jemanden, der Neles Herz berührt hatte und auf einmal wollte sie dort keinen anderen Mann haben. Oder? Stimmte das überhaupt? Eigentlich suchte Nele gar keinen Mann. Punkt. Sie war glücklich als Single. Und das mit Ben hatte auch nichts mit ihren eigenen romantischen Ambitionen zu tun. Sie mochte ihn.

Nele erinnerte sich an Bens trauriges Lächeln von neulich und sie versuchte sich vorzustellen, wie er strahlen würde, wenn er glücklich war. Das wollte sie unbedingt sehen. Genau! Das war es! Er war unglücklich und wer konnte ihm da besser helfen als sie? Nicht umsonst nannte Katharina sie im Spaß immer „die Glücksexpertin"! Manchmal brauchte man eben Hilfe von anderen. Liebeskummer hielt sich hartnäckig, war schwer zu verstehen und lange Zeit nicht zu überwinden. Nele würde ihm helfen! Als … Glücksbringerin.

Kapitel 7

Glück ist definitiv keine Hochzeitseinladung

Gestern war durcheinander gewesen und auch heute war Bens Feierabend nicht wie sonst. Und an beiden Tagen musste er sich unter viele Leute begeben. Gestern Frau Sommers Geburtstag im Café, wo er Nele wiederbegegnet war und beinahe von einer Gabel erstochen worden wäre. Nur Maritas Kommentare waren die gleichen wie immer gewesen.

Und auch heute blieb Ben ein gemütlicher Abend auf seiner Couch verwehrt. Nach einem angenehm unspektakulären Arbeitstag, seinem frühen Abendlauf und einer Dusche musste er stattdessen wieder los zu einem Italiener in irgendeiner Seitenstraße in Ehrenfeld. Ben studierte den Straßenbahnplan und fand die richtige Haltestelle. Es begann zu nieseln, auch das noch. Missmutig drückte sich Ben zu den anderen Wartenden unter das schmale Plexiglasdach der Haltestelle und hielt Ausschau nach der Linie 18. Die Bahn kam und Ben vergewisserte sich umständlich, dass er sein Job-Ticket im Portemonnaie hatte, bevor er einstieg. In der Bahn ergatterte er einen freien Fensterplatz. Die Stadtlichter funkelten in der Dunkelheit, an den Laternen hing schon weihnachtlicher Schmuck. Schnee hätte definitiv besser zu der Szenerie gepasst.

Sternlaternen aus Papier leuchteten in den Bäumen über dem Weihnachtsmarkt, an dem er vorbeikam. Überall blinkten

Lichter und schlängelten sich Girlanden aus Tannenzweigen. Ben hatte seinen üblichen Adventskranz noch gar nicht aufgestellt. Den sollte er am besten Morgen bei dem kleinen Blumenladen an der Ecke seiner Straße bestellen.

Drei Haltestellen später stieg Ben aus und stellte erstaunt fest, dass seine Zeitung auf der Fahrt seine Tasche gar nicht verlassen hatte. Das Restaurant lag keine zehn Schritte vom Bahnsteig entfernt und über der Tür leuchtete „Da Nino" in pinker Neonschrift. Ben versuchte, sich zu erinnern, ob sie sich drinnen oder vor der Tür treffen wollten und warf einen Blick auf seine Armbanduhr. Er war fünf Minuten zu früh. Kalte Regentropfen trafen ihn an der Nase und Ben öffnete seinen kleinen Taschenschirm. Dummerweise fegte ein eisiger Wind durch die Straße und riss ihm den Schirm um ein Haar aus der Hand. Er beschloss reinzugehen. Beherzt drückte er die Tür auf und sah sich im Inneren des Gastraums um. Die Tische standen recht weit auseinander. Alle waren mit weißen Tischdecken, einem silbernen Kerzenleuchter und einer kleinen Vase mit je einem Tannenzweig und einem Zweig mit roten Beeren darin dekoriert. Es sah gemütlich aus und es duftete nach Knoblauch, Tomaten und angebratenem Fleisch.

„Buona sera", grüßte ihn ein Kellner in weißem Hemd und roter Schürze, die Ben schlagartig an den Rocker-Kellner aus dem Café Naschkatze erinnerte.

„Guten Abend", antwortete Ben. Obwohl er italienisch sprach, kam er sich immer blöd dabei vor und blieb lieber bei seiner Muttersprache. „Ich glaube, meine Mutter hat einen Tisch reserviert", sagte er, nachdem er sich vergewissert hatte, dass sie noch nicht da war. „Auf den Namen Zufall."

„Un momento." Der Kellner huschte zu einer kleinen

Holztheke. Nach Kurzem tauchte er wieder auf und nickte. „Si, Signore, Tisch 9, ich bringe Sie hin."

Ben setzte sich auf den Stuhl, von dem er den Eingang im Blick hatte. Neue Gäste traten ein und ein Schwall kühle Winterluft wehte bis zu seinem Platz, obwohl sich etliche Tische inklusive Menschen zwischen ihm und der Tür befanden.

Bens Mutter kam in Begleitung eines Mannes. Ben musterte den Fremden. Er besaß eine sehr hohe Stirn, die kurzen Haare an den Seiten seines Kopfes waren grau meliert. Seine Brille hatte ein sehr schmales goldenes Gestell und seine Augen waren riesig hinter den runden Gläsern. Der beige Anzug war perfekt geschnitten, vielleicht sogar maßgeschneidert. Darunter trug der Mann sogar eine Weste. Durch sein ganzes Auftreten wirkte er wie eine Mischung aus findigem Geschäftsmann und Uniprofessor. Im Grunde überhaupt nicht Belladonnas Typ, aber so wie sie ihn jetzt von der Seite ansah, hatte sich Ben offenkundig getäuscht. Sie verschlang diesen Typen geradezu mit den Augen und lachte über etwas, das er sagte, wobei sie sich kurz an ihn schmiegte und seine Wange küsste. Der Mann hingegen sah stolz aus, sie an seiner Seite zu haben. Ob sie ihn womöglich schon mit zu sich nach Hause genommen hatte? Ihr Wohnwagen traf sicher nicht seinen Geschmack. Ihre Kleidung allerdings vermutlich schon. Sie sah aus wie eine fremde Person, nicht wie zuletzt, als Ben sie gesehen hatte. Statt der langen Zöpfe mit bunten Strähnen trug sie ihr Haar kurz und modern. Um sie wehte kein buntes Kleid, dafür trug sie eine schmal geschnittene Hose mit weißer Bluse und einem Pullunder, der garantiert aus reinem Kaschmir war. Auf ihrem Halstuch prangte das Logo von Chanel. Woher hatte sie auf einmal das Geld für diese Kleidung? Sie hatte schließlich nie einen Beruf gelernt und sich die ganze Zeit mit dem Verkauf ihrer selbst genähten Taschen und Kleider über Wasser gehalten.

Der Kellner begrüßte die beiden, nahm ihre Mäntel ab und deutete dann auf Bens Tisch. Schon kamen sie auf ihn zu und Ben stand auf.

„Ben, mein Schatz", säuselte Belladonna in einem Ton, den Ben nicht von ihr kannte. Sie küsste ihn auf die Wange. Dabei hielt sie sein Gesicht mit kalten Fingern fest und deutete auf ihren Begleiter. „Jetzt lernt ihr euch endlich kennen", sagte sie nur. Sobald sie ihn freigab, reichte Ben dem fremden Mann die Hand.

„Benedikt Zufall", stellte er sich vor und betrachtete sein Gegenüber erneut. Aus der Nähe entdeckte er eine kleine Narbe über der rechten Augenbraue.

„Dr. Detlev Otterbein-Knauerhase", sagte der Mann und drückte Bens Hand ein bisschen zu fest, als müsse er demonstrieren, was für ein kräftiges Alphamännchen er war.

Wie hieß der Mann? Konnte Ben noch einmal nachfragen? Irgendwas mit Hase und Otter. Ein irres Kichern kroch in ihm hoch, aber er hielt es zurück. Seine Mutter setzte sich, nachdem ihr Begleiter ihr den Stuhl zurückgezogen hatte. Erst dann setzte er sich selbst.

Ben fand es irritierend, wie oft sich die beiden im weiteren Verlauf des Abends tief in die Augen sahen oder küssten. Beim Aussuchen der Gerichte, selbst während des Essens. Sie fütterten sich sogar gegenseitig mit kleinen Bissen ihrer Speisen. Ben hustete und nahm schnell einen Schluck Rotwein. Augenblicklich musste er an Nele denken, dabei hatte er noch nie mit ihr Wein getrunken.

Immerhin stellte ihm niemand Fragen darüber, was er so machte, weil Dr. Otterbein-Knauerhase zu beschäftigt war, ständig eine Locke aus der Stirn von Bens Mutter zu streichen.

„Ben“, sagte sie, als der Kellner die Teller des Hauptgangs abräumte. „Wir sollten uns wirklich öfter treffen. Du kannst uns nächstes Mal auch in unserem Haus besuchen. Es ist bald fertig eingerichtet, nicht wahr, Honigbär?“

Zum Glück hatte Ben gerade nichts im Mund. Nur deswegen verschluckte er sich nicht. Honigbär? Erst dann sank die Information mit dem Haus bei ihm ein. „Welches Haus? Ihr wohnt zusammen?“

„Mein Bienchen kann ja nicht immer in diesem kleinen Wohnwagen hausen. Ein Haus steht ihr so viel besser, deshalb haben wir den Wohnwagen verkauft“, meinte Dr. Otterbein-Knauerhase.

„Ist er nicht ein Goldschatz?“, fragte Bens Mutter und kniff ihren Goldschatz leicht in die Wange. Kurz darauf kicherte sie. Ben wollte lieber nicht wissen, wo die Hand von seinem Gegenüber, die unter den Tisch verschwunden war, gerade bei seiner Mutter gelandet war.

„Bestimmt“, nuschelte Ben. „Und, wo ist dieses Haus?“ Er hätte einen ruhigen Abend mit gepflegter Konversation vorgezogen. Diese ständige Kicherei und Küsserei ging ihm langsam auf die Nerven. Wie lange waren die beiden denn ein Paar? War das noch immer die erste Verliebtheit oder würde das so bleiben? Ben stöhnte innerlich.

„In Hahnwald. Die Adresse notiere ich dir, ach warte …“ Bens Mutter griff nach ihrer Handtasche und suchte etwas darin. Sie reichte Ben eine quadratische schneeweiße Karte. In Prägebuchstaben las er darauf „Belladonna und

Dr. Detlev Otterbein-Knauerhase“, darunter die Straße und Postleitzahl. Im Hasengarten 7, 50996 Köln. Zwei Telefonnummern, zwei Handynummern.

„Die E-Mail-Adresse und unsere Homepage findest du auf der Rückseite.“

Ben drehte die Karte um. Tatsächlich.

„Ihr macht Honig?“, fragte Ben und sah die Kosenamen der beiden in neuem Licht.

„Ja.“ Seine Mutter nickte stolz. „Den Honig verkaufen wir. Und eine Reihe anderer Produkte. Und seit Neustem halten wir Alpakas für ein wenig Wolle und Trekkingtouren.“

„Und natürlich verkaufen wir dein selbst geschöpftes Geschenkpapier“, ergänzte Dr. Otterbein-Knauerhase.

„Belladonna Otterbein-Knauerhase?“, fragte Ben vorsichtig. „Wieso hast du deinen Nachnamen weggelassen? Ist das verkaufsfördernd?“

„Ach so, wir wollten nicht bald wieder neue Karten drucken lassen.“ Sie winkte ab. „Warte.“ Erneut wühlte sie in ihrer Handtasche. Dieses Mal fand sie einen Briefumschlag und schob ihn über den Tisch. Das perfektweiße Papier glitzerte leicht im Kerzenschein und Bens Name prangte in schnörkeligen Buchstaben darauf. Langsam drehte er den Umschlag um und öffnete das Kuvert.

Darin steckte eine Karte, höchstvermutlich aus dem selbstgeschöpften Papier von seiner Mutter, mit eingearbeiteten Rosenblättern. In der Mitte stand in großen silbernen Buchstaben „Einladung“. In der Karte fand Ben dann das Wort, das er schon erwartet hatte. Oder befürchtet? „Hochzeit“.

„Ihr heiratet?“, fragte er. Dummerweise kam ihm sofort Silvias Gesicht in den Sinn. Ihr strahlendes Lächeln, als er ganz traditionell auf ein Knie heruntergegangen war und ihr die aufgeklappte Ringschachtel hingehalten hatte. Ihr Blick auf den Ring hätte ihm gleich verraten können, dass es nie zu einer Hochzeit kommen würde. Ihr Lächeln war einfach für den Bruchteil von Sekunden verrutscht. Möglicherweise hatte ihr der Ring nicht teuer genug ausgesehen. Oder ihr war in diesem Moment klar geworden, dass sie zwar heiraten wollte, aber nicht ihn? Hatte sie da schon Ralf an ihrer Seite gesehen? Ben schloss kurz die Augen und atmete tief durch.

„Freust du dich nicht, Schatz?“ Seine Mutter strahlte wie ein Kristalllüster. Dr. Otterbein-Knauerhase straffte die Schultern, legte einen Arm um seine Verlobte und hob sein Glas. „Da musst du natürlich Detlev zu mir sagen. Oder Paps.“

Ben schluckte, und sah schnell hinunter auf die Karte. Paps. Das Wort breitete sich in seinem Kopf aus, die Buchstaben wuchsen und leuchteten. In seinen Magen schafften sie es auch. Mit Sicherheit würde er ihn nicht so nennen. Er kannte Detlev überhaupt nicht und … er hatte bereits einen Vater. Irgendwo. Gebraucht hatte er ihn nie, kennengelernt auch nicht, aber genauso wenig hatte er Lust darauf, einen neuen Vater zu bekommen. Ben starrte wieder auf die Einladung. Die Hochzeitsfeier sollte im August nächsten Jahres stattfinden. Trauung am Freitag, Feier am Samstag.

„Schön“, murmelte er und stopfte die Karte in seine Arbeitstasche, froh etwas mit den Händen machen zu können. Als er aufsah, bemühte er sich um ein höfliches Lächeln.

„Eine kirchliche Trauung gibt es nicht, wir werden im Standesamt heiraten. Da kommt natürlich nur die Familie. Für unsere Feier haben wir ein Gartenfest geplant, wir haben ja genug Platz.“

Sie küssten sich schon wieder. Ben sah aus dem Fenster, wo gerade ein eng umschlungenes Paar vorbeiging. Verdammt. Bens Mutter würde heiraten. Einen Fremden, für Ben zumindest. Das war doch alles nicht richtig! In einem normalen Leben wären seine Eltern längst miteinander verheiratet. Damit wäre eigentlich Ben dran mit Heiraten. Er hatte das richtige Alter. Und wenn Silvia ihn nicht verlassen hätte … wer weiß, vielleicht hätte er dann jetzt seiner Mutter eine Hochzeitseinladung überreicht. Ben nahm sich das letzte Stück Brot aus dem Korb. Er kaute eine Weile und versuchte, die Neuigkeiten zu verarbeiten. Genau genommen war seine Familie nie so gewesen, wie er sich eine normale Familie vorstellte. Warum also sollte es jetzt so sein? Außerdem war seine Mutter alt genug, um zu wissen, was sie tat.

„Dann sind wir endlich eine richtige Familie. Dein leiblicher Vater ist ja leider nie für dich da gewesen", meinte Detlev. „Manchmal ist ein anwesender Vater wichtig für die eigene Entwicklung, auch für die Beziehung zu einer Frau zum Beispiel. Du bist Single, richtig?"

Am liebsten hätte Ben es abgestritten und eine Freundin erfunden. Was bitte ging es diesen Mann an, ob er Single war oder nicht? Und was zum Teufel sollte das mit seinem nicht anwesenden Vater zu tun haben?

„Wie lange hat deine letzte Beziehung gedauert?", fragte Detlev.

Ben starrte ihn an und überlegte, wie er aus dieser Nummer herauskommen sollte. Mit der Wahrheit etwa? „Ich habe keine Lust jetzt darüber zu reden", sagte er schließlich.

„Das kann ich gut verstehen. Aber vielleicht kann deine Mutter Licht in die Sache bringen, warum das so ist und deine Beziehungen nicht halten. Wir können dir ganz bestimmt helfen." Er löste seinen Röntgenblick von Ben. „Bienchen, wie lange warst du genau mit Bens Vater zusammen, nachdem du schwanger wurdest? Wie lange konnte er seine Nähe spüren?"

„Nähe?" Belladonna lachte. „Nun, das müssen so in etwa zehn Wochen gewesen sein. Wir hatten in den Monaten davor schon beschlossen zu heiraten und, Ben, keine Sorge, du warst ein richtiges Wunschkind." Sie tätschelte seine Hand und wandte sich dann an ihren Honigbären. „Das ist wichtig, oder Bärchen? Jedenfalls hab ich ihn dann aber vor die Tür setzen müssen, als ich von seinen vier Affären erfahren habe. Während unserer gemeinsamen Zeit." Sie kniff die Lippen zusammen, als wäre es gestern gewesen.

„Davon weiß ich ja gar nichts", sagte Ben lahm.

„Aber es ist gut, dass du es jetzt erfährst." Detlev legte eine Hand auf Bens.

Der fühlte sich wie ein Reh im Scheinwerferlicht und konnte sich nicht rühren. Die Hand seines zukünftigen Stiefvaters war zu warm und gleichzeitig feucht und rau.

„Und du meinst, Benedikt sollte ihn jetzt kennenlernen?", fragte Belladonna.

„Wen?" Ben konnte dem Gespräch nicht folgen. Vermutlich lag das daran, dass Detlev seine Hand zum Glück gerade weggenommen hatte, jetzt aber wieder an der Kleidung seiner Mutter herumfummelte.

„Deinen leiblichen Vater", erklärte Detlev, der offenbar multitaskingfähig war. „Nein, ich denke, das müssen wir in Ruhe besprechen. Aber wenn er bisher kein Teil deines Lebens war, muss er das nicht werden. Es ist einfach wichtig, dass eine Vaterfigur in deiner Nähe ist. Diese Aufgabe werde ich sehr gerne übernehmen."

Ben wusste nicht, ob er dankend ablehnen oder gleich wegrennen sollte. Stattdessen gähnte er übertrieben. Er hatte noch nie einen Vater gehabt, warum also sollte er jetzt einen brauchen? Und dann noch einen Mann, den er kaum kannte? Was stellte dieser Dr. Honigbär sich eigentlich vor? Er war ja kein kleiner Junge mehr. Seine Mutter konnte von ihm aus heiraten, aber für Ben musste sich jetzt nicht unbedingt alles ändern.

Honigbär strich seinem Bienchen über den Arm, und sah Ben verständnisvoll an. „Du nimmst die Neuigkeit sehr gut auf", lobte er ihn.

Ben fühlte sich zwar überhaupt nicht so, als würde er irgendwas gut aufnehmen, aber er nickte und lächelte tapfer. Meinte Honigbär die Hochzeit? Oder die Tatsache, dass seine Mutter bereits mit einem Mann zusammenwohnte, von dem Ben bisher nicht mal den Namen gekannt hatte? Dass sie ihren Wohnwagen verkauft hatte, ohne je ein Wort Ben gegenüber dazu zu verlieren? Oder dass sie neue Hobbys wie Papierschöpfen hatte?

„Es wird dir guttun, ordentliche Familienverhältnisse zu haben." Honigbär nickte ernst.

Als plane er, dass Ben bei ihnen in ein eigenes Zimmer zog ... Ben schauderte und versuchte das Gespräch von sich wegzulenken. „Was für einen Doktor haben Sie eigentlich?"

„Psychologie", erwiderte sein Gegenüber. „Und du musst natürlich du zu mir sagen, auch wenn deine Mutter und ich noch nicht verheiratet sind."

Ben nickte. „Ich bin wirklich müde."

„Oh, natürlich, Schatz. Du musst ja morgen früh aufstehen", sagte Belladonna. Ben fiel auf, dass er diesen Satz noch nie von ihr gehört hatte. Als er klein war, hatte sie ihn nie früh ins Bett geschickt. Vermutlich war er ohnehin immer schnell eingeschlafen, weil sie Lavendel-Räucherstäbchen angezündet hatte. Oder irgendetwas mit betäubender Wirkung, wer wusste das schon?

„Zahlen, bitte!“ Honigbärs Stimme geriet ein wenig zu laut und der Kellner eilte herbei.

„Detlev schreibt Bücher“, raunte Belladonna Ben zu, während ihr Verlobter bezahlte.

„Toll“, murmelte Ben.

„Zum Beispiel Ratgeber für Schwierigkeiten, die sich aus einer vaterlosen oder mutterlosen Kindheit ergeben. Und ganz viele andere, wunderbar schlaue Dinge.“ Sie strahlte ihren Partner an.

„Eine gute Idee“, sagte Detlev und kramte in Belladonnas großer Ledertasche. „Hast du eins dabei?“

Belladonna nickte begeistert, als ihr Verlobter ein violettes Buch aus den Tiefen ihrer Tasche zog. „Ich habe es schon gelesen“, sagte sie in leicht verschwörerischem Ton zu Ben. „Keine Angst. Alle Probleme, die du von damals hast, kann man noch gut beheben.“

„Mir geht’s gut“, knurrte Ben.

„Ja, natürlich! Aber dir kann es noch viel besser gehen!“, rief seine Mutter überschwänglich. „Du musst es lesen. Hier, Honigbär, signierst du es ihm?“

„Klar.“ Honigbär holte einen Füller aus Belladonnas Tasche und kritzelte etwas auf die erste Innenseite des Buches. Dann reichte er es feierlich über den Tisch.

„Vielen Dank“, sagte Ben. Am liebsten hätte er so was gesagt wie „Das kann ich nicht annehmen“, aber das war vermutlich unhöflich. Besonders nach der persönlichen Widmung, die er jetzt auf keinen Fall lesen wollte.

Er bestaunte das Cover und den Klappentext so lang wie möglich und glaubwürdig, dann steckte er das Buch ein und gähnte erneut. „Es tut mir wirklich leid, ich muss langsam los.“

„Natürlich! Schlaf ist so wichtig.“ Belladonna und Detlev standen auf und folgten Ben Arm in Arm zur Tür, wo sie ihre Jacken anzogen. „Gute Nacht und bis bald mal wieder“, sagte er strahlend. Sobald die drei draußen waren, schloss sich die Tür mit einem sanften Klick hinter ihnen.

„Gute Nacht, vielen Dank für die Einladung und bis bald.“ Ben wollte sich wegdrehen, aber Belladonna sprang auf ihn zu und drückte ihn fest.

„Gute Nacht, mein Schatz!“, säuselte sie. „Schlaf gut und gib acht auf deine Träume. Sie können einem manchmal eine riesige Hilfe im Leben sein.“

„Mach ich“, sagte Ben. „Gute Nacht.“

Im nächsten Moment drückte Detlev ihn an sich, so schnell konnte Ben gar nicht ausweichen. „Gute Nacht, Benedikt. Ich freue mich, bald so einen tollen Sohn wie dich zu haben. Du wirst sehen, dann wird alles gut.“

„Bestimmt. Gute Nacht“, sagte Ben und löste sich schnell von Detlev, der nach Honig und irgendeinem aufdringlichen Aftershave roch. „Meine Bahn kommt, ich muss los.“

Ben rannte Richtung Bahngleis. Zum Glück kam just in diesem Moment eine Bahn an. Es war nicht seine Linie, aber das ignorierte Ben. Beschwingt hüpfte er hinein und winkte seiner Mutter und ihrem Verlobten freundlich zu. Er ließ die Hand schnell wieder sinken, da die beiden erneut in einen innigen Kuss vertieft waren und ihn offenbar längst vergessen hatten. Erschöpft ließ sich Ben auf eine freie Sitzbank plumpsen.

Erst als die Bahn anfuhr schaute Ben, wohin er fahren würde. Linie 16. Die hielt am Neumarkt, den Rest konnte er laufen. Also alles halb so wild. Seine Mutter wollte heiraten. Einen Psychologen namens Otterbein-Knauerhase. Ein irres Kichern brach auf einmal aus Ben heraus. Was für ein Name! Und eine Überraschung. Seine Mutter in einer Villa mit Bienen und Alpakas im Garten. Durfte man die dort überhaupt halten? Er zog die Einladung aus seiner Tasche und las den Text erneut. Sein Name stand handschriftlich auf dem Umschlag, die Einladung war wohl für alle gleich.

Liebe Gäste,
Die große Liebe kommt nur einmal im Leben, manchmal später als gedacht.
Uns hat es jetzt erwischt, und für euch wird aufgetischt.
Also ab in Frack und Kleid und hübsch gemacht.
Wir laden euch ganz herzlich ein.
Am 5. August unsere Gäste zu sein.

Ben verzog das Gesicht. Wer hatte wohl diesen Reim verbrochen? Bestimmt Dr. Otterbein-Knauerhase. Detlev. Die Hochzeit war also bereits in knapp neun Monaten, bestimmt hatten die beiden schon begonnen alles vorzubereiten. Für Ben blieben nur die Geschenkfrage und die Aussicht sich dieser Feier ohne Freundin zu stellen.

Kapitel 8

Glück ist etwas Neues auszuprobieren

Am liebsten hätte Nele gleich angefangen, Pläne zu schmieden, wie sie Bens Glück auf die Sprünge helfen könnte, aber Diego saß einfach zu nah. Er strahlte eine gefährliche Wärme aus. Sogar durch Neles Pullover und ihr linkes Hosenbein. Er brauchte so viel Platz auf dem Sofa, dass es nicht mal aussah, als wäre er ihr unangemessen nah auf die Pelle gerückt. Andererseits, was war schon unangemessen? Manche Leute gingen schließlich in einen Club, um sich besonders nah zu kommen, ohne dass es unpassend aussah. Aber Nele wollte das heute nicht. Sie versuchte, sich zu entspannen. Dinge ergaben sich und das war gut, oder nicht? Sie liebte Zufälle, mochte spontane Aktionen. Immer.

„Wusstest du, dass Zufall ein richtiger Nachname ist?", rutschte es Nele heraus, weil sie an Ben denken musste.

Diego sah sie irritiert an, dann grinste er, nippte an seinem Cocktail und ignorierte ihre Frage völlig. Stattdessen fragte er:

„Wie gefällt dir Karolas Laden?" Selbst sein Cocktail sah dunkel und gefährlich aus, dabei hatte Nele gedacht, dass die immer bunt und irgendwie sommerlich waren. In Diegos Hand wirkte das Glas wie ein Kunstwerk, und überhaupt nicht fröhlich. Sie griff nach ihrem eigenen Getränk und nahm einen Schluck. Die Kokosnuss darin schmeckte zumindest nach Sommer und Leichtigkeit. Sie schloss die

Augen und versuchte herauszuschmecken, was außerdem in dem Cocktail steckte.

Diego bewegte ein Bein und es fühlte sich wie ein Streicheln an ihrem Oberschenkel an. Nele warf ihm einen Blick zu, um herauszufinden, ob es Absicht war, und er grinste wölfisch.

„Was?", fragte sie. Auf einmal erinnerte sie sich, dass er etwas gefragt hatte, aber was, wusste sie nicht mehr.

„Entspann dich, du hast jetzt Feierabend." Diego schnurrte und knurrte gleichzeitig. Beides allein hätte Nele schon nicht geholfen, sich zu entspannen, aber zusammen trieben diese Geräusche ihren Herzschlag in ungeahnte Höhen. Sie schluckte, dann atmete sie tief durch und lächelte Diego an.

„Stimmt. Feierabend." Sie lehnte sich zurück und überkreuzte die Knöchel unter dem Tisch. Wenigstens ihre Füße sollten Diego nicht berühren. Das hier war kein Date und sollte auch keins werden.

„Wie lange arbeitest du denn schon im Café?", fragte Nele. Die Frage war unverfänglich und so wenig privat wie möglich.

Diego lachte kehlig und bei Nele stellten sich die feinen Härchen im Nacken auf. Sie schielte zu ihrem Schal, aber der lag viel zu weit weg, als dass sie ihn sich hätte nehmen können, ohne sich dabei über Diegos Schoß zu beugen.

„Ewig und drei Tage", sagte Diego und zwinkerte ihr zu.

„Klingt nach einer langen Zeit." Nele ärgerte sich kurz über seine Antwort. Andererseits sprach er normalerweise so wenig, dass sie froh sein sollte, dass er überhaupt antwortete.

„Es geht. Karola ist cool. Halte es noch eine Weile dort aus." Er nahm immer wieder einen Schluck und sein Glas leerte sich in einem beunruhigenden Tempo. Nele schluckte. Sie wollte nicht wissen, wie Diego werden würde, wenn er betrunken war. Sie konnte sich ihn jedenfalls nicht kichernd vorstellen. „Noch einen?", fragte er und deutete auf Neles Glas.

Leicht panisch stellte Nele fest, dass sie schon ausgetrunken hatte. Sie schüttelte den Kopf. „Cola wäre toll", sagte sie. Um nach Hause zu gehen, war es zu früh.

„Mit Wodka?", fragte Diego.

„Pur, bitte." Nele ignorierte Diegos hochgezogene Augenbraue.

„Und du? Was hast du vorher gemacht?", fragte Diego.

„In der Modebranche gearbeitet", sagte Nele schnell.

„Als Model?" Diego sah Nele intensiv an.

„So ähnlich, ja", sagte sie und winkte ab. „War nur kurz." Wie man kurz definierte, lag schließlich im Auge des Betrachters. „Und du?", fragte sie schnell. Wenn Diego antwortete, konnte er keine Fragen stellen und Nele hatte keine Lust, ihm allzu viel von sich zu verraten.

„Vor Karolas Laden? Videoverleih, davor Fitnessstudio. Sehr kurz. Davor Barkeeper in einer Bar ganz in der Nähe. Hieß damals anders, anderer Besitzer. Andere Kellner. Coolere Einrichtung als hier."

„Wow", sagte Nele. „Aber hier ist es ja auch ganz schick." Sie sah sich extralange um und nahm dankbar ihre Cola vom Kellner entgegen, der genau im richtigen Moment kam. Sie nahm sofort einen Schluck, froh, etwas mit ihren Händen zu tun zu haben.

„Musik?", fragte Diego.

„Hmm? Äh, mag ich." Nele spürte, wie ihre Wangen glühten. Wieso irritierte ihr Kollege sie so sehr?

„Richtung?“ Diego lachte leise.

„Gemischt, alles Mögliche. Ich probiere gerne neue Sachen aus.“

„Klingt gut.“

Nele merkte, dass Diego seinen Blick über ihren Körper huschen ließ, als ob sie etwas ganz anderes gesagt hätte, aber … das hatte sie ja auch! Herrje. „Musikmäßig“, stellte sie klar. Wie klang das denn jetzt? Als wäre sie unerfahren oder verklemmt. Na ja, vermutlich war das besser so. Diego schien auf ein anderes Ende des Abends aus zu sein als sie. Sie griff zur Geheimwaffe und gähnte ausdauernd. „Oje, schon so spät. Ich hab schlecht geschlafen letzte Nacht. Ich muss dringend nach Hause. Es ist ja schon fast zehn Uhr und morgen muss ich früh raus.“

„Weißt du, wonach man besonders gut schläft?“, fragte Diego.

Nele vermutete, dass er vorschlagen wollte, noch zu ihm zu gehen und rückte ein Stück von ihm ab. „Ein Glas Milch mit Honig?“, fragte sie und lächelte ihm möglichst unschuldig zu.

„Hmm. Yoga Nidra“, sagte er.

Neles Ohren wurden heiß. Das war garantiert ein anderes Wort für … Sex. Oder nicht? Klang ein bisschen wie Tantra. „Ich bin wirklich müde, das wird auch so gehen“, sagte sie vorsichtig und ärgerte sich. Sie kannte Diego ja kaum und er war ihr neuer Kollege. Da konnte er ja nicht erwarten, dass sie gleich mit zu ihm nach Hause kam!

„Okay, aber du könntest ja mal mitkommen. Die heutige Stunde haben wir eh verpasst.“

„Vielleicht.“

„Morgen“, sagte Diego. „Morgen direkt nach Ladenschluss,

dann schaffen wir den Kurs um einundzwanzig Uhr. Ist nicht weit vom Café, die Yogaschule.“

Yogaschule war doch bestimmt kein anderes Wort für Diegos Wohnung und speziell sein Schlafzimmer, oder? Schicksal, dachte Nele. Neues ausprobieren. Und wenn ein Abend mit Diego eins war, dann etwas Neues.

„Okay“, sagte sie und stand auf.

Kapitel 9

Glück ist manchmal doch bunt

Der Wecker piepste mitten in einen wirren Traum hinein, das Bild von Bens Mutter im gestreiften Karnevalsbienenkostüm und Schleier verblasste. Ben wachte mit Kopfschmerzen auf. Mit einem Stöhnen drückte Ben auf die Schlummer-Taste und drehte sich zur Wand. Die Augen fielen Ben wieder zu, aber er blinzelte immer wieder. Er sollte aufstehen. Irgendwann schaltete sein Körper auf Autopilot und er folgte seiner Morgenroutine. Trotzdem wälzte er ständig den gestrigen Abend in Gedanken hin und her. Seine Mutter heiratete und Ben nicht. Das wiederum ärgerte ihn. Alles nur wegen Silvia, andererseits hieß die Trennung von ihr ja nun auch nicht, dass er nie heiraten würde. Vermisste er sie eigentlich? Oder war er wütend, weil er seinen Lebensplan nicht verwirklichen konnte?

Seine Mutter konnte ruhig heiraten und damit würde sich nichts für Ben ändern. Er lebte sein Leben und sie ihres. Mit Detlev, der sein neuer Vater sein wollte. Da hatte Ben natürlich ein Wörtchen mitzureden. Der verständnisvolle Detlev würde schlussendlich einsehen, dass Ben sich erst langsam an die Tatsache gewöhnen musste, einen neuen Vater zu haben. Nicht, dass jetzt auf einmal Stiefvater-Sohn-Tage auf dem Programm standen. Die Hochzeit dauerte nicht länger als einen Tag. Ein paar Stunden konnte sich Ben das antun. Auch alleine. Bauchschmerzen bekam er trotzdem. Wahrscheinlich war das eher Hunger. Alles war normal. Kein großes Ding.

Das Frühstück schmeckte wie immer, der Weg zur Arbeit war wie immer, die gleichen idiotischen Autofahrer und lebensmüden Radfahrer waren unterwegs. Der Schnee am Rand der Gehwege verwandelte sich minütlich in grauen Matsch und gab unter den vielen Schuhen und Stiefeln der Passanten unanständige Geräusche von sich. Sogar der Himmel passte sich farblich ans Grau an, wie am Tag zuvor.

Zum ersten Mal in Bens Leben, zumindest soweit er sich erinnerte, störte ihn das Grau. Da fehlte etwas Buntes und es war definitiv keine Hippie-Hochzeitsfeier. Er stutzte. Brauchte er wirklich etwas Buntes? Nein, er fühlte sich wohl mit Grau. Grau war Sicherheit und Ruhe. Ben absolvierte sieben Kundengespräche, überprüfte zwischendurch die neusten Entwicklungen bei den Aktienkursen und vergrub sich in Zahlen. Immerhin die waren verlässlich. Nicht so wie seine Mutter und dieser merkwürdige Mann.

„Achte auf deine Träume", hatte seine Mutter gesagt. Auch das noch. Natürlich fiel ihm sofort ein, was er geträumt hatte. Kurz vor dem Aufwachen war er neben einem Alpaka durch eine Blumenwiese gelaufen und neben ihm, mit einem zweiten Alpaka an der Leine, hatte Nele getanzt. Da hatte er ja mal hervorragend die Tagesereignisse kombiniert. Ben grinste. Eigentlich war der Traum ganz schön gewesen. Wie er ihm bei irgendwelchen Lebensfragen helfen sollte, wusste er allerdings nicht.

Als endlich Mittagspause war, packte Ben seine Tasche langsamer als sonst. Er ging nicht in die Kantine, sondern verließ das Büro durch den Haupteingang und lief Richtung Innenstadt und steuerte auf die Wohnung seiner Großmutter zu. Sinnvollerweise hätte er anrufen sollen, aber er wollte sich lieber bewegen. Natürlich war die Hochzeit kein

Problem, aber es schadete sicher nicht, mal mit Katharina darüber zu sprechen.

Ben klingelte und wartete. Der elektrische Öffner summte und er stieg betont lässig die Treppe hoch, obwohl sein Herz Purzelbäume schlug. Nur, weil er von seiner Routine abwich. Lächerlich. Kurz dachte er daran, dass er gleich Nele sehen würde.

„Oh, hi Ben, gut, dass du kommst!" Nele trug eine dunkelrote Jeans mit einem weiten schwarzen Pullover und einem bunten Schal. Die Farben waren es vermutlich, die Ben aus dem Konzept brachten. Schließlich wusste er, dass neben seiner Großmutter auch andere Leute hier wohnten. Und an Nele hatte er sogar eben noch gedacht.

„Möchtest du reinkommen oder kann ich dir irgendwas zur Tür bringen?" Neles Mundwinkel zuckten.

„Ja", sagte Ben und wartete, dass Nele ihm Platz machte, damit er reingehen konnte, ohne sie zu berühren. Dummerweise hatte er sich nicht sonderlich sinnvoll ausgedrückt. Was war nur mit ihm los? „Ich wollte Katharina sprechen", erklärte er endlich.

„Sie ist leider nicht da. Kann ich dir helfen? Du bist bestimmt mein heutiger Wunsch", sagte sie.

Ben starrte sie an. „Wunsch?"

„Meine Kanne, komm", sagte Nele und griff nach seiner Hand.

Ben zuckte zurück. „Meine Schuhe", murmelte er. „Dreckig. Schneematsch und so."

Nele lachte. „Okay, klar. Möchtest du Pantoffeln oder dicke Socken?"

Ben schüttelte den Kopf und zog sich unelegant die Schuhe aus. Dieses Mal hielt Nele ihm nicht die Hand hin, sondern deutete nur den Gang hinunter auf eine Tür, an der die Buchstaben ihres Namens aus Zeitungsausschnitten klebten. Ben folgte ihr die wenigen Schritte.

„Hier.“ Nele öffnete die Tür, lief zu einem Wandregal und nahm etwas herunter.

„Eine Teekanne“, sagte Ben. „Mit Pullover …“

Beide lachten.

„Mein Kännchen Glück.“ Nele nahm den Deckel ab und zeigte ihm den Inhalt.

Soweit Ben es erkennen konnte, steckten im Bauch der Kanne ein Haufen zu Kugeln zusammengeknüllte Zettel.

„Gegen die Feuchtigkeit?“, fragte er. Was waren das bitte für Papierkügelchen und warum bewahrte Nele sie in einer Kanne auf?

„Glück“, sagte Nele, als wäre es eine Erklärung. „Mein eigenes und das anderer Leute. Möchtest du auch einen Zettel ziehen? Es hilft manchmal weiter, wenn man feststeckt.“

„Danke, aber mir geht's gut.“ Unangenehm fiel ihm auf, dass er schon wieder so ruppig antwortete wie gestern im Restaurant. Schien ein wunder Punkt zu sein.

Nele nahm ihm seine unhöfliche Antwort nicht krumm, zuckte mit den Schultern und erklärte dann, was es mit der Kanne auf sich hatte.

„Jedenfalls hab ich heute wie jeden Morgen einen Zettel gezogen. Darauf stand, dass ich jemandem bei einer wichtigen Frage helfen soll. Und das klingt doch wirklich nach Glück. Ich weiß gar nicht mehr, von wem der Wunsch stammt. Ist ja auch egal. Was meinst du, verrätst du mir deine Frage für Katharina? Oder hast du eine andere wichtige Frage?“

Ben starrte auf die Teekanne und dann in Neles Augen. Was war das denn für ein Quatsch? Wie sollte Nele ihm denn helfen? „So wichtig ist meine Frage nicht", sagte er ausweichend. Und was sollte er überhaupt fragen? Werde ich jemals heiraten? Wird mein Leben je wieder normal, jetzt wo meine Mutter einen Psychologen heiratet, in einem Haus wohnt und Alpakas hält?

„Magst du sie mir trotzdem stellen? Katharina ist mit Johannes unterwegs. Sie wollten heute eine Bootsfahrt machen und ins Schokoladenmuseum gehen. Vielleicht habe ich sie schon angesteckt." Sie lächelte.

Ben verstand nicht, wovon Nele sprach, aber etwas in ihrem Ton besänftigte ihn. Seine Schultern entspannten sich und er merkte erst jetzt, wie verkrampft er eben gewesen war. Der Tag wirkte mit Nele längst nicht mehr so eintönig. Und wie konnte selbst er sich in diesem bunten Zimmer auch trist fühlen?

„Kaffee? Oder lieber eine heiße Schokolade?", fragte Nele und sah ihn forschend an.

„Jetzt stellst du ja die Fragen." Ben lächelte. „Gerne, aber geht auch Tee? Katharina hat doch immer Kamillentee da." In seinem Bauch saß immer noch ein bisschen Unruhe, da tat der Tee bestimmt gut.

„Natürlich."

Sie wechselten in die Küche und Ben setzte sich auf den Platz, wo er letztes Mal gesessen hatte. Nele füllte den Wasserkocher und stellte ihn an.

„Meine Mutter heiratet nächstes Jahr, hat meine Großmutter mal was erwähnt?", fragte Ben, bevor er sich stoppen konnte.

„Mir gegenüber nicht, nein. Wie schön", sagte Nele. „Eine Sommerhochzeit?"

„Ja."

„Das ist doch klasse. Du siehst gar nicht aus, als würdest du dich freuen. Ich schätze mal nicht, dass sie deinen Vater heiratet, richtig? Einen neuen Mann und du magst ihn nicht?"

Seltsamerweise störten Ben Neles private Fragen überhaupt nicht. Er seufzte. „Ganz neu, ich habe ihn gestern kennengelernt. Er ist Psychologe, stell dir vor. Und du glaubst nicht, wie er heißt."

Nele goss heißes Wasser in zwei Tassen mit Teebeuteln und reichte Ben eine davon.

Sie beobachtete ihn und sah amüsiert aus. „Wie heißt er denn? Alois Bohnensack vielleicht? Obwohl es davon sicherlich nicht zwei gibt. Das war mein Physiklehrer."

Ben lachte. „Nein, aber es ist nah dran. Dr. Detlev Otterbein-Knauerhase." Er lachte kurz.

Nele grinste. „Im Ernst?"

„Ja. Gut, oder?"

„Und wie war der erste Eindruck?"

„Ich fand ihn so seltsam wie seinen Namen."

„Hmm. Und dein Vater? Wie kommt er damit klar?"

Ben sah einen Moment auf seine Hände. Er wusste es nicht. Natürlich nicht. Weil er diesen Mann nicht kannte. Aber auf einmal bekam er durch Neles Worte ein Gesicht. Wurde jemand mit Gefühlen. Vielleicht machte es ihm etwas aus. Andererseits war das Unsinn. Sein Vater hatte sich nie für ihn interessiert. Auch nicht mehr lange für seine Mutter, nachdem sie schwanger geworden war.

„Keine Ahnung", sagte Ben schließlich. „Ich kenne ihn nicht. Er ist ziemlich schnell abgehauen, nachdem meine Mutter schwanger wurde. Wie es davor war, weiß ich nicht."

„Oh“, sagte Nele. Sie wirkte ehrlich betroffen und Bens Magen verknotete sich.

„Ist nicht schlimm“, sagte er. „Ich habe ihn dreißig Jahre nicht gekannt. Jetzt will Detlev mein neuer Vater sein“, sagte er und imitierte die Stimme seines zukünftigen Stiefvaters.

„Oh“, sagte Nele schon wieder. Sie nahm einen Schluck Tee und sah auf die Uhr. „Oh, verdammt!“, rief sie, sprang auf und verschüttete etwas Tee. „Ich muss los!“

Ben sah ebenfalls auf die Uhr. Es war auch für ihn höchste Zeit, zurückzugehen. Trotz Gleitzeit hatte er bestimmte Zeiten, in denen er vor Ort sein musste. Zu seinem nächsten Termin zum Beispiel.

„Ich würde dich gerne mitnehmen, bin aber zu Fuß da. Mein Büro läge ganz in der Nähe vom Café Naschkatze.“

Nele lachte. „Okay, ich renne einfach. Oder nehmen wir die U-Bahn? Macht das Sinn? Warte kurz.“ Sie rannte aus dem Zimmer. Ben hörte sie durch den Flur laufen. Türen knallten und schließlich rief sie: „Kommst du?“

Er sprang auf, stellte hastig die fast vollen Teetassen auf die Spüle und kam dieses Mal überraschend schnell in seine Schuhe.

„Wir versuchen die Antwort später zu finden, ja?“, fragte Nele atemlos. Sie rannten zur U-Bahn-Haltestelle.

„Welche Antwort?“

„Mein Wunsch, weißt du noch? Ich helfe dir auf jeden Fall. Wobei genau, gucken wir dann. Entweder mit dem neuen Vater klarzukommen oder diese Hochzeit zu verdauen. Oder was auch immer. Hier …“ Sie wühlte in ihrer Umhängetasche und reichte Ben eine Visitenkarte. Die Karte war zwar bunt und hatte eine ungewöhnliche Form, schmaler als sonst mit abgerundeten Ecken, aber am meisten erstaunte

Ben, dass Nele überhaupt Visitenkarten besaß. Er steckte sie in seine Jackentasche und zog den Reißverschluss zu. Die Karte konnte er sich später in Ruhe ansehen.

Sie erreichten den Bahnsteig in dem Moment, als die richtige Linie einfuhr. „Diese", sagte Ben und löste für Nele in der Bahn ein Einzelticket, während Nele in ihrer Tasche nach etwas suchte.

„Oh. Danke", sagte sie und nahm die Karte lächelnd an. „Wie lieb. Wie viele Stationen sind es?"

„Nur drei. Fährst du sonst mit dem Auto?"

„Nein, ich habe kein Auto. Meistens gehe ich zu Fuß und wenn ich die Bahn nehme, fahre ich nicht mit Plan, weißt du?"

Ben schüttelte den Kopf.

„Ich habe selten ein festes Ziel. Also wähle ich die Bahn zufällig aus, würfle und steige dann nach so vielen Stationen aus, wie der Würfel anzeigt."

„Und wo landest du dann?" Natürlich würde Nele vermutlich immer woanders enden. Aber ihm war das Konzept derart fremd, und etwas Besseres fiel ihm nicht ein.

„Mal hier, mal dort. Meistens sind es langweilige Ecken in Wohnvierteln, aber auf den zweiten Blick findet man immer etwas Spannendes. Ein kleines Geschäft, einen schönen Garten, eine hübsche Haustür. Oder einfach nur eine Bank im Schatten. Das ist aber nur im Sommer schön."

Wie aufs Stichwort schauten sie danach aus dem Fenster und schwiegen. Draußen gab es jede Menge zu entdecken und Nele zupfte Ben am Ärmel und deutete auf einen jungen Mann, der gerade versuchte, seinen Hund dazu zu bewegen, sich an der Ampel hinzusetzen.

„Wie der Hund guckt", flüsterte Nele. „Da geht mein Herz auf."

Ben lächelte. Häuser und Menschen rauschten vorbei, Autos und Tauben, die auf Laternen und Fensterbänken saßen und sich die Welt von oben anschauten.

„Hier müssen wir gleich raus.“ Bens Stimme riss Nele aus ihren Beobachtungen. Wenig später hielt die Bahn ruckelnd an und Nele und Ben ließen sich von den anderen Aussteigenden auf die Plattform schieben. Im Gewirr auf der Treppe verloren sie sich kurz aus den Augen, dann entdeckte Ben weit vorne Neles Hand, die ihm winkte. Nele hüpfte zwischen den Leuten hoch, warf ihm eine Kusshand zu und machte das Zeichen für Telefonieren. Ihre neuerdings rot gefärbten Haare verschwanden unter einer gestreiften Mütze und Nele tauchte in das Schwarz und Blau der Geschäftsleute ab.

Der Nachmittag im Büro schlich leider genauso eintönig vor sich hin wie der Vormittag. Dennoch ertappte sich Ben hin und wieder bei einem Lächeln. Er hatte zwar seine Großmutter nicht angetroffen, dafür aber ein paar nette Minuten mit Nele verbracht. Sie hatten nicht genug Zeit gehabt, sich lange zu unterhalten, aber offenbar wollte Nele das Gespräch gerne fortsetzen. Ben stand auf und zog ihre Visitenkarte aus seiner Jackentasche. Nele Schmidt. Darunter stand in Klammern der Zusatz „aktueller Beruf“. Außerdem eine Handynummer und eine E-Mail-Adresse. Glücksspionin nannte sie sich. Ob das etwas mit ihrer Glückskanne zu tun hatte? Vermutlich. Die Sache mit den Zetteln hatte er immer noch nicht ganz verstanden, aber er würde sie bei Gelegenheit fragen.

Kapitel 10

Glück ist, wie auf Wolken gehen

Völlig abgehetzt platzte Nele um zwei Minuten vor drei ins Café Naschkatze. Der Laden surrte vor Gästen und durch den Duft von Kaffee und frischen Zimtwaffeln bahnte sie sich ihren Weg in die Küche. Sie winkte Karola, die hinter der Kuchentheke stand und gerade aufsah. Karola lächelte ihr zu.

In der Küche sah es fröhlich aus. Bunte Keksdosen mit verschiedenen weihnachtlichen Mustern türmten sich auf der Arbeitsplatte. Auf dem Holztisch lag ein Stapel dünner Zellophantütchen, von denen sich Diego gerade eins nahm. Er stand mit dem Rücken zu Nele, aber er wirkte angespannt, vermutlich hatte er ihre Ankunft gehört. In diesem Moment drehte er sich zu ihr um.

„Na, kalt draußen, oder?“, schnurrte Diego und warf ihr einen langen Blick zu. „Komm ruhig näher, hier ist es viel wärmer.“

„Danke“, sagte Nele atemlos. „Ich hatte völlig die Zeit vergessen. Gut, dass die U-Bahn pünktlich war.“ Sie plapperte weiter über das Wetter, hängte ihre Jacke auf, nahm sich ihre Schürze und verstaute ihre Tasche in der Ecke in einem Schrankfach.

„Was hast du denn Schönes gemacht, dass du die Zeit vergessen hast?“, fragte Diego und musterte sie.

„Ich hatte Besuch. Was kann ich machen? Soll ich dir bei den Keksen helfen oder lieber Karola vorne unterstützen?“

„Du kannst hier übernehmen. Diese Fiddelarbeit liegt mir nicht.“

„Was muss ich machen?“

Diego deutete auf die vielen Blechdosen. Er reichte ihr einige Rollen mit vorbereiteten Aufklebern. „Hier steht alles drauf.“ Nele las „Vanillekipferl“, auf der zweiten Rolle waren Aufkleber für „Zitronen-Schoko-Wirbel“. Es folgte eine Liste der Zutaten in kleinerer Schrift und danach standen nur die Worte „Gewicht“ und „Preis“.

Diego wartete, bis Nele wieder aufsah. „Tüte befüllen, abwiegen.“ Er deutete auf die kleine Küchenwaage. „Zahl notieren. Preis ausrechnen.“ Jetzt hob er einen kleinen Taschenrechner hoch. „Dann kannst du alles auf den Aufkleber schreiben. Am besten erst beschriften, dann auf die Tüte kleben. Gewicht, Preis. Falls du dir mit den Sorten unsicher bist, ruf mich. Ich bin jederzeit für dich da.“ Er zwinkerte ihr zu und ging pfeifend hinüber in den Gastraum.

Nele schüttelte den Kopf. Vermutlich war Diego zu allen Frauen so. Zuzutrauen wäre es ihm. Sie sah aus dem Augenwinkel, wie er beiläufig über Karolas Arm strich und dann zu einer kleinen Gruppe von älteren Damen hinüber schlenderte. Diesen Rockstargang und den Raubtierblick hatte er wirklich perfektioniert. Nele widmete sich den Plätzchen. Hatte Karola die alle heute früh gebacken? Nele konnte sich nicht daran erinnern, dass gestern schon so viele Dosen hier gestanden hatten und diese Menge an Gebäck konnte man schlecht verstecken.

Als Nele schon nicht mehr wusste, wo sie die Tütchen unterbringen sollte, stand Diego plötzlich neben ihr. „Na? Wer war denn nun dein Besuch? Mädelstreffen?“

„Nein, es war der Besuch meiner Mitbewohnerin. Ihr

Enkel kam vorbei. Also … Ben. Wir haben Tee getrunken und gequatscht. Ich hab Ben meine Kanne gezeigt." Was faselte sie denn da? Diego machte sie nervös. Das mit der Kanne wollte sie eigentlich nicht erzählen. Die blöden Sprüche dazu konnte sie sich schon ausmalen.

„Aha. Zeigst du mir auch mal deine Kanne?", fragte Diego.

„Wenn es dich interessiert …" Aus dieser Nummer kam sie wohl schlecht wieder raus, ohne unhöflich zu wirken, aber sie hatte nicht das Bedürfnis, ihren Raubtierkollegen zu sich nach Hause einzuladen.

„Brennend", sagte Diego. Er warf einen Blick auf die Plätzchentüten und pfiff anerkennend. „Fleißiges Bienchen."

„Danke." Nele war froh, als Karola in die Küche kam und ärgerte sich selbst darüber. Sie würde ja wohl mit Diego klarkommen.

Karola seufzte glücklich. „Abgeschlossen. Was für ein Tag!"

„Hätte ich dann nicht besser beim Bedienen geholfen?", fragte Nele, um das Thema zu wechseln.

„Ach, nein. So viele Leute fragen schon nach Weihnachtsplätzchen und ich hab vorne fast nichts mehr stehen. Danke dir." Sie nahm ein Tablett und packte ein paar der Tütchen darauf, um sie zur Kuchentheke zu tragen. Nele holte sich ebenfalls eins, belud es mit Tütchen und folgte Karola. Diego grinste. Obwohl Nele es nicht wollte, schlug ihr Herz schneller und sie vermutete, dass er das ganz genau wusste. Einerseits machte Diego sie nervös, andererseits hatte er schon etwas an sich … Emsig half sie Karola dabei, nach und nach alle Kekse in den Verkaufsraum zu bringen.

„Wirklich schön, dich hier zu haben“, sagte Karola. „Glückwunsch, du hast deine Probezeit übrigens mit Bravour gemeistert.“ Sie wischte ihre Hände an der Schürze ab.

„Schon an meinem dritten Tag?“ Nele lachte.

„Klar.“ Karola deutete auf die Torten und Kuchen in der Vitrine. „Möchtest du? Wir könnten deine Aufnahme ins Team feiern. Mein Magen knurrt schon seit Stunden.“

„Darf ich mitfeiern?“, fragte Diego.

„Sicher. Was möchtet ihr?“

„Ich mach das schon.“ Er holte Geschirr und Gabeln und verteilte die Kuchenstücke auf die Teller.

Sie setzten sich in die Ecke am Fenster und Diego zückte sofort ein Feuerzeug, um die Kerze im Windlicht anzuzünden.

„Habt ihr am Wochenende was Schönes vor?“, fragte Karola.

Diego war schneller als Nele. „Mal sehen, was sich so ergibt.“ Nele spürte seinen Blick auf sich. Oder bildete sie sich das nur ein?

„Ich muss auch mal gucken, was wir machen wollen“, sagte Nele und dachte an Ben.

Karola blickte zwischen den beiden hin und her. „Ihr macht was zusammen?“, fragte sie. „Schön.“ War das Enttäuschung in ihrer Stimme? Nele musterte sie. Waren die beiden doch ein Paar und sie führten eine offene Beziehung? Oder wollte nur Karola mehr von Diego?

„Nein“, sagte Nele. „Ich mache was mit einem Freund.“ Um ein Haar hätte sie „mein“ Freund gesagt, aber sie wollte nicht lügen. Genau genommen waren Ben und sie noch nicht mal wirklich Freunde. Aber was nicht war, konnte ja noch werden. Hoffentlich rief er bald an.

„Ben?“, fragte Diego und legte seine Gabel auf den leeren Teller.

„Genau“, sagte Nele.

„So, dann wollen wir mal anstoßen.“ Karola erhob ihre Kaffeetasse. Vorsichtig tippten alle ihre Tassen aneinander. „Herzlich willkommen im Team“, sagten Karola und Diego gleichzeitig.

„Danke, ich freu mich“, sagte Nele. „Und was machst du am Wochenende?“, fragte sie ihre neue Chefin.

„Backrezepte verfeinern, backen, lesen.“ Karola zuckte mit den Schultern. „In der Reihenfolge. Und dann mal gucken, wie viel Zeit noch bleibt.“

Diego schnaubte leise. Fand er Karolas Pläne etwa langweilig?

„Klingt total klasse“, sagte Nele deshalb besonders euphorisch. „Wohnst du in der Stadt?“

„Zentral, in der Nähe vom Rudolfplatz.“ Karola nahm einen Schluck von ihrem Kaffee.

„Oh, da ist doch der Märchenmarkt, den liebe ich!“, sagte Nele. „Und den im Stadtgarten oder den am Schokoladenmuseum. Den besuche ich immer, weil meine Mutter dort einen Stand hat.“ Nele war in diesem Jahr noch gar nicht dort gewesen, obwohl es den Markt schon über eine Woche gab. Das sollte sie dringend ändern, aber bisher hatte sie keinen Zettel gezogen, der dazu passte. Dann musste sie eben einfach so hingehen, möglicherweise sogar, um neue Wünsche zu sammeln.

„Was verkauft deine Mutter denn?“, fragte Karola.

„Räucherstäbchen, Traumfänger und Duftöle. Kerzen auch manchmal.“

„Klingt esoterisch“, sagte Diego.

„Schon irgendwie“, bejahte Nele.

„Interessant“, schob er nach. „Ich halte mal nach ihrem Stand Ausschau.“

„Du gehst auf Weihnachtsmärkte?“ Nele konnte sich nicht stoppen.

„Wieso nicht?“, fragte Diego und grinste schief. „Es gibt ja nicht nur bunte Bommelmützen und Glitzerengel.“

Nele musste lachen. „Genauso hatte ich mir deine Wohnung vorgestellt.“

„Du solltest mal vorbeikommen. Aber wie war das noch – kommst du heute mit zum Yoga Nidra?“

„Einen Versuch wär's wert“, sagte Nele. Neues auszuprobieren war nie verkehrt.

Um halb neun brachen sie auf. „Braucht man irgendwas für diesen Yoga-Kurs?“, fragte Nele. „Kann ich da überhaupt einfach mitmachen?“

„Schnupperkurs“, sagte Diego und wurde wieder einsilbig. Möglicherweise sollte das die Antwort auf beide Fragen sein. Nele hatte keine Lust nachzuhaken. Sie würde es sehen. Wenig später betraten sie ein unscheinbar graues Haus durch eine Tür, die eher zu einem Wohnhaus gepasst hätte. Nur das kleine Schild mit pinkem Schriftzug Yoga-Oase verriet, dass sie hier richtig waren und Diego sie nicht etwa heimlich in seine Wohnung lockte.

Diego wies ihr den Weg und lies ihr wie ein Gentleman den Vortritt, worauf Nele lächeln musste. Sie betraten einen großen Raum, der wie ein Tanzstudio aussah. Die eine Seite bestand zur Hälfte aus deckenhohen Fenstern, eine Wand war mit Spiegeln ausgestattet und die anderen beiden waren mit bunten Tüchern verhangen. In den Ecken standen hohe

Kerzen in schlichten Windlichtgläsern und auf dem blanken Holzboden lagen einige Yogamatten in warmen Farben.

„Diego, wie schön“, sagte eine Frau mit leiser Stimme, die auf sie zukam. Sie trug eine graue, sportlich aussehende Leggins mit Netzeinsätzen in einem Schneckenhausmuster und dazu ein pinkes enges Shirt.

„Und du hast jemanden mitgebracht?“

Diego nickte. „Nele“, stellte er sie vor und drückte ihre Schulter. Zu kurz, als dass sie dazu gekommen wäre, ihn sanft aber bestimmt wegzuschieben.

„Hi“, sagte Nele zu der anderen Frau. „Diego meinte, es wäre okay, wenn ich mal eine Schnupperstunde mache?“

„Natürlich! Ich bin Sahara. Hast du schon mal Yoga Nidra gemacht?“, fragte sie.

„Nein, überhaupt noch nie irgendeine Art von Yoga.“ Nele sah sich im Raum um.

„Aber du bist genau richtig angezogen“, lobte Sahara. „Vielleicht noch den Rock aus, dann ist es perfekt. Es muss schön locker sitzen, damit du es bequem hast. Wir machen hier ein paar kurze Übungen, die entspannen und danach eine halbe Stunde Yoga Nidra. Das ist eine Technik zur Tiefenentspannung. Ich bin gespannt, wie es dir gefällt. Diego kommt jedenfalls schon seit Jahren zu mir.“ Sie zwinkerte ihm zu und Nele stellte amüsiert fest, dass Diego ein wenig rot wurde.

Als Sahara wieder in die Ecke des Raumes ging, um kurz mit weiteren Teilnehmern zu plaudern und dann die Musik einzuschalten, warf Nele einen neugierigen Blick zu Diego.

„Ja, wir hatten mal was. Ist vorbei“, erklärte er knapp und führte Nele zu zwei Matten am Rand des Raums. „Hier, du kannst neben mich. Wir haben keine festen Plätze.“

Diego setzte sich und Nele tat es ihm gleich. Ein paar letzte Teilnehmer trudelten ein, dann schloss Sahara die Tür hinter ihnen und ging mit bedächtigen Schritten in die Mitte des Raumes. Dabei sagte sie die erste Übung an. Nele schaffte es, alles mitzumachen, und musste nur ein paarmal bei den anderen gucken, wie es aussehen sollte. Dann legten sie sich auf den Rücken und Sahara verteilte weiche Decken, die sie über die Teilnehmer ausbreitete. Mit samtiger Stimme leitete sie alle an, nacheinander bestimmte Körperteile bewusst zu entspannen.

Nach und nach wich die Anspannung aus ihrem Körper. Nele fühlte sich wie auf Wolken, nein, sie fühlte sich selbst wie eine Wolke. Am Ende war sie nicht sicher, ob sie nicht kurz eingenickt war.

„Wahnsinn“, flüsterte Nele, als Sahara die Stunde beendete.

„Namasté.“ Sahara legte ihre Hände vor dem Herzen aneinander und verabschiedete sich mit einer kleinen Verbeugung.

„Ja“, sagte Diego. „Funktioniert, oder?“

„Perfekt. Ich hab mich lange nicht so entspannt gefühlt.“

„Ich liebe diesen Zustand. Aber etwas Aufregung schadet auch nie. Wenn du mal Bedarf hast, sag Bescheid.“

Die weihnachtlichen Lichterketten in der Straße blinkten heller als vor der Yogastunde. Bisher hatte Nele angenommen, dass sie sich vor dem Haus verabschieden würden, aber Diego sah sie fragend an.

„Hmm?“, fragte Nele. Hatte sie etwas verpasst?

„Wo du wohnst?“

„Nur ein paar Stationen mit der U-Bahn.“

„Ich begleite dich.“ Diegos Stimme klang entschlossen.

„Weißt du, ich bin schon echt müde …"

„Ich bring dich nur nach Hause. Es ist schon spät."

„Oh", sagte Nele. Ihr schoss das Blut in die Wangen.

„Weißt du eigentlich, dass in der zweiten Schicht deiner Aura ganz klar zu lesen ist, dass du Gefühle unterdrückst?"

Nele fuhr zu Diego herum und starrte ihn an. „Bitte was?"

„Der Emotionalkörper, die zweite Schicht, Spiegel deiner Gefühle."

„Nimmst du mich auf den Arm?", Nele musterte ihn, suchte nach seinem üblichen Grinsen.

„Möchtest du das denn?" Erst jetzt funkelten seine Augen amüsiert.

„Du meinst das ernst? Du kannst meine Aura sehen?"

Diego nickte. „Verliebt. Aber du unterdrückst das noch."

Nele schüttelte den Kopf. Natürlich war sie nicht verliebt, aber das musste sie ja nicht mit Diego diskutieren. Bestimmt sahen die Auren für verliebt und glücklich recht ähnlich aus, denn glücklich war sie definitiv gerade. „Wow, wie faszinierend! Wo hast du das gelernt?"

Anstelle einer Antwort zuckte Diego bloß wieder mit den Schultern. „Hier und da."

„Okaaay. Du würdest dich gut mit meiner Mutter verstehen. Sie steht auf so was."

„Verkuppelst du mich gerade mit deiner Mutter, Nele?"

„Was? Nein! Meine Güte, es dreht sich doch nicht immer alles um die Liebe, also diese Art von Liebe … Meine Eltern sind außerdem sehr glücklich miteinander." Sie schüttelte sich, als sie sich vorstellte, wie Diego und ihre Mutter … oh nein, bitte nicht. Das Bild sollte weggehen.

Kapitel 11

Glück ist ein Blumenstrauß

Nach einem weiteren beruhigenden Arbeitstag hielt Ben beim Blumengeschäft an der Ecke an. Er suchte einen großen Strauß in Rot- und Gelbtönen aus. Im Buchgeschäft nebenan kaufte er zwei neu erschienene Romane, einen Krimi mit Hund und einen Liebesroman, der in Irland spielte, einem von Katharinas Lieblingsländern. Seltsam, dass er das Kaufen ihrer Geschenke so lange vor sich hergeschoben hatte. Vielleicht, weil seine Großmutter ihn nicht offiziell eingeladen hatte? Sie feierte ihren Geburtstag nur zu runden Zahlen.

In Rekordzeit erreichte Ben die Wohnung seiner Großmutter und klingelte. Die Tür schwang auf.

„Ja?" Ein junger Mann mit verschlungenen Tattoos auf den Armen, der bloß Boxershorts trug, lehnte im Türrahmen. Ben wurde kalt. War das Neles Freund? Andererseits, selbst wenn, was änderte das? Er wollte ja schließlich nichts von ihr.

„Hi." Ben klemmte sich seine Aktentasche umständlich unter den Arm und hielt dem anderen seine Hand hin. Dabei kam er sich komisch vor, weil der andere halbnackt war. „Ben. Katharina ist meine Großmutter. Ich wollte sie besuchen." Vom Geburtstag sagte er nichts, obwohl sein Gegenüber vermutlich gerade eins und eins zusammenzählte, als er die Blumen und die beiden verpackten Bücher sah.

„Cool", sagte der andere. „Karsten. Hab dich noch nie hier gesehen. Ich schlafe aber meistens, wenn andere wach sind." Er grinste schief. „Komm rein. Du kennst dich bestimmt aus. Katharina ist im Bad. Kommt bestimmt gleich, wenn sie nicht gerade ihren Wellnessabend macht."

Mit einem Handgriff nahm Karsten ein T-Shirt von der Kommode und zog es über. „Halb nackt aufmachen schreckt Leute ab, die was an der Tür verkaufen wollen", sagte er mit einem Grinsen.

Ben musste ebenfalls grinsen, als er sich vorstellte, wie ein Zeuge Jehovas oder irgendein Zeitschriften-Abo-Andreher kehrtmachte.

Karsten hob lässig die Hand zum Abschied und verschwand in ein Zimmer weiter hinten im Flur. Ben zog seine Schuhe aus, hängte die Jacke auf und stellte seine Tasche an die Wand. Er warf einen kurzen Blick Richtung Neles Tür, aber sie war geschlossen und er wollte Nele nicht stören. Er sah auf die Uhr. Möglicherweise arbeitete Nele noch? Er kannte ihre Arbeitszeiten gar nicht. Ben holte sein Handy aus der Aktentasche, klaubte seine Geschenke auf und nahm alles mit in die Küche. Kaffeeduft hing in der Luft, aber es war niemand da. Ben entdeckte weder einen Kuchen noch eine einzige Geburtstagskarte. Ob Katharina diesen Tag geheim hielt? Weil Ben es unhöflich fand, die Schränke selbst nach einer Vase zu durchsuchen, behielt er die Blumen erst mal in der Hand und legte die beiden Geschenke auf den Küchentisch. Automatisch wählte Ben den Stuhl aus, den er beim letzten Besuch gewählt hatte, aber dann hielt er inne. Vom anderen Platz konnte man viel besser aus dem Fenster sehen und gleichzeitig die Tür im Auge behalten.

Ben setzte sich und fühlte sich verwegen, worüber er

schmunzeln musste. Wenn Nele ihn so sehen könnte! Na ja, wirklich beeindruckend war es natürlich nicht.

„Ben!“ Katharina kam in die Küche. „Wie schön! Und wie … ungewöhnlich. An einem Freitagabend.“

Ben sprang auf die Füße und hielt seiner Großmutter die Blumen und die beiden Geschenke hin. „Herzlichen Glückwunsch zum Geburtstag!“

„Vielen Dank“, sagte sie knapp, öffnete den Schrank unter der Spüle und holte eine hohe getöpferte Vase heraus. Katharina befüllte sie mit Wasser stellte sie in die Tischmitte. „Sehr schöne Blumen, Ben. Und das hier? Wieder etwas Neues zum Lesen?“

„Ich dachte …“ Ben brach ab. Er war, was Geschenke anging, wirklich einfallslos.

„Kommt gerade recht“, sagte Katharina und lächelte. „Im Winter lese ich besonders gerne.“ Sie packte die beiden Bücher aus, besah sich die Cover und las die Klappentexte. Beim Krimi nickte sie ein paarmal, beim Liebesroman lächelte sie versonnen. „Beide klingen nach einer guten Wahl.“

Katharina legte die Bücher zu den Blumen, und stellte Ben ungefragt eine Tasse Kaffee vor die Nase. Dann setzte sie sich mit einer eigenen ihm gegenüber. „Kekse?“, fragte sie und hielt Ben eine geöffnete Metalldose hin, aus deren Inneren es verführerisch nach Kokos und Schokolade duftete. „Hat Nele mir gebacken.“

„Danke“, sagte Ben, nahm sich eine Makrone und legte sie neben seine Tasse. „Kennst du eigentlich schon Dr. Otterbein-Knauerhase?“, fragte er.

„Ja.“ An ihrem Gesichtsausdruck konnte Ben nicht ablesen, wie sie ihn fand.

Johannes kam herein, hinter dem Rücken verbarg er etwas.

„Ach, Ben, wie schön!", sagte er und begrüßte ihn mit Handschlag. Katharina gab er einen Kuss auf die Wange und setzte sich neben sie. „Kleine, geheime Geburtstagsfeier?" Er zwinkerte Ben zu, und stellte das, was er hinter dem Rücken versteckt hatte, auf den Fußboden.

„Na und?" Kurz musterte Katharina ihn ernst, dann lächelte sie. „Ihr habt ja recht. Ich weiß auch nicht, warum ich so ein Geheimnis daraus mache. Ich finde es nur einfach nicht wichtig."

„Ein bisschen feiern können wir ja trotzdem." Johannes zog die Papiertüte unter dem Tisch hervor und holte daraus eine Flasche Wein und eine Schachtel Pralinen, die er auf den Tisch stellte.

Schon wieder ging die Tür auf und Karsten kam herein, dieses Mal komplett bekleidet. An der Hand zog er eine hübsche Frau hinter sich her. Zunächst fiel Bens Blick auf ihr langes Haar, das ihren Po berührte. Ben schüttelte sich und sah ihr stattdessen ins Gesicht. Sie winkte lässig und warf ein „Hi" in die Runde. Karsten stellte sie Ben kurz als Svenja vor und widmete sich dann dem Kühlschrank. Er holte einen Karton Eier heraus, stellte eine Milchflasche daneben und kramte in einem anderen Schrank herum.

„Hat jemand Hunger?", fragte Karsten, ohne sich umzudrehen. „Wir hatten grade sehr viel Bock auf Pfannkuchen. Ich mach mal ne Runde. Das wird eh genug für alle."

Svenja lachte leise und holte einen Stapel Teller, eine Packung Servietten, Gabeln und ein Glas Apfelmus. Danach folgte ein Zuckerdöschen, Schokoladen-Nuss-Aufstrich, Bananen und zwei verschiedene Sorten Marmelade. „So. Oder will noch jemand herzhaft?"

Sie wartete nicht auf die Antwort und offenbar kannten Katharina und Johannes sie gut genug, denn sie gaben ihr ohnehin keine. Ben räusperte sich. „Kann ich helfen?"

„Ach, lass mal. Viel ist es eh nicht mehr." Sie winkte ab und holte aus dem Kühlschrank eine Packung mit Goudascheiben, ein Glas Gewürzgurken und einen Feta-Paprika-Dipp.

Endlich setzte sie sich und Ben half ihr die Teller zu verteilen. Es zischte, als Karsten die ersten Kellen voll Teig in zwei Pfannen kippte. Wenig später roch es so lecker nach Gebackenem, dass Bens Magen anfing zu knurren.

Karsten hatte gleich so eine große Menge Teig gemacht, dass das Backen trotz zwei Pfannen eine halbe Stunde dauerte. Am Tisch brandeten immer wieder lustige Gespräche auf. Sie wurden nur vom Piepsen der Küchenuhr unterbrochen, damit Karsten und Svenja abwechselnd aufspringen konnten, um die Pfannkuchen umzudrehen oder neuen Teig in die Pfannen zu füllen. Dazwischen erzählte Svenja von einer Serie, die sie zur Zeit verfolgte. Irgendwas mit Magie. Ben dachte zuerst an den Harry Potter Film, den Hubert ihm geliehen hatte. Aber als sie dann etwas von Dämonen und Drachen erzählte, brach das mit dem Bild, das er von einem Zauberlehrling hatte. Jedenfalls fiel auch der Name Harry kein einziges Mal. Karsten berichtete von einem seiner Projekte an der Uni und Katharina und Johannes hörten interessiert zu und schilderten dann ihre Ausflüge der letzten Tage. Es war eine gemütliche Runde. Es wurde nie still, nicht mal, als alle anfingen zu essen. Die Pfannkuchen hatte Karsten auf einem Teller aufgetürmt und in die Tischmitte geschoben.

Ben spießte gerade ein Stück gerollten Pfannkuchen mit

Bananen-Schokocremefüllung auf, als die Tür zum dritten Mal aufging.

„Ben!", sagte Nele erstaunt und lächelte ihn an.

Bens Herz setzte aus und seine Gabel sank zurück auf den Teller. Auf einmal spürte er alle Blicke auf sich, aber das stimmte gar nicht. Die anderen nahmen ihre Gespräche wieder auf, nachdem sie Nele begrüßt hatten. Karsten holte ihr von irgendwoher einen Klappstuhl und stellte ihn zwischen sich und Johannes, Ben genau gegenüber. Ben schluckte und beobachtete Nele, wie sie sich ein Glas aus dem Schrank holte, es mit Mineralwasser füllte und sich dann setzte.

Ihr erster Blick galt wieder Ben. „Schön, dich zu sehen", sagte sie. „Euch auch natürlich." Als Zweites entdeckte sie den riesigen Blumenstrauß mit roten Gerbera und gelben Rosen, der neben dem Fenster stand.

„Hab ich was verpasst?", fragte sie in die Runde.

„Geburtstag", sagte Ben lautlos mit deutlicher Lippenbewegung und deutete Richtung seiner Großmutter.

„Du hast Geburtstag?", fragte Nele. „Oh Wow! Dann hab ich die Kekse ja gerade richtig gebacken." Sie sprang wieder auf, rannte um den Tisch und schlang ihre Arme um Katharina. „Herzlichen Glückwunsch! Warum hast du denn nichts gesagt?"

„Ach was", sagte Katharina und winkte ab. „Hab ja nichts geleistet. Das Meiste an der Sache hat meine Mutter gemacht." Sie zwinkerte Nele zu. „Aber dieses Zusammensitzen und Sich-beschenken-Lassen hat auch etwas für sich."

„Ich durfte nichts verraten." Johannes hob entschuldigend die Hände.

„Ach, hätte ich das gewusst, ich hätte Kuchen mitgebracht! Karola hat erst heute so eine tolle Torte gebacken."

„Es ist wirklich nicht wichtig, Nele. Ich freue mich, dass ihr alle hier seid. Wirklich, das ist mehr Feier, als ich mir je ausgemalt hatte.“ Katharina hob ihr Weinglas und prostete ihr zu. „Und herzlichen Glückwunsch zur bestandenen Probezeit.“

„Wer ist Karola?“, fragte Karsten und Nele erzählte von ihrem neuen Job im Café Naschkatze.

„Die Probezeit habe ich schon gestern bestanden“, sagte Nele stolz.

„Wow! Ich wusste noch nicht mal, dass du einen neuen Job hast! Gratuliere!“ Svenja stieß ihre Flasche an Neles Glas.

„Die Probezeit war auch extrem kurz“, gab Nele zu und lachte. „Drei Tage genau. Karola ist recht unkonventionell.“

„Cool.“ Svenja lächelte.

„Und wer war der Typ, der dich gestern nach Hause gebracht hat?“, fragte Karsten. „Hab zufällig rausgeguckt, als ihr kamt.“

Bens Blick schnellte zu Nele und sein Herz sank auf einmal ein ganzes Stück nach unten. Nele hatte sich mit einem Mann getroffen. Na und? Sie durfte in ihrer Freizeit treffen, wen sie wollte. Es war ja nicht so, dass … ja, was eigentlich? Seltsam, dass ihn das überhaupt störte, aber vielleicht war das die Angst, dass Nele dann keine Zeit mehr für ihn haben würde.

„Mein Kollege Diego.“ Nele kaute noch und ihr Blick hüpfte zu Ben. Seine Wangen wurden heiß, als er bemerkte, dass seine Großmutter ihn beobachtete. Was sollte das denn jetzt? Katharina hatte ja wohl keine ähnlichen Gedanken?

Karsten räusperte sich, als hätte er bereits etwas gesagt, das Ben aber verpasst hatte. Nele offensichtlich auch. „Kollege. Nett?“

„Hmm", machte Nele. „Nett, ja. Anders irgendwie."

Svenja lachte. „Das passt doch hervorragend zu dir."

„Wieso?" Nele sah aus, als könne sie dieses Gespräch nur mit Mühe verfolgen.

„Ich meine ja nur", sagte Svenja und warf Karsten einen Blick zu. Ob die beiden Nele verkuppeln wollten? Dabei schätzte Ben Nele nicht so ein, dass sie bei so etwas Hilfe brauchte. Sie war immer so unbefangen und hatte garantiert keine Probleme, auf einen Mann zuzugehen, der ihr gefiel.

„Wie war denn euer Ausflug?" Nele sah Katharina und Johannes an. Ob ihr das Thema auch suspekt war?

„Wirklich gelungen", meinte Johannes. Sie erzählten abwechselnd, was sie alles gesehen hatten, allerdings wirkte Katharina etwas müde.

Der Abend war noch immer gemütlich, aber Ben hatte eine merkwürdige Unruhe erfasst, seitdem Nele dazugekommen war. Seltsam, dabei fühlte er sich bei ihr ja normalerweise besonders wohl. Diego. Ob das dieser Rockstar-ähnliche Kellner war? Vermutlich. Einen weiteren Mann hatte Ben da nicht gesehen. Andererseits konnten die Aushilfen je nach Tag wechseln.

Ben musste sich leider eingestehen, dass es ihm überhaupt nicht passte, dass Nele vielleicht etwas mit Diego anfangen könnte. Er wollte das nicht. Womöglich war ihm dieser Diego nicht geheuer, und Ben wollte lediglich nicht, dass jemand Neles Herz brach. Er wusste schließlich genau, wie weh das tat.

Kapitel 12

Glück ist, jemandem etwas Neues zu zeigen

Nele schreckte hoch und verdrehte die Augen, als sie auf den Wecker sah. Es war bereits Mittag! So lange hatte Nele ewig nicht mehr geschlafen. Sie setzte sich auf und angelte nach der Glückskanne. Ihre Hand verharrte auf dem Griff. Sie wollte auf einmal, dass der Wunsch etwas mit Ben zu tun hatte. Mit ihrem Plan, seine Glücksbringerin zu sein. Dabei war es doch Unsinn, sich nur von den Zetteln sagen zu lassen, was sie tun sollte und was nicht. Sie würde ihm sowieso helfen. Sie spähte in die Kanne und begutachtete die kleinen zusammengerollten Zettel. Keiner sah irgendwie besonders aus. Also griff sie hinein, schob die Fingerspitzen durch die Papierkügelchen und fischte schließlich zwei Kügelchen heraus. Einen Moment lang wog sie beide Zettel in der Hand und entschied sich dann für den linken. Den anderen ließ sie wieder in die Kanne fallen und stellte sie zurück aufs Regal.

Langsam rollte sie das Papierstück auseinander und las die Worte, die sie vor nicht allzu langer Zeit dort notiert hatte. Glück ist, jemandem etwas Neues zu zeigen. Nele ließ den Zettel sinken. Wer dieser Jemand sein sollte, wusste sie natürlich schon. Aber was sollte sie Ben zeigen? Was hatte er garantiert noch nie gemacht? Woran hätte er Spaß? Gedankenverloren schlich Nele ins Bad und ging wenig später in Bademantel und Socken in die Küche.

„Guten Morgen, Katharina“, grüßte sie und schenkte sich einen Kaffee mit viel Milch ein.

„Guten Morgen.“ Katharina schmunzelte.

„Was macht ihr heute Schönes?“, fragte Nele und schüttete Haferflocken in eine Schüssel. Im Kühlschrank fand sie eine angebrochene Packung Hafermilch und suchte noch ein paar Rosinen aus einem der Schraubgläser in der Vorrats-Schublade. Mit ihrem Müsli setzte sie sich Katharina gegenüber und begann zu essen.

„Nachher gehen wir ins Museum Ludwig. Ich war ewig nicht dort.“

„Schön“, sagte Nele. „Macht dich das glücklich?“

Katharina lächelte und nickte. „Ja, du kannst schreiben: Einen Ort besuchen, den man lange nicht gesehen hat.“

„Perfekt!“ Nele legte ihren Löffel weg, zog Stift und Notizbuch aus einer Küchenschublade und notierte den Wunsch. Es klingelte. „Ich geh schon“, sagte sie und zog den Gürtel ihres Bademantels fest.

Sie öffnete die Tür und sah in das recht verdatterte Gesicht von Ben.

„Hi“, sagte er nach einem Moment, in dem sich Nele sicher war, dass er versuchte seinen Blick nicht zu ihrem Ausschnitt wandern zu lassen.

„Hi, komm rein!“, sagte sie fröhlich und griff dann nach seiner Hand, weil er sich nicht bewegte.

„Äh, danke“, murmelte er, zog Schuhe und Jacke aus und ließ sich von Nele in die Küche ziehen.

„Guten Morgen“, sagte er zu Katharina und löste sich vorsichtig aus Neles Griff. Ben setzte sich an den Tisch und Nele löffelte ihr Müsli weiter, während sie ihn gedankenverloren betrachtete.

„Ich geh mich mal anziehen“, sagte sie und räumte ihre leere Schüssel weg. Vielleicht wollte Ben mal mit seiner Großmutter alleine sprechen? Oder es machte ihn nervös, dass sie hier noch im Pyjama saß?

Als sie wenig später in Jeans und Kapuzenpulli in die Küche zurückkehrte, saßen Katharina und Ben immer noch am Küchentisch, er auf Neles Platz, und sahen sich etwas vergilbte Fotos an. Nele beugte sich über Bens Schulter. „Oh, ich liebe alte Fotos!“, sagte sie.

Ben seufzte leise.

„Darf ich?“, fragte Nele trotzdem und endlich lächelte auch Ben und reichte ihr eins der Fotos.

„Es fühlt sich irgendwie komisch an, dass Mama heiratet. Jetzt nach all den Jahren. Ich weiß nur nicht, warum mich das so beschäftigt.“ Er brach ab und betrachtete das nächste Bild. Ein kleiner Junge saß auf gemusterten Fliesen und spielte mit bunten Pappkartons.

„Niedlich“, sagte Nele. Auf seinen Kommentar ging sie nicht ein, weil sie vermutete, dass er genau wie sie daran denken musste, dass seine eigene Hochzeit geplatzt war. Dämliche Silvia. Andererseits, vielleicht wäre er mit ihr eh nicht glücklich geworden. Besser, sie war vor der Hochzeit abgehauen als danach.

Auf dem nächsten Foto stand Ben mit Schultüte an der Hand einer hübschen Frau mit langem Haar. Sie trug Schlaghosen und ein Spaghettitop mit aufgenähten Spiegelchen, die die Sonne reflektierten. Es wirkte, als hätte sie lauter kleine Sterne auf dem Bauch.

„So war sie schon immer. Hippie, obwohl sie viel später geboren wurde. Sie hat einfach zu oft diesen Film gesehen.“

„Welchen Film?“, fragte Nele.

„Forrest Gump“, erklärte Katharina. „Seine Jenny war ja Hippie.“

„Stimmt!“, rief Nele. Zum einen, weil sie sich an den Film erinnerte und zum anderen, weil sie wusste, was sie mit Ben machen würde. „Ben?“, sagte sie vorsichtig. „Hast du schon mal bei einem Film mitgespielt?“

Er sah sie dermaßen verständnislos an, dass es Antwort genug war. Jemandem etwas Neues zeigen. Nele quietschte vergnügt. „Das wird dir gefallen. Vertrau mir!“

Bens Augen verrieten Nele deutlich, dass er keinen blassen Schimmer hatte, wovon sie sprach, genau genommen sah er ziemlich besorgt aus. Also erzählte Nele es ihm. Dass einige Fernsehsender Karteien führten, in denen Komparsen gespeichert wurden. Und neuerdings gab es sogar Apps von einigen Serien, in denen man seine freien Zeiten eintragen konnte.

„Ich habe schon ein paarmal mitgemacht. Es ist in jedem Fall eine spannende Erfahrung. Und wir könnten das zusammen machen. Bestimmt gibt es mal eine Serie oder einen Film, wo wir beide gebraucht werden. Wenn du fertig bist, machen wir die Fotos, ja?“ Sie rutschte auf ihrem Stuhl hin und her und zappelte mit den Füßen.

„Was für Fotos?“, fragte Ben irritiert und sah auf das aktuelle Bild in seiner Hand.

„Bewerbungsfotos für die Kartei“, sagte Nele schnell und wäre am liebsten aufgesprungen.

„Eine gute Idee“, fand auch Bens Großmutter. „Los, geht schon.“ Sie zwinkerte Nele zu. Katharina kannte sie einfach zu gut. Nele warf ihr einen Luftkuss zu, sprang auf und zog Ben auf die Füße. „Komm, wir gucken gleich mal nach.“ Sie eilte mit ihm in ihr Zimmer, setzte sich im Schneidersitz aufs Bett und schaltete sofort ihren Laptop an. Ungeduldig wartete sie, bis der Bildschirm aufleuchtete.

„Setz dich", sagte Nele, gab ihr Passwort ein und rief das Internet auf. Aus dem Augenwinkel bemerkte sie, wie Ben sich umsah und sich dann schließlich neben sie aufs Bett setzte. So weit entfernt, dass er den Bildschirm bestimmt nicht richtig sehen konnte. Nele rückte ein Stückchen näher. „Jobangebote, wer sagt's denn …", murmelte sie. „Hier."

„Du hast das also schon mal gemacht?", fragte er.

„Schon etwas länger her, woanders." Sie deutete auf einen Eintrag. „Hier. Wir müssen uns nur bewerben. Sieht gut aus." Sie klickte auf einen Link und ein Bewerbungsbogen öffnete sich, den sie für sich ausfüllte. „Ganzkörperfoto und Porträtfoto", murmelte sie. „Kannst du welche machen? Macht dein Handy gute Fotos?" Ben zog sein Handy aus der Hosentasche und Nele nickte zufrieden. „Wir gehen einfach runter in den Park. Hier drin ist es nicht hell genug." Sie kicherte. „Und vielleicht etwas zu bunt im Hintergrund."

Ben sah sich in ihrem Zimmer um. Langsam ließ er den Blick über die Wände schweifen, bis er wieder bei Nele landete. „Komm."

Im Flur zogen sie sich Stiefel und Jacken an. Nele beglückwünschte Ben zu seinem schlichten und eleganten Geschmack. „Das sieht auf den Fotos bestimmt super aus."

Im Nu waren sie im Park und Ben gab Nele sein Handy. „Ein paar Bilder mache ich auch mit meiner Kamera", sagte sie. „Und am Ende gucken wir dann, was am besten aussieht."

Ben posierte erstaunlich gut. Klar wirkte er etwas unsicher. Aber wenn Nele einen Witz machte, wurde er lockerer und sein Lächeln war echt und unglaublich ansteckend. Sie erzählte ihm von ihrem ersten Tag im Café Naschkatze, warf ab und zu ein paar Anweisungen ein, wohin er gucken und wie er den Arm halten sollte, und er schien sich allmählich an die Kamera zu gewöhnen. Ein gutes Zeichen. Vor allem bestätigte es Neles Vermutung, dass das hier keine schlechte Idee war.

„Hier ist das Vögelchen", sagte Nele und sie mussten beide lachen.

Nachdem sie einige Fotos von Ben geschossen hatte, lief sie zu ihm rüber, übergab ihm das Handy und nun war sie an der Reihe.

Ben knipste mehrere Fotos von ihr.

„Da ist bestimmt schon was dabei", rief Nele und lief zu Ben hinüber.

„Lass mal sehen."

Ben öffnete die Galerie und klickte sich durch die Bilder. Um ebenfalls auf das kleine Handydisplay sehen zu können, stellte sich Nele dicht an seine Seite und lehnte sich bei ihm an. Dieses Mal wich Ben nicht zurück, was Nele freute.

„Lecker", sagte Ben auf einmal, völlig ohne Zusammenhang. Nele inspizierte erst das Foto, das auf dem Display zu sehen war, dann sah sie ihn fragend an und zog die Nase etwas kraus.

„Finde ich auch nicht schlecht."

Bens Ohren wurden rot. „Ich meinte … ich habe gerade an Erdbeeren gedacht. Mit Vanilleeis … also." Er brach ab und lachte. „Du riechst gut."

Neles Herz hüpfte kurz und die Winterkälte schien auf einmal verschwunden. „Danke. Du aber auch." Sie betrachteten erneut die Bilder. Die Fotos waren gelungen, bis auf eins, auf dem er die Augen geschlossen hatte. Er sah darauf wahnsinnig entspannt aus, genau wie sie sich hier draußen mit ihm fühlte.

„Das hier ist schön“, sagte Nele.

Ben nickte. Gemeinsam luden sie die beiden besten Bilder in sein Profil.

Sie kehrten in die Wohnung zurück und Nele lud auch ein paar passende Bilder in ihrem Profil hoch, nachdem Ben sie ihr geschickt hatte. „Jetzt die Fragen“, sagte sie und las nacheinander alle Punkte vor. Ben diktierte ihr all seine Daten.

„Hutgröße?“, fragte Nele.

„Keine Ahnung.“

„Hast du keinen?“, fragte sie und er überlegte.

„Ah, doch, eine Mütze. Vielleicht steht die Größe auf der, die ich mithabe.“ Er verschwand im Flur und kam mit der Mütze zurück. Irgendetwas in seinem Blick hatte sich verändert, aber Nele fragte lieber nicht nach.

Ben nannte Nele die Zahl, die er auf dem Schild im Inneren der Mütze fand und sie gab es ein, ohne aufzusehen. „Hast du schon mal was beim Fernsehen gemacht? Oder beim Theater?“

„Nein“, sagte Ben. „Wie kam das denn bei dir?“

„Meine erste Rolle als Komparsin war ein Gewinn bei einem Preisausschreiben. Das zweite Mal bin ich zufällig durch ein Set gelaufen und kannte den Hauptdarsteller.“ Sie grinste, als sie daran zurückdachte.

„Cool.“

„Ja, das war es. Theater …“, überlegte sie. „Meinst du es zählt, dass ich in der Schule in der Theater AG war? Da haben wir regelmäßig Aufführungen gemacht.“

„Auf jeden Fall.“ Ben sah Nele beeindruckt von der Seite an.

Sie gingen gemeinsam alle Punkte im Formular noch einmal durch und schickten dann alles ab. „Erledigt, jetzt müssen wir nur noch warten.“

Kapitel 13

Glück ist sich durchzusetzen

Ben war damit beschäftigt, auf die Wand zu starren, und zu überlegen, ob es eine gute Sache wäre, wenn er einen Auftrag als Komparse bekäme oder nicht. Ein plötzliches Geräusch ließ ihn zusammenzucken. Da war es schon wieder. Ben lachte. Er hatte jetzt tatsächlich sein Telefonklingeln nicht erkannt. Er sprang auf und lief in den Flur.

„Benedikt Zufall“, sagte er.

„Ben, Schätzchen. Wie geht es dir?“

„Mama“, sagte er irritiert.

„Ganz richtig.“ Sie kicherte und kurz darauf erklang recht nah am Hörer eine männliche Stimme, die vermutlich diesem Osterhasen-Psychologen gehörte.

„Schön“, sagte Ben. Er wollte warten, dass seine Mutter mit dem Grund für ihren Anruf herausrückte. Natürlich hätte er das Gespräch ebenso anfangen können. Es gab eine Menge Themen, über die er gerne mal mit seiner Mutter gesprochen hätte, oder besser einfach Bescheid gewusst hätte. Wer war dieser Mann, den sie ehelichen wollte? Wie lange waren sie ein Paar, wo hatte sie ihn kennengelernt? Wie brachte man jemanden dazu, einen heiraten zu wollen? Natürlich würde er zumindest die letzte Frage nie stellen, denn sie sollte nicht wissen, dass ihn das Thema beschäftigte. Es war besser, wenn sie dachte, dass er wegen der bevorstehenden Hochzeit ganz locker war. Sonst kam ihr neuer Psychologe wieder auf tolle Ideen, wie man Ben das Leben erleichtern konnte.

„Wie läuft das Geschäft?“, fragte er, als sie immer noch nicht begann. Es klang, als wäre sie mit Honigbär beschäftigt, also musste Ben auf sich aufmerksam machen.

Seine Mutter kicherte wieder. „Geschäft? Ach, Schätzelchen, das ist gar kein schönes Wort für unsere Berufung, oder? Du müsstest endlich mal hier bei uns vorbeikommen. Du kennst das Haus ja noch gar nicht.“

Das Haus. Wie Dr. Honigbär wohnte, wusste er tatsächlich nicht, aber die Adresse verriet ja schon einiges. Hahnwald war eine der Gegenden Kölns, wo Villen standen. „Wie lange wohnst du eigentlich schon da?“, fragte er.

„Ich? Ach, es kommt mir vor, als hätte ich nie irgendwo anders gewohnt“, flötete sie und machte ein kussähnliches Geräusch.

„Mama, wenn es dir gerade nicht passt zu telefonieren … also, wenn du anderweitig beschäftigt bist, warum hast du dann jetzt angerufen?“

„Ich mache gerade die Tischordnung, Schätzchen, und wollte von dir wissen, ob du gerne neben meiner Tante Hildegard sitzen würdest. Du brauchst ja eine Tischdame neben dir.“

Ben hatte ganz eindeutig das Bedürfnis, sich zu wehren, wogegen auch immer. „Ich bringe meine Tischdame selbst mit, hatte ich das nicht erwähnt?“

„Ach so? Wie wundervoll!“ Seine Mutter sagte im Hintergrund etwas hinter vorgehaltener Hand. Vermutlich brachte Ben ihre ganze Sitzordnung wieder durcheinander.

„Hildegard muss leider woanders sitzen. Neben mir sitzt schon jemand.“

„Das ist schön, Schatz“, sagte Bella. „Darf ich fragen, wer?“

Verdammt, was sollte er sagen? Typisch, sich in so eine Nummer zu manövrieren. Auf einmal hörte er Neles Stimme in seinem Kopf. Sag am besten die Wahrheit oder etwas Unkonventionelles, um sie abzulenken. Womit sie recht hatte. Warum sollte er nicht auch wie alle anderen mit Geheimnissen um sich werfen?

„Nein", sagte Ben schließlich. „Es ist eine Überraschung."

„Eine Überraschung?" Sie lachte gekünstelt. „Hör mal, Schätzchen, ich weiß nicht, ob das eine gute Idee ist. Gerade auf unserer Hochzeit. Ich müsste da schon einen Namen wissen."

Okay, keine gute Idee. Dann die Wahrheit. Halbwahrheit?

„Schreib einfach Bens Freundin", sagte Ben und zupfte den oberen Knopf seines Hemds auf.

„Also ehrlich …" Sie klang mittlerweile fast sauer.

„Ich habe mich noch nicht entschieden, okay? Ich sage dir rechtzeitig Bescheid. Bens Freundin muss erst mal reichen. Meinetwegen kannst du auch *Ersatz für Silvia* schreiben." Sobald er es ausgesprochen hatte, bereute er es. Das klang erstens bitter und zweitens gab er sich damit eine ziemliche Blöße. Vermutlich bot er damit Dr. Honigbär eine große Angriffsfläche. Genau das, was er nicht gewollt hatte.

„Schatz …" Plötzlich klang seine Mutter sanft. „Es ist nicht leicht, oder? Es tut mir leid, dass es nicht funktioniert hat mit Silvia und dir. Ich schreibe einfach Bens Freundin und frage jetzt nicht weiter."

Ben schloss die Augen und versuchte krampfhaft, nicht an Silvias letzte Worte an ihn zu denken. Nein, es war nicht leicht. *Du bist einfach zu grau für mich, Ben.* „Danke", flüsterte er und in diesem Moment war es ihm egal, dass seine Mutter vermutlich all die Emotionen hören konnte, die durch sein

Inneres rauschten. Silvia hatte dort etwas zerbrochen. Oder nein, sie hatte gleich etwas mitgenommen und eine Lücke hinterlassen.

„Ben? Bist du noch da?“, fragte seine Mutter in seinen Schmerz hinein.

„Ja, klar“, sagte er, auch wenn es sich manchmal nicht so anfühlte. Dabei hatte er die meisten schlimmen Stunden schon weit hinter sich gelassen. Nur, dass er erst neulich Oma Katharina davon erzählt hatte. Und jetzt griff seine Mutter das Thema auf … da war es ja logisch, dass alles wieder hochkam. Vielleicht sollte er sich stattdessen einfach ablenken. Sich nicht auf Hochzeiten konzentrieren, eher auf … Freunde? Komparse zu werden, war zum Beispiel eine bessere Idee, als er anfangs gedacht hatte. Zeit mit Nele zu verbringen tat ihm gut. Ein Lächeln zupfte an seinen Mundwinkeln.

„Hab einen schönen Abend, Mama und viel Glück mit der Gästeliste.“

„Danke“, sagte Bella und klang erstaunt. „Ich finde bestimmt einen anderen schönen Platz für Tante Hildegard. Es war toll, deine Stimme zu hören. Küsschen, Küsschen!“

„Bis bald“, sagte Ben und legte auf.

Er hatte keine Lust, sich wieder mit Silvias Vertrauensbruch und ihrer Zerstörung seines Sicherheitsgefühls zu widmen, schlenderte stattdessen zu seiner kleinen erlesenen DVD-Sammlung und legte einen der Lieblingsfilme von Oma Katharina ein. Loriot war immer für ein Schmunzeln gut. Ben holte sich aus der Küche ein Stück Schokolade und ein Glas Mineralwasser, während im Wohnzimmer schon die Titelmelodie von Pappa Ante Portas lief. Ben setzte sich gemütlich aufs Sofa, steckte sich das Schokoladenstück in den Mund und vergaß für den Rest des Abends die Sorge der fehlenden Tischnachbarin. Zumindest, bis er ins Bett ging.

Kapitel 14

Glück tut manchmal weh

Am nächsten Morgen hatten sich Bens Sorgen leider nicht in Luft aufgelöst. Natürlich hätte er einfach seine Mutter anrufen und ihr erlauben können, doch Tante Hildegard neben ihn zu setzen, aber … aus irgendeinem Grund wollte er es vermeiden von eher fernen Verwandten, die er ewig nicht gesehen hatte mit blöden Fragen oder mitleidigen Blicken bedacht zu werden. Am Ende würde er noch die ganze Geschichte erzählen müssen, bei diesem Gedanken wurde ihm ganz mulmig. Und ganz sicher konnte er auf Ratschläge von Dr. Honigbär verzichten. Nach dem Frühstück ging Ben eine Runde im Park joggen. Leider nützte der Sport nichts. Nach der Dusche flatterten seine Gedanken wieder zur Hochzeit, zu Tante Hildegard und zu seiner grandiosen Idee, eine Freundin mitzubringen.

Wo sollte er bloß eine Tischnachbarin auftreiben, die wie seine Freundin aussah? Er schlurfte in Richtung Küche für einen Joghurt und einen grünen Tee. Ben ging gerade am Telefon vorbei, als es klingelte. Er sprang vor Schreck fast einen halben Meter zur Seite und starrte das Gerät für einige Sekunden an, bevor er auf die Idee kam, dranzugehen.

Vorsichtig hob er das Mobilteil hoch, als könne ihn der Anrufer durch das Gerät beißen. „Benedikt Zufall?“, sagte er und lauschte mit angehaltenem Atem in den Hörer.

„Hi, Ben, ich … wir müssen uns treffen. Hast du nachher

Zeit? Ich muss leider noch bis acht arbeiten, danach könnte ich zu dir kommen."

Nele.

„Äh, hi", stotterte Ben. „Okay." Was wollte sie wohl?

„Ben? Bist du noch da?", fragte sie.

Ben nickte. „Ja, natürlich" schob er hinterher. Schließlich sah sie ihn nicht und das war etwas, worüber er sich beim Fernsehen immer aufregte: Wenn Leute am Telefon nickten oder auf etwas deuteten und der Mensch am anderen Ende der Leitung natürlich nichts davon sehen konnte. Aber ja, passierte wohl erstaunlich schnell. „Dann bis nachher", sagte Ben und wollte gerade auflegen, als Nele noch etwas rief.

„Was?", fragte er.

„Wo du wohnst?" Nele lachte.

„Oh, äh. In der Bredener Straße im Belgischen Viertel, Nummer 73. Ich … möchtest du dann nachher etwas essen? Also, wirst du Hunger haben? Wir können kurz zu einem Bistro in der Nähe laufen und etwas holen, aber vielleicht hast du dann ja schon gegessen." Ben dachte an die ganzen Kuchen und Torten. Gab es auch Herzhaftes im Café Naschkatze? Er konnte sich beim besten Willen nicht erinnern.

Nele lachte wieder. „Wir gucken einfach nachher. Wenn du dann Hunger hast, können wir gerne was zusammen kochen. Ich muss weiterarbeiten, bis später!"

Das Besetztzeichen ertönte, bevor Ben das „bis später" über die Lippen kam. Mist. Nele würde hierherkommen? Er hatte seit Silvia keine Frau hier in seiner Wohnung gehabt und aus irgendeinem Grund hatte er nicht mal Freunde, die ihn zu Hause besuchten. Hubert verließ nach Feierabend seine Wohnung gar nicht mehr, Stephan traf er in der Tennishalle.

Egal. Ben sah auf die Uhr und knallte das Telefon auf die Ladestation. In fünf Stunden würde Nele hier auftauchen, nachmittags hatte er seinen Tennistermin mit Stephan und er hatte überhaupt nicht aufgeräumt! Er hetzte durch die Räume und wunderte sich über sich selbst. Natürlich hatte er aufgeräumt. Wie immer. Er war völlig durcheinander, nur weil sein Abend komplett aus den Fugen geriet. Gestern hatte er schon seine abendliche Schwimmstunde ausfallen lassen. Na ja, ihm blieb ja noch die Tennisstunde um vier. Und in der neuen Woche war dann alles wieder so wie immer.

Ben brachte seine benutzte Teetasse in die Küche, stellte sie auf die Spüle, nahm sie dann wieder hoch und räumte sie in die Spülmaschine. Er wischte mit dem feuchten Spültuch über den Ring, den die Tasse hinterlassen hatte. Den Joghurtbecher wusch er aus, bevor er ihn wegwarf, und den Löffel stellte er in den Besteckkorb in der Spülmaschine. Was würde Nele wohl gerne trinken? Bei sich hatte sie einen Tee gekocht. Okay, eine kleine Auswahl von grünem Tee, Schwarztee, Pfefferminz- und Kamillentee hatte er da. Er überprüfte den Wasserkasten, fand vier volle Flaschen und öffnete den Kühlschrank. Für belegte Toasts hatte er alles da, Rührei und Salat konnte er auch machen. Nudeln und Kartoffeln hatte er immer da. In der Gemüseschublade fand er ein paar passabel aussehende Möhren und einen Blumenkohl und er hatte zum Glück gestern frisches Brot gekauft.

Mit dem Kopf permanent bei Nele und ihrem bevorstehenden Besuch fuhr Ben zur Tennishalle, verlor fast jedes Spiel gegen Stephan und war froh, als der auch schnell nach Hause wollte. Ben eilte nach Hause, duschte, tigerte wieder durch die Wohnung, rückte hier und da etwas zurecht und sah auf die Uhr. Noch anderthalb Stunden, dann war Nele da. Das Café lag nicht so weit entfernt. Wenn sie die Straßenbahn nahm, dauerte ihr Weg vermutlich zwanzig Minuten. Zu Fuß etwas länger. Eine halbe Stunde? Ben deckte den Tisch in der Küche mit Tellern, Tassen, Besteck und frischen Stoffservietten. Er wollte einen Kerzenleuchter daraufstellen, da erfasste ihn Panik. Was würde Nele denn von ihm denken? Dass er hier ein romantisches Abendessen bei Kerzenschein plante? Sie verführen wollte? Hitze stieg in sein Gesicht und er warf einen Blick in den Spiegel im Bad. Zartrote Flecken zierten seinen Hals. Jetzt bloß nicht kratzen. Beschämt kehrte er zum Esstisch zurück, stellte die Kerze wieder weg und platzierte stattdessen einfach einen Salz- und einen Pfefferstreuer in der Mitte. Der Blumenladen hatte natürlich geschlossen, aber das wäre ohnehin keine gute Idee. Es war ja kein Date.

Ben holte sein Buch und setzte sich aufs Sofa, um zu lesen. Nein, das ging nicht. Lieber sollte er sich bewegen, um seine Nerven zu beruhigen. Aber die Wohnung konnte er nicht verlassen, damit er Nele aufmachen konnte, wenn sie ankam. Hatte ihm Stephan nicht mal so kleine Hanteln geschenkt? Wo hatte er die hingetan? Ben durchforstete die drei Schuhkartons, die unter seinen aufgehängten Hosen im Kleiderschrank standen. In einem war das neue Paar Tennisschuhe, das er noch nicht benutzt hatte. Im mittleren Karton fand er Geburtstagskarten, die er bekommen hatte, und die gelegentliche Postkarte seiner Mutter. Im dritten und größten Karton wurde er fündig. Die Hanteln waren allerdings sehr viel größer, als er gedacht hatte. Und gar nicht mal so leicht. Ben stemmte sie probeweise in die Luft und überlegte, ob er sich umziehen sollte. Ach was, er würde einfach aufhören, wenn er anfing zu schwitzen.

Schnell stellte er allerdings fest, dass es sinnvoll gewesen wäre, ein Blatt mit guten Übungen beizulegen. Denn er hatte vom Hanteltraining überhaupt keine Ahnung. Egal, irgendetwas würde es schon bringen. Außerdem ging es ja hauptsächlich darum, die Zeit zu überbrücken, bis Nele kam.

Zehn Minuten später schrie Ben auf, ließ sich aufs Bett fallen und zog vorsichtig seinen linken Socken aus. Er konnte fast zusehen, wie sich der große Zeh zu einem dunklen Blau verfärbte. Ben starrte darauf, humpelte dann in die Küche und suchte nach einem Kühlpack. Er fand nur Tiefkühlerbsen und setzte sich mit dem Beutel aufs Sofa.

Als es endlich klingelte, stand Ben umständlich auf und humpelte zum Türsummer neben der Wohnungstür. Er drückte eine Weile darauf, öffnete dann die Tür zum Hausflur und lauschte Neles Schritten. Sie ging schnell. Es klang beinahe, als würde sie im Treppenhaus hochjoggen. Bens Herzschlag beschleunigte sich, bis das Klopfen ihrer Schuhsohlen auf den Stufen und sein Herz den gleichen Rhythmus hatten. Er versuchte, bewusst zu atmen. Es war nur ein Besuch … von einer Freundin. Einer Bekannten? Einer netten jungen Frau. Oh, wie das klang! Er war doch nicht fünfzig!

Schon kam Nele die letzten Stufen hoch und strahlte ihn an. Ihr Blick fiel auf seinen Fuß. „Huch! Was ist dir denn passiert?“, fragte sie bestürzt. „Duschunfall?“

Bens Ohren wurden heiß. „Eher ein Sportunfall“, murmelte er.

„Wie das? Hast du dir eine Sehne gezerrt? Im Fuß? Komm, leg ihn mal hoch.“

Nele ging an ihm vorbei, zog ihre Jacke und Schuhe aus. Ben schloss die Wohnungstür und humpelte Nele hinterher, die schnurstracks in sein Wohnzimmer ging und eine Tüte auf den kleinen Couchtisch stellte. Sie steuerte auf das Sofa zu, sah sich kurz um und zog den Fußhocker näher. „Hier, das sollte eine gute Höhe haben."

Langsam setzte sich Ben an die ihm befohlene Stelle, wollte aber gleich wieder aufspringen. „Möchtest du was trinken?", fragte er unbeholfen.

Nele lächelte und legte eine Hand auf seine Schulter.

„Gerne, ich mache das schon. Bleib du mal sitzen." Sie drehte sich um und ging zurück in den Flur. Da die Tür offen stand, entdeckte sie die Küche gleich. „Hab schon. Mach dir keine Gedanken. Was hättest du gerne? Kaffee, Tee, Wasser, Bier oder etwas anderes?"

„Ein Glas Wasser wäre gut", sagte Ben und versank fast im Boden vor Scham. Das lief hier alles überhaupt nicht wie geplant. Da war seit der Trennung von Silvia zum allerersten Mal eine Frau zu Besuch in seiner Wohnung und jetzt musste sie selbst in die Küche gehen, um für ihn und sich Getränke zu holen. Alles nur wegen seiner hohlköpfigen Ambitionen, noch schnell mehr für seine Armmuskeln zu tun. Eine halbe Stunde vor dem Date! Wie konnte man so dämlich sein? Moment. Das war hier kein Date, wieso dachte er das ständig? Tatsächlich schien sein Herz wohl nach einer Frau zu suchen. Aber musste es ihn damit so überrumpeln? Nele war doch nicht aus romantischen Gefühlen hier. Sie war hier, weil … nun, er würde es gleich herausfinden.

Nele klapperte und klirrte in der Küche vor sich hin und es klang so, als fände sie sich glänzend zurecht. Trotzdem fiel es Ben schwer zu schweigen.

„Brauchst du Hilfe?", rief er. „Du bist doch der Besuch, du solltest hier sitzen."

„Ich bin hier nicht diejenige mit einem verletzten Fuß." Nele lachte. „Und eben habe ich so vielen Leuten ihre Getränke gebracht, da macht eins mehr für dich nun wirklich nichts mehr aus."

Sie brachte ein Tablett mit zwei Gläsern Wasser, jedes garniert mit einer Zitronenscheibe. Daneben standen Teller mit Kuchengabeln und bunte Servietten. „Du hattest ja den Tisch schon so schön gedeckt", sagte sie und lächelte ihn breit an. „Woher wusstest du, dass ich etwas mitbringen würde?"

„Eigentlich wollte ich etwas kochen." Ben sah auf die Tischplatte des Couchtischs.

„Ehrlich? Ach, das können wir ja immer noch irgendwann machen. Mit dem Fuß in der Küche zu stehen, ist keine gute Idee. Soll ich mir das mal angucken? Ich kenne mich ein bisschen aus."

„Ach was, ist schon okay", sagte Ben, aber Nele ignorierte seine Antwort und wickelte mit geübten Fingern das Handtuch ab. Den Beutel mit Erbsen legte sie hinein und besah sich Bens Fuß. Wenn der Fuß es gekonnt hätte, wäre er unter Garantie rot geworden. Aber er war ja schon blau.

„Was ist denn passiert, hast du dich gestoßen?", fragte Nele und beugte sich näher an Bens Bein.

„Mir ist etwas draufgefallen", murmelte er.

„Etwas ziemlich Schweres, richtig? Tut es noch weh?"

Ben schüttelte den Kopf. „Geht schon."

„Na ja, da hast du ohnehin schon alles richtig gemacht. Hast du vielleicht ein dünneres Tuch? Ein Küchentuch?" Nele sprang auf und lief wieder in die Küche.

„Oberste Schublade links", sagte Ben resigniert.

„Hab eins!" Nele kam mit dem Küchentuch zurück und

wickelte es vorsichtig um seinen Fuß. Dann legte sie den Erbsenbeutel darauf und schlang das Tuch auch um die Tüte. Am Ende fixierte sie das Ganze mit dem Frotteehandtuch und schob Ben ein Kissen unter die Ferse. „Ich hab bestimmt noch Globuli dabei“, sagte sie und wühlte in ihrer Tasche. „Meine Mutter kennt sich mit so was aus. Hier.“ Sie reichte ihm ein kleines braunes Glasfläschchen.

Ben sah misstrauisch auf das Etikett. „Arnica“ murmelte er und drehte das Medikament. „Hier steht gar nichts zur Einnahme …“

„Drei Globuli reichen meistens. Du musst sie unter deine Zunge legen und sie dort schmelzen lassen. Schmeckt süß.“ Sie schüttete ein paar winzige weiße Kügelchen in den Deckel. „Mund auf, Zunge hoch“, befahl sie. „Oder möchtest du selbst?“

„Gerne“, sagte Ben. Ihm war immer noch so heiß im Gesicht, dass Nele auf die Idee kommen musste, er hätte generell einen eher rötlichen Hautton. Sie schien sich gerne um Kranke und Verletzte zu kümmern. Ben legte die Kügelchen unter seine Zunge und gab Nele den Deckel zurück.

„Süß“, nuschelte er nach einer Weile.

Sie grinste und nickte.

Zu spät wurde Ben klar, dass es wie ein Kompliment klang. „Diese Globuli.“

„Ich mag sie auch. Dann warten wir mit dem Kuchen noch kurz“, sagte Nele. „Möchtest du überhaupt?“

Ben nickte, er wollte nicht viel sprechen, damit die Globuli nicht noch aus seinem Mund fielen oder etwas ähnlich Peinliches passierte.

„So“, sagte Nele. „Ich hatte vorhin eine sehr gute Idee.“ Sie wickelte während des Sprechens das dünne Papier mit dem Logo vom Café Naschkatze ab und gab den Blick auf zwei Stück Kuchen frei. „Ich hoffe, du magst entweder Sahnekirschkaramell oder Lebkuchenkäsetorte?“

„Beides. Also … es ist egal. Du kannst aussuchen. Sieht beides toll aus.“ Ben ärgerte sich, dass er es nicht schaffte, auch nur einen vernünftigen Satz loszuwerden. Er versuchte, sich zu entspannen und sich auf seine Atmung zu konzentrieren.

„Wir teilen beide“, entschied Nele, sprang auf und holte ein Küchenmesser. Offenbar hatte sie den Messerblock schon eben gesehen. Sie teilte die Tortenstücke längs, verteilte sie auf die Teller und legte das Messer vorsichtig weg. Es sah etwas gruselig aus, wie das große Messer auf dem Couchtisch lag und erinnerte Ben an die letzte Tatortfolge. Ein Knall draußen ließ ihn zusammenzucken. Erst jetzt bemerkte er, dass es draußen schüttete. Das laute Geräusch stammte wohl vom Donner. Offenbar gewitterte es.

„Also, was für eine Idee hattest du?“, fragte Ben schließlich, weil Nele offenbar vergessen hatte, weiter davon zu erzählen.

„Wir helfen deinem Glück auf die Sprünge. Also … ich helfe dir! Und ja, das möchte ich wirklich und die Kanne hat es so befohlen!“

Ben musste wider Willen lachen, weil Nele ihre kleine Rede so resolut vorgebracht hatte, dass er sich ohnehin kaum traute, ihr zu widersprechen. „Meinem Glück“, wiederholte er. „Es wäre schon ein ziemliches Glück, wenn ich meiner Mutter einen Namen nennen könnte, den sie auf den Sitzplatz neben meinem schreiben könnte.“

„Für die Hochzeit?“ Neles Gabel hielt auf halbem Weg zu ihrem Mund an.

„Ja. Sie wollte mich schon neben meine Großtante Hildegard setzen. Die ist so schwerhörig und liebt Knoblauchbrot für ihr Leben gern. Es ist eher anstrengend neben ihr zu sitzen, weil sie ihre Ohren für völlig gesund hält und immer alle ständig ermahnt, nicht so zu nuscheln. Sie stellt ihre Fragen so lange, bis man sie ihr laut genug beantwortet. Und dann hört sie natürlich auch jeder andere im Raum."

Nele kicherte um ihre Gabel herum. „Verstehe", sagte sie, als sie den Bissen runtergeschluckt hatte. „Dann passt mein nächster Programmpunkt hervorragend. Wir melden dich beim Online-Dating an!"

Kapitel 15

Glück bringt die Glücksfee

Ben hatte es überraschend gut aufgenommen, dass Nele seine Glücksfee spielen wollte. Glücksbotin? Glücksbringerin. Der Kuchen hatte ihn bestimmt milde gestimmt. Andererseits tat sie ja ein gutes Werk. Wer würde sich da nicht freuen? Das Online-Dating würden sie möglichst schnell in Angriff nehmen. Auf dem Nachhauseweg erinnerte sich Nele an Bens Gesichtsausdruck, als sie über ihre mögliche Rolle als Komparsen gesprochen hatten. Auf einmal war da ein Leuchten in seinen Augen gewesen. Neugier, Freude und das Wichtigste von allen: Abenteuerlust. Sie war auf einem guten Weg, ganz bestimmt. Und in einem Dating-Profil machte sich das sicher auch gut. Bald wäre Silvia Geschichte. Besonders, wenn das Online-Dating erfolgreich war. Und dafür würde Nele schon sorgen.

Sie hüpfte über eine Bordsteinkante und rannte ein paar Schritte. Die Lichter der Restaurants und Kneipen malten Muster in die Pfützen, die sanft im Wind wackelten. Außer ihr waren nicht viele Leute unterwegs. Es war halb zehn. Nele hatte über anderthalb Stunden bei Ben verbracht und die Zeit war wie im Flug vergangen. Zum Glück hatte sich das Gewitter in der Zeit ausgetobt und mittlerweile hatte der Regen aufgehört.

Eine Melodie tauchte in ihren Gedanken auf und sie pfiff sie etwas schief, aber fröhlich vor sich hin. Sie erkannte eins der Lieder von der CD, die bei Ben gelaufen war. Sie war zweimal durchgelaufen, während Nele da war. Ob er die Musik ständig rauf und runter hörte und die Musik quasi ein Teil seines Alltags war?

Der Gedanke gefiel Nele richtig gut. Sie mochte Ben sowieso schon seit der ersten Minute. Aber mit jedem Mal, wenn sie sich trafen, wurde das Gefühl größer. Sie lächelte einen weißen Pudel an, der auf sie zukam und an ihrem Hosenbein schnüffelte. Er sah kurz zu ihr auf und tänzelte dann durch die nächste Pfütze davon.

Zuhause angekommen lauschte Nele in den Flur hinein. Nur die kleine Lampe auf der schmalen Kommode war angeschaltet. Waren alle schon im Bett oder niemand da? Weder aus der Küche noch aus einem der anderen Zimmer drang Licht oder ein Geräusch. Vermutlich waren Katharina und Johannes wieder ausgegangen. Die beiden hatten längst nicht alle Theater und Kinos durch. Sie waren so niedlich zusammen.

Nele ging in ihr Zimmer und schloss die Tür hinter sich. Sie schaltete nur die Nachttischlampe an, die durch ihre bunten Glassteine ein Mosaik an die Zimmerdecke zauberte. Nele sah eine Weile hinaus, hinter sich die Wärme des Zimmers, draußen die kalte Nacht. Regentropfen liefen an der Scheibe hinunter.

Nach einem letzten Blick zog Nele die Gardine zu und setzte sich auf ihr Bett. Sie stöpselte das Ladekabel in ihren Laptop und schaltete ihn ein. Der Bildschirm flammte blau auf, dann sah sie ihren Bildschirmschoner und gab ihr Passwort ein.

Online-Dating-Seiten gab es jede Menge, stellte sie relativ schnell fest. Nele notierte sich alle, die einigermaßen gut aussahen, auf Zettel, faltete sie zusammen und suchte dann nach einem passenden Behälter dafür. In einer Ecke ihres Kleiderschranks fand sie einen Mini-Blumentopf, der wie ein Zylinder geformt war. Ein Geschenk zu Silvester … er war absolut perfekt! Nele ließ die Zettel hineinfallen, hielt ihre Hand oben drauf und schüttelte. Dann zog sie drei Stück heraus und schloss die Augen, um blind einen zu wählen.

„The One“ hieß die Seite. Das klang vielversprechend! Nele klickte die Webseite an und sah sich ein wenig um. Dann rief sie Ben an.

„Hi, bist du noch wach?“, fragte sie und lachte, weil er schließlich ans Telefon gegangen war.

„Ein bisschen“, sagte er und es klang, als würde er auch grinsen. „Hast du was vergessen?“

„Nein, ich hab was Neues.“ Nele räusperte sich bedeutungsschwer. „Ich habe eine tolle Dating-Seite gefunden, die genau zu dir passt. Da wirst du die Eine für dich finden.“

Ben schwieg. Mist, jetzt hatte sie ihn überrumpelt. Sie hätten sich die Seite zusammen anschauen sollen.

„Soll ich lieber vorbeikommen und wir gucken uns das in Ruhe an? Du musst die Seite ja auch sehen“, sagte sie zerknirscht.

„Ach Nele, ich … es kommt nur so plötzlich.“

„So plötzlich ist das gar nicht. Du bist doch schon eine Weile alleine, oder? Das, was am meisten hilft, ist eine neue Liebe, ganz sicher.“

„Echt?“

„Na klar! Darüber gibt es sogar Studien“, erfand Nele und hoffte, dass er nicht gleich danach im Internet suchen würde. Am besten sie beschäftigte ihn anders. „Wollen wir uns die Seite gleichzeitig angucken? Ich könnte mich auch anmelden. Ich muss ja mit niemandem ausgehen oder …

oder wir könnten so ein Viererdate machen! Das wollte ich immer schon mal. So wie im Film!“

Ben lachte leise. „Na gut. Wie ist die Adresse?“

Kapitel 16

Glück ist eine unverhoffte Nachricht

Ben zog gleich nach dem Aufwachen die Bettdecke zurück und starrte auf seinen dunkelblauen Zehennagel. Der Zeh war geschwollen, der Fuß schmerzte immer noch und er wusste nicht, wie er gleich wieder Socken und Schuhe tragen sollte. Auf keinen Fall würde er in Badelatschen ins Büro gehen. Er überlegte, ob er sich krankmelden sollte, aber eigentlich war das nicht seine Art. Schließlich konnte er nur nicht gut laufen und in der Bank saß er die meiste Zeit, das sollte eigentlich gut gehen.

Das Telefon klingelte. Missmutig warf Ben einen Blick auf den Wecker. Es war viertel nach sechs, wer rief bitte um diese Zeit an?

Das Mobilteil hatte er ordnungsgemäß in die Ladestation gesteckt, aber die stand im Flur. Vom Bett aus gesehen keine fünf Meter weit weg, aber mit einem lädierten Fuß war die Entfernung riesig. Sollte er es klingeln lassen? Vielleicht war es Nele. Unwahrscheinlich um diese Uhrzeit. Er schätzte sie eher als Langschläferin ein. Auch Ben hätte gerne wenigstens bis sieben geschlafen, aber er wollte sich heute wirklich nicht abhetzen müssen und hatte den Wecker früher gestellt. Ben hievte sich hoch, versuchte beim kaputten Fuß nur die Ferse zu belasten und schleppte sich so weit, dass er das Mobilteil erreichen konnte. Erschöpft humpelte er ein paar Schritte weiter und ließ sich auf den Sessel im Wohnzimmer fallen.

„Hallo Bella“, meldete sich Ben. Dieses Mal hatte er einen Blick auf die Nummer geworfen.

„Hallo Benni Schatzi“, sagte seine Mutter.

Ben verzog den Mund. Seit wann gab sie ihm diese unmöglichen Spitznamen? War daran dieser Dr. Honigbär schuld? Am besten er reagierte nicht darauf. Vielleicht ging diese Phase bei ihr dann schneller vorbei.

„Wie geht es dir denn?“, fragte sie und es klang lauernd, obwohl sie nicht der Typ dafür war.

„Gut, und wie laufen die Hochzeitsvorbereitungen?“

„Oh, hervorragend! Mein Honigbärchen hat einen verwitweten, sehr gut aussehenden Onkel in Tante Hildegards Alter. Wir werden die beiden nebeneinander setzen. Ist das nicht toll? Vielleicht werfe ich meinen Brautstrauß in ihre Richtung.“ Sie kicherte. „Die Blumen sind ausgesucht, mein Kleid natürlich bestellt … du glaubst nicht, was für einen Traum in Honiggelb und Blütenweiß ich gefunden habe! Mein Detlevchen wird Augen machen! Hoffentlich kann er sich bis zur Hochzeitsnacht zügeln.“

„Keine Details, bitte.“ Ben hatte keine Lust, sich einen Vortrag darüber anzuhören, wie natürlich die Liebe zwischen zwei Menschen gerade am Tag der Hochzeit war … Er hörte die Worte leider trotzdem, ohne dass seine Mutter sie aussprechen musste. „Und die Feier findet im Garten statt?“, fragte er, um sie abzulenken und nicht noch zu ermutigen, ihm Näheres zu erläutern.

„Ja, also die Karten haben gesagt, dass das Wetter wunderbar wird. Ich habe so eine nette Frau kennengelernt. Sie hat einen Heilsalon unten am Rhein. Sie hat mir die Karten gelesen. Ich muss ja wissen, worauf ich mich einstellen soll. Wenn es regnet, ruiniert mir das am Ende die

Frisur und die Alpakas riechen dann immer etwas streng. Dann müsste ich sie weiter weg bringen.“

Ben schaffte es nicht, die ganze Zeit zuzuhören, und blätterte durch die Fernsehzeitung, als seine Mutter plötzlich abbrach.

„Ben?“

„Ja?“, fragte er und wusste, dass Nachfragen falsch war. Sie hatte ihre Frage garantiert schon gestellt.

„Du Träumerchen“, sagte sie nur. „Ich wollte wissen, ob du nicht doch schon die Überraschung lüften willst und mir den Namen deiner Tischdame verrätst?“ Unverhohlene Neugier sprach aus ihren Worten. Bestimmt rechnete sie nicht wirklich damit, dass er einen Namen für die Sitzordnung nennen würde. Immerhin hatten sie gestern zum ersten Mal darüber gesprochen.

„Noch nicht“, sagte er und dachte an die drei netten Kandidatinnen auf „The One“, die er mit Neles Stimme am Ohr gefunden hatte. Ob sie ihr eigenes Profil dort wirklich nur angelegt hatte, um ihm besser helfen zu können oder suchte sie ebenfalls jemanden? Bei Nele war er sich nie sicher. Sie war so anders als er und anders als jede Frau, die er bisher näher kennengelernt hatte. Sie war etwas Besonderes. Ein warmes kleines Kaminfeuer breitete sich in seinem Bauch aus.

„Ben? Hörst du mir zu? Was meinst du mit noch nicht? Wie lange soll ich die Stelle denn freilassen? Oder gibt es noch niemanden, der mit dir kommt? Hör mal, das ist ja nicht schlimm. Ich kann noch jemanden für dich finden.“

„Nein, danke. Es gibt jemanden. Es bleibt einfach noch eine Überraschung.“

Seine Mutter schwieg, was nicht oft vorkam. Ein leises

Klacken war im Hintergrund zu hören. Bestimmt tippte sie den Stift an ihre Schneidezähne, wie sie das manchmal tat, bevor sie wütend wurde.

„Ehrlich, du musst dir keine Sorgen machen", sagte Ben, um sie zu beschwichtigen. „Ich sage dir noch dieses Jahr Bescheid." Mist. Damit hatte er sich selbst eine Frist gesetzt. Jetzt hatte er noch einen knappen Monat, um eine Frau auf dieser Seite zu finden. Andererseits, so schwer konnte das ja nicht sein. Oder?

Ganz kurz lag Neles Name auf Bens Zunge. Ob er sie mitnehmen sollte? Einfach als Freundin? Das war sicherlich zukunftsträchtiger als eine Frau, die er noch gar nicht kannte. Aber dann würden die Leute vielleicht denken, dass Nele und er ein Paar waren. Dabei passten sie ja gar nicht zusammen.

„Ist schon gut, Schätzelchen. Ich kann noch ein bisschen warten, aber neugierig machst du mich natürlich schon."

„Warst du an Großmutters Geburtstag übrigens absichtlich nicht da, weil sie ihn nicht gefeiert hat?" Bis zu diesem Moment war Ben gar nicht klar gewesen, dass er sich darüber ärgerte.

„Sie wollte nicht, dass ich komme." Bella klang nicht im Mindesten so, als hätte sie das gestört.

„Ist dir mal der Gedanke gekommen, dass sie sich trotzdem gefreut hätte?"

„Ach, Bennilein. Sie ist alt genug, um deutlich sagen zu können, was sie möchte. Ich hätte ihr einen Kuchen gebacken, oder mein Honigbär hätte es getan. Du musst unbedingt mal seine Honigtorte probieren. Die ist wirklich himmlisch!"

„Dich stört es, dass Oma Katharina in die WG gezogen ist, richtig?", fragte er nun doch.

„Ach was, natürlich nicht. Auch wenn ich es schon ihrem Alter entsprechend fände, etwas zurückgezogener mit ihrem Partner zu leben und nicht zwischen all diesen jungen Leuten." Bella seufzte.

Ben atmete tief durch, aber es war unmöglich. Er konnte es nicht für sich behalten. Er schnippte gegen den Türrahmen. „Nicht jeder kann sich ein eigenes Haus in Hahnwald leisten", sagte Ben und es klang spitz, obwohl er sich gar nicht über das teure Haus ärgerte, sondern eher seine Großmutter verteidigen wollte. Sie war schon immer am meisten für ihn dagewesen. Im Gegensatz zu seiner Mutter. „Außerdem hast du früher selbst in WGs gewohnt. Auch in gemischten WGs."

„Was heißt hier gemischt?", fragte Bella. „Wir hatten alle ungefähr das gleiche Alter."

„Ich meinte Männer und Frauen", erklärte Ben.

„Natürlich. Mit welchem Fuß bist du denn heute aufgestanden?"

„Mit dem, wo der Zeh nicht wehtut", sagte Ben wahrheitsgemäß und musste danach natürlich erzählen, warum sein einer Fuß lädiert war.

Bella schrie erschrocken auf. „Oh! Soll ich vorbeikommen? Warst du schon beim Arzt?"

„Mama, es ist nichts."

Sie war wirklich beunruhigt. Ihr fiel nicht einmal auf, dass er sie Mama genannt hatte. Ben seufzte. „Ist echt nicht mehr schlimm jetzt, heilt ganz von alleine und Nele hat ihn sich schon angesehen."

„Wer ist Nele? Eine Ärztin?", fragte Bella.

„Eine Freundin", berichtigte Ben. „Sie kennt sich damit aus." Er hatte keine Lust, sich über Nele ausfragen zu lassen.

„Eine gute Freundin?“, fragte Bella und etwas raschelte im Hintergrund. Ob das die Gästeliste war? Jetzt dachte sie bestimmt, dass er Nele mitbringen würde und dass sie die Überraschung war. „Oder ist das eine Überraschung?“, fragte Bella und lachte leise. Tatsächlich. Da hatte Ben ja genau richtiggelegen.

„Wir verstehen uns gut, ja.“

„Ach und woher kennst du sie? Ist Nele eine Kollegin?“

Ben lachte kurz auf, als er sich Nele in der Bank vorstellte. „Nein, sie wohnt in Omas WG.“

„Ach“, sagte Bella. „Nun ja, sie ist ja sicherlich in deinem Alter. Du musst ja sowieso bald mal zum Kaffeetrinken kommen. Dann bring doch deine Freundin Nele einfach mit!“

„Ich kann sie ja mal fragen“, sagte Ben. Ob Nele Lust hatte, mit ihm seine Mutter zu besuchen? Wie sah das denn aus? Verkehrte Reihenfolge. Erst die Eltern kennenlernen, dann ein Paar werden. Er schluckte. Das stand ja hier gar nicht zur Debatte. Sie waren Freunde. Wann kapierte sein Herz das endlich? Nele passte nicht zu ihm und half ihm gerade, jemanden zu finden, der besser für seinen Lebensplan war.

„Wie wäre es am ersten Januar-Wochenende? Vor Weihnachten ist ja immer so viel zu tun. Frag mal deine Nele, ob sie Zeit hat. Ah, Zeit! Perfektes Stichwort! Ich muss jetzt weitermachen. Hab einen schönen Tag, mein Purzelchen! Küsschen, Küsschen!“ Damit legte sie auf und ließ Ben mit Unbehagen zurück. Aber dann wischte er es einfach beiseite. Das war doch lächerlich! Er war erwachsen. Er konnte Nele die Situation erklären. Sie hatten lediglich eine Einladung von seiner Mutter zum Kaffeetrinken, als Freunde. Vielleicht konnte er sie mit den Alpakas ködern?

Ben warf einen Blick auf die Uhr. Es war viel zu früh, um bei Nele anzurufen und er wollte sie nicht aufwecken. Also schrieb er ihr eine Nachricht auf dem Handy.

„Liebe Nele,

ich rufe dich heute Abend an. Würdest du mir einen Gefallen tun? Nichts Schlimmes. Glaube ich. Schlaf noch gut und einen schönen Tag!

Liebe Grüße, Ben“

Ben schickte die Sätze ab. Nach fünf Minuten holte er das Handy wieder hervor und las noch einmal, was er geschrieben hatte. Das klang ja furchtbar! Was würde Nele denken, um was für einen Gefallen es ihm ging? Und jetzt hatte er auch noch geschrieben, dass er erst abends bei ihr anrufen würde! Na ja, von der Bank aus wollte er das ohnehin nicht tun, schließlich brauchte er dazu Ruhe und Konzentration.

Ben machte sich auf den beschwerlichen Weg ins Büro, hatte in der Straßenbahn die ganze Zeit Angst, dass ihm jemand auf den Fuß treten könnte, schaffte es aber bis in die Bank ohne Zwischenfälle. Im Treppenhaus biss Ben die Zähne zusammen und klammerte sich bei jedem Schritt an den Handlauf im Treppenhaus. Warum nur hatte er nicht den Aufzug genommen? Ein kaputter Zeh war ein guter Grund, mal auf seine üblichen Bewegungseinheiten zu verzichten. Zum Glück benutzten wohl alle übrigen Bankangestellten den Aufzug. Das war ein Vorteil. So traf er niemanden und musste keinem erklären, warum er im Winter einen Badelatschen trug. Er kam sich vor wie eine Memme, schließlich war der Zeh nicht gebrochen, das hatte der Arzt gesagt. Gleich nach Bellas Anruf hatte er in der Praxis angerufen und einen frühen Termin ergattert, weil jemand kurzfristig abgesagt hatte. So war er heute erst recht spät im Büro, aber den ersten Termin hatte er ohnehin erst heute Nachmittag und zu irgendwas musste die Gleitzeit ja gut sein. Natürlich hatte er auch angerufen und bei Ingrid Sommer Bescheid gesagt, damit sie ein Schild an seine Tür hängen konnte und sich niemand wunderte.

Endlich erreichte er die zweite Etage und atmete lange aus, bevor er die Tür zum Flur aufstieß. Er lauschte, dann warf er einen Blick um die Ecke. Es roch nach Kaffee und staubigen Aktenordnern. Ben schleppte sich so schnell wie möglich in Richtung seines Büros und war froh, dass er daran gedacht hatte, sich etwas zu essen mitzubringen. So musste er wenigstens in der Mittagspause nicht noch einmal Treppen steigen.

„Ach, was für ein Zufall", hörte er eine ihm leider bekannte Stimme.

„Guten Morgen", sagte er mit einem Seufzen, sah sich aber nicht nach Marita um. Leider lief sie an ihm vorbei und blieb vor ihm stehen.

„Na? Was ist dir denn passiert? Ihh, das sieht ja furchtbar aus!" Sie hielt sich theatralisch die Hand vor den Mund.

Ben hatte keine Lust, ihr zu erzählen, woher der dicke Zeh kam. Ausdenken wollte er sich aber auch nichts. „Musst du nicht arbeiten?", fragte er.

„Klar, aber du ja auch", sagte sie. „Montagsmeeting ist in zehn Minuten. Du kommst ja fast auf den letzten Drücker. Vor allem, wenn du dich so langsam weiterbewegen willst wie jetzt. Soll ich dir deinen Bürostuhl holen? Vielleicht wäre das ein guter Rollstuhlersatz." Sie lachte in einem nervigen hohen Ton und Ben ärgerte sich.

Bei diesem Gedanken grinste er und freute sich, dass sein Zeh wenigstens nicht mehr bei jeder Bewegung wehtat. Die Salbe, die der Arzt ihm verschrieben hatte, wirkte tatsächlich. Ben schaffte es rechtzeitig zum Montagsmeeting und erntete gleich mitleidige Blicke, auch von Marita, auch wenn sie ihr Mitgefühl natürlich nur heuchelte.

„Tut's weh?", raunte ihm Hubert zu und Ben schüttelte den Kopf. Ben setzte sich und war erleichtert, als der Abteilungsleiter hereinkam und sofort mit seinem Vortrag über die Entwicklung der Zinssätze begann. Es folgte Maritas Beitrag über neue Depotmodelle. Danach gab es eine Diskussion, der Ben nicht richtig folgen konnte, weil sein Zeh auf einmal wieder pochte. Nach genau siebenunddreißig Minuten war das größtenteils sinnlose Treffen beendet.

Zufrieden setzte Ben sich an seinen Schreibtisch und vertiefte sich in die Arbeit.

Als Ben endlich wieder zu Hause war, pochte sein Zeh immer noch. Dabei hatte er fast nur rumgesessen. Ben zog den Socken aus, um sich die Lage anzusehen. Blau, sogar eher ein wenig lila. Der Zehennagel hatte sich über Tag schwarz gefärbt. Hervorragend. Gut, dass das niemand sehen würde, weil er schließlich unter Leuten Schuhe trug. Er beschloss das Schwimmen erst mal eine Weile auszusetzen. In Flipflops würde jeder seinen lädierten Zeh bewundern können. Gut, dass kein Urlaub anstand. Genau genommen war der letzte Sommerurlaub schon ziemlich lange her.

Überhaupt hatten Urlaube aufgehört, als Silvia sich von ihm getrennt hatte. Und mit ihr war er auch nur zweimal ans Mittelmeer gefahren. Vermutlich war sein Bedarf an Badeurlauben ohnehin in der Kindheit gestillt worden. Seine

Mutter hatte ihn ständig ans Meer geschleppt, in alle möglichen Länder. Die allzu fremden Gegenden hatten Ben beunruhigt. Ob Nele in ihrer Kindheit auch so viel gereist war?

Er warf noch einen Blick auf die Uhr. Fünf nach halb neun. Sollte er Nele jetzt anrufen? Feierabend hatte sie seit einer halben Stunde und theoretisch konnte sie schon zu Hause sein. Außer sie hatte andere Pläne für den Abend, aber das konnte er ja nicht herausfinden, ohne zu fragen. Kurzentschlossen griff Ben zum Telefon und wählte.

„Guten Abend, Ben! Wie geht es dir?" Katharina klang ausgesprochen äußerst gut gelaunt.

„Guten Abend, Oma. Na, was habt ihr heute Schönes gemacht?"

Sie lachte. „Wir waren heute im Museum für Ostasiatische Kunst, da gab es eine Sonderführung."

„Klingt gut. Ähm, ist Nele da? Ich hab ihr vorhin eine kryptische Nachricht geschickt. Die muss ich ihr erklären. Ist sie da?"

Im Hintergrund klapperte etwas. „Ich glaube, sie kommt gerade heim, warte mal."

„Nele?", rief Katharina und wartete kurz.

„Ja?" Neles Stimme. Ben lächelte.

„Telefon für dich. Warte, ich verabschiede mich kurz. Ben? Ich hab dich lieb. Vergiss das nicht. Bella auch, sie ist nur vermutlich echt durch den Wind wegen der Hochzeit."

„Ich weiß. Hab dich auch lieb", sagte Ben. Bei seiner Oma kam es ihm immer so leicht über die Lippen, sogar jetzt noch.

„Tschüss, mein Lieber, ich gebe den Hörer jetzt weiter."

Es raschelte.

„Hallo?", sagte er.

„Hi!“ Nele lachte leise. „Jetzt bin ich aber gespannt, was du in deiner Nachricht meintest.“

Wo sollte er anfangen? Ben suchte nach Worten. Gefallen. Hochzeit. Nein, darum ging es ja nicht. Gästeliste. Kaffeebesuch. Alpakas ... „Magst du Tiere?“, fragte er und schlug seinen Hinterkopf ganz leicht gegen den Türrahmen. Wie klang das denn? Wenn Nele ihn bisher nicht für total durchgeknallt gehalten hatte, dann tat sie es spätestens jetzt.

„Äh. Ja.“ Sie lachte wieder. „Wobei, meinst du essen oder liebhaben?“

„Liebhaben“, sagte Ben irritiert. Wie klang das denn und warum hatte er auf einmal so seltsame Bilder im Kopf von sich und Nele, wie sie sich lange umarmten? Er räusperte sich. „Also, hör zu. Meine Mutter wohnt ja jetzt mit diesem Dr. Honigbär zusammen und sie halten Alpakas. Wir könnten mal hingehen und die Tiere streicheln. Und ... Kuchen essen oder etwas anderes. Also. Irgendwann, wenn es dir passt. Damit meine Mutter dich kennenlernen kann, einfach so. Sie sagte was vom ersten Januar-Wochenende, aber wenn es dir nicht passt ... dann geht sicher auch irgendwann anders. Ich hatte dich vorhin erwähnt. Im Zusammenhang mit meinem Zeh.“

„Okaaaay. Vielleicht noch mal langsam zum Mitschreiben? Ein Besuch bei deiner Mutter und den Alpakas im Januar. Das hast du mich doch gerade gefragt, oder?“

Ben nickte schon wieder, obwohl Nele es durchs Telefon nicht sehen konnte. „Ja, genau.“

„Und das ist der Gefallen, um den du mich bitten wolltest? Dass ich mit dir deine Mutter und den Psychologen-Osterhasen besuche? Klar.“

„Echt? Toll.“ Ben fühlte sich auf einmal viel weniger angespannt, aber noch immer hatte er das Gefühl, trotzdem das Ganze weiter erklären zu müssen. „Wir haben über die Hochzeit gesprochen und es ging um meine Tischdame und ich hab ihr gesagt, dass ich eine mitbringe. Ich wollte den Namen aber noch nicht verraten …“ Er brach ab. „Jedenfalls ging es danach um dich. Also nicht im Zusammenhang mit der Tischdame und meiner Freundin und so. Einfach darum, dass wir uns kennen und du meine … Freundin bist.“

„Das hast du gesagt?“, fragte Nele.

„Ja, und … ich meine platonisch und so … nicht, dass du denkst …“ Ben biss sich auf die Unterlippe. Was war das nur mit Nele? Er gab bei ihr nur seltsames Zeug von sich.

„Ben?“

„Ja?“

„Immer noch gerne.“ Jetzt klang Nele etwas enttäuscht, oder? Nein, das musste er sich einbilden. „Gut übrigens, dass wir gerade telefonieren. Also sowieso gut.“ Sie lachte und quietschte plötzlich. „Du glaubst nicht, wer mir gerade vor einer Sekunde gemailt hat.“

„Wer denn?“

„Ein gewisser Fernsehsender. Sie nehmen mich in ihre Komparsenkartei auf! Ist das nicht genial? Guck am besten auch mal schnell in deine Mails. Ich bleibe dran.“

Ben musste lächeln. Nele klang so aufgeregt. Er konnte sich ihr Gesicht genau vorstellen. Er zog sein Handy aus der Hosentasche und rief seine Mails auf. Da war tatsächlich etwas. „Ich bin auch drin“, sagte er leise, dann wiederholte er es lauter und mit einem breiten Grinsen. „Ich werde Schauspieler!“

„Erst mal Komparse.“ Nele lachte. „Aber wer weiß …“ in diesem Moment quiekte sie auf. „Da ist schon der erste Auftrag! Donnerstagvormittag an der alten Apotheke am

Park beim Ebertplatz. Du auch? Oh, bitte, sag, du bist auch gebucht!“

Gebannt starrte Ben auf seinen Posteingang und tatsächlich … „Eine neue E-Mail ist eingegangen“, sagte er und hielt die Luft an. „Tatsache! Donnerstag an der Apotheke. Und jetzt? Ah, hier steht es: vor Ort erfahren wir alles weitere.“

Nele quietschte erneut. „Das wird so toll! Oh, Ben, wie cool! Meinst du, du kannst Urlaub nehmen? Ich frage Karola gleich, ob ich frei bekomme.“

„Ein Tag Urlaub sollte doch drin sein.“ Ben war fest entschlossen, am Donnerstag zum allerersten Mal etwas ganz Verrücktes auszuprobieren. Mit Nele.

Kapitel 17

Glück ist mit offenen Augen durch die Welt zu gehen

Am Dienstag wurde Nele von einem sanften Klopfen am Fenster geweckt. Sie streckte sich und spähte durch den Spalt in der Gardine. Es regnete und der Himmel war so grau verhangen, dass sie gar nicht sicher war, ob es schon Zeit zum Aufstehen war. Im Zimmer hingen die Schatten in den Ecken, als wäre es noch Nacht. Nele schälte sich aus ihrer Bettdecke, zog sich die buntesten dicksten Socken an, die sie hatte, und warf einen Blick auf ihre Glückskanne. Heute hatte sie zum ersten Mal keinen Zettel vor dem Aufstehen gezogen. Was war nur mit ihr los?

Sie schüttelte den Kopf darüber, hob den Deckel an, und zog eins der Papierkügelchen heraus. Sie verschloss die Kanne wieder sorgfältig und betrachtete das kleine Glück in ihrer Hand. Der Zettel war wie immer zu einer Kugel zusammengerollt, sodass man nicht ein einziges Wort erkennen konnte. So wusste Nele weder wessen Wunsch sie gleich lesen würde, noch worum es ging.

Gehe mit offenen Augen durch die Welt, entdecke überall schöne Dinge und fotografiere oder zeichne sie.

Nele lächelte. Das war eine bezaubernde Aufgabe. Etwas, das jeder ausprobieren sollte. Sie beeilte sich mit dem Anziehen und packte Buntstifte, Bleistift und Block und ihren Fotoapparat in ihre Umhängetasche mit den bunten Flicken. Auch diese Tasche passte zu dem Wunsch.

Nach einem schnellen Frühstück verließ Nele vor sich hin summend die Wohnung. Alle anderen schienen entweder noch zu schlafen oder waren schon längst auf dem Weg zur Arbeit oder zur Uni. Selbst Katharina arbeitete hin und wieder in einem Oxfam-Laden in der Nähe oder in einer Bücherei im Nachbarviertel.

Nele sog die frische, klare Dezemberluft in ihre Lungen und wickelte ihren langen Schal noch ein weiteres Mal um den Hals. Überall roch es schon nach Weihnachten, es gab Mandarinen und draußen Maronenstände. Am Weihnachtsmarkt duftete es nach Kerzenwachs, Gewürzen, Glühwein und frischen Waffeln. Und all das, obwohl die Buden eben erst öffneten und es ein Werktag war. Andererseits kamen schließlich jeden Tag Touristen nach Köln. Manchmal hatte Nele das Gefühl, dass hier auf den Märkten ohnehin eher Fremdsprachen gesprochen wurden. Dann fühlte sie sich beinahe wie im Urlaub in einem fremden Land. Sie sah in den wolkenverhangenen Himmel und beobachtete eine Krähe auf einem Baum, die ihrerseits nach unten schaute.

Nele fotografierte den Vogel und kurz darauf entdeckte sie eine Reihe von Eiszapfen an einem Fensterbrett, die im Lichterschein des Weihnachtsmarkts glitzerten. Nele lichtete ein Taubenpärchen ab, das sich eng aneinander kuschelte. Ständig entdeckte Nele neue Motive: die beleuchteten Papiersterne in den Bäumen am Neumarkt, ein kleines winkendes Mädchen mit großen roten Handschuhen, ein Stand, der trotz der kalten Temperaturen Blumen verkaufte, und den Mann mit seinem Maronenstand.

„Guten Morgen, schönes Kind“, sagte er und grinste so breit, dass Nele seine hintere Zahnlücke sehen konnte.

„Guten Morgen, Jaromir“, antwortete sie und steckte die

Kamera in ihre Tasche. Die Maronen dufteten so appetitlich, obwohl sie erst vor wenigen Minuten gefrühstückt hatte.

„Ich habe mir gerade eine Portion gemacht", sagte Jaromir. „Isst du ein paar mit mir?"

Nele lehnte sich näher an den Stand und warf eine Handvoll Münzen in das kleine weiße Sparschwein für die Kaffeekasse. Es war genug, um eine ganze eigene Portion Maronen zu bezahlen, aber das war egal. Nele liebte die Geschichten des Maronenverkäufers, die er immer erzählte, wenn sie auf die warmen Leckerbissen wartete. Diesen Geschichten hatte sie jetzt schon oft gelauscht. Vor genau vier Jahren hatte sie ihn hier kennengelernt. Zuerst hatte der Duft der Maronen sie angelockt und dann sein herzliches Lächeln.

„Du strahlst wie eine ganze Galaxie." Jaromir hielt ihr die Tüte hin. „Erfüllst du dir gerade einen Wunsch? Der Wunsch nach Maronen steckt doch bestimmt in deiner Kanne, oder nicht? Heiße Maronen machen schließlich glücklich im Winter. Wärmen Hände und Herz."

„Bestimmt gibt es den Wunsch. Wenn nicht, schreibe ich ihn mir als einen deiner Wünsche auf, ja?" Nele angelte eine Esskastanie aus der Tüte, pustete darauf und knackte dann die Schale.

Jaromir nickte. „Wunderbar. Was mich allerdings wirklich glücklich machen würde, wäre es, wenn wir Theodor nicht ins Tierheim bringen müssten."

„Wer ist Theodor?", fragte Nele.

„Ein Hund, wir haben ihn von der verstorbenen Mutter meiner Frau übernommen. Wir würden ihn so gerne behalten, aber Magda ist offenbar allergisch gegen Hunde. Es geht ihr überhaupt nicht gut, seit er bei uns ist. Ich habe schon einen Termin beim Tierheim gemacht, mir bricht das

Herz, wenn ich nur daran denke. Der arme Junge wird die Welt nicht mehr verstehen, zuerst verliert er sein Frauchen und nun auch noch seine vertraute Umgebung. Magdas Mutter hat ganz in unserer Nähe gewohnt."

„Wie traurig", sagte Nele und kaute nachdenklich. „Und ihr habt niemanden, der ihn übernehmen kann?"

„Leider nicht. Wir haben schon alle Bekannten und sogar die Nachbarn gefragt. Viele sind voll berufstätig, da geht es nicht, aber manche wollen nicht. Das kann ich gar nicht verstehen. Hunde machen immer glücklich. Wenn es die richtigen Hunde sind. Guck mal." Jaromir holte ein gefaltetes Blatt aus seiner Tasche. „Das hat eine junge Frau gestern für mich gezeichnet. Es sieht genauso aus wie meine Familie, als ich klein war."

Er strich das Blatt glatt und sah lächelnd auf die Zeichnung. Mit Bleistift hatte jemand ein Haus mit drei Personen und einem sitzenden Hund davor gezeichnet. Obwohl die Künstlerin keine Farben verwendet hatte, strahlte das Kunstwerk eine beeindruckende Lebendigkeit aus. Nele konnte sich sofort vorstellen, dass die drei Menschen auf dem Bild glücklich waren. Ein kleiner Junge, eine Frau mit langem Haar und ein Mann mit Schnurrbart und einem Besen in der Hand. „Die drei sehen genau aus wie meine Eltern und ich als Kind", sagte er. „Die Frau hat so sehnsuchtsvoll geschaut, dass ich ihr Maronen geschenkt habe, weil sie ihr Geld zu Hause vergessen hatte. Als Dank hat sie das Bild gezeichnet und ist bei mir sitzen geblieben. Sie hat mir von sich erzählt, von ihrer Kindheit, ihrer Familie und ihrem Beruf. Sie ist Schauspielerin und kommt deshalb viel herum. Das macht sie glücklich, weißt du? In fremden Städten hat sie viel Zeit und unterhält sich gerne mit Menschen. Als ich ihr von Theodor erzählt habe, war sie genauso traurig wie ich. Sie liebt Hunde und hätte ihn sofort genommen, wenn sie könnte.“

Nele konnte sich kaum von der Zeichnung losreißen. Die Künstlerin war wirklich begabt. Besonders lange sah sie auf den Hund.

„Ein Hund macht glücklich und anderen zu helfen macht auch glücklich“, flüsterte Nele und kaute langsam auf der nächsten Marone.

„So ist es“, sagte Jaromir bekümmert. „Theodor hat mich immer glücklich gemacht, seit ich ihn kenne, seit er bei uns wohnt noch viel mehr.“

Nele nickte und aß zwei weitere Maronen. Kleine Bläschen Glück stiegen in ihrem Bauch auf und zerplatzten dort in allen Farben des Regenbogens. Sie lachte. Es war bald Weihnachten und damit bestimmt an der Zeit, einen großen Wunsch zu erfüllen. Ganz spontan. Das waren die Besten.

„Wie wäre es, wenn ich ihn nehme?“, fragte sie.

„Ach Nele, das wäre wirklich toll. Aber so ein Hund ist viel Arbeit und braucht viel Platz. Du wohnst doch mit vielen anderen zusammen, da müssten alle einverstanden sein. Und euer Vermieter auch.“

„Unsere Vermieterin?“ Nele dachte nach. Eigentlich war Frau Hofstetter die wenigen Male, in denen sie sie getroffen hatte, immer sehr nett gewesen. Sie war sogar etwas älter als Katharina und kümmerte sich zusammen mit ihren beiden Söhnen um drei Wohnungen, die sie in Köln vermietete. Und … da gab es doch den kleinen Kläffer auf der ersten Etage. Also wohnte schon ein Hund im Haus. Sie erzählte Jaromir davon.

„Das ist ein gutes Zeichen, leider erlauben manche

Vermieter nur kleine Haustiere. Leider passt Theodor nicht ganz in die Kategorie. Aber du kannst allen sagen, dass er ein sehr ruhiger Zeitgenosse und absolut stubenrein ist."

„Na klar", sagte Nele. „Ihm wird es bei uns gefallen." Sie wunderte sich nicht darüber, dass sie sich sofort entschieden hatte. Für Theo. So war sie nun mal. Spontan und bald sehr, sehr glückliche Hundebesitzerin.

„Hattest du denn schon mal einen Hund?"

„Meine Oma hatte einen, den habe ich sehr gemocht. Leider haben wir sie so selten besucht, weil sie in Bayern wohnt."

Jaromir nickte nachdenklich. „Wir sollten wirklich darüber nachdenken. Ich werde das heute Abend mit Magda besprechen, dann kann ich dich gerne anrufen und du kannst uns besuchen, um Theodor kennenzulernen."

„Au ja!" Ein aufgeregtes Summen vibrierte in Neles Körper. Sie würde vielleicht bald einen Hund haben!

„Du könntest in der Zwischenzeit ja schon mal alle fragen, ob es okay wäre, wenn ein Hund bei euch wohnt."

Nele rannte den ganzen Weg nach Hause, kam im Flur gar nicht schnell genug aus den Schuhen und ließ Jacke, Schal und Mütze gleich an. Sie stürmte in die Küche.

„Hallo!", rief sie. Katharina, Johannes und Karsten schauten auf.

„Selber hallo", sagte Karsten. „Was ist denn mit dir los? Du siehst ja aus, als hättest du im Lotto gewonnen."

„Mögt ihr Hunde?" Nele trat von einem Bein aufs andere und klammerte sich mit beiden Händen an der Stuhllehne fest vor Spannung. Ihr brach langsam der Schweiß aus, also zog sie endlich Jacke, Mütze und Schal aus, behielt aber alles in den Händen.

„Sag nicht, dass der Hund schon im Flur wartet.“ Katharina klang streng und Nele wurde das Herz so schwer, dass es ihr fast in die Füße rutschte. Katharina hatte natürlich recht. Sie durfte nicht einfach so entscheiden, ob sie sich einen Hund holte. Theodor würde kaum die ganze Zeit nur in ihrem Zimmer bleiben. Er würde auch mal in die Küche gehen, im Flur liegen, im Bad auf dem flauschigen Vorleger.

„Nein, aber der Hund kann nicht bei Jaromir bleiben und ich hatte gehofft, ich könnte ihn nehmen“, sagte Nele kleinlaut. „Ich … sie müssen den Hund abgeben wegen einer Allergie und er hat schon sein Frauchen verloren.“ Sie zog den Stuhl zurück und ließ sich darauf plumpsen.

Katharina lachte. „Typisch, wirklich. Also ich habe nichts dagegen, ich liebe Hunde. Und wir können uns um ihn kümmern, wenn du nicht da bist und arbeitest. Wir übernehmen aber höchstens einen Spaziergang am Tag.“

„Ehrlich?“, fragte Nele und wischte sich eine Träne von der Wange. Sie hatte den Traum schon platzen sehen.

„Sehr gerne sogar, nicht wahr, Johannes?“

„Auf uns kannst du zählen.“ Nele hörte schon an seiner Stimmlage, dass er sofort Feuer und Flamme war. Offenbar war er ein großer Hundefan.

Nele sah zu Karsten, der noch nichts zu der Sache gesagt hatte. „Geht klar. Ist mir Latte wie Kaffee, ob hier ein Hund einzieht. Ist bestimmt cool.“

„Aber Svenja“, fiel Nele ein und sofort zückte Karsten sein Handy.

„Schätze, es eilt, ja?“ Er hielt sich das Handy bereits ans Ohr, bevor Nele nickte. „Svenja, kann ich dich kurz was fragen? Nele hat ein Anliegen.“ Er erläuterte in knappen Worten die Sache mit Theodor und verabschiedete sich mit einem Kuss ins Handy von seiner Freundin. „Solange er nicht beißt und stubenrein ist, sagt sie. Ist er doch, oder?“

„Natürlich“, sagte Nele. „Okay, dann frage ich jetzt Frau Ambach.“

Mit klopfendem Herzen ging Nele samt Jacke und allem in ihr Zimmer, warf alles aufs Bett und wählte die Nummer ihrer Vermieterin.

„Ambach?“, meldete sich eine weibliche Stimme.

„Guten Tag, Frau Ambach, hier ist Nele Schmidt aus der dritten Etage. Ich wollte fragen, ob ich in der Wohnung einen Hund halten dürfte, wenn alle Mitbewohner einverstanden sind.“

„Ah, guten Morgen, Frau Schmidt. Einen Hund?“, fragte sie und schien in der folgenden Pause nachzudenken. „Es gibt ja den kleinen West Highland unten beim Ehepaar Stutzkowski. Eine kleine Hündin. An was für einen Hund hatten Sie gedacht? Hündinnen verstehen sich manchmal nicht so gut untereinander. Ein Rüde wäre vermutlich eine bessere Idee. Ein Hund, der mit anderen klarkommt natürlich.“

„Es wäre ein Rüde. Theodor, ein schwarzer Mischling“, Nele erzählte Frau Ambach alles, was sie über Theodor wusste. Leider war das gar nicht so viel. „Meinen Sie, das ginge?“

„Natürlich, Kindchen. Brauchen Sie etwas Schriftliches für Züchter oder Tierheim? Ich kann Ihnen etwas per E-Mail zuschicken.“

„Ach, warum nicht? Ich zeige es Jaromir einfach, wenn er es sehen möchte. Vielen herzlichen Dank! Sie sind die beste Vermieterin der ganzen Stadt.“

Frau Ambach lachte und Nele nannte ihr noch ihre E-Mail-Adresse. Nicht, dass es daran scheiterte, dass ihre

Vermieterin die nicht in ihren Unterlagen finden konnte. Frau Ambach erzählte noch von ihren drei Hunden, die sie im Laufe ihres Lebens gehabt hatte und fragte, ob sie Neles Theodor vielleicht mal ausführen dürfe. „Ich vermisse diese Spaziergänge manchmal, aber mein Mann ist leider nicht der große Spaziergänger."

Dann verabschiedeten sie sich und Nele legte auf.

Nele hüpfte zurück in die Küche. „Frau Ambach hat auch Ja gesagt!"

Kapitel 18

Glück ist Vorfreude

Nach der Mittagspause huschten Bens Gedanken ständig zu Nele oder zu seiner bevorstehenden Komparsenrolle. Er hatte sich gestern nach dem Telefonat mit Nele noch eine Folge der Serie „Allee der Wunder" angesehen, bei der sie mitmachen würden. Ben hatte natürlich vermehrt auf Leute im Hintergrund geachtet, die ohne Zweifel alle Komparsen waren. Was würden sie wohl morgen machen? Als Passanten irgendwo herumlaufen? Würden er und Nele zusammen eine Aufgabe bekommen?

Was Nele wohl gerade machte? Sie arbeitete erst nachmittags bis um acht, so viel wusste er mittlerweile. Sonst wusste er von Nele nicht viel. Zumindest keine Fakten. Immerhin aber andere Dinge. Wie sie lächelte zum Beispiel, dass sie spontan war und vor Freude strahlen konnte. Sie kümmerte sich um seinen Fuß, was ihm immer noch unangenehm war. Mit dem Kuchen hatte sie sogar selbst für das Essen gesorgt. Aber es war ja kein Date gewesen.

Ben stutzte. Warum überlegte er ständig, ob Treffen mit Nele Dates waren oder nicht? Er suchte doch jetzt im Internet nach einer neuen Frau. Also demnächst würde er das. Gestern hatte er keine Zeit gehabt und es dauerte bestimmt auch, jemanden zu finden, der passte. Nele stand jedenfalls nicht zur Debatte.

War er überhaupt schon so weit?

Der Liebeskummer hielt sich hartnäckig, auch wenn er

ihn die meiste Zeit verdrängte. Silvia hatte ihm seine Lebenspläne durchkreuzt.

Ben legte den Stift hin. Denn jetzt ging ihm etwas auf: Silvia hatte seine Pläne verhindert. Das Bild von ihnen beiden mit zwei Kindern vor einem Reihenhaus, einem Familienauto und vielleicht einem Hund hatte sie mit einem dicken Permanentmarker durchgestrichen. Er hatte immer angenommen, dass ihn das Leben mit Silvia glücklich gemacht hatte. Aber wenn er jetzt darüber nachdachte, fühlten sich die Stunden mit Nele völlig anders an. Viel mehr nach Glück als alle Zeit mit Silvia zusammen. War er am Ende gar nicht in seine Ex-Verlobte verliebt gewesen? Ben schüttelte den Kopf. Im Grunde war es egal. Silvia gehörte nicht mehr zu seinem Leben, weil sie nicht wollte.

Es piepste aus seiner Tasche. Mist, hatte er vergessen, sein Handy auf stumm zu stellen? Na ja, jetzt konnte er genauso gut einen Blick auf die Nachricht werfen.

Nele. „Na, wie sieht's online aus? Hast du the One schon gefunden? ;-)"

Das Onlinedating. Jetzt würde Ben nicht nachsehen, er war ja noch im Büro. Das hatte er nun davon, dass er WhatsApp während der Arbeit checkte.

„Gucke nachher", schrieb er zurück.

Neles Frage ging ihm leider den restlichen Tag nicht aus dem Kopf und als er zu Hause mit frischem Tee und dem üblichen Brot vor dem Fernseher saß, hatte er keine Ausrede mehr. Klar, er wollte ungestört der Doku folgen und dann die Nachrichten sehen, aber … nun ja. Ausweichtaktik. Also nahm er sich den Laptop und öffnete die Dating-App. Nele hatte sich schließlich bemüht, ihm und seinem Glück auf die

Sprünge zu helfen. Und diese drei netten Kandidatinnen, die er entdeckt hatte, wollte er sich schon noch näher ansehen. Selbst, wenn er nicht glaubte, dass man die Eine so einfach finden konnte …

Ben stutzte. Neben der Sprechblase leuchtete eine kleine Zwei. Gleich zwei neue Nachrichten? Sein Herz klopfte automatisch schneller. Wahrscheinlich, weil es sich so gehörte, wenn man kurz davor war, möglicherweise romantische Zeilen von an ihm interessierten Frauen zu lesen.

So richtig romantisch waren diese beiden allerdings nicht. Die eine namens HeißerFeger95 konnte er sofort abhaken. Sie wollte schnell abklären, was ihm im Bett gefiel und was nicht. Und wenn Fesselspielchen für ihn nicht in Frage kämen, könnten sie das mit dem Treffen gleich lassen, schrieb sie.

Ben musste kurz schlucken, dann antwortete er vorsichtshalber direkt, dass er da leider nicht mit dienen könne. Ganz sicher wollte er so etwas nicht mit einer Frau ausprobieren, der dieses Thema das Allerwichtigste an einer Beziehung war. Er mochte vielleicht Vorurteile haben, aber irgendwie konnte er sich nicht vorstellen, dass sie gerne mit Ehemann und Kindern in einem Reihenhaus wohnen wollte.

Natürlich konnte man nicht sofort festlegen, dass man genau diese Frau heiraten und mit ihr Kinder haben und zusammenwohnen wollte. Aber es war Ben wichtig, dass er eine Partnerin fand, die sich das zumindest alles ebenso wünschte wie er. Sonst könnte er ja gleich nach einer Frau suchen, bei der er sich wohl fühlte, die sein Herz berührte, mit der er lachen, reden und Sachen unternehmen konnte. Aber darum ging es hier ja schließlich nicht.

Nele wollte ihm helfen, eine perfekte Frau für die Zukunft

zu finden. Perfekt klang auf den ersten Blick die nächste Frau namens Violetta Mau. Sie war ein Katzenfan, liebte aber auch Kinder und hatte sogar schon eine kleine Tochter. Das störte Ben natürlich nicht, auch wenn er sich eher ein gemeinsames Kind wünschte ... Aber genau das stand im nächsten Satz: Violetta Mau wünschte sich ein weiteres Kind, ein gemeinsames. Dann kam der Haken. Sie war achtzehn. Die erste Schwangerschaft war ihr beim Abi dazwischengekommen und jetzt klang es auf einmal so, als suche sie hauptsächlich einen Mann, der für sie und das Kind Geld verdienen konnte. Dagegen hätte Ben grundsätzlich nichts gehabt. Aber achtzehn? Das ging wiederum überhaupt nicht. Er war dreißig, sie zwölf Jahre jünger. Aber vor allem war sie gerade erst volljährig geworden. Das kam ihm unanständig vor und er fühlte sich wie der böse Onkel, der eine blutjunge Frau in seine Wohnung lockt.

Mit freundlichen Worten wies er Violetta Mau auf ihren Altersunterschied hin. Ihre Antwort, die sofort kam, gab ihm völlig recht bei seinen Vorbehalten.

„Ach du Scheiße! Das hab ich gar nicht gesehen! Danke, dass du mir das gesagt hast. Ich hätte dann doch lieber jemanden in meinem Alter. Viel Glück noch!“

Kurz und knackig. Ben lächelte erleichtert. Bisher war noch nicht die Richtige auf ihn aufmerksam geworden. Er suchte nach den drei netten Kandidatinnen, die ihm neulich aufgefallen waren. Die erste fand er nicht mehr, ob sie sich abgemeldet hatte, weil sie mittlerweile jemanden gefunden hatte?

Die anderen beiden Frauen waren noch angemeldet. Ben las sich das Profil von Kaffeefee noch mal genau durch. Sie klang wirklich nett, unternehmenslustig und trotzdem mochte sie auch ruhige Abende auf der Couch. Auf ihrem Foto wirkte sie offen und fröhlich. Sie trug lange Ohrringe mit bunten Holzperlen, was ihn an Nele erinnerte. Ben zögerte, bevor er auf den Button klickte, um ihr eine Nachricht zu schicken. Sollte er sich erst mit Nele beraten? Unsinn. Er konnte doch bestimmt viel besser beurteilen, ob jemand zu ihm passte. Nele und er kannten sich noch nicht lange. Trotzdem hätte ihn ihre Meinung interessiert. Er würde Kaffeefee später eine Nachricht schicken. Das dritte Profil, von einer gewissen Mayamaya würde er sich an einem anderen Tag ansehen.

Kapitel 19

Glück hat vier Pfoten

Nele starrte auf ihr Handy und wartete. Sie war jetzt seit einer halben Stunde zu Hause und hatte Jaromir eine kurze Nachricht aufs Handy geschickt, dass er sie jetzt erreichen konnte.

Es klopfte an der Tür.

„Ja?" Nele blickte auf und geradewegs in Svenjas gut gelauntes Gesicht.

„Hi, das mit dem Hund finde ich super, weiß nicht, ob Karsten das vorhin richtig rübergebracht hat."

„Lieb, dass du das sagst. Ich warte gerade auf Jaromirs Anruf."

Svenja schob die Tür weiter auf. „Soll ich mit dir warten? Wir könnten was zusammen gucken?" Sie hatte ihren Laptop unter den Arm geklemmt.

„Ach, warum nicht?" Nele nickte und klopfte auf die Tagesdecke neben sich.

Die beiden machten es sich gemütlich, mehrere Kissen im Rücken gegen das Betthaupt gelehnt und entschieden sich für eine Folge „Friends."

Gerade war die Serienmelodie verklungen, da blinkte Neles Handy auf. Svenja drückte auf Pause und Nele nahm den Anruf mit einem Fingerwisch entgegen.

„Hallo Jaromir!", sagte sie hoffnungsvoll.

Er war es tatsächlich.

„Nele, wie schön, dass ich dich gleich erreiche. Ich habe

jetzt alles mit meiner Frau besprochen." Er machte eine Pause und es klang, als würde er eine Gardine zuziehen. Ein leises Wuffen erklang im Hintergrund und Nele musste lächeln. Das war doch bestimmt Theodor! Seine Stimme gefiel ihr unglaublich gut. Er wirkte wirklich unaufgeregt und freundlich.

„Und?", fragte sie mit gekreuzten Fingern.

„Hast du denn schon alle fragen können?"

„Ja!", rief Nele. „Unsere Vermieterin ist einverstanden und alle in der WG auch."

„Wir freuen uns sehr, wenn das klappt", rief Svenja.

Jaromir lachte. „Das ist schön. Wie wäre es denn, wenn du uns besuchen kommst, damit Theodor und du euch kennenlernen könnt? Ich bin mir sicher, dass ihr euch mögen werdet, aber ich kann ihn dir ja nicht einfach mitgeben, wenn er dich noch gar nicht kennt."

„Ja, das verstehe ich absolut." Nele nickte aufgeregt.

„Passt dir Freitagabend?"

„Wenn es okay ist, dass ich erst um halb neun da bin, sehr gerne. Ich muss bis acht arbeiten."

„Ich mache meistens freitags auch bis um die Zeit, dann kann ich dich mitnehmen, wenn du möchtest? Wir wohnen auf der Schäl Sick." Jaromir sprach die Bezeichnung für die linke Rheinseite fast perfekt aus und Nele musste lächeln. „Wenn du möchtest, fahre ich dich danach auch wieder nach Köln rüber."

„Ach was." Nele winkte ab. „Da fährt doch bestimmt auch eine Bahn, oder?"

„Natürlich."

„Dann freue ich mich, bis Freitag!"

Sie verabschiedeten sich, Nele beendete das Gespräch

und quietschte vor Freude. Stürmisch umarmte sie Svenja und hüpfte ein wenig auf dem Bett.

„Vorsicht!“ Svenja lachte und stand auf, um ihren Laptop in Sicherheit zu bringen. „Wie schön, das freut mich total. Meinst du, du kannst dich jetzt überhaupt noch auf Phoebe, Rachel und die anderen konzentrieren?“

„Eher nicht, aber ich gucke trotzdem gerne eine Folge mit dir.“

Am nächsten Tag kam Nele ganz entspannt im Café an und wunderte sich selbst darüber. Theodor tat ihr jetzt schon gut, bevor er überhaupt bei ihr wohnte, da war sie sich sicher. „Du solltest deine Wohnräume nach Feng Shui ausrichten.“

„Wie bitte?“ Nele blickte auf und geradewegs in Diegos grinsendes Gesicht. Er stand mitten in der Küche und wirkte so raubtierhaft wie immer. Und zwar trotz Schürze und dem Arm voller Plätzchen, die in Tüten mit aufgedruckten Herzchen verpackt waren.

„Du siehst aus, als könntest du das brauchen. Chaoswirbel in der Aura.“

Nele sah an sich hinunter. Ja, ihre Stiefel waren überall nass und an ihrer Hose klebte ein gelbes Ahornblatt. Aber wie sollte da Feng Shui helfen? „Echt?“, fragte sie, weil ihr nichts Besseres einfiel.

„Ich unterstütze dich, wenn du möchtest. Du glaubst gar nicht, wie zufrieden man sich dann auf einmal fühlt.“

„Na, hör mal“, sagte Nele. Ihre Gedanken kreisten seit dem Telefonat mit Jaromir die ganze Zeit um Theodor. „Haustiere helfen da auch weiter.“

Diego nickte ernst. „Ja, das stimmt wohl. Hast du eins?“

„Bald“, sagte Nele. „Einen Hund.“ Und auf einmal war

in ihrem Herzen und ihrem Bauch nur noch Wärme und lauter schillernde Glücksbläschen. Gut, ganz stand es noch nicht fest, dass sie ihn bekommen würde, aber übermorgen würde sie ihn kennenlernen und ganz bestimmt würden sie sich gut verstehen … „Er heißt Theodor", platzte es aus ihr heraus. „Ein schwarzer, ganz zotteliger Mischling. Mittelhoch." Dass sie ihn noch nicht persönlich getroffen hatte, erwähnte sie nicht.

„Cool", sagte Diego. „Schwarz mag ich."

„Hab ich mir fast gedacht." Nele grinste ihn an. „Sollten wir nicht arbeiten?"

Sie band sich schnell ihre Schürze um und ging nach vorne zu Karola. Plätzchentüten waren noch reichlich vorhanden und sie sah keine neuen, die man hätte verpacken können. Also bediente sie die gleichen Tische wie sonst und Diego nahm die anderen. Er betörte mit seinem Charme mehr als die Hälfte der weiblichen Gäste, was ihm vermutlich nicht wenig Trinkgeld einbrachte.

Eine blonde Frau kam am Arm eines etwa gleichaltrigen Mannes herein. Das Paar sah sich nach einem freien Tisch um. Nele räumte schnell das Geschirr von zwei älteren Herren ab, die gerade bezahlt hatten und in ihre Jacken schlüpften, um sich gegen die Dezemberkälte zu wappnen.

„Das ist doch ein schöner Platz", sagte der Mann. Seine Nase war ganz rot vom Winterwind. Nele lächelte den beiden zu.

„Ich komme gleich zu Ihnen. Machen Sie es sich schon mal gemütlich."

Der Mann nickte, während die Frau ihn die ganze Zeit verzückt anschmachtete. Die beiden wirkten frisch verliebt. Nele warf ihnen einen letzten Blick zu, bevor sie in der Küche verschwand und das Geschirr in die Industriespülmaschine räumte. Sie nutzte den kurzen Moment des Alleinseins, um tief durchzuatmen und sah sehnsüchtig zu einem der Stühle am Fenster. Dann eilte sie wieder nach vorne und ging an den Tisch mit den beiden neuen Besuchern.

„Genau das richtige Wetter für ein warmes Getränk und eine süße Versuchung, nicht wahr?“, fragte sie.

„Ja, da haben Sie ganz recht. Entzückend, das Café“, sagte die Frau bewundernd. „Wir sollten mehr neue Orte ausprobieren, Honigbär.“

Nele schmunzelte über den Kosenamen. „Möchten Sie gerne an der Theke einen Kuchen auswählen? Oder was darf ich Ihnen bringen?“

„Für mich einen großen Cappuccino“, sagte die Frau. „Und ein Stück Kuchen mit Obst.“

Nele zählte die Sorten mit Früchten auf, und die Augen der Frau begannen zu leuchten. „Mandarinenschmandcreme, bitte.“

Ihr Begleiter bestellte einen grünen Tee und den gleichen Kuchen.

Honigbär ... wie er sie wohl nannte? Nele holte zuerst die gewünschten Getränke, dann den Kuchen und brachte alles an den Tisch. Allerdings waren die beiden gerade in einen liebevollen Kuss versunken, sodass sie jetzt zumindest keine weiteren Kosenamen erfahren konnte.

„Süß, die beiden“, sagte sie später zu Karola. „Dieses Pärchen da vorne. Ungefähr so alt wie meine Eltern. Frisch verliebt, oder?“

Ihre Chefin nickte und seufzte. „Schön.“ Sie bekam wieder diesen leicht melancholischen Zug um die Augen, der Nele neulich schon aufgefallen war. Zu gerne hätte sie gefragt, was Karola bewegte, aber dazu kannten sie sich noch nicht gut genug und Zeit für ein Gespräch hatten die beiden auch nicht. Jeder Tisch war besetzt und Nele, Diego und später auch Karola eilten umher, um Bestellungen aufzunehmen, Leckereien zu den Gästen zu bringen und zu kassieren. Kaum verließ jemand das Café, kamen schon neue dick eingepackte Leute mit roten Nasen herein, die die Wärme im Gastraum sichtlich aufatmen ließ.

Nele ging zu Honigbär und seiner Frau, die es zwischen den Küssen irgendwie geschafft hatten, ihren Kuchen aufzuessen und sich nun suchend im Café umschauten. Vielleicht wollten sie zahlen?

„So einen Kuchen könnte ich doch backen, wenn Ben demnächst kommt, um seine neue Freundin vorzustellen. Was meinst du, Bienchen?", sagte der Mann gerade, als Nele an den Tisch trat. Bienchen! Wie passend. Erst dann registrierte Nele den Namen Ben. Konnte das ihr Ben sein? Na ja, es gab hunderte von Bens in Köln. Wenn die beiden überhaupt hier wohnten und keine Touristen waren. Trotzdem betrachtete Nele sie jetzt näher. Die Frau … ihre Nase ähnelte tatsächlich der von Ben, nur war diese hier etwas kleiner. Und die Augen? So ein helles Braun hatten Bens nicht. Es konnte natürlich auch sein, dass er da nach seinem Vater kam, von dem Nele die Augenfarbe nicht kannte. Das Lächeln der Frau erinnerte Nele allerdings sehr stark an Ben.

Wenn das hier wirklich seine Mutter war, dann musste das neben ihr wohl ihr Verlobter sein. Nele musterte ihn, während er seinen Hals Richtung Kuchentheke reckte. Er sah nett aus. Aber was ihr am meisten auffiel: Wenn er nicht gerade völlig in die Gesellschaft seiner Begleitung versunken war, schien er mit allen Sinnen im Raum anwesend zu sein.

Als würde er die Leute beobachten und belauschen. Das passte ja irgendwie.

„Darf ich Ihnen noch etwas bringen?“, fragte Nele.

„Noch ein Stück Kuchen, bitte. Etwas mit Kirschen“, entschied der Mann.

„Dann nehme ich dieses Mal etwas mit Marzipan, ganz egal was“, sagte die Frau.

„Sehr gerne. Möchten Sie noch ein Getränk?“

„Oh ja, bitte einen frischen Pfefferminztee für uns beide“, sagte der Mann.

Nele wollte gerade zur Kuchentheke gehen, da trat ein älterer Herr neben sie.

„Entschuldigung, ich mache so etwas normalerweise nicht, aber sind Sie nicht Dr. Otterbein-Knauerhase? Der Autor?“, fragte er mit einer seltsam hohen Stimme. Nele wartete gespannt. Ben hatte doch den Namen seines baldigen Schwiegervaters genannt und auch wenn Nele ihn sich nicht hatte merken können: so ähnlich war er auf jeden Fall gewesen. Wenn der Mann die Frage bejahte, dann hatte Nele recht mit ihrer Vermutung, wer die beiden waren.

„Ja, das bin ich“, sagte er mit stolz herausgedrückter Brust.

„Oh, Sie geben nicht zufällig Autogramme? Ich lese begeistert jedes Ihrer Bücher. Besonders beeindruckt hat mich das über schwierige Geschwisterbeziehungen, darin habe ich mich ständig selbst erkannt.“

„Oh, das freut mich aber! Sehr gerne gebe ich Ihnen ein Autogramm.“ Der Angesprochene strahlte seinen Fan an.

„Toll“, fand seine Begleitung, die also tatsächlich Bens Mutter war. „Du bist ja richtig berühmt, Honigbär! Hier …“ Sie wühlte in ihrer Handtasche und zog eine Postkarte und einen Kugelschreiber heraus. Sie legte beides auf den

Tisch und schon griff Honigbär danach und sah auf. „Für wen?“

„Bitte für Herbert.“

Dr. Otterbein-Knauerhase signierte die Postkarte. Als er dem Herrn namens Herbert die Karte gab, sah Nele, dass darauf das Cover eines Ratgebers abgebildet war. Lila Hintergrund und in großen weißen Lettern Titel und Name des Autors. „Dr. Detlev Otterbein-Knauerhase“, las Nele leise vor und versuchte, dabei ehrfürchtig zu klingen.

„Vielen Dank! Es ist so toll, Sie einmal persönlich zu treffen.“ Herbert hielt die Karte mit beiden Händen vor sich.

Nele erinnerte sich an die Bestellung und huschte zurück zu Karola, um die Bestellung weiterzugeben.

Nele ließ ihren Blick durch das gut gefüllte Café schweifen. Die Frau am Nachbartisch von Honigbär und Bienchen holte ihr Portemonnaie aus der Handtasche. Da konnte sie gleich abkassieren. Gerade war auch Karola mit den neu bestellten Kuchenstücken fertig und Nele brachte alles an den Tisch zu Bens Mutter und ihrem Psychologen. Sie lächelte und drehte sich zu der Dame am Nachbartisch um.

„Kann ich Ihnen noch etwas bringen?“, fragte Nele und griff nach dem leer gekratzten Teller der Frau. Während sie auf eine Antwort wartete, lauschte sie dem Gespräch am Tisch hinter ihr. Sie verstand nur einzelne Worte. Denn leider erzählte die Frau vor ihr etwas von einem früheren Café in derselben Straße, in dem man den besten Kakao bekommen hätte. Sie fragte, was für eine Sorte Kakao sie hier servierten.

Hinter Nele sagte Honigbär gerade: „Du wirst sehen, es wird ihm gut tun. Es ist wie bei einem Puzzle. Das Bild wird erst komplett, wenn alle Teile da sind.“

„Aber ist das nicht … komisch für dich?“, fragte die Frau leise.

„Ach was. Wir werden uns prächtig verstehen, ganz sicher. Das wird uns allen gut tun. Manchmal löst das einen ganz anderen Aspekt in den Beziehungen der Menschen um einen herum. Die Vergangenheit gehört zu uns, aber wichtiger sind die Gegenwart und die Zukunft.“

Nele verdrehte innerlich die Augen. Es störte sie nicht so sehr, was er sagte, sondern wie. Oberlehrerhaft und so. Als hätte er Ahnung von allem, und zwar nur er.

„Entschuldigung!“ Die Frau wurde etwas lauter und Nele sah erschrocken auf ihre Kundin hinunter.

„Einen Kakao, sehr gerne“, sagte Nele.

„Nein, wo sind Sie nur mit Ihren Gedanken?“, fragte die Kundin und klang verärgert. Nele bekam heiße Wangen. Die Frau hatte ja recht. Natürlich konnte sie ihr das nicht sagen.

„Ich habe mich nur gerade daran erinnert, dass meine Tante nächste Woche Geburtstag hat“, erfand Nele. „Ich muss noch ihr Geschenk besorgen, wissen Sie? Es tut mir sehr leid. Ich bin jetzt ganz Ohr.“

„Hervorragend. Einen Schokoladen-Minz-Tee hätte ich gerne. Gibt es dazu Plätzchen? Eins auf dem Löffel, meine ich?“

Nele nickte irritiert, weil sie ursprünglich nicht damit gerechnet hatte, dass die Dame noch etwas außer der Rechnung bestellen würde. „Möchten Sie eine bestimmte Sorte?“

„Etwas mit Schokolade oder Minze wäre gut“, sagte die Frau und Nele versuchte sich alles zu merken, da hinter ihr schon wieder gesprochen wurde.

„Und dir wird es auch gut tun“, sagte Honigbär gerade. Nele wartete, bis ein grauhaariges Ehepaar an ihr vorbeigegangen war und sie wieder an die Theke eilen konnte. Nele schlängelte sich hinter Karola entlang, suchte den richtigen Teebeutel und das passende Teeglas heraus.

„Ich brauche ein Schokoladen- oder Minzplätzchen für eine Schoko-Minz-Tee-Bestellung. Explizit gewünscht", sagte sie zu Karola. Auf einmal spürte sie Diego dicht hinter sich. Seine Hand schob sich an ihr vorbei und deutete auf ein Glas, auf dem genau das stand. Schoko-Minz-Wirbel.

„Perfekt", murmelte Nele und versuchte, nicht zusammenzuzucken, obwohl Diegos warme Finger ihren Arm entlangstrichen, als er seine Hand zurückzog.

Nachdem Honigbär und Bienchen ihre zweiten Getränke ausgetrunken hatten, winkte der Psychologe Nele zu sich. Er gab ihr beim Bezahlen ein großzügiges Trinkgeld. Sie war in dem Moment dankbar, dass sie kein Namensschild trug. Vielleicht kannte Bens Mutter ja ihren Namen?

„Wir kommen bestimmt wieder", sagte Bienchen. Nele sah dem Paar nach. Sie verließen das Café Hand in Hand und küssten sich gleich vor der Tür schon wieder.

Wow, sie hatte Bens Mutter gesehen! Das musste sie ihm unbedingt nachher erzählen!

„Sag mir nicht, dass du auf dermaßen ältere Männer stehst", begrüßte Diego sie, als sie das benutzte Geschirr in die Küche brachte.

„Was?" Nele räumte alles weg und nahm schnell einen Schluck aus ihrer Wasserflasche, die auf dem Fensterbrett stand. Sie konnte Diego nicht folgen.

„Dieses knutschende Paar. Der Typ. Du hast ständig zu ihnen hingesehen." Er beobachtete sie aufmerksam.

„Sie sahen interessant aus. Was meinst du, wie lange waren die schon zusammen?", fragte Nele, obwohl sie keine große

Lust hatte, ausgerechnet mit Diego über Liebesdinge zu reden. Zum Glück ging es hier aber nicht um ihr eigenes Liebesleben.

„Noch ziemlich frisch. Vielleicht auch eine Affäre." Diego zuckte mit den Schultern.

„Na hör mal", sagte Nele. „Das waren Bens Eltern, also seine Mutter und …" Sie unterbrach sich. Das ging Diego überhaupt nichts an und es erklärte auch nichts. Warum sollte sie seine Mutter denn so beobachten?

„Bens Mutter und ihr Lover?", fragte Diego. „Ben?"

„Mein Freund." Dieses Mal korrigierte sie sich nicht. Ihr wurde ganz warm und sie lächelte, als sie sich vorstellte, dass Ben und sie tatsächlich ein Paar wären.

„Ah", sagte Diego. „Dein Ben und du. Ich wusste es. Schon damals, als er seine Kollegin so zurechtgewiesen hat. Ein interessanter Nachmittag."

Nele wunderte sich darüber, dass sich Diego so genau an diesen Tag erinnerte.

„Seit wann seid ihr zusammen?", fragte Diego.

Zum Glück räusperte sich Karola in dem Moment. „Ich könnte ganz gut eure Hilfe vorne im Café gebrauchen."

Nele war sich nicht sicher, ob Karola sie nicht stattdessen vor Diegos Fragen retten wollte. Dankbar war sie in jedem Fall. Nicht unbedingt, weil sie Diego etwas vorspielen wollte, sondern weil es sich einfach zu schön anfühlte, für Bens Freundin gehalten zu werden. Seltsam. Aber so war nun mal das Leben.

„Klar", sagte Nele und nahm die letzten Bestellungen des Tages auf. Draußen war es schon jetzt stockduster, der Himmel hinter den Straßenlaternen beinahe schwarz. Auf einmal dachte sie wieder an Theodor und sie musste lächeln.

Das Lächeln blieb den ganzen restlichen Tag, bis Nele abends im Bett lag und schlafen wollte. Jetzt hatte Diego recht und ihre Aura stimmte absolut. Sie hatte sich in einen Hund verliebt. Und wie sollte das erst werden, wenn sie ihn leibhaftig traf? Sie würde schmelzen und im Kreis tanzen!

Kapitel 20

Glück ist, etwas Verrücktes zu tun

Der Wecker riss Ben aus seinen Träumen. Genervt schaltete er den Alarm aus und zog die Decke wieder bis unters Kinn. Ben war sich nicht sicher, wie viel er überhaupt geschlafen hatte. Fakt war, dass er nachts oft auf das kleine Lämpchen am Wecker gedrückt hatte, um zu sehen, wie spät es war. Natürlich drehten sich seine Gedanken um den heutigen Tag. Er würde zum ersten Mal etwas völlig Verrücktes tun. Schauspielern in einer Serie. Gut, er würde vermutlich nur irgendwo im Hintergrund rumstehen oder rumsitzen, aber trotzdem.

Kurz sah er Neles Augen vor sich, so wie sie strahlten, wenn sie lächelte. Er freute sich, dass er sie kennengelernt hatte. Mit ihr war es sicher oft aufregend.

Verdammt, er wusste gar nicht genau, was er als Komparse heute zu tun hatte! Musste er irgendetwas sagen? Er hätte Nele besser ausquetschen sollen. Andererseits hätte sie ihm ja erzählen können, was ihn erwartete. Oder wusste sie das am Ende selbst nicht? Ben schüttelte den Kopf. Nele hatte so selbstsicher geklungen. Sie war nicht zum ersten Mal Komparse in einer Fernsehproduktion. Was man da genau machte, war allerdings sicherlich unterschiedlich. Je nach Film, Serie und Rolle.

Ben quälte sich aus dem Bett und zog sich an. Er überlegte, ob er sich rasieren oder die Stoppeln stehen lassen sollte. Die ließen wenigstens das meiste seines Gesichts und nicht nur die großen dunklen Flächen unter den Augen schattig aussehen. Es klingelte und er zuckte zusammen. Das musste Nele sein! Ben lächelte bei dem Gedanken, wie sie unten vor der Tür stand und auf seine Stimme wartete. Ihm wurde warm. Ben räusperte sich, humpelte zum Türsummer und drückte auf die Freisprechanlage. „Guten Morgen!", rief er.

Er öffnete die Tür und war froh, dass er seine Nervosität auf die bevorstehende Aufgabe schieben konnte. Er war noch nie Komparse bei irgendwas gewesen.

„Das glaubst du nicht!", rief Nele noch im Hausflur. Sie schloss die Tür hinter sich und sah ihn triumphierend an.

„Was genau?", fragte Ben irritiert. Fiel ihr Termin etwa aus? Aber Nele klang eher positiv aufgeregt. Hatte sie Backstage-Pässe? Gab es das bei Filmaufnahmen?

„Honigbär und Bienchen waren gestern im Café!", sagte sie fröhlich und Ben brauchte fünf Atemzüge, um zu verstehen, was sie meinte.

„Meine Mutter und ihr Psychologe?", fragte er. „Das gibt's ja nicht! Woher wussten sie, wo du arbeitest?"

„Gar nicht." Nele ließ sich auf sein Sofa plumpsen und sah auf einmal verwirrt aus. „Zufall?" Sie musste lachen, obwohl sie immer noch schwer atmete. Offenbar war sie die ganzen Stufen hochgerannt.

„Nomen est omen", sagte Ben grinsend. „Dabei heißt meine Mutter seit einer sehr kurzen Ehe mit einem Spanier gar nicht mehr so. Aber es ist eben ihr Mädchenname, da kann man nix machen."

„Sie wirkten wirklich sehr frisch verliebt, ein bisschen anstrengend war es schon mit anzusehen, aber auch irgendwie niedlich." Sie erzählte Ben von der gesamten Szene, auch von dem Fan, der ein Autogramm gewollt hatte.

„Wahnsinn", sagte Ben zwischendurch. „Typisch" oder „Echt?" Bei der Sache mit dem Autogramm verdrehte er die Augen.

„Jedenfalls haben deine Eltern, also deine Mutter und ihr Freund, bei uns Kuchen gegessen und sie nennen sich Honigbär und Bienchen! Wusstest du das?"

Ben seufzte.

„Und sie hat ihn die ganze Zeit so angesehen …" Nele machte seine Mutter perfekt nach und brach gleichzeitig mit Ben in Gelächter aus. Es wirkte unglaublich befreiend und für einen Moment war Bens Nervosität wegen ihrer bevorstehenden Komparsentätigkeit gar nicht mehr da. Aber nur für einen Moment, dann sah er sich schon vor der Kamera schwitzen. Vielleicht musste er irgendetwas machen, was er nicht konnte. Mist.

Nele nahm einen Schluck Wasser aus Bens Glas, das noch vom Vorabend auf dem Couchtisch stand, und schloss kurz die Augen. „Aber das ist noch nicht alles. Also", begann sie und hielt wieder inne.

Ben ließ sich vorsichtig neben Nele auf dem Sofa nieder und bettete seinen Fuß auf den bereitgestellten Fußhocker.

„Ich habe bald einen Hund … Ich habe mich schon durch die Erzählung und das Foto in Theodor verliebt."

Ben sah verwirrt zu Nele hinüber.

„Wer ist Theodor?", fragte Ben irritiert und sein Herz wurde schwer. Es war ein komisches Gefühl. Auf einmal war es ganz kalt in seiner Brust und ein Gewicht schien sein Herz nach unten zu ziehen und ihn ins Polster zu drücken.

„Der Hund natürlich", sagte Nele und legte ihre Hand auf Bens Oberschenkel.

„Sollten wir nicht los?“, fragte Ben nach einem Blick auf die Uhr.

„Da du nicht so schnell laufen kannst, vielleicht.“

„Meinst du, die brauchen mich überhaupt als Statisten, wenn ich hinke?“, fragte Ben.

„Ich weiß gar nicht, was für eine Szene sie drehen wollen. Lassen wir uns überraschen. Einer von uns wird bestimmt reinkommen.“

„Okay.“ Ben stemmte sich hoch und sah auf seinen Fuß. Ob es schon möglich war, wieder normale Schuhe anzuziehen?

Nele folgte seinem Blick. „Hast du irgendwelche, die vorne viel Platz haben? Oder alte Turnschuhe, wo wir ein Loch reinschneiden können?“

Ben humpelte zu seinem Schuhschrank und öffnete ihn. Er wies mit einer Hand auf die zwanzig Paar Schuhe, die er besaß. Es gab außer schwarzen Stiefeletten und schwarzen Büroschuhen noch schwarze Sneakers, graue Sneakers, Tennisschuhe und seine Laufschuhe. Und Badeschlappen. Er deutete darauf, was mehr als Witz gedacht war.

„Die passen. Hab ich schon auf der Arbeit ausprobiert und haufenweise mitleidige Blicke kassiert. Brauche ich nicht noch mal.“ Ben verzog das Gesicht.

„Die sind doch schick. Du könntest damit einen neuen Trend starten.“ Nele grinste. „Nein, Quatsch. Probier mal die hier.“ Sie tippte auf die breitesten Lederschuhe, die er besaß.

Es klappte, auch wenn Ben bei jedem Schritt das Gesicht verziehen musste. „Nur für heute“, murmelte er leise.

„Stütz dich einfach auf meine Schultern“, schlug Nele vor.

Er sah sie entsetzt an. „Ich bin doch viel zu schwer für dich!“

„Also, bitte!“ Nele grinste. „Probier es aus. Du wirst dich wundern, wie viel Kraft in diesem Körper steckt.“

Sie gingen zur U-Bahnhaltestelle und fuhren die von Ben recherchierte Strecke.

„Hast du schon mal die Serie gesehen?“, fragte sie.

Ben nickte. „Mittlerweile drei Folgen.“

„Fleißig“, sagte Nele und grinste. „Und?“

„Was?“ Ben zog die Augenbrauen zusammen.

„Wie hat sie dir gefallen? Die Serie?“ Sie senkte ihre Stimme und kam mit ihrem Mund näher an sein Ohr.

Ein Kribbeln raste über Bens Rücken, als Neles Lippen sein Ohr berührten. Was war denn jetzt kaputt? Er räusperte sich. „Ganz okay.“

„Okay“, sagte Nele und grinste. „Na, gleich sehen wir ja alles live. Pass aber auf, dass dich die Arbeit am Set nicht entzaubert. Im Fernsehen sieht alles immer so echt aus. Und doch wieder nicht, wenn du weißt, was ich meine.“

Ben nickte und warf einen Blick aus dem Fenster. „Ah, da müssen wir raus.“ Er deutete auf die elektronische Anzeige für die nächste Haltestelle und stand auf. Auf dem Weg zu den Türen hielt er sich immer gut an den Haltegriffen und Stangen fest. Nele folgte ihm.

Am Bahngleis nahmen sie wegen Bens kaputtem Fuß den Aufzug. Die zerkratzten Glastüren öffneten sich und Ben atmete tief ein. Es roch nach Tannennadeln und ganz dezent nach … Bratwurst? Vor ihnen lag eine grüne Wiese mit einigen Tannenbäumen. Obwohl die Laubbäume dazwischen ihre Blätter längst verloren hatten, wirkte es durch den Sonnenschein und blauen Himmel so … grün.

Nele zupfte an seinem Ärmel. „Ich glaube, wir müssen da drüben hin.“

Sie liefen auf eine Ansammlung von weißen Lkws und Kastenwagen zu. Weiter hinten entdeckte Ben ein paar

Wohnwagen. Es gab eine Art Bistro, der Aufschrift nach zu urteilen. Davor waren mehrere Biertischgarnituren aufgebaut und überall standen und liefen Leute herum.

Eine Lautsprecherdurchsage schepperte durch die Luft. „Alle Komparsen bitte zum Wagen des Castings kommen. Es ist der schwarze mit der Aufschrift Casting." Der Sprecher kicherte, bevor er das Mikro ausschaltete. Da hatte wohl jemand gute Laune. Nele sah sich um und deutete auf den erwähnten Wagen. Sie beeilten sich, obwohl Ben ziemlich humpelte.

Die Schlange vor dem Casting-Wagen bestand bisher aus nur fünf Leuten. Gab es nicht mehr Komparsen für den Tag?

„Der Nächste, bitte", sagte jemand aus dem Inneren des Wagens heraus, nachdem ein sportlich aussehender Junge mit einem langen Pony herausgesprungen war. Der Kandidat musste seine Haare zur Seite pusten, bevor er sehen konnte, wo er hintrat. Nele lächelte.

„Du zuerst?", sagte sie zu Ben und drückte seine Hand kurz. Er schluckte, atmete tief durch, kletterte etwas unbeholfen die zwei Stufen hoch und trat in das Innere des Wagens. Hier sah es aus wie in einem Büro. Es gab zwei Fenster und auf dem Schreibtisch standen eine kleine Lampe und mehrere Plastikkörbchen voller Unterlagen. Am Tisch saßen eine Frau und ein Mann mit Baseballmütze.

„Bitte", sagte die junge Frau. Ihre Haare leuchteten bei jeder Bewegung im Lampenschein rot auf. Sie deutete auf den Stuhl vor dem Schreibtisch. Ben setzte sich vorsichtig.

„Verletzung?", fragte die Frau. Auf ihrem Namensschild stand Greta Sanders.

„Nur mein Zeh, ist aber nicht schlimm. Ich kann auf jeden Fall stehen und laufen", erläuterte Ben.

„Macht auch nichts", sagte Greta Sanders. „Es geht um eine Morgenszene im Park. Da darf ja ruhig mal jemand humpeln. Oder möchten Sie lieber auf einer Bank sitzen? Wie dem auch sei. Name?"

„Benedikt Zufall", sagte Ben.

„Alter?", fragte Frau Sanders weiter und notierte alles auf einen Zettel. Ben wunderte sich, dass sie es nicht in den Laptop eingab, der neben ihr lag. Aber gut, Komparsen tauchten wohl nicht so oft auf, vielleicht lohnte es sich nicht, dafür eine Datei anzulegen?

Da Frau Sanders gerade aufblickte, bemerkte sie seinen Blick und zog die richtigen Schlüsse. „Mein Laptop-Akku hat gerade den Geist aufgegeben", erklärte sie. „Ich übertrage es später, falls Sie sich über meine mangelnde Professionalität wundern."

„Ich schreibe auch lieber mit der Hand", sagte er freundlich und sie lächelte.

„Siehst du?" Sie wandte sich an den Mann neben ihr, der prompt die Augen verdrehte.

„Ich hole noch einen Kaffee. Ihr schafft das ja alleine, du und deine Hand", sagte er, nickte Ben kurz zu und kletterte polternd aus dem Castingwagen.

„Es findet übrigens kein Casting statt, das ist bei Komparsen nicht üblich. Wir suchen vorher anhand der Fotos aus und es gab eine Ausschreibung", erläuterte Greta Sanders, als ihr Kollege weg war. „Darauf haben sich kaum Leute gemeldet. Ich hoffe, das liegt nicht an der letzten Staffel." Sie seufzte.

„Bestimmt nicht", sagte Ben.

Sie gab ihm ein Formular. „Hier müssten Sie noch Ihre Kontodaten eintragen und unterzeichnen, dass wir das an die Abrechnungsfirma weiterleiten dürfen. Haben Sie ein Auto? Das könnte ich noch in Ihrer Datei nachtragen, dafür gibt es manchmal auch Bedarf."

Ben verneinte und Greta notierte es.

Greta Sanders schob ihm einige weitere Blätter zu. „Noch eine Unterschrift hier, bitte. Dann können Sie gehen. Das sind die üblichen Informationen zu Versicherung und dergleichen und Informationen zur Bezahlung", sagte sie gelangweilt.

Ben unterschrieb, ohne sich alles durchzulesen, weil er gerne wieder zu Nele wollte. Er verabschiedete sich höflich und trat zurück ins Freie. Nele warf ihm einen neugierigen Blick zu. Aber weil von innen schon wieder „Next, please", erklang, dieses Mal etwas genervt, stieg Nele schnell ein.

Ben schielte zu den Bierbänken. Ob er sich kurz setzen konnte? Er wählte schließlich die Bank, die dem Castingwagen am nächsten stand und verschränkte die Hände auf dem Tisch. Hier saß noch niemand und er hatte den Ausgang, durch den Nele gleich wieder kommen würde, gut im Blick. Man hatte ihm gar nicht gesagt, was ihn genau erwartete. Eine Parkszene am Morgen. Lesend auf einer Bank oder herumhumpelnd?

Als Ben an Nele dachte, schlug sein Herz unvermittelt einen Purzelbaum. Wie seltsam – schließlich war er nicht in Nele verliebt, er … er mochte sie einfach. Und sie hatte beschlossen, sein Leben etwas bunter zu machen und ihn von seinem Liebeskummer abzulenken. Am ehesten waren sie so was wie Komplizen. In Sachen Glück. Ben grinste. Ja, das war genau das richtige Wort. Er traute sich noch nicht, sie als eine Freundin anzusehen, oder konnte er das schon?

Sie kannten sich zwar noch nicht lange, aber sie verbrachten überdurchschnittlich viel Zeit miteinander. Also ja, sie waren Freunde.

So sehr Ben lauschte, er konnte nicht verstehen, was im Casting-Wagen gesprochen wurde. Aber dauerte es nicht länger als bei ihm? Worüber sprach Nele mit der Frau da drin? Gerade überlegte Ben, wieder aufzustehen und am Eingang des Wagens herumzulungern. Da tippte ihm jemand auf die Schulter. Ben zuckte zusammen und fuhr herum, alles in einer einzigen Bewegung. Dabei schlug er fast der jungen Frau die dampfende Tasse aus der Hand.

„Huch!“, sagte er. „Sorry!“

Sie lächelte. „Ist ja noch mal gut gegangen. Jedenfalls hallo. Ich bin Anna. Ich bin heute das erste Mal hier. Bist du Schauspieler?“

„Äh. Nein.“ Ben musterte Anna. Sie trug flippige mit Fell gefütterte Chucks, enge Jeans und eine kurze rot-weiße Jacke. Dazu einen roten Filzhut, der ihn aus irgendeinem Grund an Michael Jackson erinnerte. Sie sah aus, als käme sie direkt aus einem Musikvideo.

„Ah, dann arbeitest du als etwas anderes beim Fernsehen? Es gibt ja so viele spannende Berufe in der Branche.“

„Nein, ich … nein. Ich bin nur heute hier.“ Er suchte nach dem Wort, aber es fiel ihm beim besten Willen nicht ein. Doch. „Komparse“, sagte er schließlich.

„Ach so, cool.“ Sie setzte sich ihm gegenüber. „Ich auch!“ Sie nahm einen großen Schluck aus ihrer Tasse.

„Und du?“, fragte er schließlich. „Hast du das schon mal gemacht? Komparsin?“

„Ich?“ Sie zog die Augenbrauen hoch. „Bisher noch nicht, also nicht bei einer richtigen Serie oder gar einem Film.

Bei einem Werbeclip war ich mal dabei." Sie pustete in ihr Getränk.

„Hi", sagte auf einmal Nele neben ihm und setzte sich. „Ich bin Nele."

„Hi, ich bin Anna", grüßte Anna zurück. „Habe schon deinen Freund kennengelernt."

Freund? Ben zuckte zusammen und schielte zu Nele. Klang das in ihren Ohren auch so, als dächte Anna, sie wären ein Paar? Zumindest korrigierte Nele sie nicht. Dass Bens Herzschlag deswegen schon wieder aus dem Takt geriet, war schon erstaunlich. Dabei wollte er gar nichts von Nele. Vielleicht erinnerte ihn die Erwähnung von „Freund" nur ans Onlinedating und das war ja schließlich eine höchst spannende Sache. Das war es ganz bestimmt.

„Bist du auch Komparse? Komparsin?", fragte Nele.

„Ja, zum ersten Mal. Super cool, auch wenn ich die Serie ein bisschen altbacken finde. Ich würde ja gerne mal zu so einer aktuellen Serie auf Netflix oder so. Hoffentlich findet meine Agentur bald was." Anna verzog leicht den Mund.

„Wow. Du hast eine Agentur? Das klingt ja professionell!"

„Na, wie man's nimmt", wiegelte Anna ab. „Bisher hat sie mich nur dieses eine Mal vermittelt, aber ich bin auch erst seit Mitte des Jahres dabei."

„Die Komparsen bitte zu Set Drei", erklang eine Durchsage durch einen Lautsprecher, der genau über Ben angebracht war. Kurz klingelten ihm die Ohren.

„Das sind dann wohl wir", sagte Ben.

Die drei machten sich auf den Weg zu der besagten Parkbank. Zum Glück war sie daran zu erkennen, dass davor einige Leute herumstanden. Einige redeten miteinander, die meisten sahen auf ihre Handys oder beobachteten die Arbeiten am Set.

Nele sah besorgt auf seinen Fuß. „Geht's?"

„Klar", sagte Ben.

Bei der Bank angekommen, wurden sie in ihre Aufgaben eingewiesen. Die Arbeit, die sie als Komparsen machen mussten, war wirklich nicht schwer und vor allem klang sie nach einem: echt langweilig. Einige der Komparsen mussten sich unterhalten. Aber weil das Mikro nicht in ihrer Nähe war, würde man es im Fernsehen nicht hören.

„Es ist also völlig egal, worüber ihr sprecht", behauptete der Mann, der sie einwies. „Am besten, es sieht natürlich aus. Wie ein normales Gespräch. Lacht nicht zu viel, erzählt höchstens einen Witz. Der Rest sollte eher langweilig sein. Die meisten Leute reden schließlich im Alltag über langweilige Dinge."

„Du setzt dich da auf die Bank", wies er Ben an. „Du triffst dich gerade mit deiner Freundin." Der Anweiser sah sich die anderen Komparsen an und deutete auf Anna. „Du spielst seine Freundin."

Er wandte sich wieder an Ben. „Ihr braucht euch nicht zu küssen, aber den Arm könntest du um ihre Schultern legen. Und ab und an guckt ihr euch halt verliebt an. Wenn ihr wollt, könnt ihr euch unterhalten. Na ja, was man halt alles so als Pärchen macht."

Ben sah zu Nele. Eigentlich hätte er sich mit ihr an seiner Seite wohler gefühlt. Der Mann ging weiter und führte Nele ein Stück weg, um ihr zu zeigen, wo sie langlaufen sollte.

„Ben und Anna, ausgerechnet", sagte sie. „Das haben wir als Schullektüre vor ein paar Jahren gelesen. Ben liebt Anna. Du glaubst nicht, wie froh ich war, dass es keinen Ben in meiner Klasse gab. War schlimm genug, dass mich immer alle so blöd angeguckt haben, als ich meinen eigenen Namen vorgelesen habe.“ Sie redete weiter. Aber Ben konnte sich kaum darauf konzentrieren, weil es so viele Informationen waren und er sich ständig nach Nele umsah.

Sie hatte offenbar eine andere Stelle zugeteilt bekommen und verschwand hinter einer Baumgruppe. Ein paar Meter entfernt entdeckte Ben dann einige Schauspieler aus der Serie. Der Hauptdarsteller, Michael Aldenhofen, stand etwas abseits. Die Schauspieler wurden gerufen und endlich waren alle an ihren Plätzen.

Ben und Anna setzten sich auf die ihnen zugewiesene Bank. Das Holz war kalt an Bens Beinen und er ärgerte sich, dass er nicht seine längere Winterjacke angezogen oder wie Anna ein Kissen mitgebracht hatte. Sie erzählte ihm mittlerweile, dass sie im Fernsehen schon alle Castingshows gesehen hatte, von Models bis Musik und Talenten.

„Im echten Leben studiere ich, Deutsch auf Lehramt. Ich würde total gerne auf die Schauspielschule gehen, aber die haben mich bisher abgelehnt, vielleicht hilft es, wenn man ein paar Komparsenjobs hatte.“ Sie sah sich unauffällig um. „Du musst mal den Arm um mich legen. Der Anweiser guckt schon ganz böse.“

Ben versuchte sie anzustrahlen und legte dann seinen Arm um ihre zierlichen Schultern. Sie fühlte sich so anders an als Nele und das gefiel ihm aus irgendeinem Grund nicht. Er gab sich größte Mühe, verliebt auszusehen, schielte dabei aber regelmäßig zu Nele, die Stöckchen für einen gefleckten Hund warf und offenbar sehr viel mehr Spaß hatte als er.

Kapitel 21

Glück erkannt

Nele war aufgeregt oder … vielmehr summte in ihr alles, weil es so spannend war. Sie hatte zuerst fast nur Augen für den Hund. Doch als es richtig losging und die echten Schauspieler endlich in die Nähe kamen, beobachtete sie diese ein wenig. In der Szene schlenderten Serientochter und Serienvater den geteerten Weg entlang. Dann setzten sie sich auf die Bank, die Bens am nächsten war.

Nele hatte den Eindruck, als würden Ben und die Blonde sich gleich küssen, so intensiv sahen sich die beiden in die Augen. In Nele piekste etwas. Seltsam. Sie wusste ja, dass Ben dieses Mädchen überhaupt nicht kannte und nur den Freund spielte. Und selbst wenn nicht; Nele und Ben waren ja nur Freunde. Annas Annahme, dass Ben ihr Freund war, kam Nele wieder in den Kopf. Es war eine merkwürdige Vorstellung. Ben war ganz anders als Nele, das würde nicht gut gehen, oder? Andererseits fiel es ihr schwer zu leugnen, dass da etwas zwischen ihnen passierte, wenn sie Zeit zusammen verbrachten.

Und sie hatte Annas Eindruck nicht korrigiert. Denn Ben war … ja, was? Er war Nele wichtig. Sehr wichtig sogar. Da war dieses warme Flattern im Herzen und im Bauch, wenn er seinen Arm um sie legte. Auch wenn er sich nur wegen seines verletzten Zehs stützen wollte. Sie musste lächeln. Der Hund bellte und stupste mit der Nase an das Stöckchen.

„Oh, ich hatte dich fast vergessen. Tut mir leid.“ Nele

warf den Stock in hohem Bogen auf die Wiese und beobachtete, wie das kleine Energiebündel hinterherschoss.

Das Serien-Vater-Tochter-Duo unterhielt sich noch immer auf der Bank. Es sah aus wie ein Problemgespräch. Nur völlig seltsam, weil ein puscheliges Mikrofon über ihrem Köpfen hing und um sie herum die Kameras standen. Es war wirklich aufwendig inszeniert.

Nach mehreren Anläufen war der Regisseur endlich zufrieden und alle wurden zur Kaffeepause entlassen. Nele suchte Ben zwischen den Leuten, die sich zum Cateringwagen begaben, aber er saß noch immer auf der Bank von eben. Zum Glück alleine. Bens Drehpartnerin lief gerade zu Michael Aldenhofen, wurde allerdings sofort von einer Mitarbeiterin zurückgehalten. Der Schauspieler warf genervt die Hände hoch und wechselte ein paar laute Worte mit der Mitarbeiterin, die Nele jetzt erkannte. Es war die gleiche Frau, die sie vorhin interviewt hatte. Dieser Aldenhofen war sich wohl zu fein dafür, mit den Komparsen zu reden. Nun ja. Nele seufzte und setzte sich neben Ben.

„Na, wie war dein erster Job beim Film?“, fragte sie und wischte ihm spontan eine verrutschte Strähne hinters Ohr. „Die Frisur steht dir“, sagte sie und setzte sich dann auf ihre Hände, um nicht noch mal an Bens Haar oder seiner Kleidung herumzufummeln. Tja, sie liebte es, ihn zu berühren. Das hätte ihr schon viel früher auffallen können.

„Ein bisschen langweilig“, sagte Ben. „Bei dir?“ Er wirkte wieder so süß unbeholfen. Nele spürte den starken Drang, seine Wange zu küssen, aber das war eine doofe Idee. Sie wollte Ben mit einer Frau verkuppeln, die zu ihm passte. Eine Hochzeitskandidatin, die in seinem Lebensplan an Silvias Stelle treten konnte.

„Durchwachsen“, sagte sie schließlich. „Der Hund war toll, aber die Wartezeiten haben sich wirklich gezogen. Wie oft haben sie die Szene aufgenommen, bis sie zufrieden waren? Ich habe nicht mitgezählt.“ Sie zuckte mit den Schultern. Dann schwiegen sie eine Weile.

„Ich glaube, ich brauche einen Kaffee“, sagte Ben.

„Dann komm.“ Nele stand auf und reichte Ben die Hand, damit er seinen Fuß nicht so stark belasten musste, irgendwie aber auch, damit sie ihn berühren konnte. Seine Finger waren beinahe so kalt wie die Luft. Trotzdem hielt Nele seine Hand so lange fest, bis er es bemerkte und sie ihr schüchtern entzog.

Kapitel 22

Glück ist ein kleiner Kuss

Den restlichen Nachmittag dachte Ben über seine eigene Familie nach und wie unterschiedlich Eltern sein konnten, während er die Szenen der Serie beobachtete. Insbesondere wie der Serienvater mit seiner Serientochter umging. Ben hatte seinen Vater nie gekannt, aber vermisst hatte er nichts. In der WG, in der er mit seiner Mutter gelebt hatte, waren immer genug Leute dagewesen, die ihm bei den Hausaufgaben geholfen hatten, ihm etwas vorgelesen oder Quatsch mit ihm gemacht hatten. Seine Mutter mochte vielleicht keine Bilderbuchmama sein, aber sie hatte ihn früher jeden Tag mindestens einmal zum Lachen gebracht. Sie liebte das Leben, liebte Tiere, Blumen und das Tanzen. Sie probierte gerne neue Sachen aus.

Warum war Ben eigentlich so anders als seine Mutter? Bei Ben musste am besten alles so bleiben, wie es war. Er schielte zu Nele, die gerade in ihren Kaffee pustete. An jeder Hand trug sie Ringe mit bunten Steinen. Unter ihrer dunkelblauen Jacke spitzten die langen Ärmel ihres pinken Pullovers hervor und ihre Haare hatte sie heute zu lauter kleinen Zöpfchen geflochten. Hatten sie nicht sogar eine andere Farbe als gestern? Nele war so bunt und humorvoll, die Zeit mit ihr war spannend und trotzdem kam sich Ben in manchen Momenten sehr langweilig vor. Oder war das gerade wegen ihrer ungewöhnlichen Art, an die Dinge heranzugehen? Nie wäre er auf die Idee gekommen, ein

Komparse für eine Fernsehserie zu werden. Ben seufzte in seinen eigenen Kaffee und sah dann hinüber zum anderen Tisch, der ein Stück weiter weg stand.

Dort saßen Michael Aldenhofen, seine Serientochter und noch ein paar andere Schauspieler, die Ben vom gestrigen Sehen der Serie wiedererkannte. Das waren vermutlich die richtig bekannten Leute hier und natürlich gaben sie sich nicht mit den kleinen Komparsen ab. Es knisterte in der Luft und kurz darauf erklang ein fieses Fiepen, gefolgt von einer weiteren gelangweilten Durchsage. „In zehn Minuten geht es weiter. Bitte alle Komparsen dann zu Set 2, dem Restaurant am See."

Ben sah sich um und entdeckte einen mobilen Wegweiser, der mit „Set 2" beschriftet war. Okay, dann waren dieser See und das Restaurant wohl hinter der Baumgruppe dort. Er stupste Nele vorsichtig an, damit sie ihren Kaffee nicht verschüttete und deutete auf die Stelle.

„Hmm?", machte Nele.

„Set 2."

„Müssen wir da hin?", fragte sie und sah Ben an, als hätte sie bis eben geträumt. Ihr Blick ließ irgendwas in ihm ganz langsam schmelzen. Er schaffte es nicht, wegzusehen, dann stand irgendjemand von der Bierbank auf und Bens Seite machte einen Satz nach unten. Schnell rutschte Nele nach links, um die Bank zu stabilisieren und lachte. Sie griff nach Bens Arm, damit er nicht von der Bank rutschen konnte.

„Kommt ihr?", fragte Anna. Sie kaute und machte dann eine rosafarbene Kaugummiblase, die beim Zerplatzen laut ploppte.

„Das kann ich auch", sagte Ben, ohne groß nachzudenken. Was war das denn für eine Bemerkung? Wow! Er konnte Kaugummiblasen machen. Am liebsten hätte er die Worte zurückgenommen.

Nele sah ihn einen Moment irritiert an, aber dann lachte sie, und küsste Ben auf die Wange. „Süß“, sagte sie.

Ben berührte die Stelle, die Nele gerade geküsst hatte und starrte sie an, aber Nele drehte sich um. Eine dunkelhaarige Komparsin hatte sich zu ihnen gesellt und verwickelte Nele gerade in ein Gespräch. Ben verstand leider nicht, worum es ging. Nicht mal die einzelnen Worte ergaben einen Sinn. Nele hatte ihn geküsst. Dann schüttelte er den Kopf über sich selbst. Vermutlich küsste sie öfter Freunde und es bedeutete gar nichts. Er brauchte sich nicht gleich ins Hemd zu machen. Das zumindest hätte Nele ihm vermutlich geraten, wenn er ihr davon erzählt hätte.

Ben grinste wieder und dieses Mal hielt das Glücksgefühl sogar in der nächsten Szene an, obwohl ihm genauso langweilig wie eben war. Obwohl er wieder mit Anna, seiner angeblichen Freundin in der Serie am Tisch sitzen und ein Stück Schwarzwälder-Kirschtorte essen musste, die er normalerweise nicht besonders mochte. Auch Nele saß an einem Tisch, gar nicht weit von ihm. Sie saß alleine und unterhielt sich mit ihrem Filmpartner-Hund.

Ben sah sich nach den Kameras um. Neben Michael Aldenhofen saß nun eine Frau, die Ben nicht aus der Serie kannte. Aber vielleicht tauchte sie auch erst einige Staffeln später dort auf. Er hatte schließlich gerade erst vorne angefangen.

Anna plapperte wieder ohne Unterlass und Ben versuchte zuzuhören, damit er irgendwie sinnvoll antworten konnte. Aber dann erinnerte er sich daran, dass er das nicht musste. *Sagt irgendwas*, hatte es geheißen, *Hauptsache es sieht aus wie ein*

Gespräch. Also erzählte er Anna einfach, was er den Rest des Tages noch tun würde. Nele ließ er aus der Beschreibung raus, obwohl sie ihn in seinen Gedanken bei allem begleitete. Das, was er am dringendsten wollte, war in Ruhe mit ihr zu reden. Über den Kuss, den sie ihm gegeben hatte. Dabei wusste er natürlich genau, dass er es nie ansprechen würde. Sie hatte vermutlich einfach so dahingeküsst. Er lächelte über seine Wortschöpfung und sah Anna dabei an, damit es aussah, als würde er hier tatsächlich mit seiner Freundin sitzen.

Eine Minute später rempelte ihn ein Kameramann an und Ben seufzte. Er würde die Serie vermutlich ab jetzt mit völlig anderen Augen sehen. Es hatte gar nichts Romantisches, wenn überall so viel Technik rumstand und alles einfach … nun ja, gespielt war.

Auch die Restaurant-am-See-Szene wurde mehrere Male wiederholt und sie war ohnehin schon lang, womit Ben gar nicht gerechnet hatte. Als alles im Kasten war und sie endlich aufstehen durften, musste er sich ausgiebig strecken. Mittlerweile waren sogar seine Zehen eingeschlafen. Der große Zeh pochte sofort los und Ben sehnte sich nach einem Sofa, um den Fuß hochzulegen.

„Na, hast du dich auch so gelangweilt?", fragte Nele und hakte sich bei ihm ein, während sie wieder zum Cateringwagen schlenderten. Dort sagte man ihnen allerdings, dass sie nicht länger gebraucht würden und schickte sie nach Hause. „Sollen wir fragen, ob sie an einem anderen Termin wieder Komparsen brauchen?", fragte Nele. Sie grinste dabei so, dass Ben sich recht sicher war, dass sie ihn da ganz richtig einschätzte.

„Ich glaube, ich passe."

„Hey, Nele!“, rief auf einmal jemand hinter ihnen und sie blieben stehen. Nele drehte sich um und quietschte vor Freude. „Rosa! Was machst du denn hier?“

Eine junge Frau mit sehr kurzen blonden Haaren und einem knielangen Parka voller Aufnäher rannte auf sie zu und umarmte Nele stürmisch. Die beiden lachten und tauschten sich in atemberaubendem Tempo darüber aus, was sie gerade beide so machten. Ben konnte kaum folgen, reimte sich aber zusammen, dass diese Rosa wohl eine frühere Freundin von Nele war, die eine Zeitlang durch Europa gereist war, um über ihre Reisen zu bloggen.

„Das hier ist Ben“, stellte Nele ihn ihrer Freundin vor, als sie mit den wichtigsten Themen wohl fertig waren.

Rosa reichte Ben die Hand und nannte ihren Namen noch mal. „Müsst ihr noch lange?“ Sie deutete auf die Leute vom Filmteam.

„Gerade fertig.“ Nele grinste. „Perfektes Timing wie immer.“

Rosa reckte ihre Faust in die Luft, als hätte sie irgendwas Besonderes geschafft. „Yes! Was ist, wollt ihr noch was trinken gehen? Wir müssen doch unser Wiedersehen feiern!“ Sie grinste. „Ich bleibe jetzt erst mal ein paar Wochen hier.“

„Wie toll, sehr gerne.“ Nele streckte sich und sah so aus, als würde sie für ein gemütliches Sofa sofort auf ihre gesamten Tageseinnahmen verzichten.

„Kennst du noch dieses kleine Bistro mit der gold-blauen Einrichtung? Da waren wir doch früher immer.“ Neles Augen leuchteten.

„Das *Suppenschloss* gibt es noch? Fantastisch, ja, lass uns unbedingt da hin. Moment.“ Sie zog ihr Handy aus der Tasche, stellte sich neben Nele. Die beiden legten ihre Arme umeinander und grinsten in die Handykamera.

„Selfie!", riefen sie gleichzeitig und lachten.

„Dann erzähl mal, wo warst du zuletzt und was bringt dich wieder nach Köln?", fragte Nele. Sie setzten sich in Bewegung. Ben ging neben Nele und fühlte sich etwas fehl am Platz, obwohl er sich immer noch leicht auf Nele stützte und sie eben sogar kurz ihre Finger mit seinen verschränkt hatte. Rosa erzählte von ihren letzten Reisezielen, danach erzählte Nele von ihrer Mehr-Generationen-WG und ihrem neuen Job beim Café Naschkatze. „Ben ist der Enkel von Katharina, der zweitältesten Mitbewohnerin in der WG."

„Das klingt alles super, Nele." Rosa beugte sich vor, um Ben sehen zu können. „Und du? Was machst du beruflich?"

„Ich arbeite bei einer Bank", sagte Ben. Weiter erklärte er seinen Posten nicht. Meistens musste er dann wieder tausend Klischees zu Bankern widerlegen, darauf hatte er keine Lust. Und vor der wilden Rosa, die offenbar einen noch unkonventionelleren Lebensstil hatte als Nele wollte er nicht als der totale Spießer dastehen.

„Und dein Café?", fragte Rosa. „Wo ist das?"

Nele beschrieb die ungefähre Lage. „Also ziemlich zentral."

„Cool", sagte Rosa. „Ist es gut? Modern oder eher gemütlich?"

„Eher gemütlich. Schönster Job seit Langem."

„Naschkatze, süßer Name", sagte Rosa.

Nele kuschelte sich näher an Ben und er machte sich vorsichtig los und legte seinen Arm um ihre Schultern, um sie zu wärmen. Ihm selbst war so warm wie lange nicht. Vielleicht hatte Nele den Kuss doch irgendwie speziell gemeint? Jedenfalls war sie wohl tatsächlich gerne in seiner Nähe, sonst hätte sie ja etwas mehr Abstand halten können.

Natürlich humpelte er immer noch bei jedem Schritt, aber genau genommen musste er sich deswegen nicht gerade abstützen. Ben hatte das Gefühl, als würde sein Herz eine Melodie summen, irgendein Liebeslied, auf dessen Text er gerade nicht kam.

„Ihr seid echt ein hübsches Paar", sagte Rosa plötzlich und lächelte. „Ich freu mich für euch."

„Oh", sagte Ben. Beinahe hätte er Danke und finde ich auch gesagt, aber sie waren ja kein Paar. Genau genommen half Nele ihm sogar eine Frau zu finden. Das würde er natürlich jetzt nicht erwähnen. Gerade verdrängte er diese Tatsache selbst ganz gerne, was ihn irgendwie verwirrte.

„Wir sind nur Freunde", sagte Nele aber leider.

Ben flutete eine leichte Enttäuschung, obwohl es natürlich die absolute Wahrheit war.

„Wirklich?", fragte Rosa. Mehr sagte sie nicht, aber ihr Blick sprach Bände. Sie hatte offenbar wirklich einen gänzlich anderen Eindruck und na ja, ihn hatte sie ja auf alle Fälle durchschaut. Seit dem Kuss vorhin, eigentlich auch schon früher, wusste Ben, dass er Nele mochte. Sehr mochte. Verdammt, er wollte sie küssen! Mit ihr allein sein. Dabei hätte er nicht gedacht, dass ihm das nach Silvia noch mal passieren würde. Silvia. Sie hatte seinen Traum der Zukunft zerstört. Aber passte Nele da überhaupt rein? War das Leben, das er sich für seine Zukunft wünschte, mit ihr möglich? Ben beschloss, jetzt nicht weiter darüber nachzudenken. Vielleicht später. Irgendwann in Ruhe. Trotzdem war es gut, dass er in Sachen Onlinedating noch nicht so aktiv gewesen war.

Auch Nele sagte nichts mehr zu dem Thema. Er war froh darüber, dass sie nicht sagte, dass die Idee lächerlich war. So konnte er noch ein paar Minuten daran glauben, dass Nele ihn auch mochte. Vielleicht sogar so sehr, dass sie ihn noch mal küssen würde … Ihm wurde wieder ganz warm und er humpelte absichtlich ein kleines bisschen mehr, damit er Nele noch etwas näher an sich heranziehen konnte. Obwohl ihr eigentlich auffallen musste, dass er sich nicht wirklich aufstützte.

„Wir sind da“, sagte Rosa und deutete auf ein riesiges hell erleuchtetes Fenster, das offenbar zu einer ehemaligen Fabrik gehörte. *Suppenschloss* stand über der riesigen Doppelflügeltür. „Es hat sich ja kaum verändert, wie toll!“ Rosa hielt die Tür auf, damit Nele und Ben hineingehen konnten. Ein Gewirr aus Stimmen, das Quietschen von Stuhlbeinen und Lachen empfing sie. Von überall her duftete es nach Kaffee und geröstetem Brot. Auf den ersten Blick fand Ben überhaupt keinen freien Tisch, aber Rosa führte sie in einen Nachbarraum, wo Sofas und Sessel an niedrigeren Tischen standen. An der linken Wand loderte sogar ein Feuer in einem großen Kamin.

„Wow“, sagte Nele. „Wir haben echt Glück! Sogar der Kamin ist an!“

„Das Paradies.“ Rosa grinste, grüßte eine Gruppe junger Leute mit Geigenkästen im Vorbeigehen und ging zielstrebig auf einen Tisch in der Nähe des Kamins zu. „Aufwärmen“, murmelte sie und bot Nele und Ben das Sofa an, während sie ihre Jacke auszog und sich dann auf einen blau bezogenen Samtsessel fallen ließ. Ihre Jacke hängte sie über die Armlehne. Erst dann streifte sie ihr Stirnband und die Handschuhe ab.

Ben zog seinen Mantel aus und wartete, bis Nele sich gesetzt hatte. Erst dann nahm er vorsichtig Platz, nicht zu weit von ihr entfernt, aber auch nicht so nah, dass es aufdringlich wirken konnte. Aus dem Nirgendwo tauchte eine zierliche Kellnerin auf, die sie mit einem knappen „Hi" begrüßte. Sie verteilte Speisekarten und verschwand gleich wieder.

„Wie eine gute Fee", scherzte Nele und schlug die Karte auf. Ganz kurz spürte Ben ihren Blick auf sich, aber als er aufsah, war sie ganz in die Speisekarte vertieft.

Gerade als Ben sich entschieden hatte, kam die Bedienung wieder. Sie bestellten drei verschiedene Suppen, eine große Kanne Kräutertee und zwei Gläser warme Vanillemilch mit Baileys. Als die Kellnerin wegging, sah Ben, dass auf dem Rücken ihres T-Shirts groß der Name Vanessa stand, wie bei einem Fußballspieler. In der Mitte war keine Zahl abgebildet, sondern der Name des Bistros. Witzige Idee. Obwohl Ben bisher noch nie hier gewesen war, fühlte er sich gleich wohl. Das mochte natürlich auch an seiner Begleitung liegen. Selbst wenn er Rosa noch nicht richtig einordnen konnte, schien sie nett und mit Nele verbrachte er definitiv am liebsten seine Zeit. Er musste grinsen. So gefühlsduselig war er ja sonst nicht.

„So, Rosa, dann erzähl mal: was hast du in Köln vor?", fragte Nele.

Rosa zuckte die Schultern. „Ich bin wieder bei Alec untergekommen. Er hat mich so lange genervt, bis ich versprochen habe, mindestens zwei Monate wieder in meiner alten Heimatstadt zu bleiben. Und es tut wirklich gut, das hätte ich gar nicht gedacht."

„Ihr seid noch immer zusammen? Und er ist wirklich hier geblieben?" Nele machte große Augen.

„Ja, verrückt, oder? Ab und zu reißt der Kontakt ein bisschen ab, aber dann texten wir uns wieder täglich. Er ist sogar mal nach Barcelona gekommen, als ich ein paar Tage dageblieben bin."

„Muss schön sein", rutschte es Ben heraus. „Wenn man sich trotz der Distanz nicht aus den Augen verliert."

„Das ist es wirklich." sagte Rosa und lächelte verliebt.

Ben wunderte sich selbst über seinen persönlichen Kommentar. Vielleicht lag das einfach an seiner extrem guten Laune und an Nele, die gerade nach seiner Hand griff. Ben wagte nicht, sich zu bewegen, aus Angst sie würde wieder loslassen.

Rosa beäugte ihn neugierig. „Was machen deine Eltern? Auch Banker?", fragte sie.

Ben schüttelte den Kopf. „Meine Mutter und alle anderen in der WG waren Jobhopper. Meinen Vater kenne ich nicht, ist aber nicht schlimm. Habe nie was vermisst."

„Echt? Wie spannend", sagte Rosa. „Da hattest du bestimmt viele Freiheiten als Kind, oder? WG und dann noch ohne Vater aufwachsen." Als sie Bens Gesichtsausdruck sah, stutzte sie. „Also, ich meine ja nur. War vielleicht nicht immer einfach, alles hat zwei Seiten. Sorry."

„Alles okay", sagte Ben und meinte es genau so. Gleichzeitig erinnerte Ben sich noch gut an die Zeit, als er in der Grundschule bemerkt hatte, dass andere Kinder tatsächlich zu Hause eine Mutter und einen Vater hatten und nicht drei oder vier, die auch noch ständig wechselten. Immerhin waren sie zu Ben immer alle nett gewesen. Einer hatte ihm mit sechzehn die erste Zigarette angeboten, aber nachdem Ben probiert hatte, hatte er das nächste Mal dankend abgelehnt.

„Ich mag das ja auch", sagte Nele mit einem Lächeln. „Heute nicht wissen, was ich morgen mache. Mit offenen

Augen durchs Leben gehen, immer mal wieder etwas verändern. Ich hätte vermutlich gut in eure WG gepasst", sagte sie zu Ben.

„Na, du wohnst ja jetzt auch in einer", antwortete er.

„Stimmt." Sie lächelten sich an. Nach einer Weile wandte sich Nele an Rosa und lehnte sich zurück. Dabei kam sie ein kleines bisschen näher. Oder bildete er sich das ein? Trotzdem hopste sein Herz freudig und er streckte sich und legte seinen Arm ganz unauffällig auf die Rückenlehne des Sofas. Weil Nele zu tief saß, berührte er leider ihre Schultern nicht, aber er konnte es sich vorstellen. Und vielleicht setzte sie sich ja im Laufe des Abends noch etwas aufrechter hin. Er benahm sich wirklich wie bei seinem allerersten Date.

„Und was macht Mandy?", fragte Nele.

„Meine ältere Schwester", erklärte Rosa an Ben gewandt. „Mandy ist schon fünf Jahre vor mir ausgezogen. Sie hat im Mai ein Kind bekommen."

„Was, echt? Das gibt's ja nicht! Wer ist der Vater?"

Ben sah zu Rosa, aber sie schien über die Frage nicht beleidigt. „Kennst du nicht." Sie winkte ab. „Sie ist jetzt ordnungsgemäß verheiratet, seit zwei Jahren und immerhin kannte sie Lorenz schon ein halbes Jahr, als sie sich das Ja-Wort gegeben haben."

Nele drückte Bens Hand.

„Mein Schwager ist ein netter Kerl, leider sehen wir uns viel zu wenig. Meine Eltern sind immer noch zusammen und glücklich." Sie hielt inne, als die Kellnerin kam und die Suppen und Getränke brachte.

„Wie im Bilderbuch", sagte Rosa nach einer Weile. Sie seufzte und tunkte eine Scheibe Baguette in ihre Suppe, auf dem Rand lagen Scheibchen von Chilischoten. Ben hatte nicht genau zugehört, als sie bestellt hatte, aber möglicherweise war da Chili im Namen der Suppe gewesen. War das nicht höllisch scharf? Er beobachtete Rosa und als ihre Augen tränten, war er froh, dass er eine stinknormale Kartoffelsuppe genommen hatte.

Er nahm den ersten Löffel voll und pustete. Als er probierte, stellte er fest, dass die Suppe gar nicht so schmeckte, wie er erwartet hatte. Da war irgendetwas Merkwürdiges drin. Ein Gewürz. Curry vielleicht? Und Kokos? Er probierte einen zweiten Löffel und nickte. „Gut", murmelte er.

„Schön", sagte Nele und sah ihn schon wieder so an wie eben. Er hätte seine halben Ersparnisse dafür gegeben, zu wissen, was Nele jetzt dachte. Oder noch besser: was sie von ihm hielt. Dummerweise verriet sie nichts und sie aßen die nächsten Minuten schweigend weiter.

„Kommst du denn aus Köln?", fragte Ben Rosa. Es war das Erste, was ihm einfiel und war allemal gut genug, um die Stille zu füllen.

„Nein. Aus dem Münchner Raum", sagte Rosa. „Ich war vierzehn, als ich mit meinen Eltern hergezogen bin. Da bin ich auf Neles Schule gekommen."

„Und seitdem waren wir unzertrennlich", ergänzte Nele. „Bis dich das Reisefieber gepackt hat natürlich."

„Und die Liebe zu einem gewissen Musiker." Rosa verdrehte schwärmerisch die Augen. „Trotzdem habe ich Alec nie betrogen."

„Meistermelodies Musik war aber auch toll. So eine Art Hip Hop mit Steel Drums und Saxophon und Beat Box", erklärte Nele Ben.

„Und was hörst du für Musik?", fragte Rosa und schlürfte einen Löffel Suppe, bevor sie in ihr Brot biss.

Ben zählte einige Bands auf, deren CDs er besaß und freute sich, wenn Nele ab und zu erstaunt sagte, dass sie die Musik auch liebte.

Um zehn gähnte Ben zum ersten Mal und Nele schien ebenso müde wie er. „Wir müssen langsam los“, sagte sie, „ich muss morgen früh arbeiten.“

„Ja?“, fragte Rosa. „Macht das Café früh auf?“

„Um zehn“, sagte Nele. „Ich musste ja heute meine Schicht ausfallen lassen. Dann starte ich morgen schon vormittags. Wird ein langer Tag.“ Sie streckte sich.

„Okay“, sagte Rosa und sah unglücklich aus, dass sie gehen wollten.

„War so toll, dich wiederzusehen, aber jetzt bleibst du ja, dann können wir uns doch öfter sehen, oder?“, fragte Nele.

„Wollen wir nicht Nummern vergleichen?“ Rosa zog ihr Smartphone aus der Tasche und machte eine Wischbewegung, um den Bildschirm zu entsperren. „Schieß los.“ Erwartungsvoll sah sie zu Nele. Sie tauschten Nummern.

Ben und Nele verabschiedeten sich von Rosa an der Straßenbahnhaltestelle. Endlich waren sie allein, aber Nele gähnte mittlerweile in regelmäßigen Abständen.

„Gute Nacht, Ben“, sagte Nele und umarmte ihn fest. Dann küsste sie ihn noch mal auf die Wange und löste sich von ihm. „Morgen kannst du mir in Ruhe von deinen baldigen Dates erzählen, wenn du Lust hast.“

Ben fröstelte in der Winterluft, aber innerlich war ihm immer noch warm. An die Sache mit den Dates hatte er vorhin gar nicht mehr gedacht! Zweimal hatte Nele ihn heute auf die Wange geküsst. Aber das hieß ja nicht, dass sie die Hoffnung aufgegeben hatte, dass er bei „The One“ fündig werden würde. Bestimmt versuchte sie, ihm so seine

Schüchternheit zu nehmen und ihn auf das Treffen mit fremden Frauen vorzubereiten. Und es funktionierte hervorragend. Durch ihre offene zugängliche Art hatte Nele bereits jetzt etwas in ihm gelöst. Er fühlte sich nicht so schüchtern wie sonst. Nele weckte Mut und Zuversicht in ihm.

Ben lächelte, als er seine eigene Wohnungstür aufschloss und einen Blick auf sein Handy warf.

Die Nachricht von Nele öffnete er sofort. „Schlaf gut."

Ben schrieb zurück. „Träum was Schönes."

Kapitel 23

Glück ist Frühstück mit Brioches

Am nächsten Tag kam Nele schwer aus dem Bett und musste sich sehr beeilen, um nicht zu spät im Café Naschkatze anzukommen.

„Guten Morgen", rief sie, als sie die Tür aufdrückte und heute sogar schon vor den Kunden da war. Es roch nach frischem Kaffee, und Nele fand, dass die gästeleere Stille im Café auch etwas Gemütliches hatte.

„Guten Morgen, Nele!", grüßte sie Karola. „Wie war der Dreh gestern?"

„Es war größtenteils interessant, ab und an sehr langweilig, mal was anderes."

„Klingt … spannend." Karola zwinkerte ihr zu. „Kannst du mir mit den beiden Torten helfen? Diego kommt heute etwas später, er hat einen frühen Yogakurs. Wenn du magst, kannst du freitags immer schon früh anfangen."

„Okay, ja, gerne." Nele liebte schließlich die Abwechslung und wenn das Schicksal ihr so einen freien Donnerstag schenkte, war das noch toller. Wobei … „Statt Donnerstagnachmittag?", hakte sie nach.

„Im neuen Jahr gerne. Momentan wäre es toll, wenn du da wenigstens für ein paar Stündchen kommen könntest. Wir können den Freitagvormittag auch erst später dazunehmen, wenn dir das zu viel wird."

„Ach was, das ist schon gut. Falls ich noch mal einen Tag frei brauche, werden wir uns bestimmt einig. Diese Torte?

Wow, die sieht irre gut aus!“ Nele bewunderte das Kunstwerk von allen Seiten. Sie hatte fünf verschiedene Schichten, luftigen hellen Teig, gefolgt von dunkler Schokoladencreme, mittig eine Schicht mit dunklem Biskuitteig, eine dünne Schicht mit hellem Mousse und direkt über dem Mürbeteigboden ein schmaler dunkelroter Strich, der bestimmt aus fruchtiger Marmelade bestand.

„Fehlt noch die Cremeverkleidung und das hier.“ Karola deutete auf eine Schüssel mit einer blassgelben Masse, auf einen dunkelgrünen Batzen und knallrote Zuckerkügelchen.

„Hmm, weihnachtliche Farben. Was hast du vor?“

„Kennst du Ilex, also Stechpalme? Aus dem Marzipan müssen wir Blätter ausschneiden.“ Karola deutete auf den grünen Batzen. „Und das werden die Beeren.“ Karola zeigte auf die Schüssel mit den Zuckerkügelchen.

Schnell holte Nele ihre Schürze und wusch sich die Hände. Sie rollte die grüne Marzipanmasse aus, während Karola fachmännisch die Creme auf die Torte strich.

„Ich hoffe, es ist kein Ilex drin, der ist glaube ich giftig“, witzelte Nele.

„Johannisbeergelee, Lebkuchenbiskuit, eine hauchdünne Nougatschicht und Eierlikörcreme. Das ist alles gut verträglich.“

„Wenn davon was übrig bleibt, brauche ich unbedingt ein Stück. Das klingt absolut himmlisch.“

Sie arbeiteten eine Weile konzentriert vor sich hin, bis Nele bemerkte, dass Karola sie ansah. „Wie findest du Diego?“, fragte Karola leise, als könne er jeden Moment hereinschneien. Was vermutlich auch stimmte. So wie Nele Diego kannte, tauchte er immer in den unpassendsten Situationen auf und schlich sich an wie ein Ninja.

„Er ist undurchschaubar und immer für eine Überraschung gut", sagte Nele und dachte weiter darüber nach.

„Das ist das Erste, das dir zu ihm einfällt?", fragte Karola.

„Hmm, ja." Nele schnitt mit einem Messer das erste Ilex-Blatt aus und zeigte es Karola.

Diese nickte abwesend.

„Wieso fragst du?" Nele sah Karola aufmerksam an.

„Nur so, ich hatte das Gefühl … also, dass er dich auf eine bestimmte Art ansieht."

Noch nie hatte Nele Karola so unsicher gesehen.

„Du magst ihn", stellte Nele fest und hielt ihre Hand hoch. „Ich bin nicht hinter ihm her."

Auf Karolas Lippen erschien ein winziges Lächeln. „Was machst du am übernächsten Samstag?"

„Bisher noch nicht viel. Was ist das für ein Datum?"

„Der 12. Dezember", antwortete Karola. „Mein Geburtstag. Ich wollte eine kleine Feier machen. Ich werde vierzig."

„Oh, wie schön! Hier im Café?"

„Bei mir zu Hause", sagte Karola. „Ich würde Diego auch fragen."

„Tu das, ich komme jedenfalls gerne."

„Schön."

„Was würdest du mich fragen?" Diegos tiefe Stimme klang wie ein Knurren und ein Schnurren gleichzeitig und Nele zuckte zusammen, weil er mal wieder aus dem Nichts aufgetaucht war.

„Karola hat bald Geburtstag", erklärte Nele, weil sie ihrer Chefin die Gelegenheit geben wollte, sich erst von dem Schreck zu erholen. Karola war knallrot angelaufen und besserte hektisch eine Stelle an der Torte aus, wo ihr wohl das Messer abgerutscht war.

„Sorry“, sagte Diego. „Kritischer Moment. Sieht trotzdem perfekt aus. Wie immer.“

„Danke“, murmelte Karola. „Ja, genau, ich wollte euch Samstag zu meinem Geburtstag einladen. Bei mir.“

„Cool“, sagte er. „Bin dabei.“ Dann drehte er sich um, brachte seine Yogatasche in den Garderobenschrank, griff seine Schürze und kam dann zu ihnen an die Arbeitsfläche. „Kann ich noch was helfen? Oder soll ich schon mal nach vorne?“

In diesem Moment bimmelte das kleine Glöckchen. „Kundschaft“, sagte Diego und grinste. „Ich geh.“

„Danke“, murmelte Karola wieder und ließ ihren Atem auf einmal ausströmen. „Torte gerettet“, sagte sie fröhlich.

„Er kommt gerne“, flüsterte Nele und zwinkerte ihr zu. Sofort wurde Karola wieder rot und das stand ihr wirklich unglaublich gut. Sie bekam beinahe perfekt rosafarbene Wangen.

Aus dem Gastraum drangen Gesprächsfetzen in die Küche, die Kaffeemaschine zischte, Tassen klapperten. Wenig später tauchte Diego wieder in der Küche auf. „Die Herrschaften haben frische Waffeln mit Mandarinenquark und Schokoladensoße bestellt. Dreimal. Dazu fünf Brioches mit Erdbeermarmelade und eine kleine Käseplatte.“ Nele sah erstaunt auf, als Karola einfach nickte. Sie hatte gar nicht gewusst, dass es solch herrliche Frühstücksangebote gab.

„Einmal Joghurt mit Bratapfelkompott kommt noch dazu.“ Diego klemmte den Zettel an die altmodische Pinnwand und begann Mandarinen kleinzuschneiden.

Neles Magen knurrte so laut, dass man es vermutlich bis nach nebenan hören konnte.

„Hunger?“, fragte Diego. „Nimm dir besser was. Frühstück bei Gästen klauen ist nicht.“ Diego grinste.

„Klar, zieh einfach deine Frühstückspause vor“, empfahl Karola und füllte vorbereiteten Waffelteig in das Doppeleisen. Während sie wartete, zeigte sie Nele, wo die Zutaten für die restliche Bestellung zu finden waren und wie sie die verschiedenen Gerichte zubereiten und anrichten sollte. Nele schluckte und hätte sich fast wirklich etwas vom Teller stibitzt, so lecker sah alles aus.

„Hilfst du mir raustragen?“, fragte Diego, als alles fertig war. „Die Meute sieht hungrig aus.“

Nele trug vier Teller gleichzeitig und als sie sah, wer da am großen runden Tisch saß, hätte sie beinahe zwei davon fallen gelassen.

Rosa winkte ihr fröhlich zu und Nele quietschte überrascht. „Guten Morgen, Nele!“, rief sie aufgekratzt. „Darf ich vorstellen, Leute? Das ist Nele. Wir haben uns gestern nach Ewigkeiten wiedergesehen! Meine absolut beste Freundin.“

Nele freute sich sehr darüber, dass Rosa sie noch immer als ihre beste Freundin ansah, obwohl sie den Kontakt über die letzten Jahre nicht gehalten hatten. Aber gestern war es schon fast wieder gewesen wie auf ihrem letzten Treffen vor Rosas Abreise.

„Und das hier sind Tobias, Franziska, Ingo, Anna-Lena und Michael.“ Sie deutete nacheinander auf ihre Freunde. „Alec kennst du ja. Ich musste nur einmal erwähnen, dass du hier arbeitest und den Laden magst, schon wollten alle mal herkommen. Ich hab wohl ein bisschen sehr von deinen Backkünsten geschwärmt.“

Nele lachte. „Ich backe hier doch nicht, ich serviere nur, aber ihr werdet es nicht bereuen.“

„Super Idee, Rosa“, sagte ein hochgewachsener Mann mit strubbeligen braunen Haaren und grinste schief.

Alle Augen leuchteten, als Nele das Frühstück abstellte.

„Schönes Café“, brummte Alec gut gelaunt.

„Nett, dich mal wiederzusehen“, sagte Nele. Rosas Freund hatte sich kaum verändert. Sie wünschte schnell allen einen guten Appetit und folgte Diego dann in die Küche.

„Wie war denn gestern dein erster Fernsehauftritt?“, fragte er, als sie außer Hörweite waren.

„Ganz okay.“ Nele zuckte mit den Schultern.

„Reicht nicht. Was musstest du denn machen?“, fragte Diego weiter.

„Mit einem Hund durch den Park spazieren. Und später in einem Restaurant sitzen und stundenlang an einer Cola nippen, bis kein einziges Bläschen Kohlensäure mehr drin war.“ Nele grinste. „Die Szenen wurden immer ein paar Mal aufgezeichnet.“

„Wow, das kann ja nun echt nicht jeder.“ Diego grinste auch. „Die Folge muss ich mir ansehen.“

„Wahrscheinlich sieht man mich nur verschwommen. Aber Hintergrundleute gehören halt dazu, dann wird es lebendiger im Film. Man kann ja nicht nur die Hauptfiguren im luftleeren Raum rumlaufen lassen.“

Diego nickte nachdenklich. „Und wann wird das ausgestrahlt?“

„Keine Ahnung, wenn ich was weiß, sag ich dir Bescheid. Die Serie läuft ja schon eine Weile. Das war Folge 1468.“

„Tadaa!“, rief Karola leise.

Nele und Diego gingen zu ihr hinüber.

„Ein Kunstwerk“, raunte Diego, der dicht an Karola herantrat. „Ich mach ein Foto.“

„Ein Foto?“ Karola wirkte irritiert, ihre Wangen waren schon wieder – oder immer noch – ganz rot und sie sah aus wie Schneewittchen aus einem Disney-Film. Die schwarz gefärbten Haare hatte sie zu einer kunstvoll geflochtenen Schnecke am Hinterkopf zusammengesteckt und sie trug ein blaues knielanges Kleid mit weißen Punkten und Paspeln. Dazu passte ihre weiße Rüschenschürze so gut, als hätte sie beides zusammen gekauft.

„Dein Outfit ist superschön“, rutschte es Nele heraus, dabei wollte sie Karola nicht noch mehr in Verlegenheit bringen.

„Danke.“ Karola lächelte und wirkte ehrlich erfreut.

„Wo kann man so was kaufen?“, fragte Nele, um sie weiter von Diegos Nähe abzulenken.

„Ach, das? Hab ich selbst genäht“, sagte Karola.

Diego sah sie interessiert an. „Du kannst nähen?“

Karola nickte nur.

„Ziemlich ausgefeilte Technik“, sagte Diego. „Ich geh mal nach vorne. Gucken, ob jemand noch etwas möchte.“

Das Waffeleisen piepste erneut. Nele richtete die Teller mit den Waffeln, dem Mandarinenquark und Schokoladensoße her und brachte es nach vorn.

„Wer bekommt die Waffeln?“

„Wir teilen“, rief Rosa fröhlich und Nele stellte die Teller in die Tischmitte.

„Noch etwas zu trinken?“, fragte Nele.

„Cappuccino, bitte.“

„Pfefferminztee, bitte.“

„Einen schwarzen Kaffee.“

„Zwei Milchkaffee, bitte.“

„Einen sanften Engel für mich, bitte.“

Alle riefen durcheinander und Nele lachte. Sie notierte die Getränke blitzschnell auf ihrem Zettel und zählte noch mal nach. Passte. Zumindest, wenn die beiden Milchkaffees nicht für eine Person alleine gedacht waren. Nele machte sich auf den Weg in die Küche. Die Eingangstür ging auf und neue Gäste kamen herein.

Nele eilte zurück in die Küche und warf nur ein „Guten Morgen" in Richtung der Hereinkommenden.

„Ich mach schon", sagte Diego und ging lässig an ihr vorbei.

„Guten Morgen, die Damen", sagte er.

Nele beeilte sich, das Geschirr wegzuräumen. Gleichzeitig versuchte sie auf das Stimmengewirr nebenan zu hören, aber sie konnte nichts verstehen.

Karola brachte die fertige Torte nach vorne. Nele dachte an Karolas Geburtstagsfeier. Ob es wohl eine Mitbringparty sein würde? Vielleicht durfte sie außer Essbarem auch eine Begleitung mitbringen? Ben tauchte vor Neles innerem Auge auf und ihr wurde ganz warm im Bauch. Es war ja auch eine gute Gelegenheit, eine Frau kennenzulernen, redete sie sich ein. Ob er beim Onlinedating schon eine Frau gefunden hatte, mit der er sich treffen wollte? Und wenn schon: Es schadete nicht, wenn man mehr Auswahl hatte. Sie hüpfte ein paar Schritte durch die Küche und dachte an die Momente, an denen Ben seinen Arm um sie gelegt hatte. Ein bisschen war sie auf seine zukünftige Freundin schon neidisch.

Nele erledigte die restliche Getränkenachbestellung von Rosas Freunden und brachte alles wenig später an den Tisch. Zum Glück waren alle so sehr in ihr Gespräch vertieft, dass sie die Verzögerung vermutlich nicht mal gemerkt hatten. Selbst von den Waffeln waren noch ein paar Stücke übrig. Jemand hatte sie tatsächlich in kleine Würfel geschnitten und ab und an pickte sich jemand ein Stück vom Teller und dippte es wahlweise in den Quark oder nahm sich etwas von der Schokoladensoße. Quark schien etwas beliebter zu sein, den Resten nach zu urteilen.

Sobald sich die Gruppe verabschiedete und Nele und Rosa per Zeichensprache vereinbart hatten, zu telefonieren, schneite eine Gruppe vermutlich chinesisch sprechender Touristen herein. Auch die übrigen Tische füllten sich nach und nach. Nele hatte genug zu tun. Sie eilte mit Bestellungen in die Küche, brachte gewünschte Kuchenstücke an die Tische, zapfte bestimmt hundert Kaffeegetränke und übergoss so manchen Teebeutel mit heißem Wasser.

Es ging an diesem Vormittag beinahe geschäftiger zu als nachmittags. „Dabei ist doch noch gar nicht richtig Wochenende“, murmelte sie.

„Freitag ist für manche Leute schon Wochenende. Außerdem ist Weihnachtsmarkt“, sagte Diego.

„Die Touristen strömen zu dieser Jahreszeit in Scharen in die Stadt“, erläuterte Karola. „Die Cafés sind momentan alle gut besucht.“

Nele warf einen Blick zu den asiatischen Touristen. Mit gutem Englisch hatten sie ein paar typisch deutsche Leckereien bestellt. Nele und Karola hatten gemeinsam einige Kuchensorten und Gebäck ausgesucht, um ihnen zwei bunte Platten zu machen. Zum Glück hatte eine der etwas dickeren Damen, die noch nicht mal ihren Schal abgelegt hatte, dazugesagt, dass der Preis keine Rolle spiele, sie hätten großen Appetit.

„Machst du Lebkuchenhäuser?“, fragte Nele. „Das wäre doch was für Touristen.“

„Ach, das machen alle“, winkte Karola ab.

„Ja, aber was wäre, wenn wir es anders machen. Eine Lebkuchentorte mit Hexenhaus und den richtigen Figuren drauf?"

„Oder gleich eine Torte in Form eines Hexenhauses?", überlegte Karola und ihre Augen leuchteten bereits. „Und etwas mit Zuckerstangen möchte ich machen."

Dieser Tag war verdammt lang, dachte Nele, als sie endlich das Café verließ und draußen die winterlich kalte Luft einatmete. Sie pustete kleine weiße Atemwölkchen in die Dunkelheit. Jetzt wollte sie nur noch zu Ben. Schließlich hatten sie sich gestern noch „bis morgen" geschrieben. Dann durfte sie ja wohl bei ihm vorbeikommen, oder nicht? Aber dann fiel ihr ein, dass Freitag war. Sie war mit Jaromir verabredet.

„Nele?" Diego griff nach ihrer Schulter. „Wie geht's dem Hund?"

„Theodor besuche ich gleich", rief sie aus.

„Merkt man", sagte Diego.

„Ich muss los! Bis morgen!" Nele rannte los.

Jaromir wartete vor einem alten Opel Kadett, dessen Lack glänzte, als wäre er neu. Nele umarmte ihn zur Begrüßung und sie stiegen ein. Die nächtliche Stadt war voller Lichter, sie fuhren über die Zoobrücke und das Wasser funkelte silbrig. Der Dom hob sich mit seinen zwei Türmen vor dem Nachthimmel ab, das riesige Gebäude wurde überall beleuchtet, genau wie die Bögen der Hohenzollernbrücke, über die gerade ein Zug fuhr. Nele presste ihre Nase ans Autofenster und sog die Szenerie in sich auf.

„Schön, oder?", fragte sie und drehte sich zu Jaromir um.

Er nickte freundlich. „Ich bin ein bisschen aufgeregt", gab er zu. „Ich hoffe sehr, dass ihr euch mögt. Ich würde Theodor so ungerne ins Tierheim geben."

„Ganz bestimmt mögen wir uns." Nele war sich sicher.

Jaromir schaltete keine Musik ein, der Motor brummte beruhigend und trotzdem erfasste Nele jetzt auch ein wenig Nervosität. Wenn alles klappte, hätte sie bald einen Hund! Die Vorstellung war schön und aufregend zugleich. Sie fuhren am Dach der Messehalle vorbei, Nele ließ ihren Blick über die Hochhäuser schweifen, entdeckte Hotels und ein riesiges Geschäft für Musikinstrumente. Danach fuhren sie durch einen Tunnel und waren schon bald auf der A4.

„Wie weit ist es bis zu dir?", fragte Nele.

„Keine zwanzig Minuten normalerweise. Magda ist schon ganz gespannt. Wir könnten Theodors Abendspaziergang vorziehen, wenn du möchtest. Schade, dass es schon dunkel ist, aber ich denke für einen ersten Eindruck wird es reichen. Er wird mir fehlen."

„Wir kommen dich besuchen", versprach Nele.

Die Ausfahrt für Köln-Rath war mittlerweile ausgeschildert und Nele sah gebannt nach draußen, sie war immer neugierig darauf, wie andere Leute wohnten. Und bei Jaromir stellte sie sich ein gemütliches kleines Häuschen vor, vielleicht sogar aus Holz. Auf alle Fälle würde es einen Ofen im Wohnzimmer geben und eine altmodische Einrichtung mit viel dunklem Holz und vielleicht Ölbildern an der Wand.

Sie bogen in eine Seitenstraße ab und Jaromir parkte vor einer vermutlich weißen Doppelhaushälfte mit Flachdach. Mit klopfendem Herzen stieg Nele aus, wartete auf Jaromir und ging dann mit ihm auf die Haustür zu. Er schloss auf, klingelte aber auch, wohl um ihre Ankunft anzukündigen.

In einem winzigen Flur zogen Jaromir und Nele Schuhe und Jacken aus. Es roch ganz leicht nach einem herzhaften Gericht mit Kartoffeln und Fleisch. Nele schlüpfte in ein paar Filzpantoffeln mit der Aufschrift „Gäste“ und lächelte. Diese Geste passte genau zu Jaromir. Sie gingen auf eine Tür zu, hinter der ein leises Bellen ertönte. Danach sagte eine Frau etwas und der Hund verstummte. Theodor.

Jaromir klopfte und die Tür wurde von innen geöffnet. Ein paar kleinere Lampen warfen gemütliches Licht in den Raum.

„Guten Abend, ich bin Magda“, sagte eine kleine Frau in schwarzer Hose und grünem Pullover. Ein Meter neben ihr stand ein geflochtener Hundekorb und darin saß auf einer karierten Decke ein schwarzer Hund.

„Guck mal, Theodor, du hast Besuch.“ Magda hatte eine ruhige Stimme, obwohl sie leicht belegt klang und Nele an ihre Allergie erinnerte.

Nele lächelte den schwarzen Mischling an. „Darf ich?“, fragte sie an Magda gewandt. Diese nickte.

„Hallo Theodor.“ Nele hielt dem Hund eine Hand hin. Langsam stand er auf und kam auf sie zu. Er beobachtete sie ganz genau, warf nur hin und wieder einen flüchtigen Blick zu Magda und Jaromir. Direkt vor Neles Hand blieb er stehen und streckte den Kopf aus. Er wedelte ganz leicht mit dem Schwanz, wirkte aber nicht überzeugt. Dann schnupperte er.

„Na, mein Kleiner, du bist ja ein Hübscher. So kluge Augen hast du.“

Theodor sah sie so aufmerksam an, dass Nele weiterplapperte. Er trat einen letzten Schritt auf sie zu, schnupperte erneut an ihrer Hand und leckte nacheinander jede einzelne ihrer Fingerspitzen ab. Dann stieß er ein winziges Bellen in Richtung Jaromir aus und machte eine Kopfbewegung, die wie ein Nicken aussah. Neles Herz hüpfte.

„Erstaunlich“, sagte Magda. „Setzen wir uns doch.“

„Ich dachte, wir könnten gleich eine Runde mit Theodor drehen.“

„Das ist eine gute Idee“, fand Magda und nieste. „Aber bitte, erst eine Tasse Tee.“

Nele setzte sich und nahm dankbar eine blaue Keramiktasse entgegen, aus der es verführerisch nach Kräutern duftete. Sie saßen eine Weile zusammen, unterhielten sich über Theodor und Neles Wohnsituation.

„Es ist so gut wie immer jemand zu Hause und alle freuen sich total darauf, einen Hund zu haben. Wir hätten das wirklich schon früher überlegen sollen, aber so ist es jetzt genau richtig. Was für ein Glück!“ Nele kraulte Theodor am Rücken. Er stand neben dem Sofa und hatte seinen Kopf auf die Armlehne direkt neben Neles Bein gelegt.

„Wollen wir dann gleich spazieren? Eine kurze Runde.“

„Sehr gerne.“

Nele legte Theodor im Flur ein Geschirr an, nachdem Jaromir ihr erklärt hatte, wie das ging. Sie gingen zu zweit einen Weg zwischen zwei Wohnhäusern entlang, der bald darauf zu einem Feldweg wurde.

Der Mischling ging wunderbar an der Leine und sah immer wieder zu Nele hoch, als ob er ihr tausend Fragen stellen wollte. Dabei sah er allerdings so aus, als wären die Antworten darauf mehr ein Bonus und nichts, was er unbedingt wissen musste. Er lebte im Hier und Jetzt und wirkte zufrieden. Für ihn war ein Spaziergang eine wichtige Angelegenheit, etwas, das ihm gefiel. Auch Nele fühlte sich in Theodors Anwesenheit entspannt.

Sie hatte kaum Augen für die einzelnen Baumriesen, obwohl sie sich ab und zu ermahnte, alle schönen Dinge zu sehen. Aber das Schönste war nun einmal Theodor. Er sah sie aus seinen klugen Augen ernst an und schien ihr bei ihren Gedanken zuzustimmen. Da war auf einmal eine tiefe Zufriedenheit in ihrem Herzen, ein Zugehörigkeitsgefühl. Dieser Hund strahlte Ruhe aus und Nele hatte gar nicht gewusst, wie sehr sie dieses Gefühl liebte. Normalerweise hatte sie es gerne bunt und lustig, wild und überraschend. Aber die größte Überraschung des heutigen Tages war, dass sie mit diesem wunderbaren Hund spazierte. Der Hund selbst fühlte sich nach den ersten fünf Schritten hingegen gar nicht mehr fremd an. Eher wie eine verwandte Seele. Nele streichelte ihm die Ohren und den Hals, als sie an einer Ampel warten mussten. Theodor setzte sich betont lässig hin und lehnte sich an Neles Bein.

„Er mag dich wirklich", sagte Jaromir, der den ganzen Weg bisher geschwiegen hatte.

Nele nickte. „Er ist richtig toll." Die Haut unter seinem zotteligen Fell strahlte seine Wärme durch Neles Jeans.

Auf dem Rückweg zu Jaromirs Haus verlangsamte Theodor seine Schritte.

„Er merkt, dass dein Besuch bald vorbei ist", vermutete Jaromir.

„Wenn ich darf, komme ich ganz bald wieder." Nele versuchte in Jaromirs Gesicht zu lesen, wie er sich entscheiden würde. Er nickte ganz leicht, sagte aber noch nichts.

„Bestimmt, ich möchte nur noch einmal mit Magda reden. Dann melde ich mich morgen bei dir, ja?"

„Du kannst mir jederzeit eine Nachricht schicken oder anrufen."

„Komm, wir bringen dich noch zum Bahnhof", schlug Jaromir vor und als Nele endlich in der richtigen Bahn saß, die sie nach Hause bringen würde, winkte sie Jaromir und Theodor, bis die Gleise eine Kurve machte und sie die beiden nicht mehr sehen konnte. Aber Theodor sah sie trotzdem noch vor sich und lächelte, bis sie zu Hause ankam.

Kapitel 24

Glück ist ein Date

Ben sah zum dritten Mal innerhalb einer Minute auf sein Handy. Er wurde definitiv schneller, aber da tat sich überhaupt nichts und er könnte seine Energie sinnvoller einsetzen. Indem er etwas aß zum Beispiel. Sein Magen knurrte schon, seitdem er von der Arbeit nach Hause gekommen war. Heute hatte er sich extra beeilt, weil er eine Nachricht von Nele erwartet hatte. Vielleicht hatte sie auf dem normalen Telefon angerufen?

Nele musste ihm unbedingt helfen! Eine Frau namens Isabella hatte ihm geschrieben und ihn gleich um ein Date gebeten! Ihr Profil war vielversprechend. Sie war in Bens Alter, wünschte sich zwei Kinder, ein Haus und eine Katze. Natürlich passte das nicht zu Bens Wunsch nach einem Hund, aber da war er nicht so festgelegt. Isabella hatte nicht zu viel geschrieben und nicht zu wenig und trotzdem glaubte Ben, dass er etwas übersehen hatte. Irgendwas zwischen den Zeilen.

Wirklich albern, er war ja keine sechzehn mehr. Trotzdem hatte er keine Ahnung, was er Isabella antworten sollte. Aber jetzt, da Nele sich nicht meldete … er konnte doch Isabella nicht so lange warten lassen. Das war unhöflich. Ben setzte sich an den geöffneten Laptop und klickte Isabellas Nachricht an ihn. Noch mal las er Wort für Wort und klickte dann auf Antworten.

„Liebe Isabella“, schrieb er, bedankte sich für ihre Nachricht und … schlug einfach ganz spontan Sonntagmittag für ein Treffen vor. Ben überlegte kurz und nannte ihr dann das Restaurant beim Museum Ludwig. Da war das Essen gut und der Raum so groß, dass es nicht gleich superromantisch wirkte. Er wollte Isabella schließlich erst kennenlernen. Ben endete die Nachricht mit einem herzlichen Gruß, genau wie Isabella das getan hatte. Er klickte auf Absenden und loggte sich dann schnell wieder aus.

Noch mal checkte Ben sein Handy, öffnete WhatsApp, Signal und gleich noch seine E-Mail-App. Nichts. Ganz bestimmt gab es eine sehr gute Erklärung dafür, dass Nele noch nicht geschrieben hatte. Bestimmt hatte sie wahnsinnig viel zu tun, schließlich würde sie heute den ganzen Tag im Café sein und nicht wie sonst nur nachmittags. Da hatte sie mit Sicherheit überhaupt keine Zeit zwischendurch an ihr Handy zu gehen. Oder ihre Chefin sah das nicht gerne. Oder sie hatte in der Hektik am Morgen ihr Handy zu Hause vergessen. Oder es war ihr heruntergefallen und kaputt, oder der Akku leer. Oder … oder Nele war etwas passiert. Ben eilte in die Küche inne und stützte sich an der Wand ab. Er warf einen Blick aus dem Fenster, als könnte er Nele da draußen irgendwo entdecken und sehen, ob es ihr gut ging. Oh Mann! Ben stöhnte. Er benahm sich schlimmer als diese Leute in den Seifenopern, die seine Mutter früher immer so gerne geguckt hatte. Er war doch erwachsen. Er würde wohl alleine mit einem Date fertig werden!

Eigentlich hätte er Nele genauso gut selbst schreiben können! Ben grinste, zog das Handy aus seiner Hosentasche und tippte. „Wollen wir uns heute noch treffen? Ich würde mich freuen. Hab bald ein Date.“ Er suchte noch ein lächelndes Emoji und schickte die Nachricht ab.

In den zehn Folgeminuten schaffte er es immerhin nachzusehen, was in Lebensmittelschränken und Kühlschrank zu finden war, und zu überlegen, was er kochen konnte. Doch schon ertappte er sich dabei, wie er wieder das Handy aus der Tasche nahm, um zu sehen, ob die Nachricht angekommen war und ob eine Antwort aufblinkte.

Genervt von sich selbst legte er das Handy aufs Fensterbrett und holte Hackfleisch und Tomatenmark aus dem Kühlschrank. Wenig später bereitete Ben in seiner größten Pfanne eine doppelte Portion Bolognese zu. Wie hatte er dieses Gericht als Kind geliebt! Es war ein wiederkehrendes Gericht gewesen. Fast wie eine Tradition. Etwas, an das er sich geklammert hatte, wenn alles andere überhaupt keine Ordnung aufgewiesen hatte. Mit dem extra tomatigen Geschmack der Soße, den buttrigen Nudeln und der Haube von geriebenem Parmesan kam immer ein bisschen Zuhausegefühl auf und er entspannte sich auch jetzt.

Es klingelte und Ben fuhr zusammen. Vorsichtig legte er den Kochlöffel auf den Pfannenrand, stellte die Herdplatte auf mittlere Temperatur und rannte dann leicht humpelnd zur Haustür, um auf den Summer zu drücken. Sein Herz schlug Purzelbäume, als er ins Treppenhaus lauschte und sich sicher war, dass das Neles Schritte waren, die er da auf den alten Granitstufen hörte. Und schon sprang sie die letzten zwei Stufen hoch und bremste kurz vor ihm ab. Ihre Wangen und ihre Nase waren rot vor Kälte und ihre Augen funkelten.

„Hi!“, sagte sie atemlos und schälte sich aus Jacke, Mütze, Schal und Stiefeln. „Mmmh, das duftet aber gut bei dir!“

„Hast du Hunger?“, fragte Ben und fühlte sich jetzt schon stolz, dass ihm das Gericht offenbar gut gelungen war. Zumindest dufttechnisch.

„Auf jeden Fall!“

„Dann komm.“ Sie gingen in die Küche, Nele kümmerte sich um die Nudeln, während Ben Parmesan rieb. Währenddessen erzählte sie Ben von ihrem Abendbesuch bei Jaromir, Magda und Theodor.

„Er ist einfach perfekt, so lieb!“, schwärmte Nele.

Bald saß schon jeder vor einem dampfenden Teller Spaghetti Bolognese.

„Lecker!“, sagte Nele und aß ein paar Gabeln voll, bevor sie einen Schluck Wasser nahm und Ben musterte. „So und jetzt erzähl von deinem Date.“

„Isabella“, nuschelte Ben und kaute zu Ende. „Sie hat mich angeschrieben und klingt nett.“

„Nett?“ Nele kniff die Augen zusammen.

„Na ja, mehr kann ich ja erst wissen, wenn ich sie getroffen habe, oder?“

„Klar. Ich hab mal gehört, dass man sich erst beim dritten oder vierten Treffen verlieben kann. Aber das ist natürlich Quatsch.“ Nele legte ihre Hand auf Bens. „Du machst das schon. Ist sie hübsch? Hast du Interessen abgeglichen?“

„Beides ja.“ Ben grinste. Nicht so sehr wegen Isabella, eher wegen Neles Interesse. Ihr schien das Ganze sogar noch mehr Spaß zu machen als ihm. „Aber ich bin echt aufgeregt“, meinte er. Bei Nele fühlte er sich entspannt, aber wenn er jetzt an übermorgen dachte …

„Wo trefft ihr euch und wann?“, fragte Nele.

Ben erzählte ihr alles.

„Perfekt! Ich komme auch.“ Neles Augen leuchteten.

„Aber … ich weiß nicht, ob das so gut ankommt.“ Ben stellte sich vor, wie er mit Nele neben sich ins Restaurant kam und sie dann Isabella gemeinsam Fragen stellten, um herauszufinden, ob sie zu ihm passte. Das konnte nicht Neles Ernst sein!

„Natürlich wird sie davon nichts wissen. Du bist doch so aufgeregt und ich unterstütze dich! Ich reserviere mir einen Tisch – hast du schon?“

„Nein, das hat ja noch Zeit.“

„Mach doch jetzt“, schlug Nele vor.

Ben zögerte, aber dann holte er doch sein Handy und suchte darauf die Nummer des Restaurants, rief an und reservierte einen Tisch am Fenster, fragte danach, wo der Tisch genau war und legte auf. Er wiederholte die Worte des Restaurantangestellten und Nele rief direkt nach ihm mit ihrem eigenen Handy an. „Ein Tisch für eine Person am Fenster, bitte.“ Sie lauschte und lächelte.

„Da die Fenster ja nur auf der einen Seite sind, sollte ich euch gut sehen können. Das wird toll!“

Kapitel 25

Glück ist die Freude eines Hundes

Beim Duschen am nächsten Morgen dachte Nele an Theodor. Gerade als sie sich abgetrocknet hatte, ertönte Neles Klingelton. Nele schnappte sich das dudelnde Gerät und wischte über das grüne Hörer-Icon.

„Hi Nele, hier ist Rosa. Hab ich dich geweckt?"

„Hi!", sagte Nele erfreut. „Nein, ich bin schon wach. Und du? Bist du in den letzten Jahren zur Frühaufsteherin mutiert?"

Rosa lachte. „Hast du heute Zeit? Das Wetter ist der Hammer, strahlend blauer Himmel, der glitzernde Schnee. Erinnert mich so sehr an Finnland. Wollen wir zusammen wandern?"

Nele lachte auch. „Stadtwandern? Bin ich dabei! Um drei muss ich allerdings ins Café. Aber interessiert dich gar nicht, warum ich so früh wach bin?" Sie wartete.

„Na, sag schon!"

„Mein Handy hat mich geweckt. Jaromir hat angerufen." Sie erzählte Rosa von der Sache mit Theodor. „Ich kann ihn heute abholen! Ich kriege einen Hund!" Sie jauchzte.

„Sehr gerne, wann?"

„Ich dachte gegen elf, Magda ist da und vielleicht wird Jaromir auch erst danach zu seinen Maronen nach Köln fahren. Treffen wir uns in der Mitte? Rudolfplatz?"

„Okay", sagte Rosa. „Ich komme zum Tor." Sie legten auf. Nele schminkte sich die Augen, zog sich an und machte sich in Windeseile ein kleines Müsli. Nach dem letzten Löffel räumte sie ihr Geschirr ordentlich in den Geschirrspüler, damit sie nicht wieder Ärger mit Katharina bekam. Zufrieden lächelnd schnappte sie sich ihre Jacke, Stiefel und Tasche und verließ die Wohnung.

Im Treppenhaus war es leer und still, draußen umso geschäftiger. Nele bahnte sich ihren Weg durch die vielen Touristen und anderen Kaufwütigen auf der Ringstraße, bis sie am Rudolfplatz ankam. Der Weihnachtsmarkt war beleuchtet, als wäre es abends, aber der trübe Wintertag war auch nicht gerade übermäßig hell. Sah ganz nach Schneewolken aus, fand Nele. Sie sog den Duft der verschiedenen Stände tief in ihre Lungen. Gebrannte Mandeln, Seife, Kerzenwachs und Räucherhütchen für traditionelle Räuchermännchen. Spontan kaufte Nele einen kleinen Schneemann mit Möhrennase und gespitzten Lippen, aus denen der Rauch wie wolkiger Winteratem aussehen würde, und zwei Päckchen Räucherhütchen dafür. Sie ging an den anderen Ständen vorbei, ohne ihnen allzu viel Beachtung zu schenken. Jetzt suchte sie erst mal Rosa.

Am Tor angekommen sah Nele sich um. Rosa war noch nicht da. Nele kam an einem Mann mit dunkelroter Nase vorbei, der auf dem kalten Boden saß. Zum Glück hatte er eine Pappe als Sitzkissen. „Kalt heute, oder?", fragte Nele und kam sich blöd vor. Sie suchte in ihrer Jackentasche nach einer Münze und gab sie dem Mann.

„Danke", sagte er. „Ist Winter, ne?"

Nele wollte sich schon entschuldigen, weil es nicht sonderlich feinfühlig war, jemanden, der auf der Straße lebte, darauf aufmerksam zu machen, dass es kalt war. Doch er zwinkerte ihr zu und prostete ihr mit einem Pappbecher zu.

„Hi“, sagte auf einmal jemand neben ihr. Ganz atemlos lächelte Rosa sie an und umarmte sie fest. Die beiden hüpften ein bisschen.

„Hi“, antwortete Nele. „Es ist so schön, dass du wieder da bist. Bleib doch länger.“ Nele erwartete keine Antwort und es kam auch keine bis auf einen leicht sehnsüchtigen Blick in Rosas Augen, den sie als Fernweh erkannte.

Sie gingen ein paar Schritte aus dem Torbogen heraus, bis vor die ersten Stände des Märchenweihnachtsmarkts. Unter einem der Bäume, die mit Lichterketten geschmückt waren, blieben sie stehen. Rosa drehte sich verzückt im Kreis.

„Ist die Weihnachtszeit nicht toll?“, fragte sie Nele. „Vor allem hier. Das habe ich in Australien total vermisst.“

Sie verließen den Weihnachtsmarkt und steuerten auf die Straßenbahnhaltestelle zu. Nele fuhr mit einem behandschuhten Finger über die Karte der Straßenbahnen. „Jaromir wohnt in Köln-Rath“, murmelte sie. „Mist, ich hätte mir das schon mal ansehen sollen oder Jaromir fragen.“

Rosa trat näher und fand zielsicher die richtige Haltestelle. „Linie 9, guck mal. Fährt sogar durch.“ Dann löste sie zwei Einzeltickets für die Strecke. Die elektronische Anzeige an der Wartestelle kündigte die 9 an. Wartezeit fünf Minuten.

Nele hüpfte ein bisschen auf der Stelle und rieb ihre Handschuhe aneinander. „Wie kann mir jetzt kalt sein?“, fragte sie. „Ich habe gleich einen Hund“, sagte Nele aufgeregt. „Magst du Hunde?“

Rosa nickte und griff nach Neles Hand, als die 9 einfuhr. Sie zog sie mit in die wartende Bahn und erzählte dabei von einem sonnenfarbenen Mischling auf Kreta, der sie mehrere Monate lang begleitet hatte. Sitzplätze waren keine mehr frei. Dafür roch es in der Bahn nach Schneematsch und hier und da nach Parfüm oder weihnachtlichen Leckereien mit Zimt und anderen Gewürzen. Sie stellten sich auf die Drehscheibe des Gelenks der Bahn und hielten sich an den dort angebrachten Stangen fest. Nele beobachtete Rosa, die gespannt nach draußen sah und dann dazu überging, die Menschen in der Bahn zu begutachten.

Ohne Vorwarnung sah Rosa zu Nele. „Ben und du seid also kein Paar? Aber ihr kennt euch schon lange, oder? Ihr wirkt total vertraut."

„Noch nicht so lange", gab Nele zu. „Er ist der Enkel von Katharina, die in meiner WG wohnt. Eines Morgens stand er vor der Tür, um sie zu besuchen. In dem Moment wusste ich, dass er ein Teil meines Lebens werden sollte. Gute Freunde, weißt du? Ben hat nachher ein Date."

„Echt?", sagte Rosa und wirkte völlig überrumpelt, was wiederum Nele ein kleines bisschen verunsicherte. Sie konnte nur nicht den Finger drauflegen. Nele warf einen Blick auf das Schild der aktuellen Haltestelle, um zu sehen, wie weit sie noch fahren mussten. Sie wandte sich wieder an Rosa. „Und wie ist es mit Alec? So wie früher?"

„Total, es ist als hätten wir uns beide am Tag unseres Abschieds gleich wieder getroffen und die ganzen Monate wären nie passiert."

„Wahnsinn, aber das zeigt ja irgendwie, dass ihr wirklich zusammengehört, oder?"

„Irgendwie schon." Trotz ihrer Worte wirkte Rosa aber nicht richtig überzeugt.

Die Bahn ruckte und blieb stehen. „Oh, wir sind da!" Nele bahnte sich mit Rosa im Schlepptau einen Weg zur Tür, die sich kurz darauf zischend öffnete.

„Dann mal los“, sagte Rosa. „Ich freue mich schon, Theodor zu streicheln. Hunde sind einfach toll.“

„Ich kann kaum noch stillstehen“, gab Nele zu.

„Jetzt musst du ja auch erst mal hinkommen, da wäre Stillstehen so was von kontraproduktiv.“ Rosa grinste. „Toll. Solange ich in Köln bin, gehe ich auch sehr gerne mit ihm, wenn ich Zeit habe.“

„Klar! Dann suchen wir die besten Spazierwege zusammen aus, ja? Beim Stadtwald gibt's doch bestimmt eine Hundewiese.“

Nele fand Jaromirs Reihenhaus auf Anhieb wieder und klingelte. Sie atmete tief durch und schon öffnete ihnen Jaromirs Frau. „Oh, gleich Verstärkung mitgebracht?“ Magda reichte Nele und Rosa die Hand. „Theodor wird sich sehr freuen“, sagte sie und stellte sich Rosa vor. „Magda Kralik.“

„Rosa Meier.“

„Sehr erfreut. Kommen Sie herein, Theodor ist im Garten.“

Nele und Rosa folgten Magda zur geöffneten Terrassentür. Theodor schnüffelte an der Hecke am Ende des Gartens, neben ihm stand Jaromir und wirkte ein wenig verloren. Bestimmt würde er den Hund vermissen, wenn er nicht mehr hier wohnte. Die drei Frauen beobachteten die Szene eine Weile, bis sich Jaromir umdrehte und sie entdeckte. Er winkte und beugte sich zu Theodor hinunter, um seinen Rücken zu tätscheln. In dem Moment drehte sich auch Theodor zum Haus und entdeckte Nele. Sofort wedelte er erfreut mit dem Schwanz. Freudestrahlend, wie nur Hunde es konnten, sprang er auf Nele zu und leckte ihr beide Hände, drehte sich im Kreis und war das Bild puren Glücks. Nele ging das Herz auf und sie wusste, dass dies die beste Entscheidung seit Langem gewesen war. Sie war den anderen aus ihrer WG so dankbar, dass sie das möglich machten.

„Hallo Theodor! Heute kommst du mit mir mit!“ Sie umarmte ihn kurz. Als er sich ein wenig beruhigt hatte und dicht an ihrem Bein saß, kraulte sie ihn hinter den Ohren.

„Süß, ihr zwei“, sagte Rosa.

„Wirklich“, stimmte Magda zu. „Möchten Sie etwas trinken?“ Sie gingen hinein und Nele, Rosa und Jaromir nahmen auf den beiden dunkelgrünen Sofas Platz. Magda verschwand in einem angrenzenden Raum und klapperte mit Geschirr und Besteck. Ein paar Minuten später kam sie mit einem Tablett zurück. Sie stellte eine Teekanne, vier Tassen und einen großen Teller mit puderzuckerbestäubten Küchlein auf den Couchtisch. Theodor schnupperte in der Luft und starrte die Gebäckstücke an. Magda schenkte ihnen allen Tee ein und verteilte die Tassen.

„Hast du denn noch Fragen?“ Jaromir streichelte Theodor, der nun den Kopf auf seinen Oberschenkel legte und ihn beobachtete, wie er einen Schluck Tee nahm.

Nele konnte nichts dagegen tun, dass sie die ganze Zeit grinste. Es fühlte sich einfach nur richtig an, Theodor bei sich zu haben und zu wissen, dass sie zusammenbleiben konnten. Dabei hatte sie vor knapp einer Woche gar nicht gewusst, dass sie Hunde allgemein und diesen im Speziellen so toll fand.

Nele fühlte sich, als würde sie gleich vor Glück überlaufen. Rosa hielt Theodor ihre Hand hin, damit er daran schnuppern konnte. Er tat ihr zwar den Gefallen, sah sie dabei aber an, als wollte er sagen, dass das nun wirklich nicht nötig war und sie schließlich alle erwachsen waren. Nele musste lachen und kraulte sein linkes Ohr ausgiebig.

„Am liebsten hätte ich auch einen Hund", sagte Rosa und seufzte. „Aber ich weiß nicht, ob das eine gute Idee wäre, ein bisschen eingeschränkt ist man beim Reisen dann ja doch."

Magda sah sie fragend an.

„Sie reist gewissermaßen beruflich", erklärte Nele. Darüber musste Rosa kurz lachen. Aber weil Theodor in diesem Moment einen kleinen Freudentanz aufführte, bezog es niemand auf Nele und niemand fragte, was so lustig war. Sie unterhielten sich noch eine Weile, Magda erzählte Geschichten aus Theodors Welpenzeit, ein bisschen über ihre verstorbene Mutter, bis Rosa schließlich herausgefunden hatte, dass Jaromir und Magda ursprünglich aus Prachatice stammten und fragte sie zu ihren Tipps für Prag, Pilsen und Budweis aus. Irgendwann sah Nele auf die Uhr und bekam einen Schreck.

„Ich muss leider um drei arbeiten, Theodor kann dann in der WG bei den anderen bleiben."

Sie standen auf und gingen in den kleinen Flur.

„Du kannst uns jederzeit anrufen", sagte Jaromir und reichte Nele einen Zettel, wo die Festnetznummer und zwei Handynummern notiert waren, außerdem Name und Adresse eines Tierarztes. „Ganz egal, was für eine Frage du hast."

An der Tür zog Jaromir Theodor ein Geschirr über und hakte die Leine ein, die er danach Nele reichte. Sie verabschiedeten sich per Handschlag, und Magda und Jaromir hatten Tränen in den Augen, als sie Theodor die Ohren kraulten und den Kopf tätschelten. „Viel Glück, mein Kleiner", sagte Jaromir.

„Hier sind noch ein paar Leckerli, ich kaufe sie immer mit meinem Wochenendeinkauf zusammen. Am Ende der

Straße ist eine Zoohandlung, die ist gut sortiert." Magda reichte Nele eine Tasche. Sie deutete die Straße hinunter, die sie eben entlanggekommen waren.

„Bist du sicher, dass wir euch nicht fahren sollen?", fragte Jaromir.

„Ich möchte euch wirklich keine Umstände machen." Nele winkte ab. „Und Theodor geht doch bestimmt gerne spazieren."

Magda nickte und Jaromir legte den Arm um ihre Schulter.

„Wir kommen ganz bestimmt oft an deinem Maronenstand vorbei", versprach Nele. „Und ich muss ja auch noch die restlichen Sachen holen." Sie deutete auf den Hundekorb, der unter der Garderobe stand. Sie gingen mit Theodor den Gartenweg hinunter und winkten.

Dieses Mal gingen Nele und Rosa zu Fuß, obwohl sie schwer beladen waren mit einer Tüte Hundehandtüchern, Theodors Trink- und Futternapf, ein paar Dosen Hundefutter und einer großen Decke. „Bestimmt kann man sich ausschließlich durch die Parks einen Weg durch die Stadt bahnen, wenn man es geschickt anstellt", überlegte Rosa.

„Hmm, glaube nicht, aber wir können es ja versuchen. Da ist zumindest schon mal eine Wiese." Nele deutete über die Straße.

Sie gingen parallel zur Straße. Rosa entdeckte die Zoohandlung zuerst und deutete darauf. „Ich kann mit Theodor draußen warten, falls er nicht mit rein darf."

Durfte er natürlich nicht. Nele trat in den stickigen kleinen Laden und fand diese Regelung dann auch ganz sinnvoll. Es gab Käfige mit Kaninchen, Wellensittichen, Papageien und Ratten und lauter Aquarien. Und dazwischen Regale über

Regale voller Futter, Näpfe, Kissen und allerlei Spielzeug für alle möglichen Tiere. Nele zog einen Notizzettel aus der Hosentasche, wo Jaromir ihr die Sorten notiert hatte, die sie üblicherweise an Leckerli für Theodor kauften. Nele fand genau die Marke, die aufgelistet war.

Sie warf ein paar Tütchen davon in ihren Einkaufskorb, nahm noch einen hübschen grünen Ball und ein kleines Kuscheltier mit. Sie inspizierte die Dosen und entdeckte auch das Futter, das Jaromir Theodor immer gegeben hatte.

„Barfen ist besser für Hunde."

Nele zuckte zusammen. Sie hatte den kleinen Mann hinter der Verkaufstheke überhaupt nicht bemerkt.

„Entschuldigung, bitte was?", fragte sie und schob ein reichlich spätes „Hallo" hinterher.

„Diese ganzen Dosen sind wirklich nicht das Wahre. Was haben Sie für einen Hund?", fragte er und schob seine Mütze etwas höher, vermutlich damit er sie besser sehen konnte.

„Einen Mischling, groß", sagte Nele. „Er mag die hier gerne." Sie deutete auf die Dosen in ihrem Einkaufswagen.

„Klar." Der Mann verdrehte die Augen. „Hat er Mundgeruch? Wie sieht das Fell aus?"

„Schwarz", sagte Nele. „Das Fell. Und nein, Mundgeruch hat er nicht, zumindest nicht viel. Er ist eben ein Hund und putzt nicht so häufig die Zähne. Kaugummi mag er nicht so gerne."

Der Mann starrte sie an und Nele sah ein, dass der Humorversuch wohl gründlich in die Hose gegangen war. „Zähneputzen sollten Sie Ihrem Hund auf jeden Fall", stellte er klar und deutete auf ein Regal, in dem tatsächlich Zahnbürsten und Tuben mit Zahnpasta lagen. Vielleicht mit Würstchengeschmack. Nele sah irritiert auf das reichhaltige

Angebot an anderen Pflegeartikeln. Hundeshampoo, Flohpulver, Entwurmungskur … sie schluckte. Sie kannte sich überhaupt nicht mit Hunden aus! Bestimmt wäre es eine gute Idee, sich einen Ratgeber zu kaufen. Das würde sie allerdings nicht hier tun. Die Blöße würde sie sich vor diesem Mann nicht geben. Seine arrogante Art wurde ihr langsam zu bunt.

Er blinzelte kaum. Das war es vermutlich. „Kaugummi für Hunde führen wir nicht, die könnten das ja versehentlich verschlucken. Wenn Ihr Hund das Zähneputzen nicht mag, dann empfehle ich die hier." Er deutete auf bräunliche viereckige Stangen. „Kaustangen, die reinigen die Zähne beim Kauen."

„Gut", sagte Nele und legte zwei Packungen in ihren Korb.

„Die mag aber nicht jeder", sagte der Mann.

Nele nahm eine Packung wieder heraus.

„Aber die da, die mag jeder Hund, das kann ich Ihnen versprechen." Er deutete auf gebogene bräunliche Dinge, die aussahen wie glänzendes, hartes Leder.

„Was ist das denn?", fragte Nele misstrauisch.

„Schweineohren."

„Huch", sagte Nele.

„Hunde mögen viele Dinge, die wir nicht essen würden, gewöhnen Sie sich besser dran."

„Vermutlich", murmelte Nele. Dann seufzte sie, dachte fest daran, dass sie Theodor eine Freude machen würde und legte eine 500g-Tüte mit Schweineohrstückchen in den Korb. Sie wollte ja, dass sich Theodor bei ihr wohlfühlte. „Das wäre es dann erst mal", sagte sie und legte die Sachen nacheinander auf den Tresen.

Der Mann zog seine Mütze wieder nach unten, sodass Nele seine Augen gar nicht mehr sehen konnte, und tippte sehr langsam die einzelnen Preise in seine uralte Kasse. Mit einem Kling öffnete sich die Schublade. „Das macht dann bitte 38 Euro 20 Cent."

Nele schluckte und suchte das Geld aus ihrem Portemonnaie.

Als sie endlich wieder nach draußen trat, ihre bunten Stofftragetaschen zum Bersten gefüllt, begrüßte sie Theodor schwanzwedelnd und schnupperte sehr interessiert an den Taschen. „Könntest du ihn noch halten?", fragte Nele. „Hab irgendwie keine Hand frei."

„Klar", sagte Rosa vergnügt.

An der Straßenbahnhaltestelle beobachtete Nele ihren neuen Hund genau. Er saß entspannt an ihrer Seite, verfolgte das Kommen und Gehen der Bahnen und Fahrgäste und bellte nicht mal einen kleinen Hund an, sondern folgte ihm nur mit Blicken. Erleichtert stellte Nele ihre Tragetaschen ab und streichelte Theodor, der es sich gleich unter ihrem Sitz bequem machte.

Die Fahrt war unspektakulär, bis auf Rosas bunten Reisebericht über eine Stippvisite in Tschechien, als sie die drei bekanntesten Kurbäder dort besucht hatte. „Die große Tour durch Prag, Pilsen und Budweis muss ich wirklich bald machen, das klang toll, oder?" Sie zückte ihr Handy und zeigte Nele ein paar Aufnahmen von Karlsbad.

Nele lachte. „Du bist echt unverbesserlich."

Sie stiegen aus und liefen den restlichen Weg zu Neles WG. „Magst du mit hochkommen? Zumindest müsstest du mir bitte kurz Theodor hochbringen."

„Supergerne", sagte Rosa.

Nele stellte ihre Taschen ab und schloss auf.

„Was ist das denn?“, fragte Rosa und deutete lachend auf Neles Schlüsselanhänger.

„Ein Glücksbringer“, sagte sie.

„Cool, eine von diesen altmodischen Seifen am Band. Aber auch praktisch. Und sie bringt dir Glück?“

„Meine Mutter hat sie mir gemacht“, sagte Nele. „Das war ihre erste Seife und sie sieht richtig gut aus, oder?“

„Hmm, ein kleines bisschen wie eine süße grüne äh … Kakerlake.“ Rosa grinste.

Nele lachte. „Stimmt. Aber sie riecht viel besser. Nicht, dass ich schon mal an einer Kakerlake geschnuppert hätte.“ Sie gingen hinein und nachdem alle Taschen, Rosa und Theodor drin waren, fiel die Tür hinter ihnen zu.

Nele brauchte einen Moment, um die Taschen in ihren Händen zu organisieren. Rosa führte Theodor hinter Nele die Treppe hinauf. Zum Glück schien er mit den Stufen keine Probleme zu haben. Er schnüffelte neugierig an der Wand, sah aber immer wieder zu Nele, fast, wie um sie zu beruhigen, dass er sich gut zurechtfand und gerne da war.

„Du bist ein Schatz“, sagte Nele und warf ihm eine Kusshand zu, sobald sie zwei ihrer Taschen wieder abgestellt hatte, um umständlich die Wohnungstür aufzuschließen.

„Das ist er echt“, sagte Rosa.

Sie traten ein. Katharina kam in den Flur und lächelte, als sie Nele, Rosa und Theodor sah.

„Oh, so viele Überraschungen auf einmal“, sagte sie. „Kommt rein!“

Zuerst beschnüffelte Theodor schwanzwedelnd Katharinas Füße und Beine und kurz darauf die von Johannes, der ebenfalls im Flur aufgetaucht war.

„Das ist Theodor“, stellte Nele ihren neuen Mitbewohner

vor. „Und das hier ist Rosa. Wir kennen uns schon ewig, aber sie ist jetzt erst wieder in der Stadt."

„Freut mich", sagte Katharina und reichte Rosa ihre Hand. Johannes nannte Rosa ebenfalls seinen Namen. Dann streichelte er vorsichtig über Theodors Kopf, der ordentlich neben Nele auf dem Stäbchenparkett saß und sich warm an ihr Bein lehnte. Theodor beobachtete die Szene scheinbar interessiert und sah ganz so aus, als mache er sich seine eigenen Gedanken zu diesen Leuten.

„Hier wohnst du jetzt", erklärte Nele ihm und beugte sich hinunter. „Komm, wir gehen erst mal eine kleine Runde durch die Wohnung, ja? Kommst du mit, Rosa?"

„Total gerne." Rosa zog sich ungefragt direkt neben der Tür ihre Schuhe aus. Nele fiel dabei auf, dass sie ihre Stiefel ebenfalls noch trug, und dass die ziemlich nass vom Schneematsch waren. Während sie noch mit den Schnallen kämpfte, verschwand Katharina kurz in der Wäschekammer und kam dann mit einem alten Handtuch mit Mickey-Maus-Druck zurück. Sie reichte es Nele. „Für Theodors Pfoten. Hunde mögen es nicht, wenn sie nass sind und ich ehrlich gesagt auch nicht."

„Danke", sagte Nele. „Jaromir hat mir auch ein paar mitgegeben." Sie machte sich eine mentale Notiz, dass sie ihn immer abtrocknete, sobald sie im Wohnungsflur war. Es konnte ja sein, dass Theodor es gewohnt war, auf Stühle und Betten zu springen und so schnell würde sie es ihm wohl nicht abgewöhnen können. Seltsam, worüber sie sich auf einmal Gedanken machte. Nele lächelte Theodor an, kniete sich vor ihn hin und erklärte ihm, was sie mit dem Handtuch vorhatte. Theodor hechelte und schien dabei zu lächeln. Als Nele gerade sein Bein hochheben wollte, um an die Pfote zu kommen, tat er es selbst und legte seine Vorderpfote auf das hingehaltene Handtuch. „Wow“, sagte Nele. „Du bist wirklich ein kluger Hund.“

„Möchtest du etwas trinken, Rosa, während die beiden sich hier umeinander kümmern?“

„Gerne“, sagte Rosa. „Ich kann aber auch helfen.“

„Es gibt nur ein Handtuch“, sagte Katharina freundlich und öffnete dann die Küchentür, um Rosa hineinzubitten. Anders als sonst, ließ Katharina die Küchentür halb geöffnet, worüber Nele sich freute, weil Nele und Theodor so in die Küche schauen konnten.

„Du wirst die anderen auch mögen“, sagte Nele. „Vielleicht tust du es schon. Katharina und Johannes sind sehr nett und Karsten und Svenja auch. Die sind aber nicht so oft da. Und dann ist da natürlich noch Ben, weißt du?“

Theodor sah Nele aufmerksam an und auf einmal hatte sie den Eindruck, er würde nicken. Sie lachte leise und darauf sprang Theodor auf und leckte ihr blitzschnell über die Wange.

„Huch! Theodor!“, sagte Nele halb streng, halb lachend. „Ich hab dich auch lieb, aber das hab ich nicht so gerne.“ Sie trocknete die letzte Hinterpfote ab, rubbelte dann kurz über seinen Bauch und hängte das Handtuch über den Rand des Schuhregals. „Komm, du bist fertig. Auf in die Küche.“

Nele löste Theodors Leine von seinem Geschirr und Theodor wartete geduldig, bis sie sie an einen der Wandhaken gehängt und auch das Geschirr entfernt und weggelegt hatte. Dann gingen sie gemeinsam in die Küche. Der Hund wich nicht von Neles Seite. „Sieh dich ruhig um“, sagte Nele und nickte ihm zu. Erst dann ging Theodor langsam und schnüffelnd durch den Raum, wedelte hier und da mit dem Schwanz und als er fertig war, kam er wieder zu Nele, um sich an ihre Seite zu setzen.

„Hast du denn schon alles, was du für ihn brauchst oder sollen wir nachher noch mal los?“, fragte Katharina. „Johannes hat gerade einen größeren Wagen beim Carsharing genommen, weil kein kleiner frei war und wir wollten morgen einen Ausflug ins Freilichtmuseum in Lindlar machen.“

„Ach so“, sagte Nele. „Ein paar Sachen habe ich schon.“ Sie lief in den Flur, dicht gefolgt von Theodor, der dann aber in der Küchentür stehen blieb und sie nur beobachtete. Gemeinsam gingen sie wieder zu den anderen und Nele stellte die Stofftaschen auf den Fußboden. „Der Hundekorb war zu groß, um ihn mit in die Straßenbahn zu nehmen, den müsste ich noch bei Jaromir abholen demnächst. Er hat mir aber schon seine alte Decke mitgegeben. Darauf schläft Theodor wohl am meisten. Hier sind erst mal die Näpfe. Nele füllte Wasser in den einen und stellte ihn an die Wand unter das Küchenfenster. Theodor schnupperte daran, dann trank er ein paar Schlucke und leckte sich die Schnauze. Er beäugte auch kurz den leeren Napf und sah Nele dann fragend an.

„Futter habe ich natürlich auch geholt“, sagte Nele und holte eine der Dosen aus der Tasche. Ratlos hielt sie sie in der Hand. „Wie viel braucht so ein Hund?“, fragte sie und drehte die Dose, um die Hinweise darauf zu lesen.

„Vielleicht steht das sonst auch auf dem Zettel von Jaromir“, warf Rosa hilfreich ein.

„Stimmt!“ Nele fischte den Zettel aus ihrer Hosentasche und strich ihn auf dem Tisch glatt. Sie überflog die Zeilen. „Ah, hier. Zweimal am Tag, morgens und abends eine halbe Dose mit der gleichen Menge Trockenfutter. Das muss ich noch holen, das gab es nur in so großen Säcken. Zwei Portionen hat mir Jaromir abgefüllt, die hatten sie noch übrig."

Sie redeten noch eine Weile über Theodor und das, was er alles so brauchte. Johannes erzählte, dass seine Eltern früher einen Dackel gehabt hatten, und steuerte noch ein paar Erkenntnisse bei.

„Mein Angebot meinte ich übrigens ernst", sagte Katharina. „Wenn du arbeiten gehst und wir sind hier, kann Theodor dableiben. Ansonsten können wir uns besprechen und auch mal einen Spaziergang übernehmen."

Spontan sprang Nele auf und umarmte Katharina. „Du bist die Beste, vielen, vielen Dank!" Gleich darauf umarmte sie auch Johannes, der gerade lächelnd auf Theodor hinuntersah und fleißig nickte. Er lachte, als Nele ihn drückte. „Eine schöne Idee, so ein Hund hier bei uns", sagte er. „Und ich mag Theodor."

„Wie kam das jetzt eigentlich mit dem Hund?", fragte Rosa.

„Ein Wunsch", sagte Nele und Katharina nickte. Nele erzählte kurz von Jaromir, von der Zeichnung, ihrem Gespräch und eben seinem Wunsch. „Hunde machen glücklich. Außerdem hätte Theodor sonst ins Tierheim gemusst, wegen Magdas Allergie. Und weil es kurz vor Weihnachten ist, kann man sich ja auch mal einen größeren Wunsch erfüllen", sagte sie schließlich.

„Weihnachtswünsche oder was? Bisschen früh, Nele", sagte Rosa.

„Glückswünsche", verbesserte Nele und erzählte ihrer lang verreisten Freundin von der Glückskanne und den ganzen Wünschen.

Kapitel 26

Glück ist ein Date?

Ben stand zehn Minuten zu früh vor dem Restaurant und ärgerte sich darüber, dass er mit Isabella ausgemacht hatte, sie draußen zu treffen. So stand er zwischen zwei riesigen, in Jutesäcke eingepackten Blumentöpfen mit Koniferen voller roter Beeren und kleinen blinkenden Lichtern, die ihn ganz nervös machten.

Ob Nele schon drin war? Er stellte sich auf die Zehenspitzen, um über das Koniferen-Ungetüm hineinzusehen. Direkt hinter der gläsernen Drehtür war ein Vorhang, der die Sicht in den Gastraum versperrte. Ben schlenderte ein wenig an den Fenstern entlang. Drinnen eilten Kellner zwischen den Tischen umher und trugen volle Teller zu ihren Gästen. Also musste Ben sich einfach darauf verlassen, dass Nele da war oder gleich kommen würde. Ah! Das Handy! Ben checkte, ob sich Isabella gemeldet hatte. Fehlanzeige. Aber Nele hatte ihm ein Foto über WhatsApp geschickt.

Ein Tisch mit vier Stühlen, in der Mitte ein Windlicht mit Kerze und eine Vase mit ein paar Tannenzweigen. „Euer Tisch“ hatte Nele dazu geschrieben und ein Daumenhoch-Emoji geschickt. Sie war also vor Ort. Ben atmete tief durch. Sollte ihn jetzt nicht beruhigen, dass Nele ihm helfen wollte? Sie hatten sogar ein Zeichen ausgemacht, falls er Hilfe brauchte. Dann würden sie sich auf der Toilette treffen und sich dort kurz beraten.

„Ben?“, fragte eine weibliche Stimme und Ben sah von

seinem Handy auf. Seine Ohren wurden ganz heiß, weil er sich irgendwie ertappt fühlte. Isabella sah genauso aus wie auf ihrem Profilbild und jetzt konnte Ben Nele zumindest beweisen, dass Isabella das Bild nicht gephotoshoppt hatte. Ihre Augen leuchteten blau und sie hatte volle Lippen, die sie hellrot geschminkt hatte.

„Oder nicht?“, fragte Isabella mit einem schüchternen Lächeln und Ben fiel auf, dass er noch gar nicht geantwortet hatte.

„Doch, doch! Hallo.“ Das klang nicht besonders wortgewandt, aber es war immerhin ein Anfang. Ben besann sich und streckte Isabella seine Hand hin, die sie jedoch nicht bemerkte, weil sie an ihm vorbei ins Restaurant spähte.

„Schön“, sagte sie. „Ganz schön voll. Sieht aber toll aus. Ich war hier noch nie, die Karte klang richtig gut. Muss mich aber gleich noch entscheiden, was ich nehme. Es gibt so viel, das lecker klingt. Und du? Weißt du schon, was du gleich nimmst? Ist es dein Lieblingsrestaurant?“ Ihre Worte überrannten Ben. Isabellas Stimme war ein klein wenig zu hoch.

„Irgendwie, also, ich mag es und der Raum ist so … luftig.“ Erst als er mit seiner Antwort fertig war, fiel ihm auf, dass er auf ihre andere Frage nicht geantwortet hatte. Er fühlte sich ein wenig überfordert.

„Oh“, sagte Isabella. Es klang ein bisschen enttäuscht. „Ich mag kleine Restaurants lieber, da ist es nicht so laut. Ich wohne ja am anderen Ende der Stadt, da habe ich schon alle gemütlichen Restaurants durch. Aber an den Rhein komme ich nur im Sommer und dann esse ich meistens nur ein Eis oder eine Pizza auf die Hand.“

„In der Salzgasse?“, fragte Ben. Er war froh, dass er Isabella dieses Mal besser hatte folgen können.

„Ja, genau! Du auch? Ich liebe die Spinatpizza mit Knoblauch! Und die mit Hühnchen, wahnsinnig gut. Und dann am Rhein auf einer Mauer sitzen und sie essen."

„Oder in dem kleinen Innenhof in der nächsten Gasse", ergänzte Ben. Ihm war schon ganz schwindelig von Isabellas Redetempo und er kam sich zehn Jahre älter vor, als er war.

„Wollen wir reingehen?", fragte Isabella fröhlich und ging gar nicht auf seine kleine Innenhofempfehlung ein. Bestimmt war sie genauso aufgeregt wie er.

„Gute Idee", sagte er und ließ ihr den Vortritt. An der Tür fiel ihm ein, dass er vorhin im Kniggeführer gelesen hatte, dass der Mann das Restaurant zuerst betreten sollte, um sich zu überzeugen, dass es ungefährlich war. Das Buch war zwar eine ältere Ausgabe, aber er hatte keinen anderen Anhaltspunkt. Also schob er sich schnell an Isabellas schlanker Erscheinung vorbei und schlängelte sich durch die Drehtür. Drinnen hielt er ihr dann den Vorhang auf.

Sie sah ihn irritiert an. „Danke."

Zum Glück erlöste Ben ein eifriger Kellner, der gerade mit einem Tablett voller Glühweingläser vorbeikam und fragte, ob sie reserviert hatten.

„Ja, einen Tisch für zwei auf den Namen Zufall."

„Das ist ja ein lustiger Zufall, da hab ich glatt einen Tisch für Sie da vorne. Folgen Sie mir gerne unauffällig." Der Mann lachte und Ben zuckte nur mit den Schultern. Er kannte das schon. Wenn er irgendwo einen Tisch reservierte, gab es immer einen witzigen Spruch zu seinem Namen und jedes Mal wussten die Leute ohne nachzuschauen, wo der reservierte Tisch war.

„Zufällig unser bester Tisch", scherzte der Kellner, als er

für Isabella den Stuhl zurückzog, Ben zuzwinkerte und mit seinem Tablett weitereilte.

„Das ist ja eine süße Idee“, meinte Isabella.

„Das Restaurant?“, fragte Ben.

„Auf diesen Namen zu reservieren. Wie ein schöner Zufall, dass wir uns auf der Datingseite gefunden haben?“

„Na ja“, begann Ben und griff nach der Speisekarte. „Ich heiße wirklich so.“

„Du heißt Ben Zufall?“, fragte Isabella und riss ihre dunkel umrandeten Augen so auf, als wären sie hier in einem Cartoon und als wäre das wirklich eine erstaunliche Tatsache.

„Tue ich“, sagte Ben. „Gängiger Nachname in Deutschland. Wie heißt du denn mit Nachnamen?“ Ben konnte leider nichts dagegen tun, dass er leicht verärgert klang. Dabei hätte er vermutlich genauso nachgefragt. Der Name war ja auch witzig.

„Müller“, sagte Isabella. „Ja, ich weiß, langweilig. Da hätte ich schon lieber so einen ungewöhnlichen Namen wie du. Hätte meine Mutter ihren Mädchennamen behalten, hätte ich jetzt einen tolleren. Sie hieß Wohlgemuth. Natürlich recht altmodisch, aber irgendwie auch süß, oder? Ah, wo wir bei süß sind, ich habe dir was mitgebracht.“ Sie zog einen in Folie eingepackten Weihnachtsmann aus ihrer Tasche und reichte ihn Ben über den Tisch. „Heute ist doch Nikolaustag, ich hoffe, du warst brav.“ Sie errötete leicht.

Ben nickte, nahm das Geschenk entgegen und ärgerte sich, dass er nicht daran gedacht hatte. „Wie lieb, danke. Wir können ihn ja teilen.“

Isabella vertiefte sich wieder in die Karte und sah ein bisschen enttäuscht aus. Oder bildete er sich das ein? Ben ließ den Schokonikolaus in seiner Aktentasche verschwinden und widmete sich wieder der Speisekarte. Jetzt versuchte er nicht länger sich die Gerichte mit der recht langen Beschreibung durchzulesen. Er konnte sich null konzentrieren, wenn Isabella so viel redete. Sie schien das zu können, stellte er gerade fest. Während sie sprach, jetzt über ihre kürzlich verstorbene Katze, hatte sie ihre Augen auf die Speisekarte gerichtet und fuhr mit dem Finger in einem atemberaubenden Tempo über die Worte.

„Du kannst ganz schön schnell lesen“, rutschte es Ben heraus und Isabella sah hoch.

Sie starrte ihn einen Moment an und hatte ihre Erzählung mitten im Satz unterbrochen.

„Und reden“, schob Ben hinterher und hätte sich am liebsten die Speisekarte vor die Stirn geschlagen. Was war denn mit ihm los? Das war doch kein gutes Kompliment! Genau genommen hatte er Isabella gleich die Sache vor den Kopf geknallt, die ihn absolut irritierte.

Isabella lachte ganz kurz. „Wenn mein Gegenüber so wenig redet, passiert mir das immer. Die Aufregung, weißt du? Ich war noch nie auf einem Blind Date und ich habe auch noch nie jemanden aus dem Internet getroffen. Mein Bruder hat mich gewarnt. Deswegen sitzt er da hinten und behält uns im Blick, damit mir nichts passiert. Nichts gegen dich natürlich, du bist ja total nett und harmlos.“

Das letzte Wort traf Ben mitten ins Herz, obwohl es natürlich die absolute Wahrheit war und in dem Zusammenhang eher ein Kompliment. Er war ungefährlich, weil er Isabella nichts tun würde. Kein Verrückter, kein Schlägertyp, keiner, der wahllos Frauen abschleppte. Und dennoch war es genau das, wie er sich gerade fühlte. Harmlos. Wie er sich ständig fühlte. Außer bei Nele. Ben wusste, dass sie in seinem Rücken saß und sie beobachtete. Er erinnerte sich an ihr vereinbartes Zeichen und sehnte sich jetzt schon danach, ihr die ersten Minuten des Dates zu erzählen. Aber sie hatten ja noch nicht mal bestellt.

Prompt trat der Kellner an den Tisch und zückte ein elektronisches Gerät. „Haben die Herrschaften zufällig schon etwas Schönes gefunden, was ich bringen darf?" Es war nicht der gleiche wie eben, aber offenbar hatten die Kellner sich bereits alle über Bens Namen lustig gemacht.

„Ich heiße wirklich so", sagte Ben schnippisch und schob dann schnell seine Bestellung nach. „Ich hätte gerne das Hühnchen mit dem marokkanischen Reis als Hauptgericht und eine Apfelschorle." Er zwang sich zu einem freundlichen Lächeln, um seinen ersten Satz abzumildern. Jetzt fühlte er sich wie ein arroganter Harmloser. Na toll.

Isabella starrte ihn an, dann setzte sie ein strahlendes Lächeln auf und bestellte sich einen großen Salat mit Shrimps und allerlei Früchten. Sie nannte das komplette Gericht mit allen Zutaten, die auf der Karte standen. Dazu bestellte sie sich einen Wein, von dem Ben vermutete, dass es ein Rotwein war. Jetzt kam er sich auch noch kulturlos und unmännlich vor, weil er eine Saftschorle gewählt hatte. Der Kellner tippte schnell auf seinem Gerät herum. Dann verbeugte er sich leicht und wieselte in Richtung Tresen.

„Was machst du denn beruflich, Ben?", fragte Isabella.

Ben drehte sich zu Isabella. Fast hätte er damit gerechnet, dass sie nach seinen dämlichen Bemerkungen zu ihrer Geschwindigkeit gar nicht mehr mit ihm reden würde. „Ich arbeite in einer Bank", sagte er und deutete mit dem Arm in die Himmelsrichtung, wo die Bank von hier aus lag. Dabei streifte er ein Stück Stoff und sah sich erschrocken um.

Ben hatte einen Kellner im Vorbeigehen erwischt, seinen Hintern, um genau zu sein. Seine Ohren wurden heiß und Ben zog so schnell seine Hand zurück, dass er fast sein Trinkglas umwarf.

Der Kellner drehte sich um und zwinkerte ihm zu. Zum Glück hatte er wohl bemerkt, dass es keine Absicht gewesen war, dass Ben ihn betatscht hatte. Hinter ihm lachte jemand prustend. Das klang verdächtig nach Nele. Natürlich, sie beobachtete ihn die ganze Zeit. Dummerweise konnte er sich nicht umdrehen. Ben bemerkte erst jetzt, dass Isabella bereits von ihrer Arbeitsstelle erzählte.

„… schon seit dem Studium. Ich gehe total in meiner Arbeit auf, es ist so schön mit kleinen Kindern zusammenzuarbeiten. Sie sind so wissbegierig, na ja, die meisten von ihnen und ich liebe einfach ihr Lachen, wenn es noch ganz echt und unverstellt ist …"

Ben blendete ihre Stimme aus, als Nele an ihrem Tisch vorbei in Richtung Toiletten ging. Wollte sie ihm schon einen Hinweis geben? Nun ja, so wie er sich gerade anstellte, konnte er den wirklich gut gebrauchen. Das Problem war, dass er vermutlich überhaupt nicht dazu kommen würde, irgendeine Taktik anzuwenden, weil Isabella kaum Luft holte zwischen ihren Sätzen. Er hätte natürlich etwas länger antworten können, da war er selbst schuld. Mist, er hatte überhaupt nicht mitbekommen, was Isabella genau beruflich machte. Auf der Onlinedating-Seite hatte nur etwas Allgemeines gestanden, was Ben aber nicht mehr wusste. Etwas mit Kindern? Kindergärtnerin, Lehrerin oder am Ende Kinderpsychologin. Sie brach ab, als der Kellner an den Tisch trat und die Getränke vor ihnen abstellte. Isabella lächelte ihn dankbar an. Vermutlich fand auch sie diesen Abend bisher hauptsächlich anstrengend. Ben musste sich unbedingt am Riemen reißen. Aber jetzt sollte er schnell Nele folgen …

„Entschuldigst du mich kurz?“, fragte Ben, sobald der Kellner wieder weg war.

„Natürlich“, sagte Isabella und schielte auf ihren Wein.

„Ach so. Äh, auf einen schönen Abend“, sagte Ben und hob sein Saftglas.

Isabella hob ihr Glas ebenfalls und sie prosteten sich zu. „Auf einen schönen Abend“, wiederholte sie und nippte an dem rubinroten Getränk.

Der Apfelsaft war so eiskalt, dass Ben Schluckauf bekam, weil er das Glas sofort bis zur Hälfte geleert hatte. Er stellte es etwas zu heftig auf den Tisch zurück, nickte Isabella mit geschlossenem Mund zu und schob eilig den Stuhl zurück. Dieses Mal sah er sich kurz um, ob ihm kein Kellner in die Quere kommen konnte. Als freie Bahn war, ging er mit schnellen Schritten dorthin, wo Nele eben verschwunden war.

Sie wartete in dem kleinen Zwischenraum, wo zwei weitere Türen zu den Herren- und den Damentoiletten führten. Ben atmete aus. Sein Schluckauf kam im gleichen Moment und ein lautes, unmännliches Hicksen erfüllte den Raum. Nele kicherte.

„Luft anhalten ist schon mal eine gute Strategie“, sagte sie. „Wenigstens hat sie was zu erzählen.“

„Ich kann das nicht“, sagte Ben und hielt die Luft an, um den Schluckauf loszuwerden.

„Na klar, kannst du das“, sagte Nele. „Ich glaube, es war eine blöde Idee, dass ich für dich im Hintergrund sitze. Es würde mich auch nervös machen, beim ersten Date beobachtet zu werden.“

Ben glaubte zwar nicht, dass Nele so was nervös machen würde, aber vielleicht versetzte sie sich nur in ihn hinein. Sie legte ihre Hand an Bens Wange und strich kurz darüber. Er seufzte und hickste. Die Tür ging auf und ein großer blonder Mann stand im Rahmen. Er sah Ben streng an, dann schob er sich an ihm vorbei und ging weiter auf die Herrentoilette. Nele nahm ihre Hand herunter und Ben ärgerte sich, dass dieser Typ ausgerechnet jetzt hereingeplatzt war. „Oh Mann", murmelte Ben.

Nele drückte ihn ohne Vorwarnung an sich. „Du schaffst das schon", raunte sie. „Ich zahle eben mein Essen, dann bin ich weg, okay? Du kannst dich entspannen. Wenn du magst, ruf mich nachher an, um zu berichten. Wenn du Zeit hast und Isabella nicht dabei ist, natürlich."

„Du meinst, wenn sie nicht danach mit zu mir kommt? Wird sie nicht. Wir könnten sogar darauf wetten."

„Der Abend ist noch jung. Geh mal wieder zu ihr raus. Nicht, dass sie denkt, du hättest Muffensausen oder Verstopfung." Nele zwinkerte ihm zu und schob ihn zur Tür, die in den Gastraum führte.

„Okay", sagte Ben zu sich selbst, straffte die Schultern und steuerte auf Isabellas Tisch zu. Sie las gerade etwas auf ihrem Smartphone und sah in diesem Moment richtig entspannt aus. Vielleicht konnte es doch noch ein netter Abend werden.

Aus dem Augenwinkel bemerkte Ben, dass Nele vorbeiging. Das Wissen, dass sie ihn nicht beobachten würde, wenn er aß, entspannte ihn etwas. Bisher hatte Isabella noch keine romantischen Gefühle oder ein Prickeln irgendeiner Art in ihm geweckt, aber das war ja normal. Wie viele Dates brauchte es noch mal, bis man so etwas merkte? Ben beschloss, dem Abend noch eine Chance zu geben. Er ging etwas langsamer, um Isabella in Ruhe zu betrachten. Ihre langen Beine steckten in engen dunkelblauen Jeans, dazu trug sie etwas unförmige kurze Stiefel mit Fellbesatz. Ihre Haare lagen eng am Kopf an, vermutlich hatte die Mütze sie elektrisch aufgeladen. Die Farbe ihrer langen Haare erinnerte ihn an glänzende Spaghetti. Vielleicht lag das aber auch daran, dass sie eben nicht so voluminös waren. Isabella war hübsch, ihre Figur feingliedrig, und sie war ziemlich groß, dabei allerdings immer noch ein paar Zentimeter kleiner als Ben. Immerhin kam er sich neben ihr nicht allzu schmal und unmuskulös vor.

Isabella legte das Handy zur Seite, den Bildschirm nach unten und griff nach ihrem Weinglas. Ein guter Moment, um an den Tisch zurückzukehren. Beinahe hatte Ben ihn erreicht. Er streckte bereits die Hand nach der Stuhllehne aus, um den Stuhl zurückzuziehen, da packte ihn jemand am Arm und Ben drehte sich verwirrt um. Vor ihm stand ein großer blonder Mann, derselbe, den er eben auf der Toilette gesehen hatte. Was wollte der denn von ihm?

„Kann ich Ihnen helfen?", fragte Ben. Wut lief über das Gesicht des Mannes wie ein elektrisches Flimmern über einen Bildschirm.

„Wer war das eben im Vorraum der Toiletten?"

„Was?" Ben rutschte das Herz in die Hose, aber das lag nur daran, dass der andere ihn immer noch nicht losgelassen hatte. Was zum Teufel wollte der Typ von Nele?

„Die Frau mit den bunten Klamotten", knurrte der andere.

Ben warf einen kurzen Blick zu Isabella, setzte zu einer Erklärung an, doch dann fiel ihm auf, dass er das nicht wollte.

Isabella sah sie beide mit großen Augen an und schwieg untypischerweise.

„Worum geht es hier überhaupt?“, fragte Ben den fremden Mann.

„Knut!“, sagte sie erschrocken. „Was soll das?“

„Er hier.“ Knut deutete mit dem Kopf auf Ben, der gerade versuchte, den Namen und das Gesicht in Einklang zu bringen. Woher kannte Isabella diesen Typ? Bens Blick schnellte zu Isabella, als sich ein Verdacht bildete. Ihr Bruder. Ihr Aufpasser. „Er hat sich da mit einer anderen getroffen! Sie hat ihm die Wange gestreichelt. Also, Kumpel, wer war das? Wenn du schon eine Freundin hast, warum zum Teufel triffst du dich mit meiner Schwester?“

„Bingo“, murmelte Ben.

„Wie bitte?“ Der Mann ließ Ben endlich los, als ein Kellner vorbeikam und zwei Teller auf den Tisch stellte, einen vor Isabella und einen an Bens leeren Platz.

„Ist alles in Ordnung?“, fragte der Kellner.

„Danke, ja“, sagte Isabella und sah immer noch zwischen Knut und Ben hin und her. „Setzt euch, die Leute gucken schon. Das muss doch nicht sein, dass wir hier jetzt von allen beobachtet werden.“

Der Kellner blieb noch stehen, offensichtlich hin- und hergerissen, ob er gehen konnte oder hier einen Streit verhindern musste. Ben lächelte ihn entschuldigend an und ein winkender Gast zwei Tische weiter ließ ihn endlich weitereilen.

Knut drückte Ben auf einen Stuhl und setzte sich daneben. „Also?“, forderte er.

„Nele“, sagte Ben und verstand immer noch nicht genau, wo das Problem von Knut lag. „Eine Freundin, nicht meine Freundin“, erklärte er.

„Ach ja?“, knurrte Knut und fixierte Ben noch immer. „Das sah aber sehr vertraut aus zwischen euch.“

„Wir sind ja auch befreundet“, sagte Ben und stellte fest, dass seine Stimme ebenfalls ein Knurren geworden war. Was fiel diesem Idioten eigentlich ein?

„Knut, lass doch“, warf Isabella ein.

„Nein, genau deshalb bin ich mitgekommen, um dich vor solchen Betrügern zu beschützen.“ Er wandte sich an Ben. „Was willst du von meiner Schwester?“

„Äh, wir haben hier ein Date“, sagte Ben. „Was soll ich schon wollen? Ich möchte sie kennenlernen. Du wirst ja sicher wissen, wozu Dates gut sind.“

Knut knurrte so laut, dass sich vorsichtig ein Kellner näherte. Vermutlich wollte er die Situation entschärfen, bevor sie gefährlich für Gläser und Geschirr oder das Mobiliar wurde.

„Darf ich Ihnen noch etwas bringen?“, fragte der Kellner und lächelte betont freundlich in Richtung von Isabellas Bruder.

„Nein, danke“, sagte der und dieses Mal war jeglicher animalische Ton aus seinen Worten verschwunden. Es klang einfach höflich und freundlich, wie ein legerer Geschäftsmännerton. „Möchtet ihr noch was?“, fragte Knut Isabella und Ben. Jetzt war auch das gefährliche Funkeln in seinem Blick verschwunden. Wie machte er das? Ben hatte große Mühe, den Kellner nicht anzuschnauzen, so sauer machte ihn dieser Knut und seine selbstgerechte Art.

„Ich hätte gerne die Rechnung“, sagte Ben. Isabella war hübsch und sicherlich auch nett und interessant. Aber dann mit so einem verrückten Typ wie Knut konfrontiert zu werden? Nein danke. Ben konnte sich nämlich nicht vorstellen, dass das hier der einzige Moment wäre, wo Knut sich ins Liebesleben seiner Schwester einmischte, und darauf konnte Ben gut verzichten.

Der Kellner warf einen letzten Blick in die Runde und ging zur Kasse. Als er dort stand, sah er immer wieder kontrollierend zu ihnen hin.

„Danke für den schönen Abend“, sagte Ben an Isabella gewandt und holte sein Portemonnaie aus der Jackentasche. Eigentlich wollte er es dabei bewenden lassen, aber dann sah er kurz zu Knut, der den Salz- und Pfefferstreuer neu austarierte. „Ich drücke dir die Daumen, dass dein Bruder dir nicht jedes Date auf diese Art versaut.“

„Aber …“, begann Isabella und zum ersten Mal fielen ihr nicht hundert Worte auf einmal ein.

„Vorsicht“, warnte Knut.

„Leb wohl“, sagte Ben und stand auf. „Ich zahle vorne. Muss meine Bahn erwischen.“

Ein paar Schritte vom Tisch entfernt, schwappte eine Welle aus Erleichterung über Ben. Der Kellner zuckte zusammen, als Ben sich hinter ihm räusperte. „Kann ich hier vorne zahlen? Ich hab’s ziemlich eilig.“

„Natürlich.“ Er blickte besorgt an Ben vorbei zum Tisch.

„Geschwister“, erklärte Ben. „Ziemlich gutes Verhältnis. Er hat ein Beschützergen, aber leider keinen Durchblick.“

Der Kellner nickte, sah aber nicht so aus, als hätte er verstanden, worum es ging. Er suchte schnell das Wechselgeld aus der Kasse und Ben bedankte sich. Dann ging Ben mit erhobenem Kopf zur Drehtür, fand mit einer Handbewegung den Ausgang durch den dicken Vorhang und konnte draußen endlich wieder frische Luft atmen.

Kapitel 27

Glück ist eine Freundin zum Reden

Nele stieg eine Station zu früh aus der U-Bahn aus und erst als sie oben in der kühlen Winterluft angekommen war, hatte sie das Gefühl, wieder durchatmen zu können. Bestimmt hatte sie sich überfuttert. Der Himmel sah über dem gelben Laternenlicht beinahe grauschwarz aus. Sterne konnte sie nicht ausmachen und auch der Mond hatte sich hinter den Wolken verkrochen.

Aus einem geöffneten Fenster, an dem sie vorbeiging, drangen Gelächter, Musik und das Klappern von Geschirr und Besteck nach draußen. Es war eine blöde Idee gewesen, Ben bei einem Date zu helfen. Sie hatte doch selbst überhaupt keine Ahnung von Dates! Und was mischte sie sich da überhaupt ein? Sicherlich war es genug für eine Glücksbotin, Ben zum Online-Dating überredet zu haben. Sie hatte ihm genug geholfen. Wenn er ihren Rat einholen wollte, würde sie ihm natürlich gerne zur Seite stehen. Aber vielleicht hatte Isabella das Glück schon mitgebracht.

Von Neles Platz aus hatte sie einen guten Blick auf die hübsche junge Frau gehabt. Lindenblütenhonigblondes Haar, ein zartes Elfengesicht. Isabella hatte Ben richtig viel erzählt und so oft gelächelt, dass Nele schon aus der Ferne gesehen hatte, dass die beiden zusammenpassten. Oder zumindest klarkamen. Alles andere konnte man am ersten Abend sicherlich noch nicht feststellen. Alles, was Neles

Anwesenheit gebracht hatte, war, dass sie jetzt Bauchweh von zu vielem Essen hatte. Und sie hatte Ben nervös gemacht. Natürlich, niemand wurde gerne bei so etwas intimem wie einem ersten Date beobachtet!

Nele umrundete eine ältere Dame mit Pudel. Sie würde gleich bei Theodor sein, ihre Nase in seinem Fell vergraben und mit ihm eine schöne lange Runde durch den Park gehen. Oder am Rheinufer entlang, dort wo die Promenade aufhörte und die ausgetretenen Lehmpfade begannen.

Ein komisches Geräusch ließ sie plötzlich innehalten. Das kam ihr bekannt vor und es war ganz nah … ihr Handy! Nele musste lächeln. Diese Melodie hatte Rosa ihr neulich ausgesucht, weil sie witzigerweise den gleichen Klingelton gehabt hatten. Nele fischte das Gerät aus ihrer Umhängetasche. Rosas Name leuchtete ihr entgegen. Nele nahm das Gespräch an.

„Hi“, sagte sie und war unglaublich froh, mit jemandem zu reden.

„Hi! Was machst du gerade? Warst du schon mit Theodor draußen?“, fragte Rosa.

„Bin grade auf dem Weg nach Hause, dann wollte ich mit ihm gehen. Kommst du mit?“

„Au ja, darauf hab ich gehofft. Ich muss heute unbedingt noch ein bisschen Bewegung haben. Alec hat seine Jungs da und sie zocken schon seit Ewigkeiten, aber ich kann jetzt nicht mehr stillsitzen. Ich glaube, meine Beine wachen nie wieder auf, wenn ich heute nicht noch ein paar Schritte gehe.“ Rosa lachte, Musik wurde kurz laut, dann ging sie aus. „Ich mache mich gleich auf den Weg zur Haltestelle, dann bin ich in knapp einer halben Stunde bei dir, passt das?“

„Perfekt!“, sagte Nele. Sie brauchte sogar nur noch fünf

Minuten bis nach Hause. Dann konnte sie noch die Schuhe tauschen, sich einen Pfefferminztee machen und auf die Toilette gehen. Blöd, dass sie im Restaurant nicht gegangen war, wo sie doch ewig vor den Waschräumen rumgelungert hatte. Nele und Rosa verabschiedeten sich. Jetzt schaffte es Nele sogar, kleine Hüpfer in ihre Schritte einzubauen und sie war im Nu vor ihrem Wohnhaus angekommen.

Theodor stand schon hinter der Tür und wuffte leise, als Nele die Wohnung aufschloss. Sie ließ die Tasche auf den Boden rutschen und kniete sich hin, um Theodor zu begrüßen, der um ihre Beine hüpfte und für diesen Moment seine übliche Gelassenheit einfach über Bord warf. Neles Herz ging auf und sie fühlte sich einfach nur glücklich.

„Du bist das Beste, das mir in letzter Zeit passiert ist“, flüsterte Nele in seine wuscheligen Ohren und drückte ihn kurz an sich. „Komm, wir gehen mal kurz gucken, wo alle sind.“ Auch wenn Rosa gleich kommen würde, wollte Nele jetzt schon fröhliche Stimmen hören.

Sie drückte die angelehnte Küchentür auf und fand dahinter Karsten und Johannes in eine Partie Karten vertieft.

„Lasst euch nicht stören“, sagte Nele und setze Wasser für Tee auf. Die kalte Winterluft hatte ihren Hals völlig ausgetrocknet. Sie drehte sich um und Johannes musterte sie über den Rand seiner Lesebrille hinweg.

„Schönen Abend gehabt?“, fragte Karsten und da schwang eine zweite Frage mit, die er nicht stellte.

„Der Abend ist ja noch nicht vorbei“, sagte Nele. „Gleich kommt Rosa und wir gehen mit Theodor eine lange Runde.“

„Schön“, sagte Johannes.

„Kommt Ben auch mit?“ Karsten sah nun wieder in die Karten.

„Ben ist noch unterwegs", sagte Nele.

„Ach so, ich dachte ihr hättet ein Date?", fragte Johannes.

„Ben hatte ein Date, nicht ich. Ich habe ihn nur zum Restaurant begleitet", sagte Nele und schlagartig fühlte sie sich irgendwie komisch. Zum Glück drängte sich Theodor an ihr Bein und sie streichelte seinen Kopf, während sie ihren Tee austrank.

Es klingelte, Nele stellte ihre Tasse weg, verabschiedete sich wieder von den beiden und öffnete Rosa die Tür.

Sie nahmen Theodors lange Leine. Die ersten Meter liefen sie schweigend nebeneinander her, bis Nele es nicht mehr aushielt. Sie wollte jetzt keine Stille. Denn dann sah sie nur die lächelnde Isabella vor sich und spürte einen Stich im Herzen. Huch, war sie etwa eifersüchtig?

„Wie war dein Tag? Was habt ihr gezockt?", fragte Nele.

Rosa sah Nele an. „Alles Mögliche, uninteressant. Ich war nachmittags noch mal in eurem Café und hab Plätzchen für alle geholt. Ich wollte dich eigentlich da schon fragen, ob wir uns noch treffen heute. Aber du warst schon weg. Hat mir dieser süße Kellner gesagt. Der Panther."

„Diego?" Nele musste lachen. „Panther passt zu ihm."

„Diego? Heißt nicht der Säbelzahntiger in den Ice-Age-Filmen so? Der alte Junggeselle. Hat Diego eine Freundin?"

„Ich glaube nicht, aber ich weiß, dass jemand in ihn verliebt ist."

„Ich dachte auch nur." Rosa klang unbekümmert, war also zum Glück nicht an Diego interessiert, immerhin hatte sie Alec wieder. „Du warst früh weg. Hattest du was vor oder wegen Theodor, damit er nicht so lange alleine ist?"

„Ich habe früher Feierabend gemacht, weil ich Ben helfen musste." Nele hielt inne. Eigentlich wollte sie niemandem von Bens Date erzählen, das war schließlich privat, oder? Wenn jemand darüber sprechen durfte, dann er. Aber ... irgendwie. Nele riss sich zusammen.

„Ach so", sagte Rosa und schien Neles Zögern gar nicht zu bemerken. Oder sie war zu höflich, um nachzuhaken. „Schade, dass wir uns verpasst haben, aber jetzt hat es ja noch geklappt."

Nele dachte im Kreis. Ob Ben jetzt mit Isabella noch immer im Restaurant saß? Ob sie sich küssen würden? Ob sie am Ende noch mit zu ihm ging oder er zu ihr? Na ja, er würde es Nele ja noch erzählen. Oder auch nicht. Es war nicht mehr ihre Aufgabe, ihn glücklich zu machen. Nicht, wenn das mit Isabella funktionierte. Dann hatte sie ihren Teil schon beigetragen.

„Nele?"

„Hmm?" Nele sah zur Seite, aber Rosa war nicht mehr neben ihr. Sie war stehen geblieben und hatte die Arme vor der Brust verschränkt.

„Möchtest du vielleicht erst erzählen, was los ist?"

„Wieso, was meinst du denn?"

„Ich habe jetzt dreimal das Gleiche gefragt, aber du hast nichts gehört, so sehr bist du in Gedanken." Rosa musterte sie. „Langer Tag, ja, aber wenn dich was beschäftigt, dann erzähl bitte einfach."

Nele seufzte. Sie verriet ja nichts allzu Privates, die Details kannte sie schließlich ohnehin nicht. „Ich habe Ben geraten, auf ein Date zu gehen und da ist er gerade. Am Anfang dachte ich, dass es eine gute Idee wäre, wenn ich ihm helfe, und war dabei. Aber es hat ihn nur nervös gemacht, dann bin ich gegangen."

„Ein Date?", fragte Rosa. „Was für ein Date?"

„Ein Date eben. Mit einer honigblonden Elfe." Nele wunderte sich kurz darüber, wie bissig ihre Worte klangen. Isabella passte doch wunderbar zu Ben. „Sie haben die gleichen Interessen, zumindest, soweit ich weiß. Sie spielt Tennis und schwimmt gerne. Außerdem wünscht sie sich das Gleiche vom Leben wie Ben."

„Okay", sagte Rosa und hakte sich jetzt bei Nele ein. Sie gingen langsam weiter, bis Theodor unbedingt an einer Hecke schnuppern wollte. „Was ist das denn, was Ben sich vom Leben wünscht?"

„Eine Familie, Reihenhaus, Ordnung. So was halt."

„Ach so", meinte Rosa. „Und du?"

„Wieso ich?" Nele stolperte, als Theodor plötzlich an der Leine zog. Sie fing sich schnell, auch dank Rosas zupackender Hand.

„Was du dir vom Leben wünschst", wiederholte Rosa.

„Glück", sagte Nele. „Überraschungen, Sonnenschein, Freunde, schöne Zufälle …" Sie brach ab, weil das alles merkwürdig klang.

„Schöne Zufälle wie Ben zum Beispiel?", fragte Rosa und zwinkerte ihr zu.

„Dass wir uns angefreundet haben? Ja, das finde ich schön. Klar."

„Okay. Dazu sage ich jetzt nichts mehr. Dann jetzt meine Frage, kommst du morgen mit mir ins Kino? Da läuft ein total süßer Film und Alec kommt auf keinen Fall da mit rein. Er guckt nur Filme mit Weltall oder Schusswaffen. Oder beidem."

„Warum nicht? Obwohl, dann muss ich Theodor wieder alleine lassen", überlegte Nele laut.

„Hmm, okay, vielleicht gucken wir auch was anderes. Hast du Netflix?"

Nele schüttelte den Kopf.

„Dann lass uns ganz altmodisch einen Spieleabend bei uns machen, ja? Bis Mitternacht kniffeln? Da kannst du Theodor auf alle Fälle mitbringen."

Nele lachte, nickte und überlegte dann, was sie sich vom Leben wünschte. Das konnte man ja nicht planen. Es war schön, Zettel aus der Glückskanne zu ziehen und jeden Tag auf sich zukommen zu lassen. Das hatte ihr schon so viele schöne Erfahrungen beschert. Sie bogen auf das Ende der Promenade ein, die riesige Zoobrücke weit über ihren Köpfen. Autos rauschten vorbei, auf dem Rhein fuhr ein Lastkahn.

„Lichtschwerter, ich bitte dich!", beschwerte sich Rosa.

Sie mussten beide lachen. Den restlichen Spaziergang unterhielten sie sich über Theodor, Köln, Filme und Musik. Ben tauchte nur noch kurz in Neles Gedanken auf und das war vermutlich gut so. Sie würde ja noch früh genug erfahren, ob er jetzt mit Isabella zusammen war.

Kapitel 28

Glück ist ein schönes Geschenk

Ben merkte erst, wo er war, als ihn jemand anrempelte. Merkwürdigerweise hatte er gar nicht automatisch die U-Bahn angesteuert, die ihn nach Hause brachte, sondern war am Rheinufer entlang gegangen. Jetzt leuchteten vor ihm mit Lichtern behängte Stoffzelte vor der hohen Glasfront des Schokoladenmuseums. Tatsächlich war er dieses Jahr noch überhaupt nicht auf einem Weihnachtsmarkt gewesen. Erstaunlich. Eigentlich mochte er diesen ganzen Rummel nicht besonders, aber es gehörte dazu und man konnte es kaum vermeiden, wenn man in der Nähe eines Weihnachtsmarkts wohnte. Dann dachte er an Nele und er wusste, dass sie Weihnachtsmärkte liebte.

Es wäre schön, ihr eine Kleinigkeit zu Weihnachten zu schenken. Da konnte er doch mal hier schauen. Dass sein erstes Date seit Ewigkeiten so enden würde, hätte Ben nicht gedacht. Sehr seltsam. Dieser Knut hatte sich außerdem völlig zu Unrecht eingeschaltet und hätte Isabella nicht beschützen müssen. Ben war ja schließlich nicht mit Nele zusammen! Dann hätte er doch kein Date mit einer anderen Frau vereinbart.

Andererseits gab es bestimmt Männer, die das machten. Und Frauen auch. Ben musste grinsen, als ihm das Loriot-Zitat aus dem Film *Pappa ante Portas* auffiel. Das Gespräch vom Vater und sechzehnjährigem Sohn über einer Portion Königsberger Klopse aus der Dose war ihm fast Wort für

Wort noch im Gedächtnis. „Männer sind … und Frauen auch. Überleg dir das mal.“ Er wich einem kleinen Mädchen mit klebrig aussehendem Liebesapfel aus und begab sich ins Gedränge. Überall roch es nach gebrannten Mandeln und dem Rauch vom Feuer, über dem ein mittelalterlich gekleideter Mann irgendetwas schmiedete. Am nächsten Stand gab es selbst gebackenes Brot, danach Lederwaren, Taschen, Gürtel und Handschuhe. Irgendwo spielte eine Band ein Weihnachtslied mit Flöte und Klampfe oder wie auch immer diese Instrumente hießen. Ein junger Mann brüllte etwas direkt neben ihm und Ben zuckte zusammen. Selbstgezogene Kerzen. Schmuck? Was sollte er Nele denn kaufen?

„Ben!“, rief jemand und er blieb stehen.

„Oma“, sagte er erstaunt und ging auf sie zu. „Was machst du denn hier und wo ist Johannes?“

Katharina winkte ab. „Ich muss ihm ein Geschenk kaufen, da kann ich ihn ja schlecht mitnehmen. Er wollte den Rest des Abends gemütlich sitzend verbringen, aber ich brauche unbedingt meine tägliche Dosis frische Luft.“

„Auf dem Weihnachtsmarkt? Hier riecht es eher nicht so frisch.“ Ben wies auf einen kleinen eingezäunten Bereich, wo man eine Krippe mit echten Tieren und Menschen nachgestellt hatte. Ein kleines Mädchen streichelte einen Esel, der just in diesem Moment ein paar Eseläpfel auf das Kopfsteinpflaster fallen ließ. Es roch ziemlich nach echtem Stall.

„Aber auf dem Weg hierher schon“, sagte Katharina lächelnd. „Wo hast du denn dein bezauberndes Date gelassen?“

Ben sah sie irritiert an. „Woher weißt du das denn?“

„Nele hat so was erwähnt, bevor sie vorhin das Haus verlassen hat.“

Ben schluckte. Nele wusste ja noch gar nichts vom katastrophalen Ende seines Abends mit Isabella. Was sie wohl dazu sagen würde? Vermutlich würde sie ihm Mut machen. Viele Sterne am Himmel und so. Oder hieß es Fische im Meer? Muscheln am Strand? Ben wusste es nicht, es tat aber auch nichts zur Sache.

„Ja, das hat mich auch gewundert, ich war nämlich davon ausgegangen, dass sie dein Date sein würde."

„Nele?", fragte Ben und musste lächeln. „Nein, sie hieß Isabella. Eigentlich ganz hübsch und mit Sicherheit nett, aber leider hat sie einen eifersüchtigen Bruder."

„Er gönnt ihr nichts?", fragte Katharina. „Hat sie also den ganzen Abend nur von ihm gesprochen?"

„Er war da. Hat mich und Nele bei den Toiletten gesehen und gedacht, dass ich ein doppeltes Spiel spiele."

Katharina nickte langsam.

„Der Typ hat völlig überreagiert! Schließlich hat er uns ja nicht beim Küssen ertappt! Der spinnt doch. Danach war der Abend für mich gelaufen." Isabella tat Ben fast leid. Das würde nicht leicht werden, einen Mann zu finden, der auch dem Bruder gefiel.

„Wer weiß, wozu es gut ist. Warte mal", sagte Katharina und erst jetzt fiel Ben auf, dass sie einfach weitergegangen waren, an den Ständen mit Glühwein und Holzspielzeug vorbei. Katharinas Augen leuchteten, als sie die bunten Traumfänger am Stand neben ihnen begutachtete. Ben lächelte die Frau an, die gerade ein paar Räucherstäbchen sortierte, die Menschen auf dem Markt aber nicht aus den Augen ließ. Sie nickte Ben zu, sagte aber nichts, womit sie ihn richtig einschätzte. Er hasste es, wenn ihn Leute dazu nötigen wollten, etwas zu kaufen.

Ben ließ seinen Blick über die aufgebauten Waren wandern. Neben Rauchkegeln gab es Räucherstäbchen, quaderförmige und runde Kerzen, fantasievolle Traumfänger und kleine Fläschchen mit Duftölen. An der mit blauem Samt bespannten Innenwand des Holzstands hing außerdem ein handgeschriebenes Schild. „Kartenlegen, Wunschhilfe von Medusa".

Darüber hingen kleine Sträußchen von getrockneten Pflanzen. Eine Liste mit Heilkräutern und Tees entdeckte er an der seitlichen Innenwand. Medusa … ob sie wirklich so hieß? Vermutlich nicht.

„Ich hätte gerne diesen hier", sagte Katharina und tippte auf einen Traumfänger mit kleinen bunten Federn daran und Glasperlen in allen Farben des Regenbogens.

„Sehr gerne." Die Verkäuferin lächelte, beugte sich vor und löste den Traumfänger geschickt vom Dach der Hütte. „Natürlich alles Unikate", sagte sie.

„Was ist das mit der Wunschhilfe?", fragte Ben und dachte an Neles Gesicht, wenn er ihr davon erzählte.

„Ich habe verschiedene Sets", erklärte die Standbesitzerin. „Liebeswünsche, kleine Wünsche, große Wünsche." Sie deutete auf kleine Stoffsäckchen, in denen wohl diese Sets enthalten waren.

„Dann hätte ich gerne einen Liebeswunsch", sagte Ben spontan. Wenn er ihn selbst nicht anwandte, konnte er ihn immer noch Nele schenken. Sie konnte mit Sicherheit auch etwas Liebe in ihrem Leben gebrauchen, oder nicht? Warum hatte er sie noch gar nicht dazu gefragt? Seltsam. Die Standbesitzerin hielt Ben ein rotes Stoffsäckchen entgegen, Ben nahm es und bezahlte. „Für Nele", sagte er zu Katharina, als sie weitergingen. „So was mag sie bestimmt."

„Gute Idee", sagte Katharina. „Sie wird sich freuen."

Kapitel 29

Glück ist Überraschungsbesuch?

Nele hörte das Türklingeln, aber da Theodor gerade so gemütlich schlief, blieb sie lieber auf ihrem Bett sitzen, um ihn nicht zu stören. War vermutlich eh nicht für sie und so vertiefte sie sich wieder in die Geschichte. Es klopfte an ihrer Tür, ganz zaghaft und natürlich hob Theodor sofort den Kopf.

„Herein!", rief Nele und beugte sich über den Bettrand, um über Theodors Kopf zu streichen.

Ben schob seinen Kopf zur Tür herein. „Schläfst du schon?"

„Nein, aber wenn ich ausgerechnet im Schlaf ein passendes Wort sagen würde, wäre das ja mal praktisch! Komm rein!"

Ben schob sich nun ganz durch die Tür und schloss sie leise hinter sich. Theodor sprang auf und begrüßte ihn so fröhlich, als würden sich die beiden schon ewig kennen, dabei hatten sich die beiden noch nie gesehen. Nele durchflutete ein warmes Gefühl wie Glühwein im winterkühlen Bauch. „Wer bist du denn?", murmelte Ben und streichelte den wuseligen Hund ausgiebig.

„Das ist Theodor, mein Hund." Theodor legte sich wieder hin und Ben zögerte. Er setzte sich zu Nele aufs Bett, sehr an den Rand, wie Nele amüsiert bemerkte.

„Sag nicht, dass dein Date schon beendet ist. Wart ihr nicht noch etwas trinken? Wobei, es ist ja gut, wenn du

Isabella nicht gleich mit nach Hause nimmst.“ Neles Stimme quietschte ein bisschen, weil sie so schnell redete. Sie räusperte sich und wartete ungeduldig auf Bens Antwort.

„Das Date war ziemlich schnell zu Ende, nachdem du weg warst.“ Er legte ein rotes Stoffsäckchen auf Neles Bettdecke und verschränkte die Hände auf seinen Oberschenkeln.

„Echt? Wieso das denn?“, wollte Nele wissen, obwohl sie froh darüber war. Nur warum? Isabella hatte ganz nett gewirkt. „Hat dir Isabella nicht gefallen? Du weißt doch, dass so was Zeit braucht. Oh, sag nicht, dass sie noch etwas vorhatte und pünktlich weg musste!“

„Nein. Erinnerst du dich an den blonden Typen, der so finster geguckt hat? Als wir uns kurz beratschlagt haben.“

„Bei den Toiletten?“

Ben nickte. „Das war ihr Bruder.“

„Oh“, sagte Nele und versuchte, sich daran zu erinnern, was der Typ gesagt oder getan hatte. Nein, er hatte nicht gesprochen, war nur an ihnen vorbeigerauscht und hatte Ben so komisch angesehen. „Er dachte aber jetzt nicht, dass wir …“

„Doch, genau das dachte er wohl. Dass ich Isabella verarsche und du meine Freundin bist oder so was in der Art.“ Ben seufzte und starrte an die Wand.

„Gibt's ja nicht“, murmelte Nele. „Und woher weißt du, was er gedacht hat?“

„Er kam an unseren Tisch und hat Isabella ganz klar gesagt, dass sie sich nicht mit mir treffen soll, weil ich nicht ehrlich wäre. Der war vielleicht wütend. Dann bin ich ziemlich schnell gegangen. Es hatte echt keinen Sinn.“

„Na ja, du kannst sie ja noch mal anrufen. Und ihr alles erklären?“ Nele warf noch einen Blick auf das Stoffsäckchen und erkannte das kleine aufgedruckte Zeichen. „Das sieht aus wie das Logo meiner Mutter“, sagte sie verwundert.

„Was?“ Ben sah sie verständnislos an.

„Das da, auf dem Säckchen. Solche hat sie immer auf dem Weihnachtsmarkt.“

„Echt? Dann hab ich deiner Mama gerade etwas abgekauft. Ich hoffe, sie kann noch bis Heiligabend dichthalten, weil es dein Weihnachtsgeschenk ist.“

Nele schluckte und lächelte gleichzeitig, was vermutlich seltsam aussah, weil Ben so komisch guckte. „Jetzt schon ein Geschenk für mich? Und ich soll es bis Weihnachten nicht auspacken? Dann nimm es besser wieder mit und gib es mir dann …“

Sie sahen einige Minuten unschlüssig auf das Geschenk, dann nickte Ben und legte seine Hand auf den roten Stoff. „Okay.“

„Hast du denn weitere Nachrichten bekommen?“

„Was für …“, begann Ben. „Ach so.“ Er fummelte sein Handy aus der Jackentasche und tippte und wischte darauf herum. Nele konnte von ihrer Position nicht erkennen, was er da machte, aber vermutlich öffnete er gerade diese Dating-App und suchte nach neuen Bekanntschaften. Nele studierte seinen Gesichtsausdruck. Hochkonzentriert hatte er die Augenbrauen ein kleines bisschen zusammengezogen. Das Licht des Handydisplays spiegelte sich in seinen Augen, wodurch er seltsam entrückt wirkte. Mit einer Hand griff Nele nach dem Buch, das sie eben gelesen hatte, aber so ganz konnte sie den Blick nicht von Ben nehmen. Müsste jetzt nicht ein Lächeln bei ihm erscheinen, weil er eine tolle und charmante Nachricht bekommen hatte? Nele sah schnell in ihr Buch.

„Zwei Nachrichten“, verkündete Ben. Dann wurde es wieder still. Eigentlich hätte Nele auch gerne eine solche Nachricht gelesen oder ihn gebeten, sie vorzulesen. Andererseits war es sehr privat und stand da nicht ohnehin immer das Gleiche drin? Diese Frauen kannten Ben schließlich nicht. Sie wollten ihn treffen, fanden sein Foto sympathisch, hatten eine 80-prozentige Übereinstimmung zwischen seinem und ihrem Lebensplan entdeckt und so weiter. Nele kaute auf ihrer Unterlippe und wartete, ob Ben noch etwas sagen würde und schaute auf. Er schien ziemlich eingenommen von den Worten, die da auf seinem kleinen Bildschirm standen.

Nele konnte sich null auf ihr Buch konzentrieren und klappte es zu. Sie seufzte innerlich und lehnte sich wieder über den Bettrand, um Theodor zu streicheln, nur um ins Leere zu greifen. Ach ja, er lag jetzt neben Bens Füßen. Auf einmal fühlte Nele sich kalt und leer, obwohl sie wusste, dass das Quatsch war. Theodor hatte sich ja jetzt nicht für Ben und gegen sie entschieden, bloß weil er bei ihm lag.

„Und?“, fragte sie irgendwann, weil sie das Ganze abkürzen wollte. Sollte Ben seine Liebesmails doch zu Hause lesen.

„Hmm?“, fragte Ben und sah endlich auf. Sein Blick traf sie unvorbereitet, besonders das warme Glimmen in seinen Augen. Konnte man sich aufgrund von Worten in jemanden verlieben? Hatte Ben gerade die schönste Nachricht der Welt bekommen?

„Hat sich Isabella noch mal gemeldet?“, fragte Nele, halb um ihm in Erinnerung zu rufen, dass das nicht alles so rosarot war, wie es auf den ersten Blick schien. Und natürlich auch, um ihn endlich dazu zu bewegen, mehr Wörter von sich zu geben.

„Wer? Nein." Ben sah wieder auf sein Handy. „Jemand namens Mia, die dafür ist, dass wir keine Fotos austauschen, damit wir uns auf die Persönlichkeit des anderen einlassen können und eine Frau, deren Gesicht ich vor lauter Locken kaum erkennen kann." Grinsend hielt Ben Nele das Handy hin, damit sie diese Frau begutachten konnte. Und vor allem ihre Locken.

„Die braucht bestimmt immer ewig im Bad", sagte Nele und ärgerte sich über sich selbst. Was war denn bitte mit ihr los? Sie wollte Ben doch helfen, eine Freundin zu finden, damit er die mit auf die Hochzeit seiner Mutter nehmen konnte.

„Kann sein", sagte Ben. „Wir haben eh nur fünfzig Prozent Übereinstimmung bei einigen Sachen." Er verlor sich schon wieder in den Worten auf seinem Bildschirm. „Zukunftspläne, Hobbies, Wohnort", sagte Ben.

„Wie kann man nur fünfzigprozentige Übereinstimmung beim Wohnort haben?"

„Sie wohnt in Bonn." Ben ging nicht auf ihren kleinen Scherz ein.

„Na ja, ist ja nicht so weit weg", sagte Nele. „Vielleicht könnt ihr ja irgendwann zusammenziehen."

„Das hoffe ich", sagte Ben. „Also insgesamt. Ich möchte ja schon mit meiner Partnerin zusammenwohnen."

Partnerin. Das klang ganz schön geschäftlich. Nele hätte am liebsten ein Kissen nach Ben geworfen. Das war doch kein Gespräch! Und daran war natürlich nur sie selbst schuld, weil sie gefragt hatte.

„Denke, ich nehme erst mal Mia", sagte Ben. „Die Idee, sich nicht von Äußerlichkeiten ablenken zu lassen, finde ich super."

„Bestimmt", murmelte Nele. Hoffentlich gefiel sie ihm nicht.

„Der Rest passt ganz gut bei Mia und mir."

„Toll." Nele fiel selbst auf, wie einsilbig sie war. Aber sie hatte vermutlich einfach das Interesse an der Sache verloren, weil Ben ganz gut alleine klarkam.

Kapitel 30

Glück ist ein unerwartetes Kennenlernen

Am nächsten Wochenende stand das zweite Date an. Ben öffnete den Reißverschluss seiner Winterjacke und zupfte sein Hemd zurecht, bevor er noch einmal durchatmete und in das lichtdurchflutete Café trat, das Mia ausgesucht hatte. Riesige Fensterfronten, davor hohe Vasen mit Baumzweigen voller roter Beeren. Modern und trotzdem gemütlich. Ein geschäftiger Kellner lächelte ihm im Vorbeigehen zu. Ben hängte seine Jacke an die Garderobe und sah sich verstohlen nach jemandem um, der Mia sein könnte. Sie hatten nichts über ihr Äußeres verraten, aber ein Zeichen ausgemacht. Ben klemmte sich die Tageszeitung unter den Arm und holte dann aus seiner Jackentasche noch den Federball. Er war ja für die einfarbige Einkaufstüte gewesen, aber Mia hatte auf etwas Ungewöhnlicherem bestanden. Und tatsächlich: Mit einem Federball sah er niemanden hier.

Dafür entdeckte er einen pinkfarbenen Tennisball. Er lag auf einem Tisch am Fenster an der gegenüberliegenden Seite des Cafés. Da Mia gerade nicht zu ihm hersah, blieb er kurz stehen, um sich zu sammeln. Sie trug ein elegantes knielanges Strickkleid in Dunkelblau, dazu lange Lederstiefel mit kleinem Absatz. Die Füße hatte sie locker am Knöchel gekreuzt. Sie hatte sich zurückgelehnt und las in einem Buch. Ihre langen blonden Haare verdeckten ihr Gesicht aus diesem Winkel. Ben atmete zum zehnten Mal tief durch und setzte sich dann in Bewegung.

Ben näherte sich dem Tisch. Mia las immer noch. Es war nicht mehr weit, da entdeckte er ihre Handtasche. Etwas daran störte ihn, aber was? Sie kam ihm bekannt vor. Natürlich hatten viele Leute ähnliche Handtaschen und diese war nicht übermäßig ungewöhnlich. Dunkelblaues Leder, langer Schulterriemen und am Reißverschluss ein kleines Herz aus dem gleichen Leder. Vermutlich das Markenzeichen der Manufaktur, die diese Taschen herstellte. Ben räusperte sich. Er wollte sich nicht einfach dazusetzen, um Mia nicht zu erschrecken.

Sie sah auf, strich sich die Haare aus dem Gesicht, lächelte die unter seinem Arm steckende Tageszeitung an, den Federball in seiner Hand und hob den Blick höher. Ihr Lächeln fror fest, genau wie das von Ben.

„Aber du heißt doch gar nicht Mia", sagte Ben vorwurfsvoll. Am liebsten wäre er hinter einem Kellner in Deckung gegangen und gleich wieder zur Tür geflüchtet. Sein zweiter Gedanke war, dass das hier eine Falle war. Sie hatte es darauf angelegt! Sie musste die ganze Zeit gewusst haben, wer er war und wollte ihn bloßstellen! Wut stieg in Bens Bauch auf.

„Na toll", murmelte sie. „Setz dich, die Leute gucken schon."

Ben blieb stehen, bis ein Kellner mit einem Tablett neben ihm stehen blieb. „Ist alles in Ordnung bei Ihnen?"

„Ja, natürlich, danke." Fluchtartig rettete sich Ben auf den Stuhl ihr gegenüber. Was sollte er sagen? Schön, dich zu sehen? Bestimmt nicht. Was soll das? Wo ist die versteckte Kamera? Wen hast du sonst noch im Café postiert? Ben kniff die Lippen zusammen und sagte erst mal nichts. Er musste die ganze Zeit seine Gedanken ordnen. Mia war … Marita.

„Doch keine gute Idee, sich auf ein Date ohne vorheriges Foto einzulassen“, sagte sie in ihrem üblichen vorwurfsvollen Ton.

„Vermutlich nicht“, sagte Ben schließlich. War es am Ende überhaupt keine Falle? Vielleicht war sie genauso enttäuscht wie er. „Wartest du schon lange?“

„Heute?“, fragte Marita. „Nein, ich bin erst vor zehn Minuten gekommen. Eigentlich wollte ich die Tür im Auge behalten, um einen Vorteil zu haben, aber dann war es gerade so spannend.“ Sie deutete auf ihr Buch und Ben wunderte sich. Marita hatte es geschafft, ganz normal mit ihm zu reden, zwar resigniert, aber nicht so unfreundlich wie sonst. Und dass sie Bücher las, überraschte ihn auch, gerade nach ihrem kurzen Gespräch über Pippi Langstrumpf auf dem Geburtstag von Ingrid Sommer.

„Ich hatte gedacht, du liest nur Hochglanzmodemagazine“, rutschte es ihm heraus.

„Tja und ich hab gedacht, dass du dich nicht für Frauen interessierst.“

„Du dachtest, ich würde auf Männer stehen?“, fragte Ben perplex.

„Nein, ich dachte du würdest am liebsten alleine bleiben und in Zahlen aufgehen.“ Sie seufzte.

„Haben die Herrschaften schon gewählt?“, ertönte es neben Ben und er sah zum Kellner hoch. Halb erwartete er, hier auch jemanden vor sich zu haben, den er kannte und nicht erwartete, aber es war nicht mal der freundliche Kellner vom Eingang.

„Wir brauchen noch ein paar Minuten“, sagte Ben.

„Klar, ich mache noch mal eine Runde und komme gleich wieder." Der Kellner ging an den Nachbartisch.

„Von mir aus können wir hier abbrechen, Benedikt", sagte Marita resigniert.

„Ich hab ehrlich gesagt Hunger." Ben versuchte zu lächeln und als Marita ihn so erstaunt ansah, klappte es sogar. Tatsächlich lächelte sie auch. Sie sah sogar richtig hübsch aus, wenn sie das tat und Ben fiel auf, dass er sie vor heute noch nie hatte lächeln sehen. Er kannte nur ihr hinterhältiges Grinsen.

„Ich auch", sagte sie. „Okay, wer weiß, wozu es gut ist. Die Blöße haben wir uns ja jetzt eh schon gegeben und es muss nicht das restliche Café noch erfahren, dass das hier ein sehr missglücktes Blind Date ist", sagte sie halblaut und griff nach der Speisekarte.

„Einverstanden", sagte Ben und las die Empfehlungen auf der Tafel über dem Tresen.

Der Kellner kam wenig später wieder an ihren Tisch und sie bestellten Getränke und ein leichtes Mittagessen. Seltsamerweise genau das Gleiche, ohne sich vorher darüber ausgetauscht zu haben.

„Hätte ich nicht gedacht, dass wir irgendwas gemeinsam haben", sagte Ben erstaunt.

„Ich auch nicht. Ich dachte, dass du noch bei deiner Mutter wohnst oder längst mit einer ordentlichen grauen Maus verheiratet bist." Marita klang so aufrichtig, dass es Bens Zunge ebenfalls löste. Selbst wenn ihm das Bild, noch bei seiner Mutter zu leben, äußerst absurd vorkam und ihn irgendwie kränkte. Andererseits klang es nicht wie eine Beleidigung, daran musste er sich vermutlich noch gewöhnen.

„Ich lebe alleine", sagte er. „Meine Verlobte hat mich vor

einem Jahr für einen anderen verlassen." Es war erstaunlich einfach, es jetzt auszusprechen. Vielleicht weil er in Maritas Augen eine ganz ähnliche Enttäuschung zu erkennen glaubte.

„Ehrlich?", fragte sie. „Das tut mir leid. Ich kenne das."

„Hast du dich auch vor Kurzem getrennt?", fragte Ben und begann seine sonst so scharfzüngige Kollegin mit anderen Augen zu sehen.

Tatsächlich nickte Marita. Der Kellner brachte zwei Tassen Cappuccino und zwei Gläser Mineralwasser, Medium. „Bei mir ist es fünfzehn Monate her", sagte sie und nahm einen Schluck Wasser. „Wir waren nicht lange zusammen, gerade mal ein halbes Jahr, aber ich hatte mich leider schon im Hochzeitskleid gesehen. Als ich Sven irgendwann mal gefragt habe, ob er Kinder möchte, ist er richtig zusammengezuckt und hat mich dann angeschrien. Wie ich ihm die moderne Frau vorspielen konnte? Warum ich erst jetzt damit rausrücke, was ich wirklich von ihm will. Er würde auf keinen Fall heiraten. Und Kinder wollte er auch nicht. Nicht mit mir." Den letzten Satz sagte Marita sehr leise und Ben schob ihr wortlos seinen Keks über den Tisch zu.

Sie lachte, und obwohl es traurig klang, berührte es Bens Herz. Er beschloss, dass dieses Date die Stimmung zwischen ihnen auch im Büro verändern sollte. Es fühlte sich an wie ein Friedensgespräch. Sie erzählten sich noch einiges über ihre Wünsche, wie ihr Leben aussehen sollte, über ihre Expartner und ihre Hobbys. Das Hauptgericht kam. Und als sie gerade über Kindheitserinnerungen sprachen, brachte der Kellner auch noch den Espresso und ein kleines Stück Apfelkuchen.

Kapitel 31

Glück ist eine Party

Normalerweise verlagerten sich die meisten guten Partys immer in die Küche. Gerade bei Karolas Geburtstag hätte Nele das gedacht, weil ihre Chefin im Café Naschkatze eine der besten Tortenbäckerinnen war, die Nele je kennengelernt hatte. Aber hier war niemand. Das Licht brannte, während der Himmel draußen schon wieder dunkel war. Gut, hier war kein Buffet aufgebaut, nur drei Kisten mit Soft Drinks, Wasserflaschen und Biere standen an der einen Wand, wo Karola den Tisch zur Seite gerückt hatte. Immerhin war geschmückt. Nele saß auf der Arbeitsplatte und hatte sich eine der Luftschlangen auf die Schulter gelegt, damit sie nicht ganz so allein war. Sie stellte sich gerade vor, dass es ein buntes Wesen war, das ihr Ratschläge ins Ohr flüsterte.

„Hier steckst du also", sagte Diego, der wie immer aus dem Nichts auftauchte. Eigentlich hätte Nele ihn durch die Küchentür kommen sehen müssen, aber vielleicht starrte sie nur allzu konzentriert Löcher in die Luft. Was für ein merkwürdiges Sprichwort. Die Luft war doch sowieso ein einziges großes Loch, zumindest konnte man nicht sehen, was darin war. Den Duft von frischem Knoblauchbaguette, Fetzen der Musik, die im Wohnzimmer lief und Stimmen, die Nele vorkamen, als sprächen sie in einer anderen Dimension.

Nele prostete Diego mit ihrer Bierflasche zu. Das Lächeln auf ihren Lippen fühlte sich festgetackert an und sah vermutlich nicht besonders echt aus, wahrscheinlich sogar gruselig, so wie Diego sie jetzt musterte.

„Alles okay?“, fragte er ungewöhnlich sanft.

„Brauchte nur kurz eine Verschnaufpause“, sagte Nele und dachte wieder an Ben, der heute sein Date mit dieser Mia hatte. Nele hatte dieses Mal wegen Karolas Party nicht als Unterstützung mitkommen können. Sie fand, dass Ben erleichtert geklungen hatte. Das war gut, sie wollte ja nicht, dass er sauer war. Aber sie wollte auch nicht, dass er froh darüber war, dass sie den Nachmittag nicht mit ihm verbracht hatte. Verdammt. Das machte doch alles keinen Sinn!

„Vom Herumstehen? Gute Idee.“ Diego zog eine Augenbraue hoch.

Nele hatte kurz vergessen, worüber sie gesprochen hatten. Ach ja. Verschnaufpause. „Vom Tanzen“, sagte sie schließlich, aber sie wussten natürlich beide, dass Nele genau eine Minute getanzt hatte, wenn es hochkam. „Zum Verdauen“, sagte sie dann. Aber auch das war gelogen und klang irgendwie nach Blähungen. Außerdem hatte sie noch nichts gegessen, denn obwohl das Buffet ihr das Wasser im Mund zusammenlaufen ließ, hatte Nele keinen richtigen Appetit. Sie war sich im Grunde heute selbst fremd und wusste nicht warum. „Und du?“, fragte sie, um Diego von sich abzulenken, wohlwissend, dass es nie und nimmer funktionieren würde.

„Ich habe Karola geküsst.“

Nele hob wieder den Blick und jetzt war ihr Lächeln echt. Es wuchs in ihrem Bauch und strahlte dann vermutlich aus jeder Pore. „Wow!“, rief sie, sprang von der Arbeitsplatte und umarmte Diego kurz. „Ich hab’s gewusst. Ich freu mich so für euch!“

„Woah“, sagte Diego, grinste aber auch sehr glücklich. „Erst mal nur auf die Wange“, erklärte er. „Wir arbeiten schließlich zusammen.“

„Idiot“, schimpfte Nele und sah ihn gespielt böse an.

„Den Rest hebe ich mir für später auf“, sagte er und zwinkerte ihr zu. Er stieß seine Bierflasche leicht an Neles und nahm einen Schluck. „Du solltest auch mal jemanden küssen.“

Nele trank ihre Flasche leer und versuchte, die Bilder in ihrem Kopf zu verdrängen. „Du gehörst Karola“, stellte sie fest, obwohl sie längst wusste, dass Diego nichts von ihr wollte.

„Ich spreche nicht von mir und das weißt du.“

Ja, das wusste sie wohl.

„Hier auf der Party?“, fragte Nele und linste an Diego vorbei zu den tanzenden Freunden von Karola. Es waren erstaunlich viele sympathische Männer dabei und einige von ihnen waren mit Sicherheit Single. Zumindest waren sie ohne Anhang gekommen. Das wusste Nele von Karola, die ihr jeden vorgestellt hatte, vorhin als die Leute noch einzeln gekommen waren und Nele, Diego und Karola das Buffet zu Ende aufgebaut hatten. „Ich weiß nicht …“ Andererseits konnte sie es ja auf sich zukommen lassen. Hier in der Küche würde sie jedenfalls niemanden küssen, so viel stand fest. Und ein Kuss gehörte zu einer guten Party dazu, oder nicht?

„Besser nicht hier, außer du hast noch einen Überraschungsgast eingeladen“, sagte Diego und durchbohrte Nele mit seinem Raubtierblick. Wenn er Auren sehen konnte, wusste er vermutlich ganz genau, wie Nele sich gerade fühlte. Nur wusste sie selbst es überhaupt nicht, vielleicht sollte sie ihn einfach fragen.

„Wie ist das eigentlich mit dem Aurensehen?", fragte sie stattdessen. „Wie kommt es, dass du das kannst?" Vielleicht hatte er ja heute mehr Lust, darüber zu reden. Neulich nach dem Yoga war er wieder in seine übliche Einsilbigkeit verfallen, aber heute schien er in Plauderlaune.

„Einfach. Ich besitze ein drittes und viertes Auge." Diego grinste. „Nein, keine Ahnung, hab ich schon seit meinem Motorradunfall vor fünf Jahren. Ich dachte erst mit meinen Augen stimmt was nicht. Aber die bunten Schlieren hingen immer an den Menschen, nie an Häusern oder Autos oder sonstwas. Hab dann mal irgendwem in einer Bar davon erzählt und die Frau meinte, dass das Auren sind. Sie konnte es auch sehen. Danach hab ich sogar ein bisschen im Internet recherchiert."

Nele starrte Diego an. Er hatte jetzt so viele Sätze hintereinander gesagt wie noch nie! „Karola tut dir gut", murmelte Nele.

„Ich weiß", sagte Diego. „Es tut immer gut, wenn man merkt, was man sich wünscht."

„Das hast du süß gesagt", fand Nele. Sie stellte ihre leere Flasche in eine der Kisten, um sich eine Fassbrause zu nehmen.

„Du solltest echt mal was essen", fand Diego.

„Vermutlich."

„Und dann erzählst du mir, was los ist."

„Was soll schon los sein?", fragte Nele und piddelte an dem Etikett der Flasche, während sie sich nach dem Flaschenöffner umsah. Typisch.

Diego nahm ihr wortlos die Flasche ab und öffnete sie mit dem an der Wand angebrachten Flaschenöffner. Nele schüttelte leicht den Kopf. Sie war wirklich abgelenkt heute, was war nur mit ihr los? Vermutlich hatte Diego recht. Irgendwas stimmte nicht. „Vielleicht brüte ich etwas aus", sagte sie.

„Glaube ich nicht."

„Ach nein, und was glaubst du?"

„Wo ist denn dein Ben?", fragte er.

Die Frage traf Nele eiskalt und vermutlich erkannte sie genau in diesem Moment, was mit ihr los war, genau wie Diego es schon die ganze Zeit gewusst hatte. Aber das konnte ja nicht sein.

„Er passt nicht zu mir", erklärte sie Diego also einfach. „Hat heute ein Date mit einer vermutlich wahnsinnig hübschen Frau, die gerne Kinder und ein Doppelhaus möchte. Genau das, was Ben sich vom Leben wünscht. Wir sind nur Freunde."

„Freunde", sagte Diego und schnaubte. „Du wärst gerne mehr für ihn und ich bin mir ziemlich sicher, dass er auch gerne mehr für dich wäre. Nele, ich hab euch gesehen. Bei diesem Geburtstag im Café konnte man das schon erkennen, meine Güte."

„Oh, ich wollte nicht stören." Karola stand unschlüssig in der Tür, halb neben Diego, halb noch im Wohnzimmer.

„Tust du nicht, Geburtstagskind!", sagte Nele. „Komm doch rein in die gute Stube! Ist es endlich so weit? Ich warte schon die ganze Zeit darauf, dass die Party in die Küche kommt." Sie lächelte, aber es fühlte sich wieder falsch an. Sogar der Blick, den Karola Diego zuwarf, schaffte es jetzt nicht mehr, ihr Herz aufzurütteln. Nele umklammerte ihre Flasche fester. Vielleicht würde Diego die Gelegenheit nutzen, und jetzt in Ruhe mit Karola reden oder sie küssen oder was auch immer. „Ich mein's ernst, Karola. Komm in die Küche. Ich müsste mal für kleine Naschkatzen."

Karola lachte. „Vorne direkt neben dem Eingang", erklärte sie, aber Nele war schon an den beiden vorbei. Es war eine Sache, zu wissen, dass Karola und Diego sich heute noch küssen würden, aber eine andere, es zu sehen. Es verursachte Nele jetzt schon einen Stich. Sie wusste natürlich, dass Diego recht hatte. Sie wollte nicht, dass Ben ein schönes Date hatte. Sie wollte, dass er nachher wieder bei ihr vorbeischauen würde und davon erzählte und genauso sehr Single blieb wie sie. Wie egoistisch! Er brauchte schließlich jemanden für seinen Lebensplan. Und als Tischnachbarin. Nele drängelte sich durch die tanzenden Leute, blendete die Musik aus und fand die Toilettentür zum Glück angelehnt.

Sie schlüpfte hindurch, schaltete das Licht an und drückte die Tür ins Schloss. Es wurde hell, aber Nele konnte trotzdem nicht erkennen, wie das Bad eingerichtet war. Durch ihre plötzlichen Tränen sah sie nur bunte Schlieren, Lichtpunkte um Karolas Spiegel und ein kleines quadratisches Fenster. Nele fand trotzdem das Waschbecken und wusch sich mit kaltem Wasser die Tränen und ihre Wimperntusche ab. Danach konnte sie sich deutlich im Spiegel sehen. Sie sah zum Fürchten aus und sie hatte keine Ahnung warum. Direkt hinter dieser Tür lief gute Musik, das Buffet bog sich unter leckeren Küchlein, Quiches, Fingerfood, Dips und selbst gebackenem Baguette. Und da draußen lachten die Leute, aber Nele hatte es heute Abend noch nicht geschafft, mit irgendwem ins Gespräch zu kommen.

Außer mit Diego und der hatte gleich Ben erwähnen müssen. Ben, den Nele ursprünglich mit auf diese Feier nehmen wollte, um ihn hier zu verkuppeln. Jetzt, da er bei seinem zweiten Date saß, sich vielleicht in diesem Augenblick in eine Frau verliebte, die gut zu ihm und seiner Zukunft passte, ausgerechnet jetzt fiel Nele auf, dass sie das nicht wollte. Das Dumme war nur, dass es unfair war. Sie wollte Ben für sich. Aber sie wollte nicht die Zukunft, die er wollte. Ein Reihenhaus, ein oder zwei Kinder, ein Familienauto, einen sicheren Job. All das war überhaupt nichts für Nele! Sie brauchte ihr Leben nach der Glückskanne. Sie wollte glücklich sein, sich Wünsche erfüllen und spontan sein.

Sie durfte Ben nicht davon abhalten, eine passendere Frau zu finden. Außerdem wollte er auch nichts von Nele. Er hatte sie noch kein einziges Mal um ein Date gebeten. Nele zog die Nase hoch und ignorierte das Klopfen an der Tür noch einen kurzen Moment. Mit einem steifen Lächeln auf den Lippen drehte sie den Schlüssel und schlüpfte an einer wartenden Frau vorbei, die sie irritiert ansah. Nele kannte sie nicht und genau genommen hatte sie auf dieser Party nichts verloren. Ob sie sich einfach nach draußen schleichen sollte? Sie konnte es Karola ja am nächsten Tag erklären und Karola brauchte sie hier auch nicht.

„Nele?"

Sie musste halluzinieren. Die Stimme kannte sie, aber Rosa war ja nicht auf dieser Party. Ob sie sie anrufen sollte? Irgendwie hatte sie das Gefühl, dass Rosa ihre Gedanken verstehen konnte.

„Nele?" Dieses Mal hielt sie jemand am Ärmel fest und hinderte sie daran, den Mantel richtig anzuziehen.

„Was?", fauchte Nele und drehte sich um. „Mir ist schlecht, ich muss gehen …" Sie brach ab. Da stand wirklich Rosa. Genau vor ihr. Und sie machte ihrem Namen alle Ehre, fast alles an ihr war heute rosa. Der Lippenstift, das Kleid, die Stiefel. Trotz allem musste Nele über diese absurde Tatsache lächeln.

„Schon besser", fand Rosa. Sie zog Nele den Mantel wieder aus und bugsierte sie dann geschickt durch die tanzenden Gäste. Am Buffet stibitzte sie beim Vorbeigehen zwei kleine Törtchen und schob Nele dann durch einen Perlenvorhang auf einen schmalen Balkon, von dem Nele nicht einmal gewusst hatte.

Draußen hatte jemand Gläser mit Teelichtern aufgestellt. Ein paar bunte Luftschlangen wehten im Wind. „So", sagte Rosa und drapierte eine dicke, flauschige Decke über die Schultern. „Was ist passiert?"

„Was machst du hier?", fragte Nele, statt zu antworten. Schließlich war überhaupt nichts passiert, sie war nur etwas emotional heute. Vermutlich der Mond … oder was auch immer.

„Ich kam gestern mit Karola ins Gespräch und sie hat mich spontan eingeladen, als ich erwähnt habe, dass ich in Europa herumgetourt bin und die unterschiedlichen Küchen kennengelernt habe."

„Aha", sagte Nele. Machte das Sinn?

„Und warum hast du geweint?", fragte Rosa noch mal, dieses Mal etwas direkter als eben.

„Hab ich nicht", behauptete Nele und ihre Nase kribbelte verdächtig, als die Gedanken von eben wieder hochkamen.

„Okay, warum hast du nicht geweint?" Rosa lächelte und legte einen Arm um Neles Schultern. Sie gab ihr einen kleinen Kuss aufs Haar. „Komm, du kannst Tante Rosa alles erzählen."

„Es ist alles meine Schuld", platzte es aus Nele heraus.

„Was jetzt? Der Klimawandel? Die Politik? Das Wetter? Kann ich mir nicht vorstellen."

Obwohl Nele es nicht wollte, musste sie lachen. „Ich habe

Ben zum Onlinedating geraten, er hat gerade sein zweites Date und wird sich verlieben.“ Ganz leise beendete sie den Satz. „Aber nicht in mich.“

„Nele, Nele“, sagte Rosa. „Ben mag dich und du magst Ben. Ich würde sogar so weit gehen, dass er sich genauso sehr in dich verguckt hat, wie du dich in ihn. Aber du hast es ihm nie gesagt, richtig? Ben ist nicht der Typ für erste Schritte. Nicht, wenn ihn jemand verunsichert. Aber ich habe euch zusammen gesehen. Ihr seht schon die ganze Zeit aus wie ein Paar.“

„Sind wir aber nicht.“

„Du musst mit ihm reden. Er weiß doch nicht, dass du dich in ihn verliebt hast.“

„Es macht keinen Sinn. Wir passen nicht zusammen.“

Rosa seufzte. „Sagt wer?“

„Ich. Er will eine Familie, eine gesicherte Zukunft, ich möchte Freiheit und Überraschungen.“

„Nele, das ist nicht alles. Du musst trotzdem mit Ben reden. Oder irgendwas tun.“

Es hörte sich einfach an. Aber das war es nicht. Ganz und gar nicht.

Kapitel 32

Glück ist die Wahrheit

Am Montag in der Bank war Bens Zusammentreffen mit Marita überhaupt nicht schlimm. Sie unterhielten sich kurz über das Wetter, Marita lächelte ein echtes Lächeln und dann ging jeder seiner Wege. Dass sie sich auf kein zweites Date treffen würden, da waren sie sich einig gewesen. Das wäre zu kurios. Außerdem hatte Marita zugegeben, dass sie beim Ausfüllen des Fragebogens gelogen hatte. Sie wollte kein Reihenhaus, aber sie wollte einen Mann, der das wollte und keinen Spinner anlocken.

Abends hatte er sein Handy nur in die Hand genommen, um zu sehen, ob Nele sich gemeldet hatte. Die App der Datingseite machte er gar nicht erst auf. Neue Nachrichten konnten mit Sicherheit bis später warten. Vielleicht bis zum Wochenende. Jetzt musste er arbeiten. Ben führte gut gelaunt ein paar Kundengespräche, verlor sich in Zahlen und Finanzierungsstrategien. Die Zeit verging so schnell, dass er sich wunderte, als es bereits dunkel war und die Uhr am rechten Bildschirmrand anzeigte, dass er in fünf Minuten Feierabend hatte. Er seufzte und griff noch einmal nach seinem Handy. Immer noch keine Nachricht von Nele. Aber was erwartete er auch?

Kurz entschlossen öffnete er eine neue Nachricht und schrieb an Nele, als ihm eine Idee kam. Er wollte ihr unbedingt von dem letzten Date erzählen und er wusste ganz genau, dass es ihr gefallen würde.

„Hi Nele,

Was machst du heute Schönes? Muss dir unbedingt von vorgestern Abend erzählen. Du glaubst nicht, mit wem ich das Date hatte! Meld dich gerne, wenn du Zeit hast, dann komme ich vorbei.

Liebe Grüße, Dein Ben“

Er hatte die Nachricht abgeschickt, bevor ihm auffiel, wie gerne er „dein Ben“ geschrieben hatte. Hoffentlich würde Nele es für eine Floskel halten. Ben fuhr seinen PC herunter, packte seine Tasche und verließ das Büro. Auf dem Weg nach unten hielt er sein Handy in der Hand, überprüfte, ob er den Ton eingeschaltet hatte (und ob eine Nachricht eingetroffen war) und eilte weiter. An der Straßenbahn blieb er stehen. Was, wenn Nele Lust hatte, ihn zu treffen? Dann war es unpraktisch, erst nach Hause zu fahren und danach wieder in die entgegengesetzte Richtung. Sollte er vielleicht gleich …? Ach, vermutlich war es zu spontan.

Zu spontan für Nele? Das gab es gar nicht. Ben lächelte und sah noch einmal auf sein Handy. Ein kleiner leuchtender Umschlag wurde ihm auf dem Display angezeigt. Er hatte Nele zwar über WhatsApp geschrieben, aber vielleicht hatte sie ja Lust, ihm einen längeren Text zu schreiben und wählte eine E-Mail?

Eilig klemmte er sich seine Tasche fester unter den Arm, ging einen Schritt zur Seite an eine ruhigere Stelle der Plattform und entsperrte den Bildschirm. Mit fliegenden Fingern wählte er sofort seine E-Mail-App aus und wurde von Enttäuschung geflutet. Die Mail war von der Dating-App. Er hatte drei neue Nachrichten. Ben seufzte und steckte das Handy wieder weg. Das würde er sich in Ruhe ansehen.

Drei neue Nachrichten. Ben dachte an die beiden ersten

Dates, die er gehabt hatte. Was wohl dieses Mal für Frauen geschrieben hatten? Vielleicht wenigstens eine ohne besitzergreifenden Bruder und ohne falsche Angaben im Fragebogen. Ben versuchte, sich zu erinnern, was er selbst eingegeben hatte. Seine Zukunftswünsche hatte er auf jeden Fall angegeben. Familienwunsch. Hauskauf. Sicherheit im Job. Heirat. Natürlich in anderer Reihenfolge. Ben stieg in die Straßenbahn und blieb gleich neben der Tür stehen. Die Bahn war viel zu voll und er hatte ohnehin nur ein paar Stationen zu fahren.

Zu gerne hätte er gelesen, was Nele in diesen Fragebogen eingetragen hätte. Eigentlich war ihm klar, was sie dort eintragen würde oder nein, er wusste, dass sie andere Antworten geben würde als er. Und dennoch war Nele die Einzige, an die er ständig denken musste. Es war eindeutig, was das hieß, aber Ben verstand sein Herz nicht. Warum wollte es Nele, obwohl sie überhaupt nicht zu ihm passte und sie mit Sicherheit kein Interesse an einem Langweiler wie ihm hatte? Freunde war wohl das Maximum, was er erwarten konnte. Das war natürlich schön, aber eigentlich wollte er ja Liebe in seinem Leben.

Ben beobachtete ein Pärchen auf dem Bahnsteig, als die Bahn ruckelnd anhielt und ein paar Leute ausspuckte. Kalte Luft kam mit drei neuen Passagieren herein. Das Pärchen war unter ihnen. Sie hielten sich an den Händen, tuschelten und lachten, ganz wie im Film. Ben spürte einen Stich im Herzen, weil er sich genau das mit Nele vorstellen konnte. Sie konnten gut zusammen lachen. Sie verbrachten gerne Zeit miteinander, zumindest war er gerne mit Nele zusammen. Ging es ihr denn genauso? Das Pärchen küsste sich und Ben sah schnell weg, weil sein Herz wehtat.

Statt das Pärchen weiter anzustarren, sah er noch mal auf sein Handy, das er immer noch in der Hand hielt. Ein Licht blinkte und er gab schnell seine PIN ein. Eine neue E-Mail war eingetroffen. Wieder diese Dating-Seite! Eine weitere Nachricht wartete dort auf ihn. Ben ließ sein Handy sinken und sah wieder nach draußen. An der nächsten Haltestelle musste er sowieso aussteigen, wenn er nach Hause wollte. Und da sollte er hin. Eins nach dem anderen. Erst mal diese Nachrichten lesen. Vielleicht waren es nur Anstupser, die er ebenso kurz beantworten konnte. Im Grunde interessierte ihn nicht, wer da geschrieben hatte. Ganz kurz dachte er sogar daran, sich wieder von der App abzumelden oder den Frauen zu schreiben, dass er bereits jemanden gefunden hatte. Denn das hatte er. Nur war es leider nicht die Richtige.

Auf dem kurzen Weg zwischen Haltestelle und seiner Haustür grübelte Ben weiter darüber nach. Er war jetzt dreißig. Und nachdem seine Traumzukunft schon zum Greifen nah gewesen war, wollte er das alles so schnell wie möglich wiederhaben. Wenn man Kinder wollte, brauchte man erst mal die passende Frau und sollte nicht ewig mit der Familienplanung warten, sonst war man am Ende kurz vor der Rente und hatte immer noch keine Familie. Oder konnte er noch ein paar Jahre warten? Vielleicht musste sein Herz einfach begreifen, dass Nele nicht die Richtige für diesen Plan war? Und vielleicht musste er dafür einfach mal mit ihr sprechen?

Ben steckte den Schlüssel ins Türschloss und hielt inne. Wann sollte er mit ihr sprechen? So schnell wie möglich. Ben ging nach oben, stellte seine Arbeitstasche ab und überprüfte noch mal sein Handy. Keine Nachricht, kein verpasster Anruf. Mist. Er legte das Handy weg. Es würde vermutlich keine Nachricht kommen, solange er ständig darauf starrte.

So war das immer. Er musste an etwas anderes denken. Sein Magen knurrte und Ben musste lächeln. Guter Vorschlag! In der Küche suchte er sich ein paar Zutaten für eine Gemüsepfanne zusammen, schaltete das Radio ein und begann Möhren und Lauch kleinzuschneiden und Kartoffeln zu schälen. Beinahe hatte er vergessen, dass er auf Neles Anruf wartete, als sein Telefon klingelte. Ben erstarrte, dann warf er das Messer auf das Schneidebrett und hechtete in den Flur, wo das Telefon ordnungsgemäß auf seiner Ladestation stand und immer noch klingelte.

Atemlos nahm Ben das Gespräch an, ohne vorher auf das Display zu schauen. „Hallo?", fragte er und schnappte nach Luft.

„Hi!", sagte Nele. Sie klang ungewöhnlich leise.

Ben drückte den Hörer näher ans Ohr. „Schön, dass du anrufst! Hast du heute Zeit?" Er stoppte sich, bevor er sie vollends überfuhr mit seinem Eifer.

Nele seufzte. „Ja, klar."

„Oder nerve ich dich damit?", fragte Ben erschrocken. Irgendwie klang Nele nicht wie sonst. „Du hast bestimmt genug zu tun oder du bist erschöpft von deinem Arbeitstag, ich … wir können uns auch wann anders treffen."

„Heute ist schon okay", sagte Nele und es klang, als würde sie lächeln. Bestimmt streichelte sie Theodors lockiges Fell, dann schien sie immer glücklich.

„Wollen wir mit Theodor spazieren?", fragte Ben. „Ich wollte mir nur erst etwas zu essen machen, aber ich hab noch nicht richtig angefangen." Der Wasserkocher klickte, bis auf das Kleinschnibbeln hatte er wirklich noch nichts gemacht. Die Brühe konnte auch länger in ihrem Behälter warten und er würde nachher das Wasser einfach wieder heiß machen.

Den Hunger würde er für Nele ignorieren, oder er aß schnell einen Keks.

„Gute Idee“, sagte Nele. „Oder nein … kannst du doch einfach vorbeikommen? Ich war gerade mit ihm draußen und er muss auch mal schlafen. Ich bin etwas müde heute.“

„Wir können es auch verschieben …“, bot Ben noch einmal an, obwohl er am liebsten sofort seine Schuhe angezogen hätte, um loszurennen.

„Nein, komm ruhig. Wenn du fertig bist. Ich bin auf jeden Fall bis zehn hier. Dann gehe ich noch eine kleine Runde mit Theodor.“

„Okay“, sagte Ben. „Ich bin in einer halben Stunde da. Stunde“, korrigierte er sich. Er fühlte sich auf einmal, als würde er Nele dieses Treffen aufdrängen und das wollte er auf keinen Fall. Gerade weil er ihr nicht nur von dem Date erzählen wollte, sondern auch mit ihr über etwas anderes sprechen wollte. Aber genau damit konnte er sie ja noch viel mehr nerven. Vielleicht wünschte sie sich einen Freund und hatte schon fast einen? Bens Herz wurde ganz schwer, als er an den Kellner im Café Naschkatze dachte, der Nele auf Frau Sommers Geburtstag ständig zugezwinkert hatte. Mit dem konnte Ben definitiv nicht mithalten. So cool würde er in hundert Jahren nicht werden.

Sie legten auf und Bens Körper kribbelte auf einmal vor Aufregung. Doch dann schlug es in Angst um. Nele wollte bestimmt nicht dauernd etwas von seinen missglückten Dates hören, und sie wusste ja nicht, dass es heute nicht nur darum gehen sollte. Bisher hatte sie ihn gut unterstützt und ihm überall geholfen, aber langsam sollte er vielleicht mal seine Zukunft selbst in die Hände nehmen.

Eine Stunde später stand Ben mit sattem Bauch und einem vorfreudigen Lächeln vor Neles Haustür. Er klingelte. Die Tür öffnete allerdings nicht Nele, sondern seine Großmutter.

„Ben, wie schön!", sagte sie erstaunt.

„Hallo Oma, ich wollte zu Nele, hat sie nichts gesagt?" Wieso sollte sie? Aber Ben kam sich merkwürdig vor. Er hatte einerseits das Gefühl, sich entschuldigen zu müssen, dass er nicht seine Großmutter besuchte und andererseits war ihm ihr Blick irgendwie unangenehm.

„Nein." Katharina lachte. „Aber sie hat gerade eine große Kanne Glückstee gekocht und ist damit und mit einem Teller Plätzchen wieder in ihrem Zimmer verschwunden. Vermutlich hat sie dort schon eine Tasse, dann ist die neue Tasse für dich. Schön."

Bei seiner Großmutter hatte Ben immer das Gefühl, sie konnte direkt in sein Herz sehen, wusste Dinge, lange bevor er sie selbst wusste. Ganz bestimmt merkte sie schon eine ganze Weile, dass sein Herz für Nele schlug. Viel mehr als für diese ganzen namenlosen Frauen, mit denen er sich noch treffen konnte, und viel mehr als es gut für ihn war. Nele war nicht wie Silvia, das nicht, aber sie würde mit ihm genauso wenig in ein Reihenhaus ziehen und Kinder bekommen. Nun ja, deswegen war er hier. Er würde sie fragen, ob sie sich all das nicht doch ein kleines bisschen vorstellen konnte.

Ben trat in den warm beleuchteten Flur, hängte Jacke und Schal auf, zog sich die Handschuhe und Schuhe aus und fühlte sich dabei die ganze Zeit beobachtet.

„Habt einen schönen Abend", sagte Katharina und zwinkerte Ben zu. Aber das musste er sich eingebildet haben. Seine Großmutter zwinkerte nicht. Oder doch? Seine Wangen wurden auf einmal ganz heiß und er knetete seine Hände, als er auf Socken zu Neles Tür ging. Er atmete tief durch, kam sich blöd dabei vor und klopfte, bevor ihn aller Mut verließ. Er benahm sich wie ein Anfänger! Er war schließlich nicht hier, um Nele gleich einen Antrag zu machen.

„Komm rein!", rief Nele und klang wesentlich fröhlicher als eben. Ben seufzte erleichtert und öffnete die Tür. Theodor wuffte, klopfte mit dem Schwanz auf den Holzboden, blieb aber liegen.

„Hi!", sagte Ben und war froh, dass er noch mal nach unten tauchen konnte, um den Hund zu begrüßen. Theodor hatte schon wieder so einen klugen Ausdruck in den Hundeaugen, als verstünde er viel mehr von der Welt und der Liebe als Ben und Nele zusammen. Wahrscheinlich war das auch so.

„Möchtest du einen Tee?", fragte Nele und deutete lächelnd auf die Teekanne, die auf ihrem Fensterbrett stand.

„Gerne. Glückstee. Hat Oma gesagt." Bens Stimme verwandelte sich in ein Stammeln und er ärgerte sich.

Nele sprang auf und goss ihnen beiden den Tee ein. Dann reichte sie Ben die Tasse und hielt ihm einen Teller mit Keksen hin.

„Danke." Ben setzte sich zu ihr aufs Bett, achtete aber darauf, dass er nicht zu aufdringlich rüberkam. Außerdem wollte er ja ihren Gesichtsausdruck im Auge behalten.

„Na dann erzähl mal", forderte Nele ihn auf.

„Du weißt doch sicher noch, dass sie Mia hieß, richtig?", begann Ben und nahm einen Schluck vom Tee. „Genau genommen hat sie ein paar Buchstaben weggelassen. Erinnerst du dich an meine Kollegin, die an der Bürogeburtstagsfeier neben mir in eurem Café saß?"

Nele bekam große Augen. „Die Ziege, die dich geärgert hat?"

„Genau! Marita hat ihren Namen geändert. Und weil wir keine Fotos ausgetauscht haben, um nicht voreingenommen zu sein, wussten wir beide nicht, mit wem wir es zu tun haben. Das war vielleicht ein Schreck.“

Nele schlug sich die Hand vor den Mund. „Ben, das tut mir leid! Du hast aber auch ein Pech.“

„Es war gar nicht so schlimm, wir haben uns unterhalten und das Kriegsbeil begraben. Am Ende war da natürlich kein Knistern zwischen uns, aber ein paar Gemeinsamkeiten hatten wir sogar. Nicht so viele, wie ursprünglich gedacht natürlich.“

„Aber der Fragebogen ...“, warf Nele ein. „Ich dachte du wolltest dich nur mit Frauen treffen, die zu dir passen. Jetzt doch nicht?“ Ihre Augen funkelten auf einmal und sie begann mit einer Hand an der Bettdecke zu zupfen, während sie Ben nicht aus den Augen ließ.

„Sie hat beim Fragebogen gelogen, weil sie keinen Spinner treffen wollte“, erklärte Ben. „Vermutlich werden diese Fragen überschätzt. Was meinst du?“

Nele nickte.

Jetzt kam der schwierige Teil des Abends. Ben trank seinen Tee in langsamen Schlucken aus und war froh, dass er noch so heiß war und es nicht schneller ging. Auch Nele nippte immer wieder an ihrer Tasse und sah hin und wieder zu ihm hin. Er stellte die leere Tasse aufs Fensterbrett und räusperte sich. Natürlich wusste er, dass er so viel zu sehr Neles Aufmerksamkeit auf seine nächste Frage lenkte, und auf einmal war er unglaublich nervös. Dabei stand ja nichts auf dem Spiel. Er wollte Nele nur etwas fragen, sie würden sich unterhalten wie sonst auch.

„Dieser Fragebogen ... also, wie würdest du ... ihn

ausfüllen?“ Ben holte das Notizbuch aus seiner Aktentasche. Am liebsten hätte er sich dahinter versteckt. Warum war es bitte so schwer, Nele danach zu fragen?

„Ich weiß die Fragen gar nicht mehr“, sagte sie und zuckte mit den Schultern. „Worum geht es noch mal?“

„Ich hab die Fragen hier“, sagte Ben schnell, bevor er es sich anders überlegte und hielt das Notizbuch hoch.

„Oh“, sagte Nele. Sie sah fast so aus, als wäre sie am liebsten aufgesprungen und weggelaufen.

„Ich wüsste gerne … also.“ Ben brach wieder ab und legte das Notizbuch zwischen Nele und sich auf die Tagesdecke. „Was du schreiben würdest. Hast du Lust?“

„Klar“, sagte Nele. Sie gab sich einen Ruck, den Ben förmlich sehen konnte und griff nach dem Buch. Sie schlug es mit einer Hand auf und suchte mit der anderen nach einem Stift auf ihrem Nachttisch, was ziemlich akrobatisch aussah. „Soll ich einfach ausfüllen?“, fragte sie. „Wie in einem Steckbrief?“ Sie lächelte. „Die habe ich früher geliebt.“

Ben fiel ein Stein vom Herzen und er nickte einfach.

Nele zog die Kappe von ihrem Stift und kaute darauf herum, während sie die Fragen las. Ben hatte sie in seiner schönsten Handschrift aufgeschrieben, während er in der Straßenbahn gesessen hatte. Hinten im Buch hatte er die gleichen Fragen stehen mit seinen Antworten. Hoffentlich würde Nele das nicht merken. Irgendwie war es ihm jetzt unangenehm, dass sie dort nachlesen konnte und vielleicht ihre Antworten anpassen oder … extra etwas Gegensätzliches schreiben konnte.

Kapitel 33

Glück ist noch ein Kuss

Nele las die Fragen durch. Ben hatte eine hübsche Handschrift. Ordentlich, aber mit kleinen markanten Kringeln an einigen Buchstaben. Sie war sich Bens Nähe nur allzu bewusst und sie las extra langsam, dachte ausgiebig über ihre Antworten nach und hoffte, dass es noch ein paar Seiten mehr waren, die sie ausfüllen sollte. Und warum? Nur, damit Ben hier blieb. Dabei hätte sie ihm auch vorschlagen können, gemeinsam einen Film zu gucken oder doch eine Runde mit Theodor zu drehen. Da wäre ihr sicherlich noch einiges eingefallen.

Bei der zehnten Frage kam Nele langsam ein seltsamer Gedanke. Warum fragte Ben sie das alles? Sie war es doch nicht, die jemanden suchte. Wollte er gucken, ob er gute Antworten gegeben hatte? Oder irgendwie ihre Antworten mit denen der anderen Frauen vergleichen, um zu gucken, ob die irgendwie … nett waren? Oder … Nele legte das Buch hin und sah Ben an.

„Guckst du dir meine Antworten nachher an oder soll ich vorlesen beim Schreiben? Dir wird ja langweilig." Sie wusste nicht, was für eine Antwort sie sich wünschen sollte. Hoffentlich wollte er jetzt nicht gehen und sagen, sie könne das Buch bis zum nächsten Treffen behalten. Von seinem missglückten Date hatte er ja bereits erzählt, wenn auch nur sehr kurz. Dafür hätte er sie einfach anrufen können. Nele fiel zum ersten Mal auf, dass Ben ganz rote Wangen hatte.

Er sah auf das Buch, dann hob er ganz langsam seinen Blick zu ihrem Gesicht. In dem Moment, als sich ihre Blicke begegneten, passierte etwas mit der Luft. Es war wie eine Art Blinken oder wie kleine warme Sternchen. Oder war das in Neles Bauch? Oder in ihrem Herzen?

Was hätte sie darum gegeben, jetzt auszuprobieren, wie ein Kuss von Ben schmecken würde. Komischerweise hatte sie vorhin genau so einen Wunsch gezogen. Und den musste sie erfüllen! „Glück ist ein Kuss" hatte auf dem Zettel gestanden. Vorhin hatte sie der Zettel traurig gemacht, weil es niemanden gab, den sie hatte küssen wollen. Außer Ben.

Sie hatte die ganze Zeit gedacht, dass das nicht ging, weil Ben vielleicht jetzt mit einer Mia zusammen war! Und jetzt saß er hier und fragte sie den Fragebogen ab. Warum sollte er das denn tun, wenn er sie nicht wenigstens mochte? Und außerdem tat ein Kuss ja nicht weh. Ein Kuss war Glück. Nele ließ den Stift fallen und krabbelte über die Bettdecke zu Ben. Seine Augen wurden groß, aber Nele war nicht mehr zu stoppen. Sie setzte sich neben Ben und nahm sein Gesicht in beide Hände, sah ihm in die Augen und küsste ihn einfach.

Bens Lippen an ihren zu spüren war auf alle Fälle Glück! Theodor wuffte zustimmend, aber Nele nahm das nur am Rande wahr. Sie sog Bens Duft ein, schmeckte seine Lippen und die kleinen Bläschen aus Glück in ihrem Bauch tanzten. Ben zog sie an sich, küsste sie so leidenschaftlich zurück, dass ihr der Atem stockte. Da war nur Wärme zwischen ihnen, Feuer beinahe und so viel Glück! Nele ließ sich nach hinten auf die Matratze fallen, zog Ben mit sich und das Gewicht seines Körpers auf ihr fühlte sich einfach nur richtig an. Nele musste lachen, weil sie so glücklich war und sie spürte Bens Lächeln an ihren Lippen. Trotzdem küsste er sie weiter. Nele konnte nicht verstehen, warum sie so lange niemanden mehr geküsst hatte! Es war das schönste Gefühl auf der ganzen Welt.

Ben und Nele rollten über ihre Tagesdecke, Theodor wuffte protestierend und stand auf, um sich an die Tür zu legen. Ben lachte und küsste Nele wieder und wieder. Kleine warme Küsse auf die Wangen, die Nasenspitze und dann wieder ihren Mund. In diesem Kuss gab es alles. Zusammengehörigkeit, Freude, Glück und dann wieder Leidenschaft. Sie küssten sich, weil sie es wollten und Nele liebte ihre Glückskanne über alles. Nur wegen diesem Wunsch hatte sie sich überhaupt getraut, das hier zu wagen. Ben wirbelte sie auf der Decke herum, es war fast wie ein Tanz im Liegen.

Etwas knallte und Theodor winselte. Nele war noch ganz benommen, sie wusste gar nicht, was passiert war. Ben drehte sich um und sah sie dann ganz zerknirscht an. Nele schreckte hoch und sah sich nach Theodor um. „Schatzi, ist alles okay?“ Der Hund drückte sich an ihren Oberschenkel und zitterte. Hatte er sich verletzt? Was war das für ein Knall gewesen? „Bist du irgendwo gegen gelaufen?“, fragte Nele und besah sich seine Pfoten, seinen Rücken, aber sie konnte nichts finden. Dann sah sie ein paar Bücher auf dem Boden und dazwischen Scherben, die noch teilweise in der gestrickten Hülle hingen.

„Ich fürchte, das war ich“, sagte Ben kleinlaut.

Nele verstand nicht, was er meinte. Die Bücher waren vom Regal gefallen und … ihr Blick wanderte langsam dorthin, wo die Glückskanne normalerweise stand. Ihr Platz war leer. Wieder sah sie zu Boden. Ihre Glückskanne war zerbrochen. So vergänglich war Glück.

„Hab wohl mit dem Fuß das Regal getroffen …“, sagte

Ben. „Es tut mir total leid, ich helfe dir natürlich dabei, die Kanne zu reparieren … ich hoffe, die war nicht antik."

Nele wusste, dass sie seltsam reagierte, aber in diesem Moment konnte sie sich kaum bewegen. Ihre Kanne war kaputt. Die Kanne, die sie von ihrer Oma geschenkt bekommen hatte. Einfach zerbrochen.

„Scherben bringen Glück, oder?", fragte Ben leise.

Nele versuchte, ihn anzulächeln, war sich aber nicht sicher, ob es klappte. „Ganz bestimmt", sagte sie leise und winkte dann ab. Bewegen konnte sie sich immer noch nicht, dabei sollte sie die Scherben wegfegen, bevor noch einer von ihnen sich verletzte.

„Ich hole schnell einen Besen", drang Bens Stimme zu ihr durch und sie konnte nicht reagieren, bevor er das Zimmer verlassen hatte.

„Oh nein", flüsterte Nele. „Das ganze Glück …" Sie versuchte sich einzureden, dass es nicht schlimm war, dass Ben das nicht absichtlich gemacht hatte und das hatte er ja auch nicht. Gerade war er damit beschäftigt, einen Besen zu holen, um das Durcheinander zu beseitigen, und was tat sie? Sie saß hier auf dem Rand ihres Bettes und starrte auf den Fußboden. Sie schüttelte sich.

„Komm, Schatzi", sagte sie zu Theodor und stand mühsam auf. Sie zwang sich nicht zurückzusehen und verließ mit Theodor ihr Zimmer. Sie brachte ihn in die Küche und war froh, dass Katharina dort war. „Könntest du kurz auf ihn aufpassen?", fragte sie. „Uns ist da was runtergefallen. Ich muss erst schnell die Scherben aufheben, bevor Theo da reinläuft."

„Natürlich, alles okay? Du bist so blass."

Nele winkte ab. „Klar! Nichts Schlimmes. Mir geht's

gut." Sie wusste, dass es nicht stimmte, und dass Katharina das genau sehen konnte. Sie tätschelte Theodors Kopf, murmelte, dass sie gleich zurück sei und zog die Küchentür hinter sich zu. In Neles Ohren rauschte es. Sie wusste, dass das Blödsinn war. Da war eben nicht ihr Glück zerbrochen, sondern nur das Behältnis, wo sie Glückszettel aufbewahrte. Dennoch war das bestimmt ein schlechtes Omen, oder? Es waren nur noch neun Tage bis Weihnachten, bald fing das neue Jahr an und Nele hatte keinen einzigen Wunsch mehr. Ach was, sie konnte die Zettel ja aufheben und eine hübsche Dose dafür kaufen.

Noch immer stand sie im Flur, als sie aus ihrem Zimmer ein merkwürdiges Geräusch hörte. Ein lautes Brummen oder … ein Staubsauger? Ob Ben sich tatsächlich um die Scherben kümmerte? Sie wusste, dass sie zu ihm gehen und ihm das Gefühl geben sollte, dass es nicht schlimm war, dass er nicht schuld war. Aber wie bitte hatte er das geschafft, beim Knutschen mit dem Fuß das Regal mit der Kanne zu treffen? Nele versuchte, die Wut und die Enttäuschung runterzuschlucken und sich an den Kuss selbst zu erinnern. Das Glück und die Erleichterung, dass Ben sie zurückgeküsst hatte. Endlich konnte sie sich wieder bewegen und ging zu ihrem Zimmer, um Ben zu helfen.

Auf Socken stand er neben ihrem Bett und staubsaugte den Fußboden. In einem Putzeimer hatte er große Scherben ihrer Glückskanne gesammelt. Es waren einige und Nele überkam ein winziges Gefühl der Hoffnung. Sie ging langsam zu Ben, um ihm auf die Schulter zu tippen. Ihr Arm war ausgestreckt und gefror dann in der Bewegung. Etwas am Bild war falsch. Da war der Eimer mit den großen Scherben, der Fußboden war fast wieder sauber … aber wo hatte Ben die Zettel hingelegt? Er schaltete den Staubsauger aus, das Geräusch im Zimmer erstarb und Nele hörte wieder das Rauschen. „Wo sind die Zettel?“, fragte sie und musste sich räuspern, weil ihre Stimme merkwürdig kiekste.

„Huch!“ Ben fuhr zu ihr herum und lächelte schief. „Was hast du gesagt?“

„Die Zettel …“, murmelte Nele und ihr Blick fiel auf den Plastikbauch des Staubsaugers. In seinem Filterbeutel würde sie vermutlich fündig werden. Dumm nur, dass da auch haufenweise Tierhaare und Staubmilben drin waren, außerdem lauter kleine Scherben, an denen man sich schneiden konnte. Nele konnte auf keinen Fall im Staubsaugerbeutel nach ihren Zetteln suchen.

„Was für Zettel?“, fragte Ben, aber noch während er sprach, sah Nele, dass er sich erinnerte. Sein Blick fiel auf die Scherben, den sauberen Fußboden und dann auf den Staubsauger. „Alles war voller Scherben …“, begann er. „Nele, das tut mir leid! Wie kann ich das wieder gutmachen?“

„Ach was“, sagte Nele und zwang sich zu einem lockeren Ton. „Ist doch nicht schlimm. Ich hole mir einfach neue.“ Sie sagte es und wusste, dass es nicht ging. Es würde nicht dasselbe sein. Nele blinzelte, als ihre Augen zu brennen anfingen. Damit Ben es nicht sah, nahm sie ihm den Staubsauger ab, murmelte ein Danke in seine Richtung und flüchtete aus ihrem Zimmer. Sie ging langsam zur Abstellkammer im Flur, verstaute den Staubsauger und schloss die Tür hinter ihm und seinem Bauch voller Glückszettelchen. Das war einfach nicht richtig. Glück sollte nicht zwischen Staub und Scherben sein. Und wenn man es herausholte, blieb bestimmt der Zauber fort.

Als Nele sich umdrehte, stand Ben hinter ihr. Langsam

streckte er die Arme nach ihr aus, legte letztendlich aber nur seine Hände auf ihre Schultern und umarmte sie nicht. Vielleicht war das ganz gut.

„Es tut mir leid", sagte er noch mal. „Dass die Kanne kaputt ist. Alles davor tut mir natürlich nicht leid." Er sagte all das mit fester Stimme, sodass Nele es auch glaubte. Dumm war nur, dass der Verlust der Kanne den wunderschönen Kuss von davor in dunkle Schatten stellte.

Kapitel 34

Glück ist eine Entscheidung

Zu Hause angekommen legte Ben die Jutetasche mit den Scherben von Neles Kanne vorsichtig auf den Küchentisch. Er schaltete die helle Deckenlampe an, holte sich noch eine Schreibtischlampe aus dem Wohnzimmer und stellte sie auf den Tisch. Aus der Schublade der Flurkommode holte er flüssigen Kleber und zur Sicherheit noch eine Rolle Kreppklebeband. Er setzte sich hin, sah sich ein paar Youtube-Videos über das Kleben kaputter Porzellanvasen an und zog sich Gummihandschuhe an, obwohl er sich nicht sicher war, dass die scharfen Keramikkanten standhalten konnten.

Ben arbeitete die halbe Nacht. Der Geruch des Klebers benebelte schon seine Sinne. Doch er schaffte es nicht, an etwas anderes zu denken, als an den Kuss mit Nele. Sollte er vorher noch ein winziges bisschen daran gezweifelt haben, was er für Nele empfand, oder noch einen einzigen Gedanken an dieses blöde Onlinedating verschwendet haben, jetzt ging es nicht mehr. Er würde sich bei „The One" abmelden.

Er stellte Neles Kanne vorsichtig auf ihren Fuß und begutachtete seine Arbeit. Wenn man nicht allzu genau hinsah, konnte man sich einbilden, dass die Kanne nie runtergefallen war. Leider allerdings nur von dieser Seite. Offenbar war die Kanne auf ihre Linke geknallt und da klaffte noch immer ein großes Loch. Vermutlich die Stelle, wo die meisten der kleinen Splitter hingehörten. Kleine Zettel konnte man jedenfalls nicht mehr hineintun. Oder sie würden gleich wieder rausfallen, sobald man die Kanne hochhob und nicht ganz gerade hielt. Aber vielleicht konnte man da noch irgendwie gegensteuern. Er würde morgen im Bastelladen nachfragen. Da hatte er mal einen am Neumarkt gesehen.

Ben holte seinen Laptop und meldete sich auf der Datingseite an. Er öffnete eine Nachricht nach der anderen, schrieb den fremden Frauen höflich zurück, dass er bereits fündig geworden war, bedankte sich und wünschte ihnen alles Gute für die Zukunft. Dann löschte er sein Konto bei der Seite. Löschte die App auf seinem Handy und lehnte sich erleichtert zurück. Das wäre geschafft. Dates mit anderen Frauen brauchte er jetzt jedenfalls nicht mehr. Nele hatte ihn geküsst. Das breite Grinsen von vorhin kam zurück. Und die reparierte Kanne würde ihr sicher auch gefallen. Im Grunde war es nicht wichtig, dass Nele den Fragebogen nicht zu Ende ausgefüllt hatte. Oh, der lag ja noch bei ihr … ob er jetzt noch mal hinfahren sollte? Nein, es war spät. Vermutlich schliefen alle schon.

Ben gähnte. Vermutlich sollte er jetzt ins Bett gehen, aber er war viel zu aufgekratzt. Nele war bestimmt romantisch veranlagt, oder? Er sollte ihr einen Brief schreiben. Einen echten Liebesbrief.

Kapitel 35

Glück ist etwas Neues

Nele starrte mit müden Augen auf die leere Stelle in ihrem Regal. Die Kanne war fort. Ihr ganzes Glück zerbrochen und weggeworfen. Sie knipste das Licht aus. Leider konnte sie immer noch sehen, dass die Kanne nicht mehr da war. Seufzend und stöhnend drehte sie sich um und starrte im Dunkeln an die andere Wand. Die Stadtkarte von Köln konnte sie ein bisschen erkennen. Aber es half nichts. In ihrem Kopf gab es nur die Scherben und Bens Gesichtsausdruck. Natürlich konnte er nicht verstehen, was das bedeutete. Wie sollte er auch?

Nele warf sich auf den Rücken, strampelte die Decke von ihren nackten Füßen und verschränkte die Hände hinter dem Kopf. Mit der Kanne waren auch alle Wünsche fort. Natürlich war es keine Absicht gewesen, aber war das nicht ein schlechtes Zeichen? Vermutlich die Strafe dafür, dass sie ihn aus purem Egoismus geküsst hatte. Nein, weil ein Wunsch es von ihr verlangt hatte. Was war das bitte für ein Wunsch? Er passte doch überhaupt nicht zu ihrem Leben. Oder hatte sie den Falschen geküsst? Einen Mann, der ihr gefiel, der aber etwas ganz anderes suchte als sie. Eine Ehefrau, die mit ihm Kinder haben und in einem Reihenhaus wohnen wollte. Mit Hund. Na ja, den Hund könnte Nele immerhin mitbringen.

Das Problem war, dass der ganze Zauber des Kusses fort war. Nele konnte nicht daran denken, ohne daran erinnert zu werden, dass Ben ihr Unglück gebracht hatte. Nein, das konnte man nicht sagen. Aber er hatte ihr ihren Lebenstraum genommen! Das war es. Nele schleuderte die Decke zurück und tapste zu ihrer Zimmertür. Im Flur war es still. Leise öffnete sie ihre Tür, spähte in die Dunkelheit und schlich dann zur Küche. Sie brauchte jetzt einen Tee. Oder etwas anderes. Sie wollte schließlich niemanden wecken. Ein wuscheliger Schatten schlüpfte hinter ihr in den Flur und drückte sich an Neles Bein.

„Kannst du auch nicht schlafen?", flüsterte Nele und kraulte Theodors Ohren.

Dass es in der Küche nicht dunkel war, sah sie erst, als sie die Türklinke herunterdrückte und ein schmaler Lichtstrahl vor ihre Füße fiel. Hatte jemand vergessen, das Licht auszuschalten, oder war noch jemand wach?

„Oh, ich wollte dich nicht erschrecken", sagte sie, noch während sie eintrat.

Johannes saß am Küchentisch und las gerade in einem Buch. Neben ihm stand eine Tasse, aus der es verführerisch dampfte. Er legte seinen Zeigefinger auf die Stelle, wo er wohl gerade gelesen hatte und blickte auf.

„Gute Stelle für eine Unterbrechung."

„Cool", sagte Nele und stand unschlüssig herum. Sie entdeckte die Teekanne auf der Arbeitsplatte. „Ist da noch etwas drin? Darf ich?"

„Ostfriesentee", sagte Johannes und machte eine zustimmende Handbewegung.

„Kann man danach schlafen?", fragte Nele und nahm sich eine gelbe Tasse aus dem Schrank.

„Nein, aber ich kann heute sowieso nicht schlafen. Du ja offenbar auch nicht. Manchmal hilft eine durchwachte Nacht, um die eigenen Gedanken zu sortieren."

„Selbst wenn man am nächsten Tag eventuell mit dem Gesicht in ein Stück Torte fällt, das man eigentlich gerade einem Gast servieren wollte?“ Nele grinste, als sie sich das Ganze bildlich vorstellte. Theodor stupste an ihr Bein. Nele streichelte ihn und setzte sich mit ihrer Tasse Johannes gegenüber.

„Auch dann“, kam seine späte Antwort. Er grinste. Vermutlich stellte er es sich ebenfalls gerade vor. „Gibt es etwas Bestimmtes, das dich nicht schlafen lässt?“

Nele dachte einen Moment nach und pustete in ihre Tasse. „Eine ungewisse Zukunft. Ich weiß, das klingt blöd, vor allem, weil ich mir meine Zukunft ganz bunt und unvorhersehbar vorstelle. Aber mir fehlt jetzt sozusagen der … rote Faden, weißt du?“

„Hmm“, machte Johannes.

„Dadurch, dass ich all meine Wünsche verloren habe, habe ich das komische Gefühl, dass ich kein Glück mehr finden werde.“

„Dass deine Kanne zu Bruch gegangen ist, hat Katharina vorhin erzählt. Das tut mir leid, Nele.“ Er schlug nicht vor, dass sie sich eine neue kaufen sollte und dafür war Nele ihm dankbar. So einfach konnte es nicht sein. Diese Kanne war ja nicht irgendeine Kanne. Sie war ein Geschenk, und sie begleitete Nele auch schon sehr lange. Sie hatte ihr immer Glück gebracht.

„Was ist das eigentlich, Glück?“, fragte Johannes, als Nele nicht antwortete.

„Hmm?“ Nele sah auf. Was war das denn für eine Frage? Ein Scherz? Eine Fangfrage? „Das kann man ja gar nicht so genau festlegen“, begann sie schließlich. „Glück kann alles sein. Ein Stück Torte, ein neuer Job, ein sonniger Tag, ein Bad im Meer …“

„Eine neue Liebe“, ergänzte Johannes.

„Ein Teller Nudeln!“ Das Spiel machte Nele Spaß.

„Eine Reise, die man lange vorhatte.“

„Ein Haustier!“

„Ein eigenes Haus oder eine tolle WG.“ Johannes zwinkerte ihr zu.

Nele sprang auf und flitzte zur Schublade neben der Spüle.

„Gute Idee gehabt?“, fragte Johannes. Etwas an seiner Stimme ließ Nele innehalten.

„Ich wollte die Wünsche notieren … ich muss ja irgendwie neu anfangen.“

„Notier nur die Hälfte“, riet ihr Johannes.

„Was? Wie meinst du das?“

„Die andere Hälfte sind meine Wünsche“, sagte Johannes. „Jeder Mensch hat seine eigenen. Es gibt Dinge, die viele Leute mögen, ja. Aber jeder hat auch seine eigenen Wünsche und Ziele, Sachen, die ihn oder sie glücklich machen.“

Nele starrte ihn an. Etwas in ihrem Herzen fiel an seinen Platz. „Du hast recht. Das waren nie meine Wünsche und Glücksrezepte! Ich bin in das Leben anderer Leute geschlüpft, habe für sie gelebt, wenn man so will!“ Das klang jetzt in ihren Ohren etwas pathetisch, aber der Kern war wahr.

„Genau.“ Johannes prostete ihr mit seiner Teetasse zu.

Nele stieß vorsichtig daran. „Ich brauche eigene Wünsche. Damit ich mein eigenes Glück finden kann.“

Johannes nickte und sie tranken beide ihre Tassen leer und stellten sie zurück auf den Tisch. Nele war ganz feierlich zumute, sodass sie aufsprang und Johannes spontan umarmte. „Danke“, rief sie, tanzte zur Spüle, stellte ihre Tasse auf die Ablage und winkte Theodor zu sich.

„Gute Nacht!“, sagte Nele. „Macht nichts, wenn ich nicht schlafen kann wegen dem Tee. Ich habe zu tun!“ Sie lächelte, öffnete die Tür und jetzt fühlte sich ihr Zimmer wieder vertraut an. Ihr war warm im Herzen und auch wenn sie überhaupt nicht müde war, war sie glücklich. Eigene Wünsche …

Sie setzte sich auf ihr Bett, holte ein leeres buntes Notizbuch und ihren Lieblingskugelschreiber hervor und schlug aufgeregt die erste Seite auf. „Meine Wünsche“, notierte sie und das Datum. „So, dann wollen wir mal …“

Nele begann mit ein paar kleineren Sachen.

Glück ist … einen Hund zu streicheln.

Glück ist … ein blauer Himmel.

Glück ist … die erste Blume im Frühling.

Glück ist … ein spannendes Buch.

Glück ist … eine von Karolas Torten.

Sie ließ den Stift sinken. Irgendwie waren das wirklich nur Kleinigkeiten und hatten nur ganz am Rande mit ihr zu tun. Viele Leute liebten gutes Wetter und gute Bücher. Was hatten sie vorhin in der Küche noch für Beispiele gehabt? Nele konnte sich nicht mehr erinnern. Sie waren vermutlich ganz ähnlich gewesen wie diese Wünsche. Um sich inspirieren zu lassen, sah sie sich in ihrem Zimmer um. Was liebte sie hier? Eigentlich alles … was hätte sie gerne anders oder wünschte sie sich schon lange?

Glück ist … ein schöner Zufall.

Nele starrte auf ihren letzten Satz. Vielleicht war dies das Geheimnis. Vielleicht war Glück wirklich ein Zufall. Sie stöhnte leise. Vermutlich brauchte all das viel mehr Zeit. Glück war nichts, was man so schnell greifen konnte, oder? Und Zufälle konnte man nicht herausfordern. Die schönsten

Dinge passierten, wenn man nicht damit rechnete. Vielleicht wäre eine Art Tagebuch sinnvoller? Am Ende des Tages notieren, was sie glücklich gemacht hatte? Ja, das sollte sie tun.

Irgendwie musste Nele das Glück in ihrem Leben doch finden können und sie war sicher, dass es davon jede Menge gab.

Kapitel 36

Glück ist ein Plan B, der funktioniert

Dumm war nur, dass Ben nicht wusste, ob sein Plan B funktionieren würde. Die geklebte Kanne war jedenfalls eher dazu geeignet, Nele daran zu erinnern, was sie verloren hatte. Sie würde ihr eher kein Lächeln ins Gesicht zaubern. Denn Ben war nicht Neles verletzter Blick entgangen. Wenn ihn nicht alles täuschte, machte sie ihn dafür verantwortlich, dass die Kanne kaputt war. Hoffentlich dachte sie nicht noch, dass er sie so ihres ganzen Glücks beraubt hatte. Denn so hatte sie ihre Kanne ja immer genannt. Die Glückskanne.

Verdammt, warum war er nur so tollpatschig? Dabei war der Abend auf einmal so schön gewesen. Neles Kuss, er hätte nie damit gerechnet, dass sich ein Kuss so richtig anfühlen konnte! Mit Nele war es einfach gewesen, die ganze Zeit schon. Sie konnten sich gut unterhalten, zusammen lachen und er fühlte sich bei Nele pudelwohl. Mischlingswohl. Ben musste grinsen, als er an Theodor dachte. Einer der entspanntesten, freundlichsten Hunde, die Ben kannte. Theodor passte zu Nele, auch wenn sie völlig anders war. Das war es doch!

Liebe konnte es nicht nur zwischen Leuten geben, die sich ähnlich waren. Selbst sehr unterschiedliche Wesenszüge passten gut zusammen. Gegensätze zogen sich an? Vielleicht auch das. Ben jedenfalls war sich sicher, dass er Nele haben wollte. Behalten wollte oder wiedergewinnen. Oder war das nur ein Kuss für sie gewesen? Eine Laune? Ein erfüllter Wunsch aus ihrer Kanne? Eigentlich sollte sie dann andere Wünsche da drin haben. Besondere Wünsche, etwas, das zu ihr passte. Etwas, was sie sich wirklich wünschte. Sinnvoll waren möglicherweise auch Wünsche von Menschen, die sie mochte. Ben hoffte sehr, dass er zu diesen Menschen gehörte. Gut, dass heute sein kurzer Tag in der Bank war, die Geschäfte hatten noch offen.

Er brauchte jetzt erst mal eine neue Kanne. Ben schnappte sich sein Portemonnaie, zog sich warm an und verließ seine Wohnung. Lange spazierte er über vier verschiedene Weihnachtsmärkte. Dann stromerte er durch Nebenstraßen und warf einen langen Blick in jedes Schaufenster von Geschäften, wo sie Teekannen oder Kaffeekannen verkauften. Aber es war nie das Richtige dabei. Ben würde nicht aufgeben, aber langsam froren ihm die Zehen ab. Er blieb stehen. Der warme Schein aus einem Schaufenster fiel auf sein Gesicht und er hob den Blick. Die Flohmarkthalle! Warum war er nicht gleich darauf gekommen? Er musste auf Flohmärkten oder in Antikläden nachsehen! Eine Kanne für Nele finden, die eine Geschichte erzählte.

Ben drückte die Tür zum Geschäft auf und trat ein. Warme Luft und der Duft von Holzpolitur, Leder und staubigem Papier stieg ihm in die Nase. Er öffnete den Reißverschluss seiner Jacke und sah sich um. Gleich im Schaufenster hatte jemand einen Tisch gedeckt, um den Stühle aus verschiedenen Epochen gruppiert waren. Auf einer gehäkelten Tischdecke standen vier Teller aus weißem Porzellan mit Rosenmuster und in der Mitte die passende Kanne mit Zuckerdöschen und Milchkännchen aus dem gleichen Set. Die Tassen fehlten allerdings. Stattdessen hatte jemand eine Reihe von bunten Teegläsern hingestellt. Ben sah sich die Teekanne eine Weile an, aber sie war nicht das, was er suchte. Sie passte nicht zu Nele und sie passte nicht zu der Aufgabe, die er für sie hatte.

„Kann ich dir helfen?“ Ein junger Mann in Pullunder und Jeans tauchte neben Ben auf.

„Ich brauche eine Teekanne“, sagte Ben.

Der Mann deutete auf den gedeckten Tisch.

„Eine andere.“ Ben verzog das Gesicht zu einem hoffentlich höflichen Lächeln.

Sein Gegenüber grinste. „Verstehe. Komm, hinten haben wir noch mehr Geschirr. Vielleicht gibt es da etwas.“

Sie schlängelten sich an Holzschränken und einem Regal aus den 50er Jahren vorbei. An einem Ohrensessel mit 70er-Jahre-Bezug bogen sie durch einen Türbogen nach links ab. Hier gab es Regale voller Schallplatten, Stapel mit alten Comics und natürlich Bücher. Aber weiter hinten standen ein paar Schränke mit Glastüren. Auf den ersten steuerte der Verkäufer zu und schloss die Türen auf. Im Schrank fand sich jede Menge Porzellan, bedruckt mit den verschiedensten Mustern, aber auch ein schwarzes Service und sogar ein Essgeschirr in Senfgelb. Ben mochte sich gar nicht vorstellen, wie manche Gerichte sich damit beißen würden. Im oberen Fach standen ein paar einzelne Kannen.

Schon zu Beginn rutschte sein Blick ganz nach hinten und erfasste eine silberne Kanne. Dennoch sah er sich auch die anderen an. Aber sein Bauchgefühl hatte ihn nicht getrogen, die Kanne ganz hinten schien ihn förmlich zu rufen.

„Darf ich die mal sehen?“, fragte Ben und deutete auf die Silberkanne.

„Klar.“ Der Verkäufer räumte ein paar der Porzellankannen

auf einen Tisch in der Mitte des Raumes und Ben nahm vorsichtig die Metallkanne heraus.

„Messing, versilbert. Handarbeit aus Marokko", sagte der Verkäufer.

Ben drehte die Kanne, wog sie in seinen Händen und spähte in ihr Inneres. Der Deckel war an einem Scharnier an der Kanne selbst befestigt, nicht mal dieser konnte herunterfallen. Sie war innen mit einer grünlichen Patina überzogen, aber ansonsten war sie gut erhalten. Vor allem sah sie märchenhaft aus mit dem eingestanzten Muster an den Seiten und im Deckel. Nach Glück und ein bisschen nach einer Kanne, in der sich auch ein Wünsche erfüllender Geist wohlfühlen würde wie bei Aladin. Ben lächelte über den seltsamen Gedanken.

„Vierzig Euro."

Ben nickte.

„Du handelst gar nicht?"

„Ach so. Achtunddreißig?"

Der Verkäufer grinste. „Neununddreißig."

„Fünfunddreißig?"

„Sechsunddreißig."

„Dreißig?" Ben fühlte sich unverschämt, aber sein Gegenüber nickte nur.

„Zweiunddreißig fünfzig. Einverstanden?"

„Gut." Ben drückte die Kanne an seine Brust, als er dem Verkäufer zu einer etwas versteckten Kasse folgte. Er bezahlte, steckte die Kanne dann in seinen mitgebrachten Stoffbeutel und entdeckte beim Rausgehen noch eine Platte, die ihm gefiel. Einen Plattenspieler besaß er zwar nicht, aber er kaufte sie trotzdem. Und fühlte sich verwegen, als er wieder auf die Straße trat.

Zuhause allerdings stand Ben vor einem neuen Problem. Er hatte die Kanne mit Silberpolitur auf Hochglanz gebracht, aber irgendwie reichte das noch nicht. Ben suchte alle Stifte zusammen, die er hatte und fand sogar ein paar Kreidemarker, die angeblich auf Metall malten. Hoch konzentriert machte sich Ben an die Arbeit und dekorierte die Kanne. Als Ben nicht mehr ignorieren konnte, dass er ständig gähnte und es langsam Bettgehzeit war, legte er die Stifte zur Seite und begutachtete sein Werk von allen Seiten.

Es war bunt geworden und Ben fühlte sich stolz. Hoffentlich würde auch Nele die Kanne gefallen! Und wenn sie noch einmal wild herumknutschen würden und diese Kanne runterfiele, würde sie nicht zerbrechen, höchstens eine kleine dekorative Beule bekommen. Fehlte nur noch der Inhalt. Den würde Ben allerdings erst morgen in Angriff nehmen. So etwas brauchte schließlich Zeit.

Er wollte immerhin Neles Herz gewinnen.

Kapitel 37

Glück muss man nur erkennen

Nele notierte morgens und manchmal auch abends ein paar Dinge, die sie am Tag glücklich gemacht hatten. Wenn sie sie schön dekorativ aufschrieb und mit kleinen Comic-Zeichnungen illustrierte, bekam sie pro Tag eine Seite voll. Es war allerdings nicht das Gleiche wie die Wünsche in der Kanne und vor allem fehlte ihr die Struktur für ihren Tag. Sie war überrascht, dass sie so etwas überhaupt gehabt hatte. Es war eine chaotische Struktur gewesen, aber die Wünsche in der Kanne waren Wegweiser für den Tag gewesen, Aufgaben, die sie gern übernommen hatte. Mittlerweile musste sie sich selbst überlegen, was sie tun wollte.

Zuerst dachte Nele, sie würde sich langweilen, aber dann bemerkte sie, dass sie eine entspannte Ruhe umgab. Zwischendurch war ihr Leben dennoch bunt und es passierte noch immer genug. Es gab witzige Gäste im Café, kleine Ereignisse im Alltag, wie einen schönen Anruf von Rosa, worauf sie sich verabredeten und gemeinsam durch die Altstadt spazierten.

Nele und Rosa suchten nach Details, die sie sich gegenseitig zeigten. Sie gingen in Richtung Eisenbahnbrücke, die vom Bahnhof nach Deutz führte und hoch oben über ihren Köpfen den Rhein überspannte. Ein Zug donnerte darüber, als sie die Brücke erreichten. Sie tauschten einen Blick aus, dann steuerten sie die Treppe an, die nach oben auf die Brücke führte. „Für den Ausblick“, sagte Rosa.

„Man kann auch drüben schön spazieren. Im Park am Tanzbrunnen. Oder wir setzen uns da auf die Treppe?“

„Machen wir alles.“

Sie folgten dem Fußgängerpfad, suchten auf den vielen bunten Liebesschlössern nach lustigen Namen und wichen ein paar Inlineskatern aus.

„Du erzählst gar nichts mehr von Ben.“ Rosas plötzliche Worte ließen Nele leicht zusammenzucken. Vielleicht war es auch die Erwähnung seines Namens.

Nele überlegte. „Wir sehen uns grade etwas seltener.“

Rosa blieb stehen. „Warum?“

„Einfach so.“

„Na?“ Rosa konnte man nichts vormachen, sie besaß einen siebten Sinn für unausgesprochene Details.

„Wir haben uns geküsst, dabei ist meine Glückskanne runtergefallen. Zerbrochen. Seitdem war ich irgendwie mit anderem beschäftigt.“

„Eine neue Kanne zu töpfern?“, witzelte Rosa.

„Bringt nichts.“ Nele schüttelte den Kopf und dachte an die Glücksmomente, die sie seitdem in ihrem Buch eingetragen hatte. „Die Zettel sind weg. Alle Wünsche und Glücksrezepte. Einfach weg.“

„Aber die zerbrechen doch nicht“, gab Rosa zu bedenken.

„Weggesaugt. Alles war voller kleiner fieser Splitter.“

„Neue Wünsche müssen her.“ Aus Rosas Mund klang es einfach.

Nele erzählte Rosa von ihrem Buch, in dem sie Glücksmomente notierte. „Es sind jetzt meine eigenen Glücksmomente, nicht so wie früher das Glück anderer Leute, weißt du?“

Rosa blieb stehen und legte ihre Hände auf Neles

Schultern. „Gut gemacht. Du musst dein eigenes Glück finden und ich will ja nicht nerven, aber ich glaube, Ben könnte dabei eine Rolle spielen."

„Das wird nichts."

„Warum nicht? War der Kuss nicht gut? Du musst ihn ja nicht gleich heiraten." Sie gingen langsam weiter und Rosa hakte sich bei Nele ein. Theodor schaffte es trotzdem noch, zwischen ihnen zu trotten, ein kleines Stück vor ihnen und genau im richtigen Abstand, dass ihm niemand auf die Hinterpfoten trat.

Nele dachte an den Kuss zurück. Es war nicht das erste Mal, dass sie sich alles noch mal genau so vorstellte, wie es sich angefühlt hatte, aber jetzt ließ sie sich noch mehr Zeit. Neben ihr lief die geduldigste Zuhörerin aller Zeiten, die aus Neles Antwort sowieso die Wahrheit herauslesen würde.

„Es ist einfach keine gute Idee", sagte Nele, obwohl sie wusste, dass es lahm klang. „Er möchte heiraten und Kinder haben, in einem Reihenhaus wohnen und so was. Das passt doch nicht zu mir."

„Hast du mal mit ihm darüber gesprochen? Vielleicht weiß er, dass das nicht dein Leben wäre und möchte dich trotzdem wieder küssen. Wie gesagt: ihr müsst nicht gleich heiraten. Ich glaube auch nicht, dass Ben das alles sofort will. Er ist doch kein Träumer."

Aber wusste sie das genau? Nele war sich nicht sicher und schwieg. Sie hatte ohnehin nichts gegen Träumer. Sie gingen noch auf die andere Rheinseite, am Ufer entlang, durch den Park hinter dem Tanzbrunnen und dann über die Zoobrücke zurück. Neles Füße fühlten sich müde und schwer an, aber ihr Herz wurde immer leichter. Jedes Mal, wenn sie Rosa an ihrer Seite spürte, wenn diese ihr etwas Schönes oder Lustiges zeigte, wenn Theodor sie mit seiner feuchten Nase anstupste und jedes Mal, wenn ihre Gedanken zu Ben wanderten.

Vor dem Haus verabschiedete sich Nele von Rosa, im Hausflur der WG trocknete sie Theodor die Pfoten ab. Eins stand jedenfalls fest. Sie musste sich eine Liste mit Dingen machen, die sie vorhatte. Ein paar Ziele waren eine gute Sache. Und das Wichtigste war erst mal, sich mit Ben auszusprechen.

Kapitel 38

Glück ist, jemandem ein Geschenk zu machen

Der Tag fing mit Sonnenschein an und weil Wochenende war, war das besonders gut. Ben hatte ausgeschlafen und stand jetzt voller Tatendrang vor seinem Küchenfenster, Toast in einer Hand, einen Teller in der anderen. Autos, Bäume und Dächer waren von einer feinen Schneepuderschicht bedeckt. Gleich würde er wieder losziehen und noch mehr neue Wünsche für Nele sammeln. Zwischendurch hatte er immer mal ein paar Kollegen aus dem Büro gefragt, Stephan, als sie sich mal außer der Reihe auf ein Bier getroffen hatten. Mitten unter der Woche! Es hatte gut getan und Ben merkte, dass ein paar kleine Abweichungen von seiner üblichen Routine nicht weh taten.

Wen hatte Nele wohl gefragt für die Wünsche in ihrer Kanne? Irgendwelche Menschen, die glücklich aussahen? Oder einfach jeden, der bereit war, kurz nachzudenken und ihr dann etwas zu nennen, was ihn glücklich machte? Ben fand Neles Idee der Glückskanne nach wie vor sehr schön.

Bald würde es wieder eine Kanne voller Glück geben. Nach dem Zähneputzen zog er sich warm an und schnappte sich einen kleinen Notizblock und ein paar Stifte. Ben pfiff auf der Treppe einen alten Song von Crowded House.

Auf der Straße war es gar nicht so kalt, wie Ben erwartet hatte. Die Sonne schaffte es offenbar sogar im tiefsten Winter, die Luft zu erwärmen. Er lief in Richtung Einkaufsstraße und fragte gleich die erstbesten Leute, ein Pärchen mit Coffee-to-Go-Bechern in den Händen.

„Ein Nachmittag mit Waffeln vor einem knisternden Kaminfeuer“, sagte die junge Frau.

„Mit Bärenfell davor“, ergänzte ihr Freund und zwinkerte ihr zu.

Ben bedankte sich, notierte den Wunsch als einen, wobei er hoffte, dass Nele ihn dazu einladen würde. Als Nächstes fragte er ein kleines Mädchen mit einem weißen, wuscheligen Hund an der Leine. Sie überlegte kurz, bevor sie antwortete. „Ein Spaziergang mit meiner Rosalie und dann gucken wir zusammen einen Disneyfilm.“

Auch diesen Wunsch fand Ben gar nicht schlecht. Er würde sogar jeden Disney-Film mit Nele gucken, obwohl er seit bestimmt achtzehn Jahren keinen der ursprünglichen Märchenfilme mehr gesehen hatte.

Er lief weiter, befragte junge und alte Leute, welche mit langen Haaren, bunten Mützen, dichten Bärten und Räuberblick, mit und ohne Hund. Als er schon ziemlich viele Wünsche notiert hatte, knurrte sein Magen. Wenige Meter entfernt entdeckte er einen Stand, der Maronen verkaufte. Hinter dem Wagen pfiff ein Mann mit zotteligen Haaren unter einer gestrickten Mütze ein Lied, das Ben nicht sofort einordnen konnte. Normalerweise kaufte sich Ben nicht häufig Essen auf der Straße. Aber wenn er sich vorstellte, dass Nele mit ihm hier wäre, ihre Augen hätten garantiert geleuchtet bei diesem Anblick … und dem Duft. Bens Magen knurrte noch etwas lauter und er gab sich einen Ruck.

„Eine Portion, bitte“, sagte er zu dem Mann. Der summte weiter seine Melodie, nickte ihm freundlich zu und füllte eine Papiertüte mit den dampfenden Nüssen. Er reichte sie ihm, nannte den Preis und nahm das Geld entgegen.

„Stimmt so“, sagte Ben.

Der Mann nickte und lächelte. Vielleicht sprach er kein Deutsch? Andererseits kam es Ben vor, als wäre das ein deutsches Kinderlied, das der Mann da pfiff. Aber vielleicht gab es ähnliche Melodien auch in anderen Ländern.

Trotzdem beschloss Ben ihn noch als Letzten zu fragen. „Für eine Freundin sammele ich Glücksmomente“, begann er. „Also ich notiere ihr Sachen, die glücklich machen.“

„Deine feste Freundin?“ Der Maronenverkäufer sprach mit einem leichten Akzent.

„Es wäre schön“, sagte Ben ehrlich.

„Eine schöne Idee. Du hast ihr Herz schon so gut wie sicher. Lass mich nachdenken.“ Der Verkäufer begann wieder zu pfeifen, dieses Mal allerdings eine andere Melodie. Was war das? Ein Weihnachtslied, aber welches? Rudolph, the red-nosed reindeer, riet Ben nach einer Weile. In dem Moment lächelte der Mann. „Mein größter Wunsch war ein Hund, aber den hat sie schon erfüllt. Eine Umarmung von einem Freund, den man vermisst hat.“

Ben nickte irritiert. Wer hatte ihm den Wunsch mit dem Hund erfüllt? Vielleicht seine Frau? Egal. Jedenfalls war der andere Wunsch ein guter und einer, den Ben und Nele zusammen erfüllen könnten. Sollte sie ihn vermisst haben. Zeit genug dafür hatte sie gehabt. Seit dem Abend, an dem er die Kanne aus Versehen zerbrochen hatte und also auch seit ihrem Kuss, waren einige Tage vergangen. Beinahe eine Woche. In vier Tagen war schon Heiligabend. Allerspätestens dann musste Ben Nele wiedersehen.

Er aß seine restlichen Maronen im Gehen und eilte mit

seinem Block voller Glückswünsche nach Hause. Dort schnitt er die Blätter in schmale Zettel, damit je ein Wunsch für sich stand und Nele sie aus ihrer neuen Kanne ziehen konnte. Beinahe zeremoniell rollte Ben sie zusammen und ließ sie in die Kanne fallen. Er wollte den Deckel schon wieder zuklappen, da fiel ihm noch etwas ein. Er sollte auch einen eigenen Wunsch dazu tun. Etwas, das ihn sehr glücklich machen würde. Ben schrieb diesen Wunsch in seiner schönsten Handschrift, ergänzte ihn um ein paar Herzchen und steckte ihn zu den anderen.

Kapitel 39

Glück kann die Augen öffnen

Heute fiel es Nele schwer, sich im Café zu konzentrieren. Zweimal brachte sie jemandem einen falschen Kuchen, einmal eine Tasse Kaffee zu viel, dreimal vergaß sie die Kuchengabeln. Die Gäste nahmen es mit Humor und Nele entschuldigte sich zum Glück charmant genug, dass sich niemand beschwerte. Karola fiel es entweder nicht auf oder sie war zu höflich, um etwas dazu zu sagen. Auch Diego sagte nichts. Aber erst kurz vor Feierabend fiel Nele auf, dass die beiden ohnehin mit etwas ganz anderem beschäftigt waren. Sie waren dabei, einander verliebte Blicke zuzuwerfen!

Nele sagte zwar nichts dazu, umarmte aber beide zum Abschied und lief dann so schnell wie möglich nach Hause. Sie holte Theodor und rannte mit ihm zuerst zum nächsten Park und dann weiter zu Bens Wohnung.

Atemlos kam sie vor seinem Wohnhaus an und klingelte. Der Türöffner summte und Nele stürmte mit Theodor die Treppe empor.

„Hi", sagte sie. Weil Theodor Ben so freudig begrüßte und zwischen ihnen hin und her wuselte, bekam Nele die Gelegenheit, Ben zu mustern. Er wirkte noch genauso glücklich wie vor dem Malheur mit ihrer Glückskanne. Und genau genommen war sie ohnehin die Einzige gewesen, die sich zurückgezogen hatte. „Ach, was soll's!" Gerade als Ben sich vom Hundestreicheln wieder aufgerichtet hatte, schlang Nele ihre Arme um ihn und drückte ihn an sich.

„Brr“, sagte er lachend und drückte sie genauso fest. „Du hast ja eine Eisnase, komm mal schnell rein. Nicht, dass du noch zum Schneemann mutierst hier draußen, oder zur Schneefrau natürlich.“

Ben zog sie an beiden Händen in seine Wohnung. Er schloss die Tür und drehte sich wieder zu ihr herum. Weil sie sich keinen Zentimeter bewegt hatte, standen sie sehr nah voreinander. Ein kleiner Funke flammte in Neles Bauch auf und sie konnte beinahe spüren, wie er wuchs und wuchs, als sie Einzelheiten von Bens Körper durch ihre Kleidung spürte.

Nele musste leise lachen. Schließlich machten sie genau genommen dort weiter, wo sie das letzte Mal aufgehört hatten. Oder ging das zu schnell? Sie hatten sich ja noch nicht mal ausgesprochen.

„Ich wollte dir etwas sagen.“ Sie strich mit einer Hand über seine Wange.

„Zu stoppelig?“, fragte Ben alarmiert.

„Nein.“ Nele lachte wieder. „Steht dir. Hmm, was riecht hier so gut? Hast du gerade gegessen? Darf ich noch die Pfanne auslöffeln? Was ist das?“ Das mit der Aussprache konnte sicherlich noch kurz warten. Sie wollte ja nicht gleich wieder gehen.

„Zitronenhühnchen mit Salat und Butterreis“, sagte Ben. „Es ist genug da, ich wollte gerade essen.“

„Dann passt es ja. Ich habe nämlich Hunger.“

„Cool.“ Ben grinste. „Finde ich gut.“

Aus der Küche erklang ein Piepsen. „Ah, der Reis“, sagte Ben. „Kommst du mit?“ Aus ihrer Umhängetasche zog Nele ein Handtuch für Theodor und musste lächeln. Dass sie daran gedacht hatte …

„Ich mach schon mal den Ofen aus und kümmere mich

um das Geschirr und so …“, sagte er, stand aber immer noch an Ort und Stelle, während Nele das dreckige Handtuch über die Heizung im Flur hängte. Sie ging zur Garderobe und hängte Jacke, Schal und Mütze auf, ganz dicht neben Bens eigenem Wintermantel. Als sie sich umdrehte, ging er gerade in Richtung Küche. Sie folgte ihm. Ben legte gerade Salat in eine Pfanne, die auf dem Herd stand.

„Warmer Salat?“, fragte Nele und trat näher, um in die Pfanne sehen zu können. Sie erkannte Hähnchenfilet in mundgerechten Stückchen und eine helle Soße, die wunderbar nach Sahne und Zitrone duftete.

Ben nickte und stellte eine Kochplatte ab, auf der ein Topf stand.

„Es duftet himmlisch“, sagte Nele und schnupperte. „Kann ich irgendwas machen?“

„Du kannst mir von deinem Tag erzählen“, sagte Ben.

Nele nickte. Das war besser als gleich damit rauszurücken, dass sie sich seltsam benommen hatte. „Okay.“ Sie lehnte sich an den Kühlschrank. Sie erzählte von Theodor, der leise zu ihren Füßen wuffte, von einigen Gästen im Café. „Im Grunde habe ich aber heute nicht so viel mitbekommen“, endete sie.

„Warum?“ Ben sah sie erstaunt an. Oder war das ein erschrockener Blick? Nein, er wusste ja nicht, was kommen würde und genau genommen brauchten sie sich vielleicht gar nicht mehr aussprechen. Die Luft zwischen ihnen war klar und es fühlte sich nicht an, als wären da irgendwelche Vorwürfe auf Bens Seite, die noch herausplatzen wollten.

„War abgelenkt.“ Nele sah zum Tisch. Er war noch nicht gedeckt, also holte sie Teller aus dem Schrank und legte auch Besteck dazu.

Ben füllte Reis und zwei Kellen der lecker duftenden Soße dazu. Sie setzten sich an den Küchentisch und Ben stand noch einmal auf, um einen kleinen Teller mit einer Kerze zu holen.

„Schön“, sagte Nele. „Ich liebe Kerzen.“

„Hervorragend.“ Sie grinsten sich an, bevor sie sich einen guten Appetit wünschten und zu essen begannen.

Nach einer Weile legte Nele das Besteck weg und nahm einen Schluck Wasser. „Echt lecker.“

„Danke“, sagte Ben. „Das Gericht mochte ich schon immer. Mamas Freundinnen haben sich jedes Mal gewundert, dass ich sogar schon mit drei den Salat gegessen habe. Vielleicht hat sie mir das Gericht früher schon als Babybrei serviert, wer weiß.“

Das Telefon klingelte mitten in Bens Erzählung und er verdrehte die Augen. „Ich lasse es einfach klingeln. Mein Anrufbeantworter kann ja auch mal was für sein Geld tun.“

Trotzdem lauschten beide, als der Anrufbeantworter ansprang. „Süß“, murmelte Nele und meinte damit Bens Ansage. Danach folgte der Piep und dann erklang die Stimme einer Frau.

„Wenn man vom Teufel spricht“, flüsterte er und hörte weiter zu. Aha. Bens Mutter also.

„Ben? Wo bist du denn? Möchtest du mit deiner Begleitung am ersten Weihnachtstag zum Kaffeetrinken kommen? Oder doch lieber am Samstag, den siebenundzwanzigsten? Ich weiß, ich habe Januar gesagt, aber das wäre doch schön? Ruf mich mal an.“ Zum Abschluss kicherte sie, bevor sie auflegte und das Tuten der Leitung das Geräusch unterbrach.

„Das macht sie in letzter Zeit ständig. Dieses Kichern treibt mich in den Wahnsinn.“

„Ach, das passiert schon mal, wenn man verliebt ist. Ist doch schön, dass sie so glücklich sind, oder? Sie sahen harmonisch aus, als sie neulich im Café waren. Richtig niedlich zusammen."

Ben sah sie nachdenklich an. „Ja, vermutlich hast du recht. Eigentlich sollte ich mich freuen."

„Du musst ihn ja nicht gleich mögen, aber es ist sicher besser, ihm eine Chance zu geben."

„Stimmt." Ben grinste. „Und bei den Psychoratschlägen nehme ich ihm einfach den Wind aus den Segeln und verhalte mich mustergültig."

„Und … wen nimmst du dann an dem Samstag mit?", fragte Nele. Bestimmt würde Ben eins seiner Dates aus dem Internet mitnehmen, weil er sich längst vor ihrem Kuss mit einer der Frauen für die Hochzeit verabredet hatte. Sie hatten gar nicht mehr darüber gesprochen und Nele hatte nicht mal mehr daran gedacht. Sie hatte Ben neulich mit ihrem Kuss überrumpelt. Das hieß ja nicht, dass er sich genauso in sie verliebt hatte wie sie sich in ihn. Das hatte sie jetzt davon. Sie schluckte, während sie auf die Antwort wartete.

„Keine Ahnung", sagte Ben schließlich. Seine Wangen wurden auf einmal rot und Nele wartete auf den Namen, den er gleich aussprechen würde. Bestimmt hatte er in den letzten Tagen, wo sie sich so dämlich benommen hatte, die Frau fürs Leben kennengelernt und wollte es jetzt nur nicht sagen, um sie nicht zu verletzen. Geschah ihr eigentlich recht. Sie seufzte.

„Würdest … du?" Ben sah sie kurz an und senkte seinen Blick dann wieder auf seinen Teller.

„Ich?", fragte Nele. „Wieso ich?"

„Du musst natürlich nicht. Es ist ja nur ein Kaffeetrinken

und … aber eigentlich.“ Er brach schon wieder ab. Nele konnte ihm kaum bei seinem Gestammel folgen. Wovon redeten sie hier überhaupt? „Die Hochzeit“, sagte Ben relativ zusammenhanglos.

„Ob ich dich auf die Hochzeit begleite?“, fragte Nele. Hoffentlich hatte sie ihn richtig verstanden.

„Also … würdest du? Nur wenn es okay ist, wir müssen ja nicht … ich meine, ich könnte dich ja als normale Freundin mitnehmen.“

„Normal?“ Nele starrte ihn an, dann fiel der Groschen. Er meinte platonisch. Ihr Herz wurde schwer, aber sie nickte. „Klar, gerne.“

„Schön.“

Toll, jetzt waren sie wieder im Einsilbenstadium angekommen. Nele musste sich zwingen, die nächsten Worte auszusprechen.

„Es ist okay, Ben, ehrlich. Ich komme mit als deine platonische Freundin. Zum Kaffeetrinken und zur Hochzeit, wenn du möchtest. Wenn du bis dahin deine Traumfrau findest, kann deine Mutter den Namen sicherlich noch mal ändern. Das sollte ja kein Problem sein.“

Ben sah sie an. „Das wäre echt toll.“ Da war etwas in seinem Blick, das nicht so ganz zu den Worten passte, die er sagte. Sicherlich hatte er sich das Ganze so überhaupt nicht vorgestellt. Und Nele ja auch nicht. Sie hatten die perfekte Traumfrau für ihn finden wollen. Dummerweise wollte Nele das jetzt überhaupt nicht mehr. Darüber hätte sie allerdings früher nachdenken können. Kurz musste sie wieder an den Kuss denken und nahm schnell einen Schluck Wasser.

„Am ersten Weihnachtstag hat das Café geschlossen. Falls es der Samstag wird, müsste ich nur vorher Karola fragen, ob ich nachmittags frei bekomme. Ich schätze ein Kaffeetrinken wird eher nach fünfzehn Uhr sein oder macht deine Mutter das wie meine?"

„Wieso?", fragte Ben.

„Meine Mutter trinkt immer Kaffee. Manchmal auch um Mitternacht."

„Und kann sie trotzdem schlafen?"

„Ja." Nele zuckte mit den Schultern und grinste. „Nur eben später. Tatsächlich richtet sie manchmal ihren ganzen Tagesablauf nach Kaffee aus. Sie liebt das Zeug."

„Möchtest du noch einen Nachtisch? Ich habe nämlich Tiramisu gemacht. Wo wir gerade von Kaffee zu später Stunde sprechen."

„Du bist ein Schatz." In Neles Bauch gluckerte es fröhlich. Ben konnte auch noch kochen. „Unbedingt. Tiramisu esse ich nämlich zu jeder Tages- und Nachtzeit."

Sie grinsten sich kurz an, dann stand Ben auf und räumte die leeren Teller weg. Das Dessert holte Ben aus dem Kühlschrank und bestäubte die weiße Creme mit Kakaopulver. Er löffelte zwei Portionen in hübsche Glasschälchen. „Gehen wir rüber?", fragte er.

„Gemütlicher." Nele nickte, schnappte sich zwei Löffel und beide Desserts und trug sie zum Couchtisch, während Ben die beiden Gläser mitnahm.

Auf einmal rumste etwas nebenan und Ben stöhnte verhalten auf. Sie drehte sich nach ihm um. Er hatte das Gesicht schmerzhaft verzogen, versuchte aber zu lächeln.

„Sag nicht, das war dein Zeh."

„Und das Bücherregal", sagte Ben.

„Oje." Nele stellte schnell die Dessertschälchen ab und eilte zu ihm zurück, um ihm die Gläser abzunehmen. „Setz dich, am besten du legst den Fuß gleich hoch." Sie deutete auf seine Couch und schob einen gepolsterten Fußhocker vor die eine Ecke. Dann half sie Ben, sich dort hinzusetzen. Er stöhnte wieder leise auf.

„Du bist ganz blass." Nele setzte sich dicht neben Ben und legte ihre Hand auf seinen Oberschenkel. „Schlimm?", fragte sie und deutete auf seinen Socken.

„Geht schon", murmelte Ben.

Am liebsten hätte Nele ihn in diesem Moment geküsst, auch wenn er jetzt natürlich mit seinem Fuß beschäftigt war. Vom Schmerz ablenken war aber doch bestimmt eine gute Idee. Andererseits hatten sie sich gerade darauf geeinigt, dass sie platonisch befreundet waren. Mist.

„Warte, ich hab noch etwas für dich", sagte Ben auf einmal und quälte sich wieder vom Sofa hoch. Er verschwand humpelnd im Flur. Nele hörte seine Schritte, das Klappen einer Tür und dann kam er wieder zurück. In den Händen hielt er ein wild eingepacktes Geschenk. Buntes Papier, um einen rundlichen Gegenstand gewurschtelt und dann mit einem roten Schleifenband umwickelt. Er humpelte zurück zum Sofa und reichte Nele das Geschenk. „Als Wiedergutmachung."

Verwundert löste Nele das Papier, warf dabei einen Blick zu Ben, der auf seiner Unterlippe kaute. „Heiligabend ist erst in vier Tagen. Man darf noch gar nicht auspacken … außerdem … so viel? Du hattest doch noch das von meiner Mama." Sie brach ab.

„Das hier ist kein Weihnachtsgeschenk, ich schulde dir doch noch etwas."

Die Worte machten erst Sinn, als sie das ganze Papier entfernt hatte. Auf ihren Knien stand jetzt eine silberne

Kanne, verziert mit Schnörkeln und Herzchen in Pink und Lila, dazwischen gemalte neongrüne Kleeblätter. Nele drehte die Kanne langsam in ihren Händen. Sie war wunderschön. Ihr Herz hüpfte und machte so seltsame schwimmende Bewegungen. Abwechselnd und gleichzeitig. Ben hatte ihr eine neue Glückskanne gemacht. Ihre Augen brannten, weil sie sich plötzlich blöd fühlte, dass sie wegen der kaputten Kanne so komisch zu ihm gewesen war. Dabei hatten sie sich doch vorher geküsst!

„Du kannst auch mal reingucken", sagte Ben.

Vorsichtig öffnete Nele den Deckel und spähte ins dunkle Kanneninnere. Unten lagen kleine Papierkügelchen. Ihr Herz hüpfte noch höher und sie angelte mit zwei Fingern nach einem Zettel. Die Öffnung der Kanne war etwas schmal, aber ihre Hand passte ganz gut durch, wenn sie die Finger langstreckte und die Papierkugel zwischen den Fingerspitzen herausholte.

Sie stellte die Kanne vorsichtig zur Seite und rollte das Papier auseinander.

„Oh", sagte Ben.

Nele las die Worte auf dem Zettel. „Ein Glückswunsch?", fragte sie und ein warmes Glühen breitete sich in ihrem Inneren aus. Im Herz, im Bauch, überall, bis in die Fingerspitzen und Zehen.

Ben nickte, seine Wangen röteten sich.

Nele sah wieder auf den Zettel in ihrer Handfläche. Glück ist, mit Nele zusammen zu sein.

„Weißt du, was das Gute daran ist?", fragte sie. „Ich kann ihn dir erfüllen."

Ben räusperte sich. „Du musst nicht …"

Dieses Mal studierte Nele sein Gesicht ganz genau. Seine

Augen funkelten und ganz kurz rutschte sein Blick zu ihrem Mund. Das hatte sie sich eingebildet, oder? Oder dachte Ben genauso sehr an den Kuss vor dem Kannendesaster wie sie? Oder meinte er gar nicht, dass er freundschaftlich mit Nele zusammen sein wollte, sondern richtig? Unplatonisch? Mit allem Drum und Dran? Nele fasste sich ein Herz. Sie war ohnehin schon zu weit gegangen.

Nele schluckte und auch Bens Adamsapfel hüpfte ein bisschen. Vielleicht dachte er das Gleiche?

Doch bevor Nele sich entscheiden konnte, überbrückte Ben den letzten Abstand zwischen ihnen und berührte ihren Mund mit seinen Lippen. Sanft, aber so, dass sie es nicht missverstehen konnte. Er wollte es auch. Sein Arm landete langsam und schwer auf Neles Schulter und er zog sie näher. Ben schmeckte so gut.

Nele konnte das Lächeln schmecken und die Hitze in ihrem Innern flammte neu auf, strömte von all den Stellen, wo sie sich berührten, bis in ihr Herz. Er unterbrach den Kuss, aber Nele wollte mehr.

Dieses Mal küsste ihn Nele, genauso vorsichtig und langsam, wie er es eben getan hatte, danach zog sie sich nur ein winziges Stück zurück. Der dritte Kuss folgte einen Atemzug später. Nele schlängelte ihren Arm um Bens Nacken und zog ihn näher zu sich heran. Sie vergrub ihre Finger in den kurzen Haaren an seinem Hinterkopf und bekam eine Gänsehaut.

Neles andere Hand lag noch immer auf Bens Oberschenkel und streichelte dort ganz leicht. Sie fand es auf einmal sehr schwierig, sich zu beherrschen, aber vielleicht musste sie das auch nicht. Etwas in ihrem Inneren löste sich und Nele ließ all die Leidenschaft heraus, die sie spürte. Sie küsste ihn, wie Nele nie jemanden geküsst hatte. Da war auf einmal ein Hunger, den sie so noch nie gespürt hatte, und es riss sie fort.

Ben unterbrach den Kuss. „Willst du hierbleiben, heute?", flüsterte er an ihren Lippen. „Also … ich meine … wir müssen nicht."

Schon wieder musste Nele lachen. „Du bist wirklich süß. Nein, wir müssen nicht. Nur wenn wir wollen. Und ja, ich würde gerne bleiben." Mittlerweile saß Nele auf Bens Schoß, ihre Arme noch immer um seinen Oberkörper geschlungen und Ben streichelte über ihre Wange, über ihr Haar und küsste sie dann auf die Nasenspitze.

„Du bist auch süß", sagte er.

„Ich bin auch müde", sagte Nele. „Wollen wir ins Bett gehen?" Ihr wurde erst im nächsten Moment klar, was sie da gerade gesagt hatte. Aber im gleichen Moment wusste sie, dass es genau das war, was sie wollte. Hoffentlich hatte sie ihn jetzt nicht damit überrumpelt, aber sie konnte ja Ben das Tempo bestimmen lassen. Wenn er nicht so schnell wollte … und zum ersten Mal fühlte sich Nele ein bisschen unsicher seit dem Kuss. Das hier war ihr zu wichtig.

„Aber das ist nicht nur heute, oder?" Bens Stimme klang besorgt.

Er hatte die gleichen Gedanken, ihm war es genauso wichtig wie ihr. Nele verschränkte die Arme hinter dem Kopf und sah ihn an. „Nur für heute? Meinst du das Angebot läuft aus?" Sie schüttelte den Kopf ernst und grinste dann wieder. „Das Angebot steht vermutlich noch sehr lange. Dass du nicht der Typ für eine Nacht bist, weiß ich doch längst. Und ich bin sehr froh, dass ich dich gefunden habe." Sie setzte sich auf, krabbelte vom Sofa und hielt Ben eine Hand hin.

„Hinlegen wäre für deinen Fuß bestimmt gut.“ Nele beugte sich herunter, um ihn noch mal zu küssen, dann half sie ihm sicher auf die Füße und aus dem Zimmer. Theodor folgte ihnen und stand unschlüssig im Flur.

„Wir kommen später wieder, du kannst noch schlafen“, murmelte Nele. Der Hund schien sie zu verstehen, jedenfalls ging er zurück ins Wohnzimmer und legte sich geräuschvoll auf den Boden. Dabei grummelte er ein bisschen vor sich hin. Nele und Ben sahen sich an und grinsten.

Dann fanden sie zurück zu ihrem Kuss. Ben zog Nele sanft küssend in Richtung einer angelehnten Tür. Es war Nele unmöglich, Ben wieder loszulassen.

Kapitel 40

Glück ist Liebe

Tatsächlich vergaß Ben, in diesem wunderbaren Rausch Nele zu fragen, ob sie ein Handtuch haben wollte oder eine Zahnbürste oder ein Nachthemd. Aber im Moment brauchte sie nichts davon. Ben spürte nur Nele in seinen Armen, ihre Bewegungen, die sein Herz zum Hüpfen brachten und Ben atmete gierig Neles Duft ein. Er zog ihr den Pullover aus und vergrub seine Nase in ihren Haaren. Sie küsste ihn auf Zehenspitzen, und knöpfte dabei sein Hemd auf. Auch die Hosen fielen auf den Boden, sodass sie nur mit Unterwäsche bekleidet endlich auf dem Bett lagen. Sie sahen sich in die Augen, berührten sich an den Nasenspitzen und Ben fuhr die Konturen von Neles Körper entlang. Der Moment war viel zu schön, um hindurch zu hetzen.

Neles Finger malten verschnörkelte Muster auf seine Brust, fuhren über Arme, Hüfte und Beine, verharrten auf seinem Bauch, zeichneten den Bund seiner Boxershorts nach. Ben schnappte nach Luft und Nele drückte ihre Lippen auf seine. Ihre Zunge spielte mit seiner und er spürte ihre Haut überall so nah, so weich und so warm.

„Meinst du, das Wort One Night Stand kommt von …“ Nele strich über den Stoff von Bens Boxershorts und knabberte an seiner Unterlippe.

„Nele!“, sagte er gespielt empört, aber er genoss jede ihrer Berührungen und strich nun die Umrisse ihres BHs mit den

Fingern nach. Er knabberte an ihrer Schulter und zog den Träger mit den Zähnen zur Seite.

Mit einem einzigen Handgriff schaffte er es, den Verschluss von Neles BH aufzuschnappen und schob ihr Höschen von ihrem Körper. Erneut streichelten sie sich gegenseitig überall. Langsam zog Nele Bens Boxershorts nach unten, vorsichtig, um nicht seinen Zeh zu berühren.

Doch als die Unterhose weg war, war es mit den langsamen Bewegungen vorbei.

In der Nacht hatten sie wenig geschlafen. Tatsächlich funktionierte bei ihnen alles Mögliche: langsam und zärtlich, genau wie leidenschaftlich. Obwohl Ben kaum die Augen aufbekam, war das Lächeln schon da. Oder immer noch. Nele schlief neben ihm und er betrachtete sie kurz, bevor er leise aufstand und in die Küche tapste. Zur Feier des Tages mahlte er frische Kaffeebohnen, anstatt den fertig gemahlenen Kaffee aufzubrühen. Der Duft machte sein Glück perfekt. In seinem Bett lag Nele und wenn ihn nicht alles täuschte, dann hatte sie sich genauso verliebt wie er. Ben räumte das Geschirr vom Abend in die Spülmaschine und schaltete sie an. Im Radio lief ein Liebeslied und Ben pfiff leise mit. Er hatte sich Hals über Kopf in Nele verliebt, das war ihm schon die ganze Zeit klar gewesen, aber jetzt konnte er es wirklich nicht mehr verleugnen. Als der Kaffee fertig war, nahm sich Ben zwei Tassen und ging damit zum Schlafzimmer. Vielleicht war Nele ja schon wach. Er zuckte zusammen und verschüttete fast den Kaffee, als auf einmal ein dunkler Schatten im Flur auf ihn zukam. Dann musste Ben lachen. „Theodor!“, sagte er. „Verdammt, wir haben gar kein Futter hier für dich. Du hast ja bestimmt Hunger. Willst du erst mal Wasser?“

Ben stellte die Tassen wieder in die Küche, kraulte Theodor und suchte eine alte Metallschüssel, in die er Leitungswasser füllte. Bestimmt musste Theo auch gleich mal raus, oder?

Er nahm wieder die Tassen und ging ins Schlafzimmer. Im Halbdunkel erkannte er Neles Silhouette im Bett. Sie streckte sich, vielleicht wach geworden durch den Kaffeeduft oder die Morgengeräusche, die Ben gemacht hatte. Um besser sehen zu können, wo er lang ging, schaltete er die Nachttischlampe an. Nele stieß einen glücklich klingenden Seufzer aus, öffnete die Augen und blinzelte.

„Du bist hübsch, wenn du schläfst." Ben ging zum Bett, setzte sich vorsichtig auf den Bettrand und hielt Nele eine der Tassen hin.

„Wenn ich schlafe?" Nele kniff die Augen gespielt zusammen, setzte sich auf und nahm vorsichtig einen Schluck Kaffee.

„Wenn du wach bist natürlich auch", schob Ben schnell hinterher. „Immer also."

„Du auch." Nele küsste Ben auf die Wange. „Mmh, das Aftershave kenne ich gar nicht, das riecht toll."

„Danke, habe ich lange nicht benutzt. Heute früh war mir irgendwie danach. Ich habe Theodor etwas zu trinken gegeben, aber ein Frühstück kann ich ihm leider nicht anbieten."

„Der Arme! Zuerst muss ich mit ihm spazieren gehen und dann gleich nach Hause, damit er sein Futter bekommt."

„Soll ich dich begleiten? Beim Spaziergang, meine ich?"

„Gerne." Nele küsste seine Nasenspitze.

„Du musst ja bestimmt nachher arbeiten, oder?"

„Ja, jetzt so kurz vor Weihnachten ist das Café wie ein

Bienenschwarm, sonst würde ich vielleicht den Nachmittag frei bekommen", sagte Nele nachdenklich.

„Macht ja nichts. Wenn du Lust hast, können wir uns abends sehen, ich könnte dich abholen. Oder morgen Abend?"

Nele strahlte.

„Du kannst einfach kommen, wann es dir passt. Ich habe meinen zweiten Wohnungsschlüssel auf deine Tasche gelegt."

Nele machte große Augen. „Du gibst mir nach nur einer Nacht deinen Wohnungsschlüssel?"

„Na ja, es war ja nicht irgendeine Nacht." Ben grinste. „Außerdem weiß ich, wo du wohnst, wo du arbeitest und ich habe sogar eine Spionin in deiner Wohngemeinschaft wohnen."

„Du nun wieder." Nele stupste ihn spielerisch am Arm an. „Danke jedenfalls. Ich stehe gleich auf, zu einer entspannten warmen Dusche würde ich nicht Nein sagen."

„Ich habe Müsli da und Toast. Oder ich hole schnell Brötchen, während du duschst?"

„Klingt toll." Nele nahm noch einen Schluck Kaffee und streichelte dann Theo, der sich neben sie setzte. „Sobald ich fertig bin, gehen wir raus, Schatzi." Sie sah wieder zu Ben hoch.

Ben trank seinen Kaffee leer und strich über Neles Schulter. „Schön, dass es dich gibt und schön, dass du in mein Leben geschneit bist." Er küsste sie genüsslich auf den Mund.

„Streng genommen bist du in mein Leben geschneit", gab Nele zu bedenken. „Aber darüber freue ich mich mindestens genauso. Glück auf zwei Beinen."

„Für einen Kosenamen ist das zu lang. Du könntest ja abkürzen."

„Glücksbeine?"

Sie lachten.

Nach einer Dusche, einem Frühstück mit frischen Brötchen und mit einem ungeduldigen Theodor an der Leine, verabschiedete sich Nele.

„Bis nachher. Mach dir einen schönen Tag."

Nele riss sich nach einem weiteren Kuss los und verließ mit Theodor die Wohnung.

„Tschüss, mein langbeiniges Glück", sagte Ben.

„Bis nachher!", rief Nele.

Auf dem Weg in die Küche dachte Ben darüber nach, dass es schade war, dass Nele nicht die gleichen Zukunftswünsche hatte wie er. In einem Häuschen oder einer hübschen Wohnung zusammen wohnen, ein oder zwei Kinder, um die sie sich gemeinsam kümmerten, ihnen die Welt zeigten. Mit ihr konnte er sich all das noch viel schöner vorstellen. Nele wäre für die lustigen Dinge zuständig, Ben für ein bisschen Ordnung. Eigentlich wäre es perfekt. Aber darum ging es jetzt wirklich nicht. Ben räumte den Frühstückstisch ab und ging dann ins Wohnzimmer. Er war richtig glücklich und alles andere würde sich mit der Zeit geben. Es klingelte. Verwundert stand Ben auf, ging zur Wohnungstür und drückte auf den Summer.

„Ben!" Nele rief schon durchs Treppenhaus, bevor sie mit Theodor die letzten Stufen heraufgerannt war.

Wenig später stand eine schwer atmende Nele vor ihm. Neben ihr der wuschelige Hund, der sich offenbar freute,

Ben so schnell wiederzusehen. Ihr Lächeln war mindestens genauso strahlend, wie Ben sich fühlte.

„Hast du was vergessen?", fragte Ben.

„Ich muss dir noch was sagen." Nele schloss kurz die Augen. Dann sah sie ihn ernst an. „Das mit dem Reihenhaus, dem Hund und der Familie." Sie holte wieder Luft.

„Ist nicht schlimm …", begann Ben. „Es ist ja nicht so eilig."

„Doch." Nele nickte mehrmals. „Dir ist es wichtig und eilig auch. Und ich wollte dir sagen … dass ich mir das alles mit dir vorstellen kann. Nicht sofort umsetzen vielleicht, aber irgendwann ganz sicher."

In Bens Herz begann etwas zu glitzern. Man sah es garantiert auch in seinen Augen, auf seinen Wangen, im Lächeln. „Ehrlich?" Er zog Nele an sich, umarmte sie und küsste ihr Haar. „Aber weißt du was? Ich hab noch eine bessere Idee."

„Ja?"

„Wir machen es abwechselnd. Wir leben ein bisschen so zusammen, wie du es gut findest und dann wieder eine Weile so, wie ich es mir wünsche. So können wir bestimmt genau den Weg finden …"

„… der für uns beide perfekt ist! Au ja!" Nele nahm Bens Gesicht in beide Hände und küsste ihn leidenschaftlich auf den Mund.

„Und die Kanne nutzen wir beide, ja? Jeder füllt ein paar Wünsche hinein."

„Ganz innige?"

„Genau, und wenn es einem von uns nicht so gut geht, dann erfüllt ihm der andere einen?"

„Au ja", sagte Nele noch mal.

„Das wird toll."

Epilog

Die Alpakas waren definitiv eine der Attraktionen des Tages. Nele war sich nicht sicher, ob sie die ganze Sache so toll fanden, den Halsschmuck aus Blumen und die Körbe, die ihnen jemand umgeschnallt hatte. Bella hatte zwei kleine blonde Mädchen aus ihrer Verwandtschaft gebeten, die Blütenblätter aus den Körben zu werfen. Aber als es so weit war, waren die Körbe leer.

„Offenbar mögen Alpakas Blütenblätter", flüsterte Nele und Katharina und sie kicherten.

Trotzdem sahen Bens Mutter und ihr brandneuer Ehemann glücklich aus und bemerkten vermutlich nicht mal, dass der Blütenblätterregen ausfiel. Vielleicht war das sogar ganz gut. Wer wusste schon, ob das Alpaka Melanie nicht auch auf den Geschmack von Brautkleidstoff gekommen wäre, wenn es ein paar der Blütenblätter davon mit seinen schiefen Zähnen heruntergeklaubt hätte.

Die Feier selbst war viel normaler, als Nele es sich vorgestellt hatte. Es war ein sonniger Tag, wie es sich für August gehörte. Überall im riesigen Garten waren Baldachine aus weißem Stoff mit Blumengirlanden aufgebaut und darunter standen lange Holztische mit weiß gepolsterten Stühlen. Auf den Tischen waren Vasen mit Blumen und hingestreute Rosenblätter in Rosa und Rot. Auf den Tellern lagen Namensschildchen in Honigwabenform.

„Ich hab meins", sagte Ben etwas zu laut und lachte.

„Perfekt", sagte Nele. Das ihre stand gleich daneben. Neugierig warf sie einen Blick auf die anderen Schilder am Tisch.

Zum Glück saßen Katharina und Johannes ganz in der Nähe. Aber auch die junge Frau mit lockigem Haar neben ihr war Nele sofort sympathisch. Leonie, Bens Cousine zweiten Grades oder so ähnlich. Nele hatte es sich nicht genau gemerkt, aber diese Dinge fand sie ohnehin nicht so wichtig. Was tatsächlich wichtig war, war etwas anderes. Diese Cousine wollte nämlich ihre Doppelhaushälfte verkaufen.

„Es ist uns einfach zu klein geworden. Oder wird es bald." Sie lächelte und strich über ihren Bauch. Jetzt erkannte Nele, dass sich unter ihrer weiten Bluse ein ganz beachtlicher Kugelbauch wölbte.

„Oh, wow, wie schön! Wann ist es denn so weit?"

„Noch zwei Monate. Am Anfang braucht das Kleine noch kein eigenes Zimmer, aber so in einem Jahr möchte ich wirklich im neuen Haus sein. Wir haben vor Kurzem eine Baugenehmigung bekommen und fangen bald an."

Der Mann zu ihrer Linken schaltete sich ein. „Das wird schon, Schatz." Er hob die Hand zum Gruß und nannte Nele seinen Namen. Lukas und Leonie also. Süß. Ob sie ihrem Baby auch einen Namen mit L geben würden?

Aber jetzt erinnerte sich Nele an die Doppelhaushälfte. „Wo ist denn euer jetziges Haus?", fragte sie leise, um Ben nicht auf sich aufmerksam zu machen.

„Am Rand von Deutz. Nicht so zentral, aber ich hab mich da echt wohl gefühlt."

„Hmm. Und wie ist es so?"

„Ich hab Fotos", sagte Leonie und holte ihr Smartphone aus der Umhängetasche. Sie zeigte Nele alle Fotos, die in das offizielle Exposé rein sollten, das zog sie dann ebenfalls aus der Tasche und reichte es Nele. „Doof, dass das alles immer so teuer ist. Der Makler kostet 3,45 % des Verkaufspreises.

Früher hat das der Käufer bezahlt, jetzt muss es der Verkäufer bezahlen. Und rate mal was, wir haben es dann natürlich doppelt bezahlt."

„Und wenn ihr privat nach jemandem sucht?"

„Ich kenne nur leider niemanden, der ein Haus in der Gegend sucht. Alle unsere Freunde haben längst selbst gebaut oder wohnen auf dem Land."

„Darf ich mal lesen?", fragte Nele und vertiefte sich in den Ausdruck von Leonie. Sie hatte neben den Fotos auch alle Fakten zum Haus notiert. Neles Herz hüpfte, als sie den kleinen Garten sah. Es gab einen Teich und jede Menge blühende Sträucher, eine kleine Terrasse mit Naturstein und das Haus hatte Sprossenfenster. Es wirkte so gemütlich wie ein Fachwerkhaus, ein Haus mit Geschichte, obwohl es wesentlich neuer war.

„Ben?" Nele tippte ihn vorsichtig an, als er gerade ein Stück Brot aus dem Körbchen angelte. „Guck mal." Sie hielt ihm den Ausdruck hin.

„Was ist das?", fragte er, nahm aber die Blätter und sah sich alles in Ruhe an. Hin und wieder warf er Nele einen kurzen Blick zu. „Woher hast du das?"

„Leonie und Lukas wohnen da und wollen es verkaufen. Tadaaa!" Nele grinste. „Wollen wir uns das leisten?"

Ben blätterte zurück und nickte langsam. „Mit meinem Gesparten geht das ganz sicher … aber, willst du das denn?"

„Ein Haus kaufen mit dir? Dieses Haus kaufen mit dir? Ja." Nele nickte heftig. „Hast du den Garten gesehen? Und das kleine Dachbodenzimmer? Es hat eine Gaube und Sprossenfenster!"

Ben lachte.

Danksagung

Die allerersten Zeilen von „Ein Kännchen Glück“ entstanden im November 2018 während des NaNoWriMo (National Novel Writing Month, kurz NaNo). Drei Jahre später war die Geschichte von Nele und Ben fertig geschrieben und landete beim Verlag. Während dieser langen Entstehungszeit haben mich viele liebe Menschen begleitet und unterstützt. Damals war der Arbeitstitel übrigens „Der Zufall küsst besser“ und der hat gleich ein paar liebe NaNo-Begleiter im Autor:innenforum Tintenzirkel in meinen Thread gelockt, die sich dann für die Geschichte begeistert und mir viele motivierende Kommentare dagelassen haben. So toll, dass wir den NaNo zusammen bestreiten!

Danke an meine Testleserin Charlotte für die wertvollen Hinweise. Danke an Christopher für die akribische Durchsicht meines Exposés. Danke an Liane, dafür, dass du so gerne mit mir übers Schreiben quatschst! Danke an Doris, Ria, Verena, Dorothe, Steffi und Manuela. Der Austausch mit euch ist toll! Es ist einfach so wertvoll, sich mit anderen Schreibenden über die eigenen Geschichten und das Schreiben austauschen zu können. Vielen lieben Dank!

Wie immer bedanke ich mich ganz herzlich bei meinen Eltern, die mich jederzeit unterstützen, sich meine Gedanken und Sorgen zum Schreiben und Veröffentlichen anhören und alle meine Bücher lesen. Vielen Dank an meine Tochter fürs Zuhören, und dafür, dass sie mich so oft zum Lachen bringt. Tausend Dank an meinen Mann für ein stets offenes Ohr, wenn etwas schiefläuft und die Begeisterung über meine Ideen. Danke an Coxi fürs Zusammen-Grübeln und

Mitdenken! Danke an Jutta, Carmen und Aneka für eure Begeisterung und stets lieben Kommentare!

Ich danke meiner Agentur, besonders Martina Kuscheck, für Beratung und Unterstützung zu jeder Zeit während des Entstehungsprozesses. Es ist schön zu wissen, dass Sie sich so für meine Geschichten einsetzen. Vielen Dank an Familie Mattfeldt beim Maximum Verlag, die meiner Geschichte so ein tolles Verlagszuhause gegeben hat. Danke an Anita Wiebe für das liebevolle und detaillierte Lektorat!

Und natürlich ein riesiger Dank an alle Leser und Leserinnen, für Rezensionen, Rückmeldungen und natürlich dafür, dass Ihr meine Geschichten lest!

Eure Lia

Die Autorin

© Foto: Marion Koell

Lia Haycraft, geboren 1980 in Nordfriesland, verbrachte ihre Kindheit in Portugal, im Rheinland und in Mittelengland. Die Zeit dort hat sie sehr geprägt, und ein Häuschen in England wäre noch immer ihr Traum. Am liebsten mit offenem Kamin, einem netten Hund und einer Bibliothek mit so hohen Regalen, dass man dafür eine Leiter braucht.
Schon als Jugendliche fing sie an zu schreiben, aber erst mit dreißig wurde aus dieser Leidenschaft ihr zweiter Beruf - neben einem Bürojob mit viel Englisch. 2015 wurde sie Mitglied bei DELIA, der Autorenvereinigung deutscher Liebesromanautor*innen.
Sie hat ein großes Herz für Tiere, liebt die britischen Inseln, außerdem Spaziergänge in der Natur, gute Filme und skurrile englische Sitcoms, Yoga, Musik und sie kocht leidenschaftlich gerne. Zu ihren Lieblingsorten gehören Waldlichtungen, Wälder voller Moos, das Meer und sanfte Hügel mit Gras und Felsen.
Aktuell lebt sie mit ihrer Familie und einigen Wellensittichen mit schönstem Blick auf das Siebengebirge im Bergischen Land.

Weitere Liebesromane im Verlag

Meine italienische Familie

Sylvia Klinzmann
Parted Hearts

ISBN 978-3-948346-29-4
Preis Klappenbroschur: 15,00 €
Auch als Hörbuch erhältlich!

Stella stößt nach dem Tod ihres Vaters auf einen Brief, in dem er ihr gesteht, dass Stellas Mutter nicht bei ihrer Geburt gestorben ist, sondern in Italien lebt. Stella reist überstürzt in die schöne Küstenregion Ligurien. Ihre einzigen Hinweise sind ein altes Bild ihrer Eltern und eine Halskette mit einem halben Herz, die sie zu ihrer Geburt bekommen hat. Unterstützung erhält sie von dem charmanten Matteo, für den sie schnell mehr empfindet als nur Freundschaft. Soll sie ihrem Herzen folgen?

Zwei Mädchen. Zwei Jungen. Ein Auto. Eine Gitarre.

Ein Roadtrip, der alles verändert.

Barbara Schinko
Sommervögel

ISBN 978-3-948346-97-3
Preis Klappenbroschur: 15,00 €

Die 17-jährige Fern und ihre beste Freundin Mela wollen zu einem Musikfestival auf Juist, als ein Bahnstreik ihre Pläne durchkreuzt. Sie stranden in einem ostfriesischen Dorf, wo sie Jona und Sanne kennenlernen, die sie Jona ins Ferienhaus einladen, um dort zu übernachten. Mela fühlt sich zu Jona hingezogen, während Fern zunehmend genervt vom sarkastischen Sanne und dessen Lügengeschichten ist. Erst als die Mädchen beschließen, das Festival sausen zu lassen und stattdessen mit den Jungs einen Roadtrip unternehmen, kommen sie sich näher. Soll sie Sanne eine Chance geben?